Schaafshunde

Edgar Schaafs sechster Fall

Pit Ferman

Während Melanie Köninger ihr Gelübde ableistet und in Spanien auf dem Jakobsweg pilgert, weilt Edgar Schaaf mit den Hunden *Müller* und *Lydia* allein zu Haus. Zufällig wird er Zeuge eines perfiden, durch einen präparierten Hackfleischköder verursachten Anschlags auf einen Hund. Bald stellt er fest, dass es sich nicht um einen Einzelfall, sondern um eine regelrechte Serie von Anschlägen handelt. Als auch Edgars eigene Hunde Ziele eines Hundehassers werden, beginnt er sich zu wehren.

Für alle Hunde

Impressum

TWENTYSIX – der Self-Publishing-Verlag

Eine Kooperartion zwischen der Verlagsgruppe **Random House** und

BoD – Books on Demand

© 2019 Pit Ferman

Herausgeber und Verlag
BoD – Books on Demand, Norderstedt

ISBN 9783740708191

Schaafshunde

Erster Tag
Samstag, 06. Mai 2023

Der Elektromotor des Reisebusses summte leise wie ein Bienenstock im Hochsommer. Einer der beiden Fahrer paffte nervös eine letzte Zigarette. Er zog so heftig am Glimmstängel, dass seine Wangen tiefe Mulden bildeten. Er versteckte sich hinter dem Heck, als würde er sich schämen. Noch standen die Ladeluken für das Gepäck der Passagiere offen, gaben den Blick auf Koffer, Taschen, Rollstühle, Rollatoren und Krücken frei.

Melanie umarmte Edgar Schaaf seit geraumen Minuten. Sie schniefte: „Ich hab´ jetzt schon Heimweh nach dir, mein Lieber. Jetzt, da es losgeht, möcht´ ich am liebsten daheim bleiben."

„Das könnte dir so passen", raunte er ihr ins Ohr und presste sie noch fester an sich.

„Du gibst acht auf dich. Versprich mir das. Und kriminalisiere nicht herum."

„Ich geb´ acht, versprochen."

„Und auf *Lydia* und *Müller*."

„Und auf *Müller* und *Lydia*", antwortete Edgar. „Hast du auch nichts vergessen? Jetzt hast du noch eine Chance. Telefon? Laptop? Sonnenbrille? Geldbörse? Wasserflasche? Sonnencreme?"

Melanie zwickte ihn in die Seite. „Ich heiße Melanie Köninger, und nicht Edgar Schaaf, wenn dir das als Erklärung reicht."

Er drückte ihr einen langen Kuss auf die Stirn.

Der Busfahrer schnippte die Zigarettenkippe achtlos unter den Bus, klappte die Gepäckfächer zu und hangelte sich schwerfällig auf seinen Sitz.

„Es wird Zeit, mein Schatz. Ich liebe dich", sagte Melanie.

„Ja. Ich dich auch."

Sie küssten sich innig.

Melanie reihte sich in die Schlange der Leute ein, die den Reisebus durch die Hintertür erklommen, unmittelbar hinter ihrer Freundin Gerti, die sie als private Reisebegleitung hatte gewinnen können. Ein stummer Blick noch durchs Fenster, ein gehauchter Kuss, dann schwoll das Summen des Elektromotors um eine Terz an. Zischend schlossen sich die Türen. Mit knirschenden Reifen setzte sich der Bus in Bewegung. Zwei weitere Stufen in der Drehzahl, und Edgar hörte nur noch ein Säuseln, nicht lauter als ein Zimmerventilator. Ein letztes Winken. Der Bus entfernte sich geräuschlos Richtung Spanien.

Edgar trottete, Hände in den Hosentaschen, nachdenklich nach Hause. Er trug leichte, dunkelgraue Leinenhosen und ein um eine Nuance helleres Hemd. Es war Frühling, sechster Mai 2023. Es versprach ein sonniger Tag zu werden. Gutes Reisewetter.

Zweieinhalb Wochen würde er alleine sein. Sechzehn oder siebzehn Tage ohne Melanie, je nach Anzahl ihrer Ruhetage. Die Rückreise mitgerechnet sogar einen Tag länger.

„Du willst das wirklich machen? Den *Camino*?", hatte er gefragt, als sie ihm ihre Pläne unterbreitet hatte. Das war im März gewesen.

„Ich habe es mir geschworen, Edgar, als du auf Kritaholm im Koma lagst. So was wie ein Gelübde, verstehst du? *Wenn du wieder aufwachst, und wenn ich dich gesund wiederbekomme,* habe ich mir dort gesagt, *pilgere ich nach Santiago de Compostela.* Man sollte solche Worte nicht in den Mund nehmen, wenn man es nicht ernst meint. Ich habe es ernst gemeint."

Es handelte sich um das Angebot eines Busunternehmens, körperbehinderten Menschen diese Pilgerreise zu ermöglichen. Inklusive geschultem Begleitpersonal und medizinischer Betreuung durch mitreisende Ärzte. Zweieinhalb Wochen den Pilgerpfad in Nordspanien über rollstuhlgängige Wege, mit Übernachtungen in ausgesuchten Hotels, flexiblen Ruhetagen, und garantierter Ankunft in der Kathedrale von *Santiago de Compostela.*

El Camino also. Nord-Spanien. Knappe zweihundert Kilometer in elf Etappen. Keine ganz billige Sache. Dafür waren aber alle Übernachtungen und Mahlzeiten gesichert, das Gepäck wurde an die jeweils nächste Station vorausgeliefert. Die Betreuer und Ärzte begleiteten die Pilger auf der gesamten Wegstrecke. Man befand sich in guten Händen.

Melanies Behinderung resultierte von ihrem amputierten linken Fuß. Eine Leitplanke hatte ihn beim Sturz mit einem Motorrad vom Knöchel bis zu den Zehen abrasiert. Sie selber betitelte den Stumpf manchmal sarkastisch als *ihren Huf,* besonders wenn sie, selten genug, über etwas ungehalten war und am liebsten mit dem Fuß auf den Boden stampfen würde.

Als sie das Inserat des Busunternehmens entdeckt hatte, war es für sie perfekt gewesen. „Anders würde ich es nicht wagen", hatte sie gesagt. Mit *anders* meinte sie *alleine und ohne Begleitung.* „Ich bin zwar nicht schwerbehindert, aber doch beeinträchtigt", gab sie zu.

Als Edgar seine Mitreise angeboten hatte, hatte sie strikt abgelehnt. „Nein, Edgar, das ist zwar lieb von dir, aber das muss ich ohne dich durchstehen. Schließlich hab´ ich das Gelübde geleistet, und nicht du. Zudem muss jemand bei den Hunden bleiben. Über zwei Wochen in fremden Händen – das geht nicht. Ich belaste die Vertretung in meinem Geschäft *Aquarelle und Poesie*, Frau Holzer, schon genug. Kümmere du dich um die Hunde und die Kellergalerie, und schau´ ab und zu bei Frau Holzer nach dem rechten. Wenn mich jemand begleitet, wird es Gerti sein. Allerdings hat sie noch nicht zugesagt."

Gib acht auf dich. Versprich mir das. Und kriminalisiere nicht herum. Ich liebe dich.

Die Worte hingen ihm nach. „Ich liebe dich auch, Melanie", murmelte er, als er das Gartentor zum Türmchenhaus öffnete. Zwei Vierbeiner rasten aus den hinteren Bereichen des Gartens auf ihn zu. *Müller* und *Lydia*, ihre Hunde. „Und euch liebe ich auch", sagte er laut. „Guck nicht so doof, *Müller*, du vierbeiniger Affe, und du *Lydia*, meine Schöne." Er hob einen zerschlissenen Ball aus dem Kies des Weges auf und schleuderte ihn vehement weit in das Grundstück hinein. Wie von der Sehne geschnellt jagten die Hunde hinterher. *Immer wieder phantastisch*, dachte er.

Edgar schloss die Tür auf und betrat das Haus. Abrupt blieb er stehen und spürte die Leere, als hätte eine riesige Vakuumpumpe jede Erfüllung, die in diesen Räumen stattgefunden hatte, abgesaugt. Das Klirren des Schlüsselbundes in der Hand war das lauteste Geräusch. Er steckte ihn in die Hosentasche und lauschte der anschließenden Stille. An und für sich war er, wenn sich Melanie im *Aquarelle und Poesie* aufhielt, häufig allein zu Haus, daher sollte es keine neue Erfahrung für ihn darstellen. Doch diese Leere und diese Stille besaßen eine andere Qualität. Eindeutig. Die Leere schien über die Wände und Mauern hinauszuwachsen, das gesamte Inventar bis zur Bedeutungslosigkeit und Unkenntlichkeit zu minimieren, ja, sogar bis in seine Seele zu dringen und sich dort einzunisten. Die Stille hingegen war so stumpf wie ein abgewetztes Messer und so dumpf wie ein Konzertsaal voller Watte. Er ahnte, dass dieses Haus und diese Räume nur durch Melanies Präsenz und Aura lebten, dass es ohne sie nichts weiter war als eben bloß ein x-beliebiges Haus. Ein Haus ohne Seele, ohne Charakter und ohne Geschichte. Auch wenn er mittlerweile seine Spuren sichtbar hinterlassen hatte, er dachte an die Wandverkleidungen, die er erneuert, und an das Türmchenzimmer, das er renoviert hatte, so waren es noch lange keine beweiskräftigen Fingerabdrücke, mittels derer man ihn mit diesem Haus in Verbindung bringen konnte.

Und kriminalisiere nicht herum.

Er grinste, weil er sich selber dabei ertappt hatte, wieder mal in seine Berufssprache abgerutscht zu sein.

Ach Melanie, wie soll ich es ohne dich nur aushalten? Du bist doch hier zu Hause. Nicht ich. Jedenfalls nicht ohne dich.

Er warf einen Blick auf die Küchenuhr. Acht Uhr morgens. *Erst eine halbe Stunde, seit sie weggefahren ist, und schon krieg´ ich den Koller.*

Es war nicht so, dass ihm die Decke auf den Kopf zu fallen drohte. Da hatte er vorgedacht und sich dieses und jenes vorgenommen.

Zum Beispiel würde er, vorausgesetzt das Wetter ließ es zu, etwas mehr mit seiner *Harley Davidson* fahren. Vielleicht sich mit seinem Freund Peter Seibelt in *Weinbuch* kurzschließen und gemeinsam mit ihm die eine oder andere Tour unter die Räder nehmen.

Oder er würde sich zum Beispiel um sein umfangreiches kriminalistisches Archiv kümmern, das überwiegend aus Zeitungsartikeln, eigenen Notizen und Randbemerkungen zu den jeweiligen Fällen bestand. Möglicherweise stieß er dabei auf einen sogenannten *Cold case*, also einen polizeilich und juristisch ungelösten Fall, zu dem sich ein paar Nachforschungen lohnten. Harmloser Natur natürlich, um nicht mit Melanies mahnenden Worten *Kriminalisiere nicht herum* zu kollidieren.

Die Kellergalerie musste betreut werden, obwohl sich die Schar der Interessenten sehr in Grenzen hielt. Gleichwohl war er durch die Öffnungszeiten angehalten, vor Ort zu sein.

Und dann selbstverständlich die Hunde, *Müller* und *Lydia*, denen er mindestens zweimal pro Tag verpflichtet war. Zweimal die Tour über die Felder, absolute *Musthaves* für die beiden, egal bei welchem Wetter. Aber das machte ihm nichts aus, praktizierte er dabei doch seine persönliche Art von Meditation, indem er die Gedanken schweifen ließ. Unersetzlich.

Die erste Tour über die Felder lag für heute bereits hinter ihm. Noch bevor er Frühstück bereitet und Melanie zur Bushaltestelle begleitet hatte, war er mit *Müller* und *Lydia* unterwegs gewesen. Raus aus dem Haus, durch die übliche Passerelle zwischen zwei eingezäunten Garten-grundstücken, welche die Hunde schon automatisch an-steuerten, um vor die Stadt zu gelangen. Tau auf den Gräsern, eine Schicht Nebelschlieren über den Acker-böden, noch zu schwer, um von der Sonne verscheucht zu werden.

Solange wir Hunde haben werden, wird das jeden Morgen unser Ritual sein, hatte er gedacht.

Bevor er seinem zweiten Ritual frönte, spülte er das Frühstücksgeschirr. Das zweite Ritual: Duschen und Haar-wäsche. Seit dem Wohnmobilbrand im vergangenen September auf Kritaholm, bei dem sein Pferdeschwanz zur Hälfte dem Feuer zum Opfer gefallen war, hatte seine Kopfzierde wieder einige Zentimeter zugelegt. Er hatte sich nicht dazu überwinden können, der Verlockung eines praktischen Kurzhaarschnitts nachzugeben. Es musste etwas geben, das ihn auch rein optisch von der Masse des uniformgleichen Senioren-Outfits abgrenzte, und das waren eben die Haartracht als auch die Wahl seiner Kleider. Edgars Farbspektrum reichte von allen dunkleren Grautö-nen über Anthrazit bis Schwarz. Zeigte er sich ausnahms-weise in einem etwas hellerem Grau, beschränkte es sich entweder auf ein Hemd, T-Shirt oder ein Accessoire wie zum Beispiel ein Schal. Einzige Farbtupfer erlaubte er sich nur bei den karierten Flanellhemden, die er ausschließlich zu Hause trug.

Gegen zehn Uhr öffnete er die Remise, die im Garten hinter dem Haus stand, und schob die *Harley* ins Freie. Er steckte den Zündschlüssel ins Schloss, drückte das Fußpedal in die Leerlaufstellung und betätigte den Anlasser – der Motor begann zu grollen. *Müller* und *Lydia* hielten respektvoll Abstand.

Edgar liebte diesen satten Sound, das tiefe Bollern der Zylinder und Auspufftöpfe. Wenn er je Mitglied einer Rockband gewesen wäre, dann nur als Bassist. Das war für ihn so sicher wie der Lauf der Erde um die Sonne.

Eine erneute Drehung des Zündschlüssels, und das Grummeln erstarb. Er holte das Chrompflegemittel und einige weiche Putzlappen aus der Remise. Heute würde er die Maschine mit ihren blitzenden Teilen auf Hochglanz wienern. Ein prüfender Blick zum Himmel – und ja, für eine Ausfahrt würde die Zeit auch noch reichen.

Ab vierzehn Uhr saß Edgar auf einem Gartenstuhl an einem Gartentisch neben der Treppe, die zur Kellergalerie hinabführte, und blätterte in einem der Ordner, die er mit Zeitungsberichten über Kriminalfälle in Deutschland gefüllt hatte. Als Schutz gegen die Sonneneinstrahlung trug er einen Strohhut, und um die Sache erträglich zu gestalten, standen je eine Flasche Weißwein und Mineralwasser nebst einem Glas auf dem Tisch, sowie ein Aschenbecher, in dem eine Zigarette qualmte. Im Schatten eines Rhododendronstrauchs dösten die Hunde faul vor sich hin.

Eliza Wohlbrecht, Pit Fermans Ehefrau, hatte in der Kellergalerie ihre Grafiken wieder aufgehängt, nachdem sie den Platz kurzfristig für die Illustrationen Stephen Marquarts anlässlich der Lesung Walter Hardtwalds im vergangenen Dezember hatte räumen müssen. Aktuell befand sich eine einzelne Besucherin in der Ausstellung, die sich für Elizas Grafiken interessierte. Wie abzusehen war, würde es ein ruhiger Nachmittag werden. Edgar hatte partout nichts dagegen.

Er mischte gerade ein zweites Glas Weinschorle, als ein Schatten auf den Tisch fiel. Verwundert blickte Edgar auf, denn er hatte den Besucher gar nicht kommen hören. Ein Mann in weißen Turnschuhen, Blue Jeans und einem beigen Blouson. „Hallo, geht´s hier zur Kellergalerie hinunter?"

Edgar schaute in ein ovales Gesicht, das überhaupt nicht so einfältig wirkte, wie er aufgrund der Frage hätte schließen können. Immerhin stand es unübersehbar in großen Lettern über dem Torbogen unterhalb der Treppe: *Kellergalerie*. Edgar betrachtete das Gesicht des Mannes und fühlte sich augenblicklich an die weiße Maske eines Pantomimen erinnert. Denn die hervorstechendsten Merkmale waren die bleiche, wächserne Haut und die starren Züge, möglicherweise jederzeit bereit, eine x-beliebige Emotion auszudrücken. Für den Augenblick jedoch schien die Fähigkeit zur Mimik eingefroren zu sein Dann der kleine, fast spitz zulaufende Mund. Dünne, hoch geschwungene Augenbrauen. Und die Frisur: Nach vorne gekämmte struppige braune Haare, die mit einer auffälligen Strähne die Stirn in zwei Hälften teilten. Edgar schätzte ihn auf ungefähr fünfzig Jahre. „Jawohl, der Herr", antwortete er.

„Kostet es Eintritt?"

Edgar schüttelte den Kopf. „Es steht aber eine Kiste für freiwillige Spenden unten. Wenn Sie also wollen?"

„Schöne Hunde haben Sie", sagte der Mann ohne jegliches Mienenspiel, und schaute zu *Müller* und *Lydia* hinüber, die noch immer beim Rhododendron lagen.

„Ja, das sind sie."

„Na, dann wollen wir mal", sagte der schmale Mund, und stieg die Treppe hinunter.

Edgar widmete sich wieder seiner Lektüre, war jedoch nicht ganz bei der Sache. Ein merkwürdiger Gedanke beschäftigte ihn. *Es gibt über acht Milliarden Menschen auf der Welt,* dachte er, *und alle gleichen einander, weil auf wenigen Quadratzentimetern des Gesichts jeder die gleichen Merkmale an gleicher Stelle besitzt: Augen, Nase, Mund. Und doch sind alle verschieden, niemals wirklich dieselben.* Er überlegte weiter. *Wenn ich acht Milliarden unterschiedliche Gesichter zeichnen müsste, wäre es ein Ding der Unmöglichkeit. Spätestens ab dem tausendsten würde ich beginnen mich zu wiederholen. Wie schafft die Natur das?*

Er dachte in diesem Kontext an das Mysterium der Fingerabdrücke, mit denen er im Zuge seiner Polizeilaufbahn zu tun gehabt hatte. Gleichfalls ein Wunder, dessen Einmaligkeit er sich beruflich zwar zunutze machen, aber biologisch nicht plausibel erklären konnte.

Er zündete sich eine Zigarette an und schaute dem Rauch hinterher. Die Scherz-Postkarte fiel ihm ein, die

Melanie kürzlich erhalten und wegen des aufgedruckten Sinnspruchs mit einem Magnet an die Kühlschranktür geheftet hatte: *Sei du selbst. Alle anderen gibt es schon.* Er trank einen Schluck Wein.

Wohl wahr, dachte er, *und doch rotten sich die Menschen mit Gleichgesinnten zusammen; gründen Vereine und Parteien, strömen in Scharen in Fußballstadien oder zu Mega-Events, müssen überall und jederzeit dort mit dabei sein, wo der Bär tanzt, wollen gleich sein wie die anderen, und vielleicht noch ein bisschen gleicher. Wo bleibt da die Singularität?*

Es war die Blase, die ihn drückte und weshalb er sich erhob, um sich zu erleichtern. Der Einfachheit halber und weil der Weg zum WC in der Kellergalerie kürzer war als zur Toilette in der Wohnung, eilte er die Treppe hinunter. Als er den Gewölbekeller betreten wollte und die Hand nach der Tür ausstreckte, wurde diese von innen ungestüm aufgestoßen. Edgar nahm das unheilvolle Knacken im Handgelenk nur nebenbei wahr, denn an ihm vorbei rauschte, offensichtliche Entrüstung im Gesicht, die Besucherin der Galerie. „Geh'n Sie mir aus dem Weg", schnaubte die Frau, stürmte die Treppe empor und entschwand seinen Blicken. Jetzt erst spürte er den Schmerz, der vom Handgelenk über eine Starkstromleitung direkt ins Hirn geleitet wurde. Edgar krümmte sich vor Pein, ihn schwindelte, und so sank er auf eine der Stufen. Tränen schossen ihm in die Augen, sodass er kaum mitbekam, wie der Mann mit dem bleichen Gesicht ungerührt die Galerie verließ, teilnahmslos an ihm vorbei die Stufen hinaufstieg und sich in stoischer Ruhe entfernte.

Wie immer an Wochenenden war die Notfallaufnahme des *Ortenau Klinikums Offenburg* überfüllt gewesen. Als Edgar nach zweieinhalb Stunden mit einem Gips am rechten Arm die Klinik wieder verließ, hatte er noch Glück gehabt, dass sein Fall als dringend eingestuft worden war. Seit Jahren schon war die flächendeckende medizinische Versorgung der Bevölkerung gerade an Wochenenden ein Ärgernis, und es gab zu viele Gründe, warum das so war.

Edgar hatte mit zusammengebissenen Zähnen die Kellergalerie geschlossen, die Hunde ins Haus gescheucht und für die Fahrt in die Klinik ein Taxi gerufen. Röntgen, Diagnose Handgelenkbruch, Gipsmanschette von den Fingern bis zum Ellbogen. Aus die Maus mit Motorradfahren.

Jetzt saß er am Bahnsteig der S-Bahn in Offenburg und versuchte, während er auf den Zug nach *Gengenbach* wartete, sich an das Aussehen der Frau aus der Kellergalerie zu erinnern, die ihm so prächtig die Tür gegen die Hand gedonnert hatte. Viel brachte er nicht zustande. Alter zwischen vierzig und fünfzig Jahre, Größe um die ein Meter sechzig, schlank, dunkelbraune glatte Haare. Schulterlang? Oder kürzer? Bei der Kleidung musste er komplett passen. Er war zu sehr in sein Archiv vertieft gewesen und gehörte sowieso nicht zu der Sorte Männer, die jedem Rockzipfel hinterhergafften. Dennoch: Als Ex-Bulle durfte er eine höhere Qualität an Beobachtungsgabe von sich erwarten. Aber da war nichts.

Du wärst ein lausiger Zeuge, Herr Kriminalhauptkommissar a. D. Edgar Schaaf, schalt er sich. Vielleicht würde es *klick* machen, wenn er die Dame wiedersehen würde. Aber *Vielleichts* waren immer schlechte Vorzeichen für

Ermittlungsarbeiten gewesen. Daran würde sich auch heute nichts ändern, falls er versuchen wollte, die Frau zu ermitteln. *Kriminalisiere nicht herum*. Da war es wieder. Wie ein Mantra. Und automatisch die Verbindung zu Melanie.

Melanie. Durfte er ihr von dem Unfall überhaupt erzählen? Würde sie nicht auf der Stelle ihre Pilgerreise abbrechen und nach Hause kommen? Zu ihrem lädierten Mann? Verdammt, was für ein Dilemma.

Sie hatten abgesprochen, dass sie sich jeden Abend bei ihm melden sollte. Ob per Bildtelefonie oder per *WhatsApp* oder SMS würde sich vor Ort in Spanien ergeben, je nachdem was technisch gerade zur Verfügung stand. Für heute indes rechnete Melanie mit einer sehr späten Ankunft in *Ponferrada*, dem Ausgangsort ihres Pilgerweges.

Gerade war es neunzehn Uhr geworden. Melanie war somit seit knappen zwölf Stunden unterwegs. Unmöglich, die Strecke mit dem Bus in dieser Zeit zu schaffen, überschlug Edgar, rief die Hunde zu sich, schnappte die Leinen vom Haken und verließ das Haus für eine letzte Runde.

Er trug den verletzten Arm in einer Schlinge vor der Brust, um die Schmerzen in Zaum zu halten. Eigentlich spürte er nur noch ein dumpfes Pochen, wie der Arzt es ihm beschrieben hatte, und auch das würde sich allmählich legen. Noch aber war vor *allmählich* und er fand es ärgerlich, dass die Verletzung so viel von seiner Konzentration in Anspruch nahm.

Er ließ die Hunde entscheiden, welche Strecke sie nehmen wollten, und bald kristallisierte sich heraus, dass es an das Flüsschen *Kinzig* gehen sollte. Während er bequem auf der Krone des Hochwasserdamms entlangschritt, tollten *Müller* und *Lydia* am Wasser herum. *Lydia* hatte einen angeschwemmten Ast entdeckt. Edgar wusste, dass damit die Beschäftigung für beide gesichert war und setzte sich auf eine Bank, um dem Spiel der Hunde zuzuschauen.

Es mochten etwa zehn Minuten vergangen sein, als Edgar Rufe vernahm. Rufe, die lauter wurden, weil jemand winkend auf ihn zugelaufen kam. Er erhob sich und ging der Person entgegen. Nahe genug gekommen, erkannte er, dass es eine Frau war. Sie schien in großer Sorge zu sein, denn sie rief noch in geraumem Abstand:

„Haben Sie ein Telefon? Sie müssen mir helfen, mein Hund stirbt!" Dann war sie bei ihm angelangt.

„Wie? Ist Ihrem Hund etwas passiert?" Edgar reichte ihr sein Handy.

Mit zitternden Händen wählte sie die Notrufnummer der Polizei. „Kommen Sie schnell. Mein Hund hat einen vergifteten Köder gefressen. Er blutet aus dem Maul. Bringen Sie einen Tierarzt mit. Wo? Auf dem Kinzigdamm bei *Gengenbach*. Schnell."

Und an Edgar gewandt fragte sie mit Tränen in den Augen: „Sie sind nicht zufällig Tierarzt?"

Edgar verneinte. „Aber kommen Sie. Zeigen Sie mir, wo Ihr Hund ist." Er pfiff *Müller* und *Lydia*, die ihr Spiel sofort abbrachen und hinter ihm und der Frau her rannten.

Edgar meinte, die Frau irgendwo schon einmal gesehen zu haben. Er griff auf seine zwischen den Ohren liegende Bio-Festplatte zu und wählte *Eigene Bilder*, doch er fand die passende Datei nicht. *Vielleicht habe ich mich geirrt,* dachte er, *vielleicht liegt es an der Extremsituation, dass ich ihr Gesicht nicht finde.*

Sie erreichten den am Boden liegenden Hund fast gleichzeitig. Ein schönes Tier mit weiß-braun geflecktem Fell, etwa in gleicher Größe wie *Lydia*. Das Röcheln beim gequälten Ein- und Ausatmen war nur schwer zu ertragen. Vor seinem Maul bildete sich rötlicher Schaum. Die Frau kauerte sich zu ihm hin und nahm den Kopf des Tieres auf den Schoß. Es sah nicht gut aus.

Edgar wählte noch einmal die Nummer der Polizei.

„Edgar Schaaf hier. Der Notruf wegen des Hundes. Kollegen, Ihr könnt mein Handy orten, dann seht Ihr, wo genau wir uns befinden. Verständigt bitte die nächste Tierklinik. Es ist ein Notfall. Danke."

Er ging neben der Frau in die Hocke. „Mein Name ist Edgar Schaaf. Ich bin Polizist im Ruhestand. Was genau ist passiert?"

„Es ist meine Schuld", schluchzte die Frau verzweifelt. „Meine *Bella* ist zu weit vorausgelaufen. Normalerweise darf sie das nicht, denn sie frisst fast alles, was sie findet, zum Beispiel auch Hundescheiße. Aber ich habe nicht aufgepasst. Dann kam sie plötzlich taumelnd auf mich zu, die Schnauze voller Blut ..."

„Es ist kein Gift", behauptete Edgar, „sie würde sonst nicht so stark bluten. Gift wirkt langsamer. Haben Sie die Stelle gefunden, wo sie den Köder gefressen hat?"

„Nein, natürlich nicht, ich habe mich zuerst um *Bella* gekümmert. Aber wenn es kein Gift ist, was könnte es dann sein?"

„Es klingt zwar brutal, aber es könnten Rasierklingen oder Nägel sein. Es wäre nicht der erste Fall in dieser

Gegend. Kann ich Sie allein bei *Bella* lassen? Die Polizei wird gleich hier sein. Ich gehe mich mal umsehen. Vielleicht finde ich noch Reste des Köders."

Edgar entdeckte Blutspritzer im Gras. Er zeigte sie seinem *Müller*: „Such, *Müller*, such!"

„Haben Sie keine Angst, dass Ihre Hunde auch ...?" Die Frau ließ die Frage unvollendet.

„Sie fressen nichts außerhalb des Hauses. Man kann es ihnen antrainieren. Such, *Müller*!"

Müller schnüffelte los, die Nase auf dem Boden. *Lydia* folgte ihm spielerisch. Schon nach wenigen Metern blieb *Müller* stehen und bellte Vollzug. Edgar lobte ihn und inspizierte die Stelle. Es war so, wie er gedacht hatte. Ein Rest des Köders lag noch im Gras, vermutlich Hackfleisch. Edgar markierte den Ort mit einem Papiertaschentuch und kehrte zu der Frau zurück. Im gleichen Augenblick sah er auch schon einen Streifenwagen mit Blaulicht über den Kinzigdamm kommen.

Nach einigen erklärenden Worten handelten die beiden uniformierten Polizisten. Gemeinsam hoben sie die verletzte Hündin in eine Kunststoffwanne und schoben diese auf den Rücksitz. Einer packte den Rest des Köders in eine Plastiktüte und nahm ihn mit.

„In welche Tierklinik bringt ihr sie? *Kehl am Rhein* oder *Haslach im Kinzigtal*?", fragte Edgar den Fahrer des Streifenwagens.

„*Haslach*", antwortete er. „Ist näher."

Bevor die Frau sich zu *Bella* in den Streifenwagen setzte, fragte sie Edgar nach dem Namen: „Sie hatten sich zwar vorgestellt, aber ich habe ihn vor lauter Aufregung vergessen."

„Edgar Schaaf in *Gengenbach*. Schaaf mit zwei a. Ich steh´ im Telefonbuch", sagte er.

Dann fuhr der Streifenwagen mit Blaulicht und Martinshorn davon.

In der Zwischenzeit war die Dämmerung hereingebrochen, und als Edgar die Hunde in den Garten des Türmchenhauses entließ, leuchtete im Westen über den Vogesen das Abendrot. Seltsamerweise, und das fiel ihm erst jetzt zu Hause auf, hatte er über die Dauer des Vorfalls mit der Hündin *Bella* keinerlei Schmerz gespürt.

Er nahm sich vor, bis zu Melanies Anruf wach zu bleiben. Gleichzeitig überfiel ihn der Hunger. Er entdeckte Reste vom gestrigen Abendessen im Kühlschrank: Kartoffeln. Rasch stand eine Pfanne auf dem Herd. Und da er sich beim Eieraufschlagen mit der linken Hand total ungeschickt anstellte, gab es Rührei mit Eierschalensplittern dazu. *Ja, verdammt.* Wie hilflos man ohne beide funktionstüchtigen Hände ist, erfuhr er hinterher beim Geschirrspülen.

Gegen zweiundzwanzig Uhr schaltete er wegen der Nachrichten den Fernseher ein. Ein Glas Rotwein auf dem Tisch, die Flasche ziemlich umständlich, doch letztlich erfolgreich entkorkt, flimmerten die Bilder an ihm vorbei, ohne dass er deren Sinn verstand. Denn zum zweiten Mal an diesem Tag versuchte er vergeblich, sich an das Aussehen einer Person zu erinnern. Die Hündin *Bella* könnte er ohne weiteres, von der Schnauze bis zur Schwanzspitze, beschreiben. Die Frau jedoch? *Blackout.*

Er haderte mit sich selbst: *Mensch, Edgar, schon auf Kritaholm hattest du Probleme, dich an diverse Dinge zu erinnern. Einmal war es die Lesung einer Schriftstellerin, für die Pit Ferman eingesprungen war; das andere Mal war es jener ominöse Hammer, der mir erst durch Zufall wieder eingefallen war. Der Hammer. Die Tatwaffe. Mir, dem Kriminalhauptkommissar, der sonst so akribisch arbeitete.*

Und heute gleich zwei Personen, die du nicht erschöpfend beschreiben kannst. Liegt es daran, dass es sich um Frauen handelt? Oder was ist mit dir und deinem Gedächtnis los? Zudem hast du weder die eine noch die andere nach ihrem Namen gefragt. Wirst du eventuell altersvergesslich? Alzheimer? Demenz?

Ende der Nachrichten. Wäre die Botschaft gewesen, dass ein Meteorit auf *Gengenbach* gestürzt wäre, so hätte er sie versäumt. Er stellte sich die Schlagzeilen vor: **Gengenbach von Meteorit getroffen. Alle Einwohner, bis auf einen, konnten sich rechtzeitig in Sicherheit bringen.** Er stand auf, ging mit dem Weinglas zum Wohnzimmerfenster, und schaute hinaus in die Nacht. Lange Zeit realisierte er nichts. Es war einfach dunkel, und hauptsächlich stand er bloß stumm und unbeweglich vor dem schwarzen Schatten, den er, von hinten angestrahlt, selbst auf die Scheibe warf.

Ist es das?, fragte er sich. *Noch bin ich hier. Aber irgendwann werde ich nur noch ein Schatten sein, so wie die dunkle Gestalt im Fenster.*

Er nippte am Weinglas. Plötzlich eine Bewegung draußen. Im Garten. Ein Schemen huschte vorbei. Da! Noch eines. *Zum Teufel, wer erlaubt sich ...*

Mit energischen Schritten war er an der Hautür, riss sie auf und spähte hinaus. „Ist da jemand?"

Müller und *Lydia* kamen um die Ecke geflitzt, blieben hechelnd am Fuß der Treppe stehen.

Endlich kapierte Edgar. „Ach du meine Güte, *Müller*, *Lydia*, ich ...“

Die Hunde flutschten wie die Wiesel an ihm vorbei ins Haus.

„... habe euch völlig vergessen.“

Um halb zwei Uhr in der Nacht rief sie schließlich an. Melanie.

Edgar war auf der Couch eingenickt und schreckte hoch.

„Melanie?“

„Edgar? Edgar? Entschuldige, dass es so spät geworden ist, aber wir sind jetzt erst in unserem Hotel angekommen. Eine elendig lange Fahrt. Wir sind hundemüde. Doch ich wollte dir unbedingt Bescheid sagen. Hast du so lange gewartet?“

„Ich habe auf dem Sofa gedöst, meine Liebe. Reden wir nicht ewig. Hauptsache, du bist am Ziel und kommst ins Bett. Lieb, dass du angerufen hast.“

„Edgar? Deine Stimme klingt so komisch. Als hättest du geweint. Ist bei dir alles in Ordnung?“

„Da musst du dich verhört haben, Melanie. Hier ist alles in Ordnung“, schwindelte er.

Zweiter Tag
Sonntag, 07. Mai 2023

„Schaaf." Edgar gähnte.

„Guten Morgen, Edgar. Ich weiß, es ist früh, aber ..."

„Melanie? Du? Was ist los? Wir wollten doch erst heute Abend telefonieren."

„Machen wir auch. Aber hör´ zu. Es hat mir heute Nacht einfach keine Ruhe gelassen. Du klangst wirklich merkwürdig gestern Abend. Sag´ mir, was passiert ist, und binde mir keinen Bären auf."

Edgar seufzte vernehmlich. So war sie nun mal, seine Melanie. Sie hörte die Flöhe husten und roch den Braten selbst im fernen Spanien. In Windeseile versuchte er abzuwägen, was er ihr gestehen konnte, ohne dass sie sich zu sehr beunruhigte. Den Handgelenkbruch, oder dass er tatsächlich vor Angst geweint hatte, das Gedächtnis zu verlieren?

Er entschied sich für das Erste, denn es konnte durchaus sein, dass er den Verband noch tragen würde, wenn sie zurückkäme.

Allerdings kann es auch sein, dass ich Melanie vergessen haben werde, wenn sie zurückkommt, schoss es ihm durch den Kopf.

„Ich hab´ mir das Handgelenk gebrochen. Ein dummer Unfall. Nichts Schlimmes. Alles schon in Gips."

Er schilderte, wie es dazu gekommen war.

„Ahnte ich´s doch. Und deswegen hast du geweint, mein Armer?"

„Äääh, jaaa, des – we – gen. Weil ich befürchtet hatte, dass ich dir damit die Pilgerfahrt vermasselt habe. Eigentlich war es mehr aus Ärger über mich selbst, verstehst du?"

Es rauschte in der Leitung. Für Edgars Empfinden etwas zu lange. „Melanie? Bist du noch da?"

„Ja, mein Lieber, ich bin noch da. Du meinst also, dass ich nicht zurückzukommen brauche?"

„Nein, auf keinen Fall", antwortete er schnell. „Ich meine natürlich, ja, du brauchst nicht zurückzukommen. Es geht mir gut."

„Und *Lydia* und *Müller*?"

„Bestens. Wir gehen zweimal täglich spazieren, das weißt du doch."

„Und sonst?"

„Melanie!", sagte er laut. *Jetzt lass´ mal gut sein*, dachte er.

„Okay, mein lieber Edgar. Dann hören wir heute Abend wieder voneinander. Wir brechen jetzt gleich zu unserer ersten Etappe auf. Richtung *Villafranca del Bierzo*. Über zwanzig Kilometer. Mal sehen, ob wir die schaffen. Das Wetter ist optimal. Ich liebe dich, mein Edgar."

„Ich dich auch, meine Schöne, ich dich auch."

Genau besehen war es gar nicht so früh, wie Melanie gemeint hatte. Acht Uhr. Gut, sonntags blieben sie immer länger im Bett. Das *Aquarelle und Poesie* blieb geschlossen. Selbst *Müller* und *Lydia* hatten sich daran gewöhnt, dass an Sonntagen der erste Ausflug über die Felder später stattfand. So lange mussten sie ihre Bedürfnisse halt verkneifen. Und heute war Sonntag. Dass Melanie es als *früh* empfand, war sicher ihrer späten Ankunftszeit im Hotel und der kurzen Nacht geschuldet.

Edgar war einigermaßen erleichtert gewesen, als Melanie die Begleitung ihrer *besten* Freundin Gerti in Aussicht gestellt hatte. Er hatte Gerti an Weihnachten vor eineinhalb Jahren näher kennengelernt, als sie gemeinsam mit anderen Freunden im Türmchenhaus gefeiert hatten. Vorher waren es nur sporadische Begegnungen mit ihr gewesen, meist in Melanies Geschäft. Allerdings hatte er sie seither nicht mehr gesehen, und im Grunde wusste er auch nicht viel über sie. Zum Beispiel nicht, ob sie verheiratet war, und nichts über ihre Familien- oder Beschäftigungsverhältnisse. Melanie tratschte nicht über *beste* Freundinnen. Und als Gertis Mitreise nach Spanien definitiv feststand, war es für ihn eine enorme Beruhigung. So auch jetzt, da er Melanie nicht alleine wusste.

Denn sonst wäre sie Frau genug, koste es was es wolle, die Zelte abzubrechen, Pilgerweg Pilgerweg sein zu lassen und auf denkbar schnellstem Weg nach Hause zu fahren. Zu ihm. Ihrem geliebten Edgar. Das wusste er und fühlte sich darum nicht ganz so miserabel, ihr seine Angstzustände und Befürchtungen bezüglich seiner Erinnerungslücken nicht bierwarm aufgetischt zu haben.

Oh nein, nicht aufgetischt, revidierte er sich sofort. Auftischen *hat einen negativen Klang, klingt nach Betrug und Lüge. So habe ich es nicht gemeint. So einer bin ich nicht. War ich noch nie gewesen, und fange heute nicht damit an.*

Es würde Gespräche darüber geben müssen, so viel war ihm klar. Aber vielleicht war alles auch nur halb so wild, wie die unterschwellige und lauernde Angst ihm versuchte zu suggerieren, und es musste bestimmt nicht in den nächsten drei Wochen sein. Edgar gewährte sich selbst eine Galgenfrist.

Es war einer dieser instabilen Mai-Tage, die einem Rückfall in winterliche Verhältnisse näher waren als der Sehnsucht nach dem Sommer. Ein unangenehm eisiger Wind trieb pappnasse Schneeflocken über die Felder, und die Hunde klemmten missmutig die Schwänze zwischen die Hinterbeine. Sie bewegten sich steif und unlustig, schielten Edgar vorwurfsvoll von unten an. Dackelblicke.

Während des Frühstücks hatte er in seinem Kriminal-Ordner geblättert. Sein Interesse galt den Berichten über Tierquälerei, im Speziellen den gemeldeten Fällen, bei denen präparierte Köder verwendet worden waren. Eingedenk, dass er mit einer hohen Dunkelziffer rechnen musste, handelte es sich bei den veröffentlichten Fällen um eine stattliche Anzahl. Edgar stellte fest, dass haupt-sächlich das Gebiet zwischen *Offenburg* und *Hausach* im Kinzigtal, aber auch das benachbarte Rothbachtal, wo sein Freund Pit Ferman wohnte, im Fokus des oder der Hundehasser(s) lagen, und dass das Phänomen ungefähr vor einem guten Jahr begonnen hatte. Frühere Meldungen darüber hatte er jedenfalls keine gefunden.

Die Möglichkeiten der Polizei, derartige Täter zu ermitteln, beschränkten sich auf eine sehr überschaubare Zahl von Maßnahmen. Die Schwierigkeiten lagen in der Natur der Verbrechen begründet. Außer einem gerüttelt Maß an Feigheit, gepaart mit Böswilligkeit, brauchten die Täter keine herausragenden Fähigkeiten. Da man so gut wie nie einen solchen Tierquäler auf frischer Tat ertappte, war man überwiegend auf die Mithilfe der Bevölkerung angewiesen. Man konnte im besten Fall das grobe Tätigkeitsfeld erkennen, ein Bewegungsmuster erarbeiten, die Leute sensibilisieren. Sonst blieben in der Regel nur die Aussagen aufmerksamer Beobachter. Zeugen also. Denn die Zutaten für einen heimtückischen Köder konnte jedermann jederzeit überall kaufen.

Edgar sah die gequälte *Bella* vor Augen. Er konnte keine Garantie dafür abgeben, den Verursacher nicht zu erschlagen, falls er ihn zwischen die Finger bekommen würde. Oder vor die Fäuste. Unbewusst ballte er die linke Hand und murmelte lästerliche Flüche.

Seine Stimmung war ohnehin nicht die beste. Die Prozedur des Haarewaschens hatte ihm, bedingt durch die unbrauchbare rechte Hand, nicht den gewünschten *Kick-Off* in den Tag gegeben. Er hatte den Gipsarm in eine Plastiktüte gepackt und sich in der Dusche so elegant wie ein Tanzbär bewegt. Auch die Zubereitung des Müslis, insbesondere das ungewohnte Schnippeln des Apfels mit der linken Hand, glich einer Lachnummer fürs Variete. Selbst die Tour über die Felder machte heute keinen Spaß. Der Wind pfiff ihm in den Nacken. Er stellte den Jackenkragen hoch und drehte um. Als hätten *Müller* und *Lydia* nur auf das Signal gewartet, stoben sie an ihm vorbei, jagten voraus, und Edgar wusste, dass er sie erst wieder vor dem Gartentor zu Gesicht bekommen würde, wartend, dass er endlich aufschloss.

Sonntag. Das *Aquarelle und Poesie* in der Stadt war geschlossen, ergo brauchte er dort nicht nach dem Rechten zu schauen. Ein Telefonat mit Frau Holzer würde genügen, um sich der Ordnung zu versichern. Auf dem Rückweg zum Haus war ihm spontan die Idee gekommen, mit der S-Bahn nach *Haslach im Kinzigtal* zu fahren und die Tier-Klinik zu besuchen. Einfach so.

Nein, nicht einfach so. Das Schicksal der Hündin *Bella* bewegte ihn doch mehr. Und ein weiterer Grund zog ihn dorthin. Mehr oder weniger ein Selbstversuch. Er wollte wissen, ob er *Bellas* Besitzerin, falls er sie dort zufällig treffen sollte, wiedererkennen würde. Nicht aus Interesse an der Frau, du meine Güte, nein, sondern als Test seiner Erinnerungsfähigkeit. Es ließ ihm keine Ruhe.

Edgar steckte den MP3-Player ein, setzte den Kopfhörer auf, und stellte *Psychedelic Pill* von *Neil Young and Crazy Horse* ein. Erster Titel: *Driftin´ Back*. Siebenundzwanzig Minuten und sechsunddreißig Sekunden Dauer. Das würde bequem reichen, um ihn bis nach *Haslach* mit sattem Sound zu versorgen.

Normalerweise war die Tierklinik *Haslach* sonntags geschlossen, für Notfälle jedoch ständig besetzt.

Edgar wurde nach dem Klingeln an der Hauptpforte und der Angabe seines Grundes eingelassen. *Bella*.

Er musste zugeben, dass er die Frau an einem anderen Ort und ohne Hund nicht wieder erkannt hätte. So aber, da sie die einzige Frau im Wartezimmer war, knüpfte er die Verbindung zu einer hohen Wahrscheinlichkeit. Außerdem bemerkte *sie* ihn und kam auf ihn zu. Jetzt gelang es ihm, einige Äußerlichkeiten abzuscannen. Alter um die sechzig Jahre, etwa ein Meter siebzig groß, dunkelgraue kurze Haare, schmales ungeschminktes Gesicht, gerade Nase, schlanke Figur.

„Herr Schaaf, nicht wahr?"

Edgar reichte ihr die Hand. „Ja., ich grüße Sie, Frau ...?"

„Ach ja, entschuldigen Sie. Solberg. Wilma Solberg. Ich hätte Sie anrufen sollen, aber ich habe es gestern einfach nicht geschafft. Ich war ...“

„Sie brauchen sich nicht zu entschuldigen, es ist ja verständlich. Was wissen Sie heute über *Bellas* Zustand?“

„Ich warte drauf, dass Sie aufwacht. Sie liegt noch im künstlichen Koma. Aber sie hat wohl Glück gehabt. Dank Ihnen. Dass Sie gerade mit einem Telefon in der Nähe waren. Das hat ihr vermutlich das Leben gerettet.“

„Gottseidank, das freut mich aber.“

Frau Solberg nickte. „Ja. Sagen Sie, sind Sie extra wegen *Bella* hierhergekommen?“

„Ja“, bestätigte er. „Wie ich sagte, war ich Polizist. Ich habe mich gestern etwas mit dieser Variante der Tier-quälerei befasst. Die Fälle in der Region haben nämlich stark zugenommen, wie ich festgestellt habe, und das gefällt mir nicht. Ich bin ja selber Hundebesitzer und es ärgert mich, dass man so wenig gegen diese Schweine, entschuldigen Sie den Ausdruck, aber so sehe ich diese Verbrecher nun mal, ausrichten kann. Was hat man eigentlich bei *Bella* gefunden?“

„Dadurch, dass wir relativ schnell hier in der Klinik waren, konnte man ihr den Magen auspumpen, bevor der Köder in den Verdauungstrakt gelangte. Er war gespickt mit Nägeln. Das Blut stammte von Verletzungen im Maul- und Rachenraum. Die Speiseröhre war zum Glück nicht perforiert. Man wird *Bella* später noch einmal röntgen und eventuelle Fremdkörper mit einem endoskopischen Werk-zeug entfernen. So lange warte ich hier, und dann kann ich sie vielleicht wieder mit nach Hause nehmen. Glück gehabt, Herr Schaaf.“

Edgar lächelte. „Stimmt. Wo sind Sie denn daheim?"

„In *Berghaupten*."

„Ach, das ist ja ziemlich vis-à-vis von uns. Besuchen Sie uns doch mal mit Ihrer *Bella*. Meine Frau wird sich freuen. Ihr gehört das *Aquarelle und Poesie* in *Gengenbach* ..."

„Ach nee, das glaub´ ich jetzt nicht. Sie heißt nicht zufällig Melanie Köninger und befindet sich aktuell auf einer Pilgerwanderung in Spanien? Dem Jakobsweg?"

Edgar guckte verdutzt. „Jetzt bin ich es, der sprachlos ist. Wie kommen Sie denn darauf, beziehungsweise woher wissen Sie davon?"

Sie grinste wissend. „Von meinem Mann. Er ist ebenfalls dort. Gestern früh abgereist."

„Im Bus mit dieser Behindertengruppe?", fragte Edgar ungläubig.

„Genau", antwortete Frau Solberg. „Ihm wurde vergangenes Jahr ein Bein amputiert. Unfall. Trägt seither eine Prothese. Er betrachtet es als ein Geschenk, dass er überhaupt wieder gehen kann. Er ..."

„Er hat ein Gelübde abgelegt", stellte Edgar fest. „Wie meine Melanie. Da muss ich sie heute Abend direkt drauf ansprechen. Die Welt ist echt ein Dorf, finden Sie nicht?"

„Das ist wohl wahr", sagte sie. „Überhaupt fällt bei mir jetzt der Groschen. Sie sind das Paar, das wegen einer Ihrer tollkühnen Aktionen in Kroatien schon im Fernsehen kam. Sie sind der Kriminalhauptkommissar, nicht wahr?"

Edgar schaute sich um, als würde er Mithörer befürchten. Dann raunte er: „Ich bin außer Dienst, Frau Solberg. Pensionär. Trotzdem würde ich gerne herauskriegen, wie man diesem Tierquäler das Handwerk legen kann. Wenn Sie eine Idee haben – rufen Sie mich an."

Eine Angestellte der Praxis in grünem Kittel rief Frau Solbergs Namen.

„Oh, ich glaube das bedeutet, dass *Bella* aufgewacht ist. Ich muss gehen", sagte sie. „Danke für Ihre Anteilnahme, Herr Schaaf. Und grüßen Sie Ihre Frau von mir. Wir sehen uns sicher einmal wieder."

„Bestimmt. Und viel Glück", sagte Edgar.

Edgar saß in der S-Bahn nach *Gengenbach* und schaute aus dem Fenster. *Verdammt viele Kilometer zwischen Hausach und Offenburg*, dachte er. *Verdammt viele Möglichkeiten für einen Hundehasser, präparierte Köder auszulegen. Wie soll man das bei über dreißig Kilometer überwachen?*

Er sinnierte weiter: *Moment. Moooment. Muss ich das zur Aufgabe des Kriminalhauptkommissars Edgar Schaaf machen? Eine Herausforderung? Unsere Hunde sind ja nicht gefährdet. Sie haben das Training beim Hundeflüsterer mit Bravour abgeschlossen. Sie fressen keine Fundsachen. Was also geht es dich an, Herr Kriminalhauptkommissar?*

Edgar schüttelte den Kopf. Er wusste, dass er mit solcher Denke nicht weit kommen würde. Er war nicht der Typ, der sagte: *Freund, geh´ du voran, lass´ mich hinter´n Baum.* Aber was tun?

Die gesamte Strecke mit Überwachungskameras auszurüsten war ein Ding der Unmöglichkeit. Wer sollte das finanzieren? Und alle Geschäfte und Märkte, die Hackfleisch im Angebot hatten, zu überwachen, war nicht machbar. Heutzutage war es Usus, die Einkäufe an Selbstscannerkassen abzurechnen, und davon gab es unzählige.

Brachte es eventuell etwas, eine Interessengemeinschaft zu gründen? Eine IG aus Hundebesitzern, Hundefreunden, Haustierfreunden und Sympathisanten? Leute, die bereit waren, von früh bis spät, natürlich abwechselnd, im Schichtbetrieb sozusagen, einen bestimmten Geländeabschnitt unauffällig zu beobachten? Mit Fern- und Nachtsichtgläsern?

Würde ich das tun?, fragte er sich, und beantwortete die Frage mit *ja*. Also auch andere? Und was, wenn sich gerade derjenige am eifrigsten beteiligt, der selber der Täter ist? Wie der Feuerwehrmann, der die zu löschenden Brände eigenhändig legt?

Also Ausschlussverfahren. Es kommen nur Hundebesitzer in Frage, und Personen, für die man die Hand ins Feuer legen würde. Keine Unbekannten. Und wie kriegt man die unter einen Hut? Besser gefragt: Wo findet man sie, und vor allen Dingen wie? Machte es überhaupt Sinn? Kann man es rein organisatorisch auf die Beine stellen? Zu seiner Bestürzung musste er zugeben, dass er nicht einen einzigen anderen Hundehalter persönlich kannte. Er ging immer allein mit *Müller* und *Lydia* über die Felder oder an der *Kinzig* entlang. Er verabredete sich nie mit anderen zu gemeinsamen Touren. Weil er keine Gesellschaft ertragen konnte. Weil er keine Konversationen führen wollte, mit wem auch immer. Melanie freilich ausgenommen.

Das macht die Sache nicht einfacher, dachte er.

In Edgars Kopf begannen die Räder zu laufen. Etwas musste geschehen, so viel war klar. Wenn er es nicht in die Hände nahm, würde es keiner tun. Derart in Gedanken vertieft, verpasste er den Zughalt in *Gengenbach* und war gezwungen, bis nach *Offenburg* zu fahren. War das ein weiteres Indiz für seine zunehmende Vergesslichkeit?

Im Innenohr meckerte sein kleiner ureigener Klugscheißer: **Du beginnst schusselig zu werden, Edgar Schaaf. Du lässt dich ablenken. Hoffentlich weißt du noch, wo du wohnst. Schreib´ sicherheitshalber einen Zettel mit deiner Adresse drauf und trage ihn an einer Schnur um den Hals.**

In *Offenburg* wartete er auf dem Bahnsteig auf den Gegenzug. Als er eine Dreiviertelstunde später als ursprünglich vorgesehen in *Gengenbach* aus der S-Bahn stieg, war er einer Antwort auf seine Fragen nicht näher gekommen. Aber der Entschluss stand für ihn fest. *Edgar Schaaf wird etwas tun, und dieser Edgar Schaaf bin ich.*

Müller und *Lydia* warteten schon. Edgar, eigentlich müde, stöhnte: „Also gut, ihr Racker, streunen wir auf eine Runde draußen herum. Aber mit etwas mehr Enthusiasmus als heute Morgen, wenn ich bitten darf."

Er öffnete die Haustür und ließ die beiden ins Freie. Komischerweise sprangen die Hunde nicht wie gewohnt sofort zur Gartenpforte, sondern über den Rasen in die Nähe des Rhododendronstrauches. Dort verharrten sie und beugten die Köpfe über eine Stelle am Boden. *Müller* hob seinen Kopf und drehte sich suchend nach Edgar um.

„Auf, ihr beiden, kommt schon", rief er, doch sie folgten nicht. „*Müller, Lydia*, hoppla, was habt ihr denn."

Edgar grummelte etwas in seinen Bart hinein und stapfte zu ihnen hinüber. *Lydia* fiepte ängstlich.

„Was habt ihr denn da. Was ist so interessant, dass ..."
Er sah den Klumpen im Gras liegen. Die rötliche Farbe. Er

sah aus wie Hackfleisch. Faustgroß. „Verdammter Mist",
fluchte Edgar. „Kommt weg hier", befahl er den Hunden
und zog sie an den Halsbändern von dem Klumpen weg.
„Brav gemacht, *Müller*. Superbrav, *Lydia*. Dafür habt ihr
eine Belohnung verdient. Nachher. Versprochen. Eine
Belohnung. Nachher. Aber jetzt kommt erst mal mit." Er
zückte sein Handy und rief die Polizei.

Es waren dieselben Beamten wie gestern auf dem
Kinzigdamm. Einer sicherte den Köder in einer Plastiktüte, der andere nahm Edgars Anzeige auf. Auf dem Rasen
wurden sonst keine verwertbaren Spuren festgestellt.

„Wir werden die Nachbarn befragen, ob sie verdächtige
Personen beobachtet haben", versprach der eine Beamte.

Edgar nickte. Die übliche Vorgehensweise. Er verstand,
dass der Handlungsspielraum der Polizei damit ausge-
schöpft war. Umso mehr sah er sich bestätigt, selbst aktiv
zu werden. Er bedankte sich, bat um eine Rückmeldung
bezüglich der Zusammensetzung des Köders, und verabschiedete die Polizisten.

Die Hunde waren nun nicht mehr zu halten. Sie trippel-
ten ungeduldig vor dem Gartentor hin und her, und drängten fast gewaltsam hinaus, sobald Edgar auch nur einen
Spalt öffnete. Er folgte ihnen gemächlich. Irgendwo würden sie, das war immer so, schon auf ihn warten.

Das Wetter hatte sich beruhigt. Der Himmel war zwar
von dicken grauen Wolken bedeckt, doch es war spürbar
wärmer geworden. Der Trend der meteorologischen Vor-
hersage versprach einen Wonnemonat Mai. Also war das
Schneetreiben heute Morgen bloß ein winterliches Inter-
mezzo gewesen.

Edgar schlenderte, Hände auf dem Rücken, den Blick vor seine Füße gerichtet, durch die Passerelle den entschwindenden Hinterteilen der Hunde hinterher. Er dachte an den Tierquäler, der die Unverschämtheit besessen hatte, am helllichten Tag die Unberührbarkeit seines Hauses zu verletzen. Diesen Frevel hatte sich erst einmal einer erlaubt: Bodo Wessels, beziehungsweise Bodo Schneider, Vierfach-Mörder. Es war ihm nicht gut bekommen. Edgar hatte ihn gejagt. (*Schaafswinter*)

Die Frage war, wer es gewagt hatte, den Köder praktisch vor seinem Wohnzimmerfenster zu platzieren? Entweder war derjenige besonders dreist, oder er hatte gesehen, dass Edgar das Haus verlassen hatte. Die einfache Risikoabwägung ließ auf die zweite Möglichkeit schließen. Aber dann hätte sich der Täter quasi in unmittelbarer Nähe aufhalten und ihn beobachten müssen. Er muss gewusst haben, dass Edgar hier wohnte und dass er zwei Hunde besaß. War dem so?

Es muss etwas geschehen, dachte Edgar wiederholt. *Er ist mir zu nahe gekommen.*

Ganz wohl war ihm mit dem Gedanken zur Selbsthilfe nicht. Die Nähe zur Selbstjustiz war gefährlich. Es bedurfte nur eines kleinen Schrittes, um die Tabu-Grenze zu überschreiten, und das durfte nicht passieren. Je mehr Menschen jedoch eingebunden waren, desto unkontrollierbarer wurde die Sache. Wenn eine Situation eskalierte, und das war bei einem so sensiblen Thema wie Tierquälerei nicht auszuschließen, stoppte keiner mehr die Lawine. Es brauchte nur einige Hitzköpfe, und wo gab es die nicht?

Genauso wenig schmeckte ihm die Ähnlichkeit mit einer sogenannten Bürgerwehr. Im Grunde waren ihm Menschen, die sich berufen fühlten, in Eigenregie für Recht und Ordnung zu sorgen, überaus suspekt. In der Regel legten solche Gruppen Recht und Gesetz bald nach eigenen Kriterien aus, verübten aus diesem Grund selber Straftaten, die dann untereinander gedeckt wurden. Zudem waren die meisten Bürgerwehren völkischnationalistischen Grundsätzen zugeneigt.

Solche Tendenzen musste Edgar für sein Projekt von vornherein versuchen zu unterbinden. Aber wie?

Edgar blieb stehen. Er schaute sich um. Wo war er? Wie kam er hierher? Und wo, verflixt und zugenäht bitteschön, waren *Müller* und *Lydia*?

Ihn schwindelte kurz. Für die Dauer einer Sekunde verlor er das Gleichgewicht.

Ruhig, Edgar, ruhig.

Er drehte sich um. In einiger Entfernung sah er Häuser. *Gengenbach? Natürlich Gengenbach, zum Donner, was soll es sonst sein. Noch bin ich nicht verrückt.* Wieder eine Drehung in die ursprüngliche Richtung. Er fasste eine Gartenhütte ins Auge, die auf halbem Weg zu den aufsteigenden Hügeln stand. Finger an die Lippen, ein greller Pfiff. Dort kamen sie hinter der Hütte hervor, hielten nach ihm Ausschau. Noch ein Pfiff, und sie zottelten auf ihn zu. *Müller* und *Lydia*. Edgar atmete aus. *Na also. Nur keine Panik. Alles ganz normal.*

Zu Hause gab er ihnen die versprochene Belohnung. Je ein getrocknetes Schweinsohr. „Hab´s nicht vergessen, hört ihr? Hab´s nicht vergessen", sagte er ihnen. *Müller* und

Lydia trollten sich mit ihrer Beute unter den Tisch. Für sich selbst warf er ein Schnitzel in die Pfanne.

Er schaute auf die Uhr, als das Telefon klingelte. Zwanzig Minuten nach sieben. Der erste Gedanke galt Melanie, doch es war einer der Polizisten von der Streife.

„Guten Abend, Herr Schaaf. Nur zu Ihrer Information. Von Ihren Nachbarn haben wir nur einen angetroffen, und der hat nichts Auffälliges bemerkt. Der andere Nachbar war nicht zu Hause. Den Köder haben wir in den Kühlschrank gelegt. Er wird morgen untersucht."

Edgar bedankte sich, griff eine Dose Bier und nahm das schnurlose Telefon mit auf die Couch. Er lehnte sich zurück, aber die erhoffte Entspannung stellte sich nicht ein. Er heftete den Blick auf das Telefon, als sei es die Nabelschnur, die ihn mit Leben versorgte. Der Rettungsring, der ihn davor bewahrte, in der Einsamkeit zu ertrinken.

Die jahrelange Erfahrung als Junggeselle war ihm keine Hilfe. Sein Leben hatte sich von Grund auf verändert. Dazwischen lagen Welten. Das Wunder lag im Vertrauen, woraus alles möglich wurde, selbst die Hingabe während der schutzlosesten Stunden der Nacht neben einem anderen Menschen.

Er meldete sich, kaum dass der Klingelton seine Ohren erreicht hatte. „Melanie?"

„Ja, mein Liebster, ich bin´s. Sag´ mal, wohnst du im Telefon? Das ging ja superschnell."

Edgar lachte. Alle Anspannung war plötzlich wie weggewischt. „Ich habe auf deinen Anruf gewartet, mein Herz."

„Früher ging´s leider nicht. Ich wollte nicht während des Abendessens telefonieren. Wir sitzen da alle zusammen und alle reden durcheinander."

„Versteh´ ich doch, Melanie. Wie war dein erster Tag auf dem *Camino*? Erzähl´."

Edgar hörte sie pusten. „Das war ganz schön anstrengend. Wir sind ungefähr fünfzehn Kilometer gewandert. Ich bin ja noch einigermaßen gut zu Fuß, Edgar, aber ohne Stöcke hätte ich es nicht geschafft. Es sind Leute drunter, die auf Krücken gehen, einen Rollator schieben oder einen Rollstuhl fahren. Für die ging das echt an die Substanz. Dazu ständig leicht bergauf und in der Sonne. Fünfzehn Kilometer also, dann haben die Ärzte abgebrochen und der Bus hat uns abgeholt und ins Hotel nach *Villafranca del Bierzo* gebracht. Hier sind wir nun und pflegen unsere Blessuren."

„Das kann ich mir gut vorstellen. Ja, wirklich."

„Das Tollste kommt noch. Bevor wir überhaupt in *Ponferrada* losgewandert sind, hat uns der Bus zum berühmten *Cruz de Ferro* ganz in der Nähe gebracht, das auf einem Hügel aus lauter Steinen steht, die Pilger dort abgelegt haben. Ein Stein als Symbol für Sünden, die man hinter sich lässt. Erst dann sind wir zum Startplatz der ersten Etappe gefahren."

„Soso, Frau Köninger hat also gesündigt. Hattest du überhaupt einen Stein dabei?"

Sie kicherte. „Einen klitzekleinen, für klitzekleine Sünden. Was macht dein verletzter Arm?"

„Du wirst lachen, aber da hab´ ich den ganzen Tag kaum dran gedacht. Nur Duschen und Schneiden brauchen

Übung. Sonst geht´s relativ gut. Tut nix weh oder so. In eurer Gruppe soll ein Herr Solberg sein. Hast du ...?"

„Aus *Berghaupten*", wusste Melanie sogleich Bescheid. „Ich kenne die Geschichte, die gestern mit dem Hund passiert ist, und dass du dabei warst, Edgar. Seine Frau hat ihn angerufen und er hat es mir heute geschildert. Eine Riesensauerei ist das, und man kann nichts dagegen unternehmen."

Edgar räusperte sich. „Ich war heute in der Tierklinik in *Haslach* um zu schauen, wie es dem Hund geht. Er hat es überlebt, wie ich mitbekommen habe. Ich habe dort Frau Solberg getroffen. Daher weiß ich, dass ihr Mann ebenfalls in Spanien ist. Übrigens hat jemand, während ich außer Haus war, einen Köder in unseren Garten gelegt. Gottseidank sind *Müller* und *Lydia* darauf trainiert. Ich habe die Polizei verständigt und Anzeige erstattet. Und Melanie, ich habe vor, etwas gegen die Tierquäler zu unternehmen."

„Ooooch, Edgar, du hast mir doch versprochen, dass du nicht *kriminalisieren* wirst." Er hörte die Enttäuschung aus ihrer Stimme.

„Aber nein", beeilte er sich ihr zu versichern, „ich *kriminalisiere* nicht, Schatz. Ich will lediglich nicht tatenlos dabei zusehen, wie jemand anonym mit Nägeln und Rasierklingen die Hunde umbringt. Ich versuche eine Art Zusammenhalt unter den Hundebesitzern zu organisieren. Die Polizei ist da völlig machtlos und kann immer nur Warnungen aussprechen."

Melanie schnaufte. „Ist das nicht gefährlich?"

„Das Schwein hat es auf Hunde abgesehen, Melanie. Nicht auf Menschen. Er ist ein Feigling."

„Das mag schon sein, aber es beruhigt mich jetzt nicht sonderlich."

Edgar wechselte das Thema. „Wo geht es denn morgen für euch hin?"

„Moment, da muss ich nachschauen." Es hörte sich an wie Papierrascheln. „Hier: *Herrerías*. Zwanzig Kilometer bergiges Gebiet. Auf und ab, also. Wird schwierig. Puuuh." Dann lachte sie.

„Pass´ auf dich auf, mein Schatz. Bis morgen. Ich liebe dich."

„Du auch und ich dich. Tschüss, mein Edgar."

Edgar verfolgte die Tagesschau. Großbritannien will wieder der EU beitreten. Iran feuert Raketen auf Israel ab. Danach gönnte er sich den *Tatort-Krimi* im Ersten.

Er erwachte auf der Couch, vollständig bekleidet. Der Fernseher lief. Irgendeine Wiederholung vom Vortage. Die leere Bierdose stand auf dem Couchtisch. *Müller* und *Lydia* schnorchelten auf der Decke in ihrer Ecke. Edgar fröstelte. Sein Kopf fühlte sich taub an. Mit einem Auge schielte er auf die Uhr. Kurz nach eins.

Steif und ungelenk rappelte er sich auf und schleppte sich die Treppe hinauf ins Schlafzimmer. Mürrisch zog er sich aus und schlüpfte in Unterwäsche ins Bett. Er taumelte am äußersten Rand des Abgrunds entlang, der ihn in den Schlaf reißen sollte, doch er strauchelte nicht und stürzte nicht ab. *Konzentriere dich auf den Atem*, pflegte Melanie zu sagen, wenn er keinen Schlaf finden konnte. Manchmal nutzte es, manchmal nicht. Heute war Essig mit Konzentration. Schuld war eine Szene, die er weit draußen im Gleisgewirr des Bahnhofs entdeckte, von dem normalerweise sein Schlafzug abfuhr. An der Peripherie, hinter Stellwerken, Weichen und Signalen, beinahe schon am Horizont.

Er kannte diese Art Erscheinungen. Dass in seinem Kopf ein Bild oder ein Wort feststeckte, das den Weg zu den Augen oder zum Mund nicht fand. Waren es Worte, ging er systematisch das Alphabet durch. Meistens sprang er dann früher oder später auf einen Buchstaben an, es machte *klick*, und das Wort lag auf der Zunge. Bei Bildern, wusste er aus Erfahrung, half nur, die Zeit Revue passieren zu lassen, Stunden und Tage im Schnelldurchlauf anzuschauen.

Plötzlich fand er den Zugangscode zu der Szene und hatte sie wie eine Kinoleinwand vor den Augen. Breit wie von der ersten Reihe aus gesehen. Samstag. Er saß bei der Treppe zur Kellergalerie, las in seinen Aufzeichnungen. Eine Frau betrat den Garten, begrüßte ihn freundlich, aber zurückhaltend. Sie war keine ausgesprochene Frohnatur, taxierte er sie. Keine, die einen Saal voller Menschen zum Kochen bringen konnte. Er sah sie jetzt deutlich vor sich. Um die Vierzig, braune glatte mittellange Haare, spitzes Kinn, kleine Nase, traurige Augen. Sie trug einen perlfarbenen leichten Trenchcoat. Sie wollte zur Ausstellung von Elizas Grafiken. Er würde sie wiedererkennen.

Gleich darauf: Der Mann mit dem blassen Gesicht ohne Ausdruck. Edgar lauschte nochmal nach, was er gesagt hatte: *Schöne Hunde haben Sie.*

Dem Mann waren also die Hunde aufgefallen. Das war an sich nichts Verwerfliches. *Müller* und *Lydia* gaben nun mal ein hübsches Bild ab, und vielleicht war ihre Erwähnung nichts anderes als ein freundlicher Versuch für einen harmlosen Samstagnachmittagsplausch. Nicht mehr als eine verbale Brücke. Aber er, Edgar, hatte kein Interesse gezeigt, war nicht aufgelegt zu *Small Talk*. Oder war es eine hintersinnige Bemerkung gewesen? Mit doppeltem Boden? Hinterlistig? Zeigte sich der Tierquäler öffentlich und lachte sich ins Fäustchen, dass man ihm sein perverses Tun nicht ansehen konnte? Auf die Spitze getrieben: Sogar der Kriminalhauptkommissar Edgar Schaaf war ihm auf den perfiden Leim gegangen?

Scheiße, dachte Edgar, *das Gift hat mich erreicht. Ich sehe hinter jeder Stirn bereits den Verbrecher. Das ist nicht gut, wenn man objektiv bleiben will.*

Genervt drehte er sich auf die andere Seite. *Lass´ mich endlich stolpern und in den Abgrund fallen. Oder, wenn mein planmäßiger Schlafzug schon abgefahren ist, dann stelle gefälligst einen Ersatzzug aufs Gleis.*

Aber er war noch nicht so weit.

Dann traf ihn die Idee wie der Blitz aus heiterem Himmel. *Natürlich. Das ist des Pudels Kern. Hoffentlich weiß ich es beim Aufstehen noch.* Dann schlief er mit einem Lächeln im Gesicht ein.

Dritter Tag
Montag, 08. Mai 2023

Edgar fühlte sich nach maximal vier Stunden Schlaf wie gerädert. Das gebrochene Handgelenk fühlte sich an, als würde ein Insekt drin nagen. Als Kind hatte man ihm beigebracht: *Wenn eine Wunde juckt, dann heilt sie.* Aber das war kein Jucken, sondern ein Beißen. In der Küche probierte er, eine Messerklinge zwischen Gipsverband und Haut zu schieben und damit zu kratzen, aber es misslang. *Das halte ich so nicht lange aus.* Da er heute aber sowieso nach *Offenburg* fahren wollte, plante er einen Besuch in der Klinik ein.

Verdammt kalt für Mai morgens um kurz nach sechs Uhr. *Von wegen Trend und Wonnemonat Mai*, dachte er. Den Hunden war es heute gleichgültig. Bloß nix wie raus; diesmal wieder ans Kinzigufer. Edgar war es recht, doch die Schritte fielen ihm schwer. Vielleicht war sein morgendlicher Pflichtablauf mit den unveränderlichen Ritualen nicht mehr adäquat für einen Siebzigjährigen. Vielleicht sollte er die tief eingefahrene Wagenspur verlassen und sich an etwas Komfortableres gewöhnen. Länger liegen bleiben. Mal aufs Duschen verzichten. Die Zeitung erst mittags lesen. Sonntags klappte es doch auch.

Nach einer geschätzten halben Stunde rief er den Hunden zur Umkehr. Er hatte heute ein Programm zu absolvieren, und da benötigte er jede gewonnene Stunde. Er verschob die innere Debatte um Komfort hin oder her auf einen späteren Zeitpunkt. Und manchmal kam noch etwas Glück dazu, denn als er von der Passerelle in die Straße zum Türmchenhaus einbog, sah er ein ihm bekanntes taubenblaues Fahrzeug vor dem Gartentor stehen. Pit Fermans Kultauto *Citroën Typ H*, Baujahr 1981. Und wenn das Auto hier parkte, konnte der Besitzer nicht weit sein. So war es. Pit Ferman saß auf der Haustreppe und rauchte.

Da ist ja mein Taxi nach Offenburg, dachte Edgar.

„Verdammt früh für einen Besuch", begrüßte Edgar den Freund und guckte demonstrativ auf die Armbanduhr. „Kurz nach sieben. Hat dich Eliza vor die Tür gesetzt, oder was verschafft mir die Ehre?"

Pit drückte die Zigarette aus und steckte den Stummel in die Jackentasche. „Kontrolle. Einer muss ja aufpassen, dass du als Strohwitwer überlebst."

„Haaa, haaa, haaa. Soweit kommt´s noch. Hast du schon gefrühstückt?"

„Kaffee, Zigarette. Nein, hab´ ich nicht."

„Dann komm´ mit rein. Ich brate dir Edgars Speck und Eier."

Pit deutete auf Edgars Gipsverband. „Wie willst du das anstellen mit deinem Knochen? Wie hast du dir das denn zugezogen?"

„Ich erzähl´s dir drinnen." Edgar entließ *Müller* und *Lydia* in den Garten.

Als Edgar die Schilderung der Dinge beendet hatte und das Frühstück auf dem Tisch stand, fragte er Pit:

„Fährst du nachher vielleicht nach *Offenburg*? Wenn ja, kannst du mich mitnehmen."

Pit tupfte mit Weißbrot Eigelb vom Teller. „Kann ich einrichten. Wo willst du hin?"

„Zur Polizeidirektion. Kai Schuster oder Rita Böhringer. Wer gerade da ist. Und danach zur Klinik. Das Handgelenk macht mich verrückt. Es juckt und beißt, und ich kann nicht kratzen."

„Kein Problem", sagte Pit und schob sich Brot und Speck in den Mund. Er kaute ausgiebig, bevor er mit Kaffee nachspülte und dann fortfuhr: „Polizeidirektion klingt nach neuem Fall. Ist da eventuell etwas im Busch?"

Edgar zuckte mit den Schultern. „Weiß nicht." Dann berichtete er über die signifikante Zunahme versuchter und vollendeter Tierquälereien mittels präparierter Köder.

„Sogar in unserem Garten ist gestern so ein Scheißding deponiert worden. Stell dir das vor, Pit. In diesem Zusammenhang möchte ich mich mit Kai oder Rita beraten, denn ich will etwas gegen diese Seuche tun. Allerdings nicht ohne Rückendeckung der Polizei. Bei der Gelegenheit erfahre ich gleich, ob der Köder von gestern vergiftet oder mit Nägeln bestückt war."

Pit lächelte. „Kriminalhauptkommissar Edgar Schaaf wird zur Abwechslung auch ohne Mord und Totschlag aktiv?"

„Für mich ist es Mord, Pit. Für mich ist es Totschlag. Motiv, Vorsatz und kriminelle Energie unterscheiden sich nämlich nicht vom Mord am Mensch. Tiere sind in meinen Augen nun mal keine Sachen, sondern Lebewesen wie du und ich."

Pit nickte verstehend. Edgars Argumentation kam ihm plausibel vor. Von sich aus hatte er dem Thema bislang keine weiterführenden Gedanken eingeräumt, war über die schlichte Kenntnisnahme entsprechender Zeitungsberichte nicht hinausgekommen. Ein weißer Fleck auf der Landkarte der Überzeugungen, für die er einzustehen gewillt war. „Du hast bereits einen Plan", stellte er fest.

Edgar wollte darauf eingehen, wurde aber vom Klingeln des Telefons unterbunden. „Das ist Melanie. Entschuldige, Pit." Er nahm das Schnurlose zur Hand.

„Melanie? Guten Morgen. Schön, dass du anrufst."

„Guten Morgen, mein Liebster. Hast du schon gewartet?"

„Nein", sagte er. „Pit ist gerade da. Frühstück zu zweit. Wie war deine Nacht?"

Sie stöhnte: „Frag´ nicht. Beine, Hüfte, Muskelkater. Keine Ahnung, wie das heute werden soll. Ich kann mich kaum bewegen. Du kennst das ja: Nimmt man eine Schutzhaltung ein, was man unbewusst ja tut, trifft es dich am gegenüberliegenden Teil. Meine rechte Hüfte leidet ganz schön. Und heute haben wir hügeliges Gelände."

„Nimm´ einen Rollator, dann kannst du dich mit beiden Händen stützen."

„Wenn´s nicht anders geht, wird mir das nicht erspart bleiben. Wir starten in zehn Minuten. Bis heute Abend, mein Edgar. Was machst du heute?"

„Pit fährt mich nach *Offenburg*. Ich will mit den jungen Polizisten reden und in die Klinik. Mein Handgelenk juckt."

„Edgar?"

„Ja, ich weiß. Bis heute Abend, meine Schöne." Edgar beendete das Gespräch. „Wo waren wir stehen geblieben, Pit? Ach so, ob ich einen Plan habe? Sagen wir so: Ich habe eine Vorstellung. Ob die zum Plan taugt und umgesetzt werden kann, entscheidet sich nach dem Gespräch mit Kai oder Rita."

Pit Ferman hatte ihn am Bahnhof abgesetzt, und den Rest bis zur Polizeidirektion war Edgar zu Fuß gegangen. Er kannte den Kasten aus dem Effeff. Sein halbes Leben war er sein zweites Zuhause gewesen.

Rita Böhringer begegnete ihm, äußerlich fast unverändert, auf dem Flur der Polizeidirektion, einen Pappbecher mit Kaffee in der Hand. Nur ihre Pagen-Frisur war etwas länger geworden.

Zu ihrem Vorteil, wie Edgar dachte, *sie sieht nicht mehr aus wie ein zu lang geratenes Lausemädel.*

„Das nenn´ ich mal Glück. Die Person, die ich sprechen möchte, läuft mir in die Arme. Wie geht´s der Kriminalassistentin Rita Böhringer immer?"

Ritas Gesicht erhellte sich vor Freude. „Hat sich was mit Kriminalassistentin. Kriminalkommissarin, wenn ich bitten darf. Grüß dich, Edgar. Nanu, mit Gips? Lass´ mich raten: Sturz bei einer Verfolgungsjagd? Nein? Faustkampf mit einer Bande Schwerverbrecher?" Vorsichtig umarmte sie ihn.

„Nein. Mit der Hand gegen eine Tür gestoßen. Ganz profane Sache. Kriminalkommissarin also. Wurde auch Zeit, nicht wahr?"

„Wenn du es sagst", grinste sie. „Du wolltest mich sprechen?" Sie lenkte Edgar in ihr Büro.

„Dich oder Kai", sagte er und schaute sich um. „Kai ist nicht da?"

Rita bot ihm einen Stuhl an. „Du kannst es nicht wissen. Er hat Babypause. Seine Nicole hat ein Mädchen bekommen."

„Ich wusste, dass sie schwanger war. Jetzt ist er also Papa geworden. Alles gesund in der jungen Familie?"

„Soviel ich weiß, ja. Soll ich dir auch einen Kaffee holen?"

Edgar lehnte ab. „Danke, lass´ mal. Ich hab´ erst gefrühstückt. Mit Pit Ferman."

„Und deine Frau? Melanie?"

„Sie leistet ein Gelübde ab. Spanien. Jakobsweg."

Rita staunte. „Aha. Ihr Versprechen aus eurem jüngsten Kriminalfall. Ich hab´ Pit Fermans Buch *Schaafsinsel* gelesen."

Edgar ließ ihr *Coming out* als Leserin von Pits Büchern unkommentiert. „Weshalb ich hier bin, Rita ..."

Als er ungefähr eine Stunde später durch die Stadt Richtung Klinik wanderte, hatte er eine halbseidene Zusage und zwei Phantombilder im Gepäck. Was die Bilder betraf, hatte er sie nach Rita Böhringers Fürbitten und seiner Beschreibung vom Spezialisten der Polizeidirektion anfertigen lassen. Das eine zeigte jene Frau, die ihm am Samstag die Tür der Kellergalerie an die Hand geknallt hatte, das andere den Mann, vor dem sie offensichtlich weggelaufen war. Den mit dem maskenhaften Gesicht.

Was die Zusage anging, war Rita weniger konkret geblieben. Sie versprach lediglich, sich um Edgars Anliegen zu kümmern und ihm Bescheid zu geben. „Die Polizei gibt seit Wochen und Monaten nur allgemeine Warnungen an die Hundehalter aus. Du hast sie sicherlich in der Zeitung gelesen. Das heißt, dass praktisch jeder Hundehalter eigenverantwortlich dafür ist, was seine Tiere vom Boden auflesen. Es leiten sich daraus keinerlei Ansprüche ab, verstehst du?"

„Aber ihr gebt doch auch Verhaltensregeln aus. Augen auf; die Hunde nicht außer Sicht lassen; sie an der Leine führen; Maulkörbe zur Sicherheit; und so weiter."

„Freilich. Das sind genau die Ratschläge, die jeder Hundehalter auch ohne Anleitung beherzigen sollte."

„Das ist mir klar, Rita. Was ich will, ist, dass ich mit den Hundehaltern persönlich in Kontakt treten kann. Das kann ich aber nur, wenn ich Zugang zu ihnen habe. Für jeden Hund muss Hundesteuer entrichtet werden, und jede Gemeinde muss demnach über ein Verzeichnis verfügen, in dem die in Frage kommenden Hundehalter aufgelistet sind. Für mich wäre es natürlich am einfachsten, wenn ich die Listen der Hundesteuerzahler einsehen könnte."

„Einsehen oder auch verwenden?"

„Freilich auch verwenden, ich will die Leute ja alle anschreiben. Also brauche ich ihre Adressen."

Auf Ritas Stirn zeigte sich eine Skeptikerfalte. „Ich weiß nicht, ob ich das darf, Edgar. Adressen ausgeben, meine ich."

„Ich würde schweigen wie ein Grab", sagte er treuherzig.

„Darum geht´s nicht. Du bist nicht mehr aktiv, Edgar."

Er wusste natürlich, auf was sie abzielte: Dass er nicht mehr im Dienst, sondern Privatmann war. Doch er blieb hartnäckig. „Aber ich will doch aktiv werden. An die Fahrzeughalterdaten kommst du vergleichsweise doch auch ohne Probleme."

„Ich schon, lieber Edgar, aber du nicht."

Womit sie leider recht hatte. Edgar schätzte die junge Kommissarin sehr und wollte sie nicht über Gebühr zu Handlungen nötigen, die sie nicht vertreten konnte. Er lächelte entschuldigend und sagte: „Na gut, Rita. Danke, dass du mir wenigstens zugehört hast."

„Um welche Gemeinden ginge es denn? Ich schreib´ es mir mal auf, aber versprechen kann ich nichts, damit wir uns verstehen."

„Es sind die Gemeinden zwischen *Offenburg* und *Hausach*, und die Gemeinden des Rothbachtales."

Sie kritzelte die Angaben in einen Notizblock. „Okay", schnaufte sie. „Aber wie gesagt: Verlass´ dich nicht auf ein Ergebnis. Hast du sonst noch Wünsche? Stopp, nein, falsche Fragestellung. Ich seh´s deinen Augen an. Was hättest du denn gerne als Nächstes?"

Edgar lachte. Das war es, was er an ihr so mochte. „Nett, dass du frägst. Kann ich euren Computer-Zeichner in Anspruch nehmen?"

In der Klinik verpassten sie ihm einen neuen Gipsverband. Einen mit Fenster, durch das er das Handgelenk mit einer Fingerspitze massieren konnte, falls es wieder jucken sollte.

Auf dem Rückweg vom Bahnhof *Gengenbach* besuchte er Melanies *Aquarelle und Poesie*. Frau Holzer, Melanies Vertretung und treue Seele, sollte sehen, dass sie nicht ganz allein gelassen worden war. Edgar konnte die resolute Frau ganz gut leiden. Sie trug das Herz auf dem rechten Fleck und nannte einen trockenen Humor ihr eigen, was man ihr wegen ihres fast beamtlichkorrekten Auftretens nicht gleich zutraute.

„Wenn Sie Hilfe brauchen, dann wissen Sie ja, wo Sie mich finden", verabschiedete er sich. „Ach ja. Ich werde heute Nachmittag die Kellergalerie öffnen. Nur falls Interessenten bei Ihnen nachfragen."

„Wenn ich Hilfe brauche, schreie ich laut", antwortete sie. „Und sonst stehe ich ja in Kontakt mit Melanie. Die Kellergalerie ist offen. Ich werd´s mir merken."

Die Wolken von gestern hatten sich verzogen und hinterließen einen transparenten Schleier, hinter dem sich das zu erwartende Blau von morgen verbarg.

Der Köder aus Edgars Garten, hatte Allgöwer von der KTU doziert, war von der gleichen Machart wie der vom Samstag, den Frau Solbergs *Bella* gefressen hatte. Sogar das Hackfleisch war von gleicher Zusammensetzung, stammte demnach vom selben Hersteller. Konnte man aus diesem Rückschluss irgendeinen Beweis herleiten? Eine Indizienkette bilden? Wurden die Köder von der KTU in *Offenburg* zu diesem Zweck eigentlich aufgehoben? Tiefgefroren? *Das habe ich vergessen zu fragen*, dachte Edgar, zückte das Handy und wählte Ritas Nummer.

„Kriminalpolizei *Offenburg*, Böhringer?"

„Rita, ich bin´s nochmal. Es ist mir noch etwas eingefallen. Sag´ bitte dem Allgöwer von der KTU einen schönen Gruß von mir, und dass er die beiden Köder von Samstag und gestern einfrieren soll. Es ist Beweismaterial."

„Gut, ich richte es ihm aus."

„Apropos. Wer von euch bearbeitet die Anzeigen alle? Nur damit ich weiß, an wen ich mich für den Fall der Fälle wenden muss."

„Moment, Edgar, da muss ich nachfragen. Bleib´ mal eben in der Leitung."

Während er wartete, stellte er sich vor, wie Rita das Büro verließ und in irgendwelche anderen Büros rannte, um die Frage zu klären. Oder auch, dass sie ihn in eine Warteschleife legte und intern eine andere Nummer wählte, unter der sie eine Antwort erhoffte.

Es knackte in der Leitung. Rita war zurück. „Edgar, hör´ zu. Die Anzeigen wegen Tierquälerei werden sinnigerweise von der Polizeihundestaffel bearbeitet. Ich sende dir gleich die Durchwahl. Bist du schon zu Hause?"

„Danke zunächst. Und nein, ich bin noch unterwegs. Wieso?"

„Du hast Post in deinem E-Mail-Postfach. Schau´s dir an, ob es das ist, was du wolltest. Das wird, nebenbei bemerkt, nicht ganz billig, wenn ich das so salopp sagen darf."

„Billig? Wie meinst du das?"

„Mindestens eine Woche lang Zimtschnecken. Ins Büro geliefert. Du weißt welche!"

Edgar lachte und legte auf. *Nichts leichter als* das, dachte er*, und warum nicht einer unterbezahlten Kriminalkommissarin eine Freude machen?*

Er kaufte in einer Metzgerei in der Stadt ein Brötchen mit Schnitzel und vertilgte es auf dem Heimweg.

Das Wetter animierte Edgar dazu, genau wie am Samstag vor der Kellergalerie Stellung zu beziehen. Gartentisch und –stuhl, Laptop, Wein und Zigaretten. *Müller* und *Lydia* schickte er in den Garten. Bald jedoch zogen sie es vor, beim Rhododendron ein malerisches Bild abzugeben.

Gespannt öffnete er Rita Böhringers E-Mail. Kommentarlos tauchte eine Fotoansicht des Cafés am Marktplatz in

Offenburg auf, wo es die besten Zimtschnecken gab. Der Wink mit dem Zaunpfahl. Er grinste. *War sie eventuell extra wegen dieses Fotos zum Marktplatz gerannt? Zuzutrauen wär´s ihr.*

Dann öffnete er den Anhang der Mail und staunte. Zwölf Seiten mit Namen und Adressen steuerpflichtiger Hundehalter der Gemeinden und Verwaltungsverbünde *Hausach, Haslach im Kinzigtal, Biberach/Baden, Gengenbach, Rothweiler, Grünweiler, Gehlheim* und *St. Paulsberg.* Edgar zählte nach: Zweihundertsechsundfünfzig in der Summe. *Sind das viele, oder sind das wenige?*, fragte er sich und sah, dass die Liste der Stadt *Offenburg* fehlte. *Brauche ich die? Es sind auch so reichlich genug.*

Wenn ich an jeden Hundehalter einen Brief schreibe, kostet mich das zweihundertsechsundfünfzig Euro Porto, kalkulierte er bereits.

In Gedanken begann er einen Text zu formulieren, wie er ihn zu versenden gedachte. Er schloss den E-Mail-Account und öffnete die *Word*-Funktion, um ihn gleich zu schreiben und zu speichern.

Er ging auf die Häufung der Köder-Fälle innerhalb eines Jahres ein und brachte die beiden letzten Ereignisse, bei denen er Zeuge und Betroffener war, als Verstärker. Dann stellte er sich selber vor und unterschlug nicht, dass er Kriminalhauptkommissar a. D. war. Er umriss in kurzen Worten die Arbeit und gleichzeitig die Ohnmacht der Polizei und dass es ohne Hinweise aus der Bevölkerung keine Ermittlungserfolge geben würde. Das Problem, schilderte er, liege darin begründet, dass die Hinweise bisher erst dann vorlägen, wenn die Schäden schon entstanden waren, sprich: die Hunde den Köder schon gefressen hatten. Er, Edgar, habe vor, diese fatale Reihenfolge mithilfe der Hundehalter zu durchbrechen oder zu verändern. Also Hinweise auf verdächtige Personen oder mutmaßliche Täter zu liefern, bevor es zur Aufnahme der Köder durch die Hunde kam.

Edgar schlug zwecks Diskussion, Beratung, und eventueller Planung ein Treffen der interessierten Hundehalter *(an einem noch festzulegenden Termin an einem noch zu bestimmenden Ort)* vor. Er dachte an die Stadthalle in *Gengenbach*. Für Anregungen, Absagen oder Teilnahme gab er seine E-Mail-Adresse, und nach einigem Für und Wider auch seine Handynummer bekannt.

Er zündete sich eine Zigarette an, las den Text ein weiteres Mal durch und speicherte ihn auf der Festplatte.

Was also muss ich tun?, fragte er sich und lehnte sich zurück, blauen Rauch in die Luft blasend. *Die Stadthalle für einen Abend mieten. Die Bewirtung organisieren. Zweihundertsechsundfünfzig Adressen auf Briefumschläge schreiben. Die Beamten der Polizeihundestaffel einladen.*

Edgars Gedankenfluss wurde gestört. Am Gartentor tat sich etwas. Ein Menschenauflauf. Gelächter, Gejohle, Geschrei und Gequieke. *Müller* und *Lydia*, in Sekundenschnelle hellwach, sprangen sogleich auf und sprinteten mit wedelnden Schwänzen zum Tor, stiegen auf die Hinterbeine, legten die Vorderpfoten auf den Torrahmen und ließen sich bewundern. „Oh, wie süß die beiden. Schaut mal."

Edgar ging neugierig mit gewölbten Augenbrauen zu der Menschenansammlung hin. Lauter junge Leute, stellte er fest. Schüler wahrscheinlich, Mädchen und Jungen bunt gemischt. Alle trugen Kartonmappen bei sich, jede einzelne mit mehr oder weniger gelungenen Kritzeleien individuell verziert.

„Hallo, zusammen. Kann ich euch helfen?"

Gekicher. Na klar. Einige weibliche Wesen hielten Hände vor den Mund.

„Unser Lehrer kommt gleich. Wir sollen hier in den Keller", sagte ein Mädchen, was lautes Gekreische verursachte. „In die Kellergalerie, meine ich", korrigierte sie sich und drehte sich zu den anderen um. „Ihr seid so blöd, seid ihr." Noch lauteres Gelächter.

Edgar öffnete das Tor. „Dann nix wie hereinspaziert. Seht ihr das Schild dort über der Tür? Dort geht´s runter. Die Tür ist offen."

Schiebend, stoßend, drängelnd und feixend schob sich der Pulk an Edgar vorbei. Er zählte achtzehn Köpfe. *Müller* und *Lydia* hechelten begeistert zwischen der Gruppe herum, was zu allerlei Slapstick-Situationen führte. Edgar wartete am Tor auf den Lehrer, der in fliegender Hast und in Auflösung begriffen bald angerauscht kam. Der Mann sah aus, als sei er ständig in Eile. Dünnes zerzaustes Haar, unsteter Blick, luftiger Blouson, aufgeplustertes Hemd, verwaschene Schlabberjeans, Turnschuhe. Edgar schätzte ihn auf Anfang dreißig.

„Wo sind sie hin? Sind sie schon unten?"

Edgar nickte.

„Entschuldigen Sie das Tohuwabohu. Felix Grünholz mein Name. Lehrer für Kunst und Gestaltung am hiesigen Gymnasium. Dann hat die Anmeldung also geklappt?"

Edgar wusste zwar von keiner Anmeldung, bestätigte sie aber. „Natürlich." *Hab´ ich etwa wieder etwas vergessen? Ich werde Frau Holzer oder Melanie fragen müssen,* dachte er. „Alles bestens. Die Galerie steht Ihnen zur Verfügung."

„Ja, danke. Wir sind für eine Stunde bei den Grafiken von Frau Eliza Wohlbrecht", rief Herr Grünholz über die Schulter, denn er eilte schon auf die Galerie zu, sodass der Kies unter seinen Schuhe wegspritzte.

„Okay, wenn Sie Hilfe benötigen, dann melden Sie sich einfach bei mir", erwiderte Edgar, obwohl Herr Grünholz ihn längst nicht mehr hören konnte.

Die Konzentration auf sein geplantes Vorhaben war flöten gegangen. Aus dem Kellergewölbe drangen Geräusche, als befände sich dort unten der Pausenhof einer Schule, anstatt eine Kunstgalerie. Edgar klappte den Deckel des Laptops zu. *Müller* und *Lydia* nahmen ihre Plätze beim Rhododendron wieder ein.

Gerade dabei, die Hände hinter dem Kopf zu verschränken und sich genüsslich zurückzulehnen, entdeckte er die Nachbarn in ihrem Garten nebenan. Edgar erhob sich und ging hinüber an den Zaun. Es handelte sich um die netten Leute, die gelegentlich für *Müller* und *Lydia* sorgten, wenn Melanie und er nicht zu Hause waren, wie zuletzt im Januar diesen Jahres geschehen, als Eliza und Melanie ihren Ehemännern auf die Insel Kritaholm gefolgt waren. *(Schaafsinsel).*

Er machte sich bemerkbar. „Hallo, Frau Nachbarin und Herr Nachbar. Auf ein Wort."

Die Nachbarn kamen an den Zaun. „Hallo Edgar" sagten sie unisono. „Du bist Strohwitwer, wie wir von Frau Holzer in der Stadt gehört haben?" Das war Marthas Frage. Familienname Mehlweiß.

„Ja, da hast du richtig gehört, Martha. Melanie wandert den Jakobsweg in Spanien."

„Wenn dir mal die Decke auf den Kopf fällt, dann komm´ einfach rüber zu uns", sagte Richard Mehlweiß.

„Gerne, Richard." Edgar kam auf den Köder in seinem Garten zu sprechen. „Die Polizei wollte die Nachbarn als Zeugen befragen, aber ihr wart gestern nicht da. Nur, damit ihr Bescheid wisst, falls ihr zufällig auf Polizisten an eurer Haustür angesprochen werdet."

„Das stimmt so nur zur Hälfte", sagte Martha Mehlweiß. „Wir sind nämlich erst kurz nach zwei Uhr weggefahren, waren vorher auf jeden Fall zu Hause, gell Rick?"

Richard bestätigte. „Du fragst, ob wir jemanden gesehen haben, stimmt´s?"

„Ja, schon ..."

„Es war tatsächlich jemand in eurem Garten, Edgar. Schätzungsweise zwischen zwölf und dreizehn Uhr. Wir dachten uns nichts dabei, weil, naja, weil ihr doch die Kellergalerie habt. Wir dachten, es sei ein Besucher der Galerie."

Edgar wurde hellhörig. „Und? Kannst du ihn beschreiben? Wie sah er aus? Was für Kleider trug er?"

Richard schüttelte den Kopf. „Bedaure, Edgar. Ich kann nicht mal genau sagen, ob es eine Frau oder ein Mann war. Oder was meinst du, Martha?"

„Ja. Wie Rick sagt. Wir haben auch nicht richtig hingeschaut. Tut mir leid, Edgar, ehrlich."

Die Schülergruppe verließ die Kellergalerie so, wie sie sie betreten hatte: Der pure Blödsinn in geballter Form einer Horde. Herr Grünholz, der sich bei Edgar überschwänglich bedankte, folgte der Bande mit wehender Sturmfrisur. Edgar schmunzelte. Gleichzeitig wurde ihm schmerzlich bewusst, wie sehr viel älter er im Vergleich zu den Schülern war, und plötzlich schmeckte der Wein bitter.

Es gelang ihm, das Gespenst der Jugend wenigstens vorübergehend zu verscheuchen. *Irgendwann wird es mich wieder einholen, denn verleugnen lässt sich die Tatsache des Alters nicht, aber heute muss es nicht unbedingt sein*, dachte er. *Vielleicht, wenn ich nicht drüber nachdenke und nicht hinschaue, vergisst es mich. Das Alter.*

Da keine weiteren Besucher mehr zu erwarten waren, schloss er die Kellergalerie und drehte das Öffnungsschild am Zaun um: Galerie geschlossen. Die Hunde erfassten die Situation instinktiv richtig. Ihre Stunde war gekommen, und darum trollten sie sich ohne Aufforderung zum Gartentor.

Edgar hatte in der Zeitung gelesen, dass die Straußwirtschaft geöffnet hatte, in der er zuerst und zuletzt mit Melanie gewesen war. Seither nie wieder, wie er zu seiner Schande gestehen musste, und das *seither* war, wenn er sich richtig erinnerte, im Jahre 2020 gewesen.

Verdammt, fange ich jetzt schon an, aus reiner Nostalgie und mit wässrigen Augen die alten Adressen abzuklappern? Hast du noch einen letzten Wunsch, bevor du stirbst, Edgar? Ja, ich möchte noch einmal dorthin, wo wir uns kennengelernt haben. In jene gemütliche Straußwirtschaft. Nach unserem ersten Spaziergang mit den Hunden. Erinnerst du dich? Hoffentlich heule ich vor lauter Rührung nicht Rotz und Wasser, wenn ich mir dort das größte Schnitzel ever bestelle. Soweit kommt's noch.

Er lachte über sich selbst. Seine innere Stimme sagte: **Du führst Selbstgespräche, Edgar. Ist dir das schon aufgefallen?**

Ist das so?

Ja, das ist so. Und ist dir auch klar, dass du heute bereits ein Schnitzel vertilgt hast?

Ja, das ist mir klar, und es ist mir total Wurscht.

Obwohl lange her, stiefelte er einfach drauflos, *Müller* und *Lydia* vorweg, und zu seinem größten Erstaunen verlief er sich kein einziges Mal. Wie erhofft, gab es die großen Schnitzel im Angebot, von der Sorte, die links und rechts über den Tellerrand ragen, und so bestellte er eine Portion mit extra viel Bratensoße und extra viel Brot. *Müller* und *Lydia* mussten mit je einer Wurst vorlieb nehmen.

Derart gestärkt und mit zwei Gläsern Weißwein getränkt, machte er sich auf den Heimweg und ließ sich in bester Laune Zeit. *Müller* und *Lydia* schnürten artig vor ihm her.

Jetzt zur Abendstunde, und durch die Nagel- und Giftköderfälle sowieso sensibilisiert, fiel ihm auf, wie viele Hunde ausgeführt wurden und unterwegs waren. Da sich keine belebte Straße in der Nähe befand, liefen die meisten frei im Gelände herum, von ihren Haltern mehr oder weniger weit entfernt.

Entweder lesen die Leute keine Zeitung, oder sie sind von der großen allgemeinen Gleichgültigkeit befallen, die sich ihrer bemächtigt hat, dachte Edgar.

Die allgemeine Gleichgültigkeit. Das Gesellschaftsphänomen schlechthin mit zunehmender Tendenz. Edgar glaubte einen wachsenden Trend zur selbsterwählten sozialen Isolation beobachten zu können. In Verbindung mit abnehmender Empathiefähigkeit sah er eine Generation von Zombies heranwachsen, die zudem durch die digitale Überschwemmung mit hirnlosen und vorgekauten Unterhaltungen entmündigt wurde. Aktuell begegneten ihm auf dem Nachhauseweg insgesamt vier Hundehalter, erkennbar an den Hundeleinen in einer Hand, die, anstatt auf ihre Tiere zu achten, auf das Display ihres Handys in der anderen Hand starrten.

Einsame Menschen, dachte er, *aber nicht, weil sie alleinstehend sind, sondern weil sie sich vereinnahmen lassen. Sie lassen sich ein Smartphone in die Hände drücken und glauben, es sei das Heft des Handelns. Welch ein fataler Irrtum. Nicht mehr sie bestimmen ihr Tun, sondern GPS, Youtube, Google, Instagram, Facebook, Netflix, Alexa, Siri und so weiter. Bestimmen über ihr bisschen Leben. Wie schade.*

Aber er war nicht in der Stimmung, die Leute anzusprechen und aufzurütteln. *Oder soll ich das? Ich meine, da ich es mir nun schon mal ins Brevier geschrieben habe?*

Nein. So läuft das nicht.

Kaum dass die Haustür hinter ihm ins Schloss gefallen war, sprang ihn die Einsamkeit an, als hätte sie auf ihn gewartet. Nicht nur, dass er ihr nicht entgehen konnte, sie war zudem kalt wie ein Kühlraum im Schlachthof. Nur widerwillig zog er Jacke und Schuhe aus.

Lieber Gott, wenn es dich gibt, dann mach´, dass ich vor Melanie sterbe. Ohne sie mag ich auf dieser Welt nicht sein, murmelte er. *Und wenn es ein Gelöbnis dafür braucht, dann sage mir, was du hören willst.*

Sollte er zu Martha und Richard hinübergehen? Hatten sie nicht gesagt, dass er zu ihnen kommen kann, wenn ihm die Decke auf den Kopf fällt? Er könnte eine gute Flasche Wein mit hinübernehmen, zum Beispiel. Machte man das nicht so?

Stattdessen klappte er den Laptop auf und holte den Hundehalterbrief auf den Desktop. Zeile für Zeile las er ihn wieder durch, korrigierte Kleinigkeiten, bildete Absätze wo er meinte, dass sie hingehörten. Dann prüfte er den Text auf Grammatik und Rechtschreibung, beziehungsweise ließ ihn vom System prüfen, und endlich sandte er den Druckauftrag an den Drucker, der sich im ersten Stock in seinem Büro befand. Zweihundertsechsundfünfzig mal.

Morgen würde er entsprechend viele Briefkuverts kaufen, denn eine solche Anzahl besaß selbst Melanie für ihre Kundenbenachrichtigungen oder Einladungen nicht. Und dann würde er zweihundertsechsundfünfzig Adressen … *schreiben müssen*, dachte er gerade, als das Telefon Laut gab. Eine heiße Glut durchströmte ihn, als wäre er der Mann, der im Stahlwerk den glühenden Hochofen anstach.

Nein, doch nicht so technisch nüchtern, wie sieht das denn aus?, dachte er. *Mehr Gefühl, bitte*. Ein warmer Wind streifte ihn, als stünde er an einem sonnenüberfluteten weißen Palmenstrand einer Südseeinsel. Noch bevor er den Hörer abnahm, verkrümelte sich die Einsamkeit hinter die Wandpaneele und unter den Teppich, und machte der Hausherrin Platz. Melanie.

„Melanie!", begrüßte er sie mit einem Kloß im Hals.

„Ja, mein Lieber, ich bin´s. Wie geht es dir?" Ihre Stimme voller Zärtlichkeit.

„Du fehlst mir", sagte er wahrheitsgetreu. „Das Haus ist ohne dich so leer und mein Herz ist ohne Freude." Er hörte, dass seine Stimme zitterte.

„Oh, mein Edgar, du fehlst mir auch. Obwohl hier viele Leute um mich herum sind, vermisse ich dich überall. Deine Stimme, deine Schultern, dein Halt und dein Schutz."

„Soll ich dich abholen?", fragte er übereifrig und hegte kurz die Hoffnung, sie könnte *ja* sagen.

Melanie seufzte. „Ich weiß, dass du das tun würdest. Ich bräuchte bloß ein Wort zu sagen. Das zu wissen ist mein Rettungsanker. Aber ich will noch weitergehen, Edgar, auch wenn es ziemlich hart ist."

„Erzähl´. Wie war es heute?"

„Anstrengend. Wir haben heute bei großer Hitze wieder fünfzehn Kilometer geschafft. Es war sehr hügelig. Dann hat uns wie gestern der Bus abgeholt und nach *Herrerías* gebracht. Jetzt sind wir in einem einfachen Hotel und kühlen unsere Fußgelenke an einem Brunnen. Morgen nach *Fonfría* soll die schwerste Etappe sein. Wenn wir die überstehen, sagt der Reiseleiter, schaffen wir den Rest nach *Santiago* mit links."

„Ich werde bei dir sein, mein Engel."

„Ja. Und wenn ich nicht mehr gehen kann, dann trägst du mich."

„Auf Händen."

Sie plauderten noch eine Weile, hauptsächlich über Melanies Eindrücke auf dem Pilgerweg. Wie sie zum

Beispiel die Landschaften empfand, aber auch welch besondere, teils eigenartige Reize das Bewusstsein erfuhr. Immerhin war sie aus einem triftigen Anlass auf diese Reise gegangen, und das Gefühl, ein Versprechen abzuleisten, war mit jedem Schritt gegenwärtig.

Nach dem Gespräch setzte sich Edgar mit dem Laptop und *Google Earth* auf die Haustreppe und rauchte. Per Satellit schwebte er auf *Herrerías* in Spanien hernieder, um ihr so nah wie möglich zu kommen. *Ja, auf Händen würde ich dich tragen, meine große Liebe, wohin immer du willst.*

Als er zu frösteln begann, trug er den Computer wieder in die Wohnung. Damit die Einsamkeit nicht wieder unter dem Teppich und hinter den Paneelen hervorkroch, stöpselte er den Laptop an die Netzsteckdose und ließ ihn für die Dauer des weiteren Abends mit dem Satellitenbild eingeschaltet.

Irgendwann in nicht allzu ferner Zukunft, dachte er, *wird es Life-Bilder per Satellit von jedem Punkt der Erde geben. Nicht nur fürs Militär, sondern für alle. Dann könnten wir uns in Echtzeit zuwinken.*

Vierter Tag
Dienstag, 09. Mai 2023

Als Edgar erwachte, dämmerte der Morgen. Die Fenster bildeten gegen den Himmel graue Rechtecke. Das merkwürdige Licht im Zimmer stammte jedoch vom Display des Laptops. Noch immer schwebte der Satellit über *Herrerías* in Spanien.

Ich muss auf der Couch eingeschlafen sein, war sein erster Gedanke.

Er hatte geträumt. Geträumt von eben diesem Satelliten. Dass er es selber war, der am Himmel schwebte und sich auf die Erde zoomen konnte, wohin er wollte. Selbstverständlich war er zu Melanie geflogen, anonym, ohne dass sie davon wusste, und hatte ihren Schlaf bewacht. Natürlich kann ein normaler Satellit nicht durch Dächer in die Häuser schauen, vielleicht musste man sagen *noch nicht*, aber er hatte es gekonnt. Edgar. So hatte er nicht nur ihren Schlaf bewacht, sondern war auch während ihrer Wanderung stets über ihr gewesen. Bei jedem Schritt, bei jeder Ruhepause. Als Schutzengel, gewissermaßen. Dann war er an einem Gedanken aufgewacht, der ihn als Schutzengel aus dem Tritt gebracht hatte. Feindliches Kreuzfeuer.

Tierschutzverein. Ich muss den Tierschutzverein über meine geplante Aktion informieren und mit hinzuziehen. Noch ein Brief mehr zu schreiben.

Er schwang die Beine von der Couch und guckte auf seine *Breitling*-Armbanduhr. Viertel nach fünf Uhr. *Müller* und *Lydia* schliefen noch in ihrer Ecke. Nein, *Müller* schielte mit einem Auge zu ihm her, was so viel hieß wie: *Bist du jetzt völlig aus der Spur geraten? Weißt du eigentlich, wie früh es ist?* Dann schloss er das Auge wieder und drehte sich demonstrativ um.

Edgar grinste schief. *Jaja, hast ja recht, Müller*, knurrte er und war unschlüssig. Sollte er wegen einer halben Stunde extra nach oben und ins Bett liegen? Er entschied sich anders. Da der Laptop noch eingeschaltet war, tippte er *Tierschutzverein* ein und ließ sich die Adresse anzeigen. Bei der Gelegenheit entdeckte er, dass auch von dieser Organisation Warnhinweise an Hundehalter ausgeschrieben waren. Also konnte es nicht verkehrt sein, sie mit ins Boot zu holen.

Dass er früher als sonst auf den Beinen war, kam ihm nun irgendwie gerade recht. *Heute werde ich mit dem Anti-Demenz-Programm beginnen*, dachte er. Er hatte gelesen, dass man schon durch einfache Veränderungen des gewohnten Tagesablaufs einer Demenz gegensteuern konnte. Wie zum Beispiel Zähneputzen auf einem Bein balancierend; oder Zähneputzen mit der anderen anstatt der üblichen Hand, wozu er durch den Handgelenksbruch momentan ja sowieso gezwungen war.

Wenn ich die Zeitung vor dem Spaziergang mit den Hunden hole, ist das ebenfalls eine Veränderung. Ich breche meine zementierten Rituale auf; binde die Schuhe in geänderter Reihenfolge; knöpfe das Hemd von unten nach oben; kämme die Haare jetzt mit links. Abends, vor der Glotze, werde ich Fingerübungen machen.

Als er mit den Hunden auf die morgendliche Tour an die *Kinzig* ging, überlegte er, wie es aussehen würde, wenn er zur Abwechslung mal rückwärtsginge. Und schon probierte er einige Schritte, versuchte es so zu arrangieren, als würde er von etwas, das er soeben sah oder hörte, abgelenkt werden: Ein seltener Vogel im Baum, ein undefinierbares Geräusch. Das würde keinem auffallen. Innerlich grinste er über sich.

Du bist ein alter Spinner. Wirst wunderlich. Aber ist es nicht komisch? Wäre ich ein Kind, wäre Rückwärtsgehen völlig normal. Bin ich aber nicht. Leider.

Mit geschärften Sinnen ging er weiter, beobachtete mit Argusaugen *Müllers* und *Lydias* Verhalten. Er würde sofort erkennen, wenn sie über einen Köder stolpern und ihn in Augenschein nehmen würden. Denn den Beutereflex besaßen sie ja noch immer, trotz Anti-Fress-Training.

Wie schwierig die Aufgabe sein würde, einen potentiellen Tierquäler zu überführen oder zu entlarven, fiel ihm heute gravierend ins Auge. Es waren nämlich einige Jogger unterwegs, was ihm früher so nicht aufgefallen war. Ebenso einige Mountainbiker, die den Kinzigdamm nutzten, um nicht auf der Bundesstraße zur Arbeit fahren zu müssen. Für jeden, ob Jogger oder Biker, wäre es ein Leichtes, im Lauf oder während der Fahrt einen präparierten Fleischklumpen fallen zu lassen. Keinem würde es auffallen.

Sind meine Pläne von vornherein schon zum Scheitern verurteilt?, dachte er. *Allein durch die schiere Masse an Möglichkeiten?*

Er schüttelte den Kopf. *Das kann nicht der Weisheit letzter Schluss sein. Ich brauche mehr Informationen. Ich brauche eine Landkarte der Region, und ich brauche die Daten **aller** gemeldeten Fälle: Also wann, wo, was. Ich gehe davon aus, dass nicht jeder einzelne Fall in den Zeitungen veröffentlicht wurde, und wenn doch, dass die*

Ortsangaben relativ unpräzise gehalten wurden. Vielleicht lässt sich anhand genauer Angaben ein Schwerpunktverhalten erkennen. Eine Konzentration auf bevorzugte Gebiete. Womöglich in häuslicher Nähe des Täters. Oder in der Nähe seines Weges, vielleicht zur Arbeit, oder seiner Routen beim Spazierengehen, Wandern, Joggen, Biken.

Zudem muss man mit einer Dunkelziffer rechnen. Nicht angezeigte, ergo nicht aktenkundig gewordene Fälle. Vielleicht melden sich betroffene Hundehalter, wenn sie sich der Brisanz der Sache gewahr werden.

So entschied Edgar an diesem Morgen, mit dem Schreiben von Adressen auf Briefumschläge zu warten und dafür ein weiteres Mal nach *Offenburg* zu fahren. Er musste sich, um die ganze Sache wirklich seriös vortragen und auch anstoßen zu können, in der Tat noch besser vorbereiten. Es genügte nicht, bloß mit einer Reihe von Ungefährheiten vor einem interessierten Publikum zu referieren, und sonst nichts weiter in der Hand zu haben als seine persönliche Wut und Entrüstung. Denn bislang, gestand er sich ein, entsprang der Wunsch, etwas gegen die Tierquäler zu unternehmen, hauptsächlich den Letztgenannten: Wut, Zorn, Empörung. Die, und das wusste er aus langjähriger Erfahrung, waren schon immer schlechte Ratgeber gewesen. Wer sich von ihnen leiten ließ, verlor nicht nur die Übersicht über eine komplexe Ermittlung, sondern versäumte in der Regel auch, in andere Richtungen zu denken. Das sollte ihm, dem Kriminalhauptkommissar, nicht passieren.

Über diesen gedanklichen Ansatz nahm er sich vor, die Suche nach einem Tierquäler breiter anzulegen. So stellte er sich die Frage, ob man einen Tierquäler an dessen Nase erkennen konnte? Natürlich nicht, sagte er sich, genauso wenig wie man einem Menschen ansieht, dass er ein Mörder ist. Aber es kann Ursachen geben, die einen Menschen zum Hundehasser werden lassen.

Dabei ging es nicht um den allgemeinen Unterschied, warum und ob man eher Katzen oder eher Hunde mochte. Soweit Edgar wusste, war Deutschland in dieser Frage zweigeteilt, und nicht jeder, der eine Katze besitzt, hasst schlussfolgernd Hunde. Die Frage musste lauten: **Wodurch**, **wie** oder **warum** wird jemand zum Hundehasser?

Edgar notierte im Geiste: *Es muss ein Ereignis vorausgehen.*

Was aber ist ein Ereignis?

Stichwort: **Bellen**. Stellt das ständige Bellen eines Hundes, auch nachts, in der Nachbarschaft bereits ein solches Ereignis dar? Edgar gab sich die Antwort selbst: Durchaus und vor allem dann, wenn sich der Hundehalter gegenüber Beschwerden uneinsichtig verhält.

Stichwort: **Sogenannte** *Tretminen*. Hundekacke auf dem eigenen Grundstück ist ein Ereignis. Oder das versehentliche Hineintreten auf dem Geh- oder Feldweg ist ein Ereignis.

Stichwort: **Attacke**. Jede Attacke, jeder Angriff eines Hundes auf Mensch oder Tier ist ein Ereignis, wobei es nicht immer zu einem Schadensfall kommen muss.

Edgar blieb stehen und blickte zum Horizont, wo die Sonne erste Strahlen über den Berggipfel ins Tal sandte.

Müller und *Lydia* hatten am Ufer der *Kinzig* ein Abflussrohr entdeckt und kläfften mit wachsender Begeisterung hinein. In der Nähe stand eine Sitzbank, auf die er sich niederließ. Sollten sie ihren Spaß haben.

Je länger sich Edgar mit dem Thema befasste, desto zunehmender wuchs seine Beklemmung über die Dimensionen, die es anzunehmen drohte. Vor ihm eröffnete sich ein weites Tätigkeitsfeld, das bei intensiver Betrachtung ständig an Fläche zunahm. Mit *die Suche breiter aufstellen* hatte er nicht unbedingt die Breite des Mississippi-Deltas gemeint. Und wenn er ehrlich zu sich sein wollte, dann musste er eingestehen, dass er überhaupt erst am Anfang seiner Nachforschungen stand. Nachforschungen, deren Volumen er alleine nicht gewachsen sein würde.

Genau, so sieht's aus, dachte er, und fühlte sich auf einmal sehr müde. Dann sickerte die Erkenntnis in sein Bewusstsein, dass er mit dieser Materie überfordert war.

Früher, dachte er weiter, *da hatte ich mein Team. Meine Zuträger. Ich musste bloß bestimmen, welche Informationen ich haben wollte. Heute bin ich allein auf weiter Flur. All die Informationen, die ich bräuchte, kann ich alleine gar nicht beschaffen. Ich glaube, ich schmeiß' hin.*

Er erhob sich von der Sitzbank und rief den Hunden.

„Vorwärts Freunde, es geht zurück."

Ich schmeiß' hin.

Beinahe leichtfüßig trat er den Heimweg an, um nicht zu sagen *beschwingt*. *Müller* und *Lydia* wunderten sich über das Tempo, das ihr Meister vorlegte. Hörten sie da gar ein vergnügtes Pfeifen?

In offenbar gleichem Maße gut gelaunt bereitete er das Frühstück zu, schnippelte den Apfel, dass die Schnitze vom Teller flogen, Gipsverband hin oder her. *Edgar schmeißt hin.*

Wann hat es das je gegeben?

Das hat es noch nie gegeben, jubelte er innerlich, *dass Edgar einen Fall von der Angel lässt. Noch nie. Melanie wird staunen.* „Du wirst staunen, Melanie, mein Schatz", sang er so laut, dass *Müller* ihn vorwurfsvoll anguckte. Zack, zack, zack, die Banane in Scheiben gehauen. *Ich, Kriminalhauptkommissar Edgar Schaaf, kann nein sagen.*

Während er auf den ersten Kaffee wartete, schlug er die Zeitung auf. Warum er heute mit dem Regionalteil begann, konnte er nicht sagen, aber der Artikel sprang ihm förmlich ins Auge. **Wieder Hundehasser unterwegs. Köderfund in Biberach/Baden.** Eine Hundehalterin hatte gestern den Köder beim Spaziergang entdeckt. Rechtzeitig, bevor der Hund ihn aufnehmen konnte. Die Polizei bat um erhöhte Aufmerksamkeit.

Edgar fuhr sich mit der Hand über die Augen. *Oh nein, nicht schon wieder*, dachte er, wobei er unnötig deutlich den Biss spürte, den sein Gewissen ihm zufügte. *Ich kann es nicht, ich kann ...*

Der Kaffee war fertig, und gleichzeitig läutete das Telefon. *Melanie? So früh heute?*

„Guten Morgen, mein Schatz."

„Guten Morgen, mein Edgar. Schon Kaffee gehabt?"

„Bin gerade dabei. Ich möchte dir etwas sagen. Eine Neuigkeit. Ich ..."

„Edgar, entschuldige, dass ich dich unterbreche, aber ich rufe aus einem ganz bestimmten Grund an. Herr Solberg hat heute Morgen einen Anruf von seiner Frau bekommen. Du erinnerst dich? Frau Solberg?"

„Ja, natürlich erinnere ich mich. Frau Solberg mit ihrer Hündin *Bella*. Was ist mit Frau Solberg?"

„Wie gesagt, sie hat ihren Mann angerufen. *Bella* ist tot. Heute Nacht gestorben."

„Ach du Scheiße, nein!"

„Ja, Edgar. Jetzt sitzt sie allein in ihrem Elend in *Berghaupten*, und ihr Mann ist hier in Spanien, verstehst du? Herr Solberg wollte verständlicherweise sofort den Pilgerweg abbrechen und die Heimreise antreten. Aber die Rückreise ohne Bus und ohne gebuchten Flieger ist ziemlich abenteuerlich und umständlich. Ich hab´ ihm gesagt, dass er noch warten soll, bis du mit seiner Frau gesprochen hast. Entschuldige bitte, dass ich einfach so über dich verfüge, aber ich dachte, bevor er mit seiner Prothese eine anstrengende Fahrt auf sich nimmt, schaust du bei Frau Solberg vorbei. Würdest du das machen, mein lieber Edgar? Ich glaube, damit wäre beiden geholfen."

„Das ist überhaupt keine Frage, mein Engel. Selbstverständlich schaue ich bei ihr vorbei. Hast du zufällig ihre Adresse in *Berghaupten*, oder soll ich ..."

„Ich geb´ sie dir, Edgar. Auch die Telefonnummer. Und jetzt zu dir: Was war es, was du mir an Neuigkeiten erzählen wolltest? Darf ich gespannt sein?"

„Neuigkeiten? Ääah, ich denke, das hat sich soeben erledigt", antwortete er.

Das freilich war eine Antwort von der Sorte, mit der Melanie absolut nicht zufrieden war. Edgar sah geradezu bildlich, wie sich Melanies anschwellender Hals durch die Telefonverbindung quetschte. Als er sie kräftig einatmen hörte, reagierte er rasch.

„Melanie, warte, entschuldige, ich erklär´s dir."

„Glück gehabt, mein Lieber. Also: Zieh´, Fremder!"

Edgar lachte leise. „Es ist wegen der Tierquäler. Ich sagte dir doch, dass ich der Sache nachgehen würde. Nun, heute Morgen habe ich festgestellt, dass sie für mich zu groß ist. Der Fall, besser gesagt die Fälle, sind so ausufernd, dass ich alleine damit überfordert bin. Darum hatte ich beschlossen, die Ermittlungen bleiben zu lassen, verstehst du? Das war die Neuigkeit.

Jetzt aber, durch *Bellas* Tod, berührt es mich direkt. Ich war ja praktisch mit dabei, und ich werde aus diesem Anlass vom Rücktritt zurücktreten und die Sache weiter verfolgen.“

Es dauerte einige Sekunden, bis Melanie antwortete. Edgar erwartete insgeheim, dass sie ihre Enttäuschung formulieren wollte. Doch dann sagte sie: „Ja, tu das, Edgar. Wenn es einer aufklären kann, dann du. Bring das Schwein zur Strecke. Ich stehe hinter dir, und wenn ich wieder zurück bin, helfe ich dir, falls es dann noch nötig ist. Okay?“

Edgar war überrascht. „Du gibst mir Absolution?“

Jetzt war sie es, die lachte. „Als ob du darauf Rücksicht nehmen würdest. Edgar, ich muss aufhören. Wir versammeln uns zum Start für die nächste Etappe nach *Fonfría*. Heute soll es noch heißer werden. Morgen ist dafür ein Ruhetag angekündigt. Drück´ mir die Daumen. Ich liebe dich.“

„Pass´ auf dich auf, Engel. Ich liebe dich.“

Frau Solberg also. *Berghaupten*. Das würde er bequem zu Fuß erreichen. Es lag im Prinzip auf der anderen Talseite, jenseits der *Kinzig* und der Bahnstrecke, schön in die

Landschaft eingebettet. Melanie hatte ihm die Adresse aufs Handy geschickt. Ob er vorher anrufen sollte?

Er entschied sich dagegen. Unter der Dusche legte er einen groben Tagesablauf fest. Zuerst zu Frau Solberg, anschließend nach *Offenburg*, wo er mit den Beamten der Polizeihundestaffel sprechen wollte. Nachmittags die Kellergalerie mit der Option, nebenbei anfallende Arbeiten erledigen zu können. Arbeiten, die mit den Ermittlungen zusammenhingen.

In der Tat verhielt es sich so, dass *Bellas* Tod ihn gerade noch einmal rechtzeitig wachgerüttelt hatte. Rechtzeitig, bevor er die Suche nach einem Täter ad acta gelegt und sich für immer und ewig den Vorwurf gemacht hätte, diese Fälle nicht gelöst zu haben. Er musste sich dieser Aufgabe stellen. Wie Melanie gesagt hatte: *Wenn es einer aufklären kann, dann du.* Ihr Zuspruch bedeutete einen zusätzlichen Ansporn für ihn, und wenn er es alleine nicht schaffen würde, dann würde er sich eben Hilfe holen. Er dachte da zum Beispiel just an Frau Solberg. Vielleicht erklärte sie sich bereit, mit ihm in der einen oder anderen Sache zusammenzuarbeiten, und wenn es nur beim Adressenschreiben war. Dann waren da noch Pit Ferman, dessen Frau Eliza, Rita Böhringer, und nicht zuletzt Melanie, wenn sie aus Spanien zurück sein würde. Käme es tatsächlich zu einer Versammlung der Hundehalter in *Gengenbachs* Stadthalle, ergaben sich womöglich weitere Kontakte zur Unterstützung. Das sah doch alles gar nicht so übel aus.

Rücksicht nehmend auf Frau Solbergs angeschlagene Verfassung, ließ Edgar *Müller* und *Lydia* wohlweislich zu Hause. Er fand es höchst unsensibel, sie angesichts ihres

Verlusts mit zwei quicklebendigen Hunden zu konfrontieren.

Ungefähr eine Viertelstunde nach Verlassen des Hauses passierte er das *Berghausener* Ortsschild. *Google Earth* hatte ihm gezeigt, wie er zur Neudorfstraße kam. Er fand das Haus auf Anhieb.

Frau Solberg öffnete die Haustür, als er durch die Gartenpforte trat, als hätte sie auf ihn gewartet. Was vielleicht sogar stimmen mochte – bestimmt stand sie mit ihrem Mann in Spanien und somit auch mit Melanie in regem Kontakt, wusste demnach von der Abmachung, dass Edgar sie besuchen käme.

Noch während er die wenigen Schritte über den Gartenweg auf sie zuging, fiel ihm aus heiterem Himmel ein, woher er Frau Solberg zu kennen glaubte. Sie hatte unglaubliche Ähnlichkeit mit einer der sportlich aussehenden Seniorinnen aus der Apotheken-Werbung im Fernsehen. Ein erleichtertes Lächeln huschte über sein Gesicht.

„Herr Schaaf, hallo. Schön, dass Sie sich die Mühe machen", sagte sie, ein zerknülltes Papiertaschentuch in einer Hand.

Edgar reichte ihr die linke Hand. Ihre Augen waren gerötet. „Hallo, Frau Solberg. Ja, trauriger Anlass. Ich habe es erst vor einer halben Stunde erfahren und bin erschüttert. Mein tief empfundenes Beileid, Frau Solberg."

„Ach, sagen Sie Wilma. Das klingt weniger förmlich. Kommen Sie doch herein."

Edgar nickte. „Wenn Sie mich Edgar nennen, gerne."

Sie ging ihm ins Wohnzimmer voraus und bot ihm einen Platz in einem Sessel an. „Trinken Sie einen Kaffee mit?" Eine Thermoskanne stand auf dem Couchtisch. „Kekse?"

Sie wartete Edgars Antwort nicht ab, sondern brachte ein wahrscheinlich vorbereitetes Tablett aus der offenen Küche herbei. Edgar schaute sich um. Er entdeckte etliche Bücher in Regalen, die über zwei Wände reichten. An der Trennwand zur Küche hingen zwei Kunstdrucke über einem Sideboard. Obwohl kein Experte, konnte er Sonnenblumen und Olivenhain doch *Van Gogh* zuordnen.

„Schön hast du´s hier. Ihr lest viel?" Er verwies auf die Bücher.

Sie setzte sich ihm gegenüber. „Ist kaum zu übersehen, nicht wahr? Ja, sowohl mein Mann als auch ich lesen gerne. Seit Gottfried den Unfall hatte, hat sich sein Pensum verdoppelt. Wer wollte es ihm verübeln?"

„Was ist ihm denn widerfahren?"

Sie winkte ab. „Eine Tragödie, sag´ ich Ihnen."

„Edgar."

„Wie bitte?"

„Wenn wir uns schon beim Vornamen anreden wollen, dann bitte auch mit du."

„Also gut. Danke, Edgar. Tja, eine Tragödie. Stell´ dir vor, eine Woche, bevor er in Altersteilzeit gehen sollte, fährt ihn ein Gabelstapler in der Fima um. *Kugler Pumpen*, kennst du bestimmt. So kompliziert und blöd, dass sein linkes Bein nicht zu retten war. Unterhalb des Knies amputiert. Wegen einer Woche."

„Meine Melanie auch. Motorradunfall. Bei ihr hat´s den vorderen Fuß erwischt."

„Bist du gefahren?"

Edgar verneinte. „Ich fahre zwar Motorrad, aber es war ihr Ex-Mann. Du kanntest ihn vielleicht. Er war Leiter des

Sanatoriums in *Gengenbach*. Ist schon vor einiger Zeit gestorben."

„Ich meine mich zu erinnern. Greif' bitte bei den Keksen zu. Ich hab' sie selbst gemacht." Sie zögerte. „Tja, Edgar, *Bella*." Sie knetete das Taschentuch zu einer kleinen Kugel. „Wenn mein Mann nicht da ist, darf sie bei mir im Schlafzimmer schlafen. Ich fühle mich dann sicherer. Heute Nacht bin ich aufgewacht, weil sie gestöhnt hat. Wie ein Mensch, Edgar. Es war so herzzerreißend. Ich habe sie sofort ins Auto verfrachtet und bin mit ihr nach *Haslach* in die Klinik gerast. Aber ihr ganzer Bauchraum war schon voller Blut. Sie konnten nichts mehr machen. Da ... da ... oh, Gott ... da musste ich ... da musste ich ... eine Entscheidung ... „

Edgar erhob sich, ergriff ihre Hände und zog sie an seine Brust. Dann schloss er seine Arme um sie. Er sagte leise:

„Ich weiß, was du sagen willst. Du musstest eine Entscheidung treffen. Du musstest über ihr Leben bestimmen, und du hast dich gegen das Leiden entschieden."

Er spürte, wie ihr Körper die Spannung verlor, weich wurde und erbebte, wie ihr heißes Gesicht an seiner Schulter nickte. „Jaaa", kam es gequält von ihr.

„Sei stolz auf dich, dass du die Kraft dafür aufbringen konntest. Du hast das Richtige getan, Wilma. Jetzt darfst du weinen. Jetzt darfst du trauern."

Da ließ sie den Tränen freien Lauf. Während sie von Krämpfen geschüttelt wurde und schluchzte, wiegte Edgar sie behutsam in seinen Armen. Das Mindeste, was er für sie tun konnte: Da sein.

Geraume Zeit später sagte sie: „Jetzt brauche ich einen Kognak, Edgar. Egal, wie früh es ist. Willst du auch einen?"

„Ja. Trinken wir auf das Du."

„Okay, auf das Du", sagte sie, um dann hinzuzufügen: „Und Edgar? Danke."

„Nix für", winkte er ab. „Ich hab´ noch ein Attentat auf dich vor."

Es waren schließlich zwei Kognaks geworden. Edgar spürte die Wirkung, als er unter der aufsteigenden Sonne zum Bahnhof *Gengenbach* marschierte. In der S-Bahn nach *Offenburg* überfiel ihn eine schläfrige Müdigkeit, doch die Strecke war für ein Nickerchen zu kurz. Er hoffte, dass Wilma Solberg den Kognak-Effekt für sich nutzen und ihren Schmerz wenigstens etwas mildern konnte. Obwohl – Alkohol war ein schlechter Tröster. Sie schien auf Edgar jedoch nicht den Eindruck zu machen, als würde sie sich dauerhaft zudröhnen wollen.

Er hatte ihr erklärt, was er unter *Attentat* verstand und ihr in groben Umrissen sein weiteres Vorgehen geschildert. Zeitintensive, sicher auch langweilige Arbeit in Akten und Archiven. „Wenn ich das alles recherchieren will, ist es ein Riesenaufwand, eine Menge Zeug. Da täte mir Entlastung bestimmt gut."

„Ja klar, schick´ mir die Seiten, Edgar. Ich schreib´ die Adressen gerne. Da kann ich meine Wut dran auslassen und kanalisieren", hatte sie gesagt und ihm ihre E-Mail-Adresse auf einen Zettel geschrieben. „Und wenn du sonst noch Hilfe brauchst, dann weißt du ja, wo ich wohne."

Als er in *Offenburg* aus dem klimatisierten S-Bahn-Wagen ausstieg, meinte er gegen eine Wand zu laufen. Der Temperaturunterschied war enorm. Die heiße Luft drückte auf seine Schultern, und dabei war es erst Mai.

Wie soll denn dann der Sommer aussehen?, fragte er sich. Er steckte ein Pfefferminzbonbon in den Mund, um der Kognak-Fahne die Spitze zu nehmen. Nicht, dass man ihn bei der Polizei als besoffenen Spinner betrachtete.

Die Polizeihundestaffel befand sich im Erdgeschoss des Direktionsgebäudes und teilte sich Büros und Empfangstresen mit den Beamten des Polizeireviers. So gesehen stellte sie verwaltungstechnisch keine eigene Abteilung dar, sondern war im normalen Revierdienst integriert. Allerdings verfügte sie über eigene, hundegerechte Einsatzfahrzeuge, und bei Erfordernis, über eigene Prioritäten. Die Hundezwinger lagen den Büros vis-à-vis über den Hof. Edgar konnte sie vom Tresen aus sehen.

„Hallo, Herr Kriminalhauptkommissar", wurde er von einem drahtigen grauhaarigen Polizisten begrüßt. Polizeihauptmeister Ferdinand Oberländer. Sein Gesicht strahlte Sympathie aus. „Welch seltener Gast in unseren Räumen. Grüß´ dich, Edgar. Unfall gehabt?"

Edgar klopfte grinsend mit dem Gipsverband auf die Resopal-Oberfläche. „Guten Morgen, Ferdinand. Kann man so sagen. Und du? Wie immer viel zu tun?" Edgar kannte den Beamten noch aus seiner aktiven Zeit. Damals war Oberländer noch im Streifendienst gewesen. Heute schien er der Revierleiter zu sein.

„Dir brauch´ ich ja nichts zu erzählen. Unser Vorbild heißt nun mal Sisyphus. Du bist nicht zum Spaß hier, wie ich annehmen darf."

Edgar grinste. „Knallhart erkannt, Ferdinand. Vielleicht habe ich mit dir gleich den richtigen Mann erwischt. Nagel- und Giftköder, Tierquälerei, Hundeattacken – kannst du mir da weiterhelfen?"

„Du meinst, was bei uns angezeigt und aktenkundig geworden ist", stellte Oberländer fest.

„Ja", nickte er. „Alles, wobei Hunde oder Menschen zu Schaden kamen, oder wozu ihr ausrücken musstet und einen Bericht verfasst habt. Auch Köderfunde und so weiter."

„Hm", machte Oberländer. „An welchen Zeitraum hast du dabei gedacht?"

„Sagen wir ab dem Jahr 2021. Die Köderfälle sind etwa seit einem Jahr horrend gestiegen. Wenn man für Hass von einer Inkubationszeit von circa einem Jahr ausgeht, kommen wir rückblickend auf 2021."

„Ich verstehe. Du meinst, dass sich der Hass ein Jahr lang aufgestaut hat, um sich zu entwickeln und dann aus-zubrechen."

„Richtig. Kannst du ...?"

„Komm´ rein, Edgar", sagte Oberländer und ließ ihn durch eine Trennschranke passieren. „Du redest am besten mit Kimmich. Das ist der Hundestaffelleiter. Bei ihm landen die Fälle, die in irgendeiner Weise mit Hunden zu tun haben."

Oberländer ging in ein benachbartes Büro voraus.

„Herr Kimmich", sagte er förmlich, „hier ist der ehema-lige Kriminalhauptkommissar Edgar Schaaf. Er hat ein besonderes Anliegen, das in Ihre Zuständigkeit fällt. Viel-leicht sind Sie so freundlich und kümmern sich darum?"

Edgar wunderte sich. *Warum redet er den Kollegen per Sie an? Duzt man sich untereinander nicht mehr?*, fragte er sich.

Polizeiobermeister Kimmich saß steif an seinem Schreibtisch. Er wirkte wie aus der Zeit gefallen. Alles an ihm war gerade und steif, samt Scheitel im pomadisierten Haar und gestärktem Hemd. Er nahm eine rahmenlose Brille vom Gesicht. Edgar hatte ihn noch nie gesehen.

Edgar nannte seinen Namen und reichte die Hand über den Tisch, die jedoch ignoriert wurde.

„Herr Schlaf, was kann ich für Sie tun?"

„Also, ich lass´ euch dann mal allein", sagte Oberländer und zog die Tür hinter sich zu.

„Herr Kimmich", begann Edgar im Stehen, „es geht um die von Ihrer Abteilung bearbeiteten Fälle von Tierquälerei, den Köderfunden, und Anzeigen wegen Hundeattacken. Ich beabsichtige, sozusagen als Privatdetektiv ..."

„Von Ihnen stammt die Anzeige vom vergangenen Sonntag", fiel Kimmich ihm ins Wort. „Köderfund in ihrem Garten in *Gengenbach*, nicht wahr? Und Sie waren auch dabei, als tags zuvor am Kinzigdamm ein Köderereignis stattgefunden hat:"

„Genau. Meine Hunde haben den Köder praktisch entdeckt. Die betroffene Hündin *Bella* ist übrigens heute Nacht an den Folgen gestorben."

Polizeiobermeister Kimmich stützte sich auf die Ellbogen und faltete die Hände. In seiner Brille spiegelte sich das Fenster. „Privatdetektiv also. Lassen Sie mich raten. Sie wollen Akteneinsicht über die dokumentierten Fälle. Habe ich recht?"

Edgar wechselte das Standbein. „Ja, wenn es sich machen ließe, würde es mir eine Menge Arbeit ersparen, wenn Sie verstehen, was ich meine."

Auf dem Gesicht Kimmichs bildete sich ein Lächeln, das über seine Nase nicht hinauskam. „Was ich verstehe, lassen Sie ruhig meine Sorge sein, Herr Schlaf."

„Herr Schaaf, wenn´s beliebt", wagte sich Edgar zu korrigieren.

„Herr Schaaf, meinetwegen. Meine Sorge. Als ehemaliger Beamter wissen Sie, dass Sie als Privatmann keine Akteneinsicht haben dürfen."

„Natürlich, Herr Kimmich. Ich würde Ihnen meine gewonnenen Erkenntnisse selbstverständlich jeweils mitteilen, mit Ihnen also Hand in Hand arbeiten." Edgar wechselte das Standbein erneut. Er kam sich vor wie ein Tanzbär.

„Ich habe von Ihnen gehört, Herr Schaaf. Auch von Ihren Erfolgen. Allgöwer, Kai Schuster und Rita Böhringer singen ja fast täglich davon. Was nichts daran ändert: Akteneinsicht von Privatleuten gibt es nicht. Und jetzt entschuldigen Sie mich, bitte. Ich habe zu tun. Auf Wiedersehen, Herr Schaaf."

Ohne anzuklopfen stürmte er in Rita Böhringers Büro.

„Was ist das denn für eine Nulpe da unten?", polterte er los, dass Rita um ein Haar den Kaffee verschüttet hätte. „Herr Polizeiobermeister Kimmich!"

Rita fasste sich schnell. „Einen wunderschönen guten Morgen, erst mal. Oh, ist der Kriminalhauptkommissar möglicherweise auf den Buchstaben des Gesetzes gestoßen?"

„Was heißt hier *Buchstabe des Gesetzes*? Der Kerl ist ein arrogantes Arschlosch. ′n Morgen, Rita.“

„Eins muss man ihm lassen, dem Herrn Kimmich. Ein Weichei, wie ich eins bin, ist er nicht. Was ist passiert?“

Edgar klärte sie auf, und Rita schien bestens auf der Höhe der Sachlage zu sein. Als er geendet hatte, sagte sie:

„Kimmich ist ein gebranntes Kind, Edgar. Er hat an seiner früheren Dienststelle schon einmal Interna an Unbefugte herausgegeben, sprich: an die Presse. Seither ist er das sprichwörtliche Tüpfelchen auf dem i. Freunde macht er sich damit zwar keine, aber es fährt ihm auch keiner mehr an den Wagen.“

„Und jetzt?“, fragte Edgar, noch immer unter Dampf. „Wo bekomme ich jetzt die Informationen her?“

Rita verschränkte die Arme vor der Brust. „Ich würde dir ja gerne helfen. Aber nun, da du bei ihm vorstellig geworden bist, wird er seine Akten hüten wie das Gold in *Fort Knox*. Er weiß, dass wir befreundet sind, Edgar. Ich will mir nicht ausmalen, was mit mir geschehen würde wenn herauskäme, dass ich dir Material beschafft hätte. Ich bin gerade erst Kommissarin geworden. Führe mich also nicht in Versuchung.“

„Ich weiß ja, Rita, verdammt. Jetzt muss ich alles mühsam über die Zeitungsarchive herausfinden. Das dauert Tage länger und wird eine einzige Flickschusterei.“

„Sag′ ich doch. Du wärst nicht Edgar Schaaf, wenn du dir nicht zu helfen wüsstest. Übrigens: Wo bleiben eigentlich die leckeren Zimtschnecken, hä?“

Edgar verließ das Direktionsgebäude unverrichteter Dinge. Es passte zu seiner Laune, dass es noch wärmer geworden war und er seinen Strohhut vermisste. So knallte die heiße Mittagssonne auf seinen dünner werdenden Haarschopf.

Er schalt sich selbst einen Tor. *Dieser Typ, dieser Kimmich, hat ja recht. Er **darf** keine Akten herausgeben. Auch nicht an mich, den pensionierten Kriminalhauptkommissar Edgar Schaaf. So ist es nun mal. Und nur, weil mir das nicht in den Kram passt, muss ich ihn nicht zum Buhmann machen. Was du früher selber nicht gestattet hast, darfst du heute nicht von anderen verlangen. Eine andere Sache ist der Umgangston. Etwas freundlicher hätte er schon sein können, oder etwa nicht?*

Er schaute auf seine *Breitling*. Dreiviertel zwölf Uhr. Mist. Jetzt noch in die Redaktion der *Badischen Zeitung* zu gehen, lohnte sich nicht. Der Fußweg hin und zurück dauerte mindestens eine halbe Stunde. Nein, den Plan musste er canceln, so schwer es ihm auch fiel. Er musste die Kellergalerie um zwei Uhr öffnen, und zudem durfte er die Hunde nicht über Gebühr allein lassen.

Hm, überlegte er, *vielleicht kann ich mit einem vorankündigenden Telefonanruf bei der Zeitung die maßgeblichen Leute schon instruieren. Sagen wir auf morgen? Ha, wäre doch gelacht, wenn wir den famosen Herrn Kimmich gar nicht bräuchten.*

Rein in die tiefgekühlten Wagen der S-Bahn, raus in die Hitze am Bahnhof *Gengenbach*.

Wenn das bloß keine ausgewachsene Erkältung gibt, dachte er. *Würde mir gerade noch fehlen. So ein Mist.*

Am Türmchenhaus angekommen, scheuchte er *Müller* und *Lydia* in den Garten und schaltete den Wasserkocher für einen Kaffee ein. Er sah, dass der Anrufbeantworter blinkte. Er hörte die Nachricht ab. Frau Solberg: ‚Herr

Schaaf, pardon, Edgar, Wilma hier. Ruf´ mich doch bitte an, wenn du die Nachricht abgehört hast. Tschüss.‘

Er wählte ihre Nummer. „Wilma? Edgar hier. Was gibt´s?“

„Edgar, du brauchst mir die Adressen nicht zu schicken. Ich komme nach *Gengenbach* und hole sie bei dir ab. Bist du ab jetzt zu Hause?“

„Ja, ich bin hier. Weißt du, wo das ist?“

„Ich glaube, die halbe Welt weiß, wo in *Gengenbach* das Türmchenhaus steht. Ich komme gleich.“

Er hatte noch Zeit, in der Stadt süßes Gebäck zu kaufen. Dann stellte er wie bisher Tisch und Stuhl vor den Kellerabgang und öffnete die Galerie. Falls Wilma zum Kaffee bleiben sollte, hätte er rasch einen zusätzlichen Stuhl aus dem Keller beschafft.

Dass jemand an die Gartenpforte kam, merkte er an *Müllers* und *Lydias* Verhalten. Schwanzwedelnd rannten sie zum Tor und legten die Vorderpfoten drauf. Edgar stieß einen kurzen Pfiff aus, und schon gaben sie den Weg frei. Er ging Wilma entgegen. Sie schob ein Fahrrad.

„Hallo Wilma, das ging schnell.“

Sie lächelte schüchtern. „Ja, ich ... ich musste daheim raus. Entschuldige, aber, wie soll ich es sagen, es wurde mir zu eng. Ich bekam keine Luft mehr.“

„Das versteh´ ich“, antwortete er. „Komm´, setz´ dich. Trinkst du einen Kaffee?“

„Ja, gerne.“

„Okay, dann mache ich welchen und hole gleichzeitig die Adressen. Du kannst unterdessen die Galerie anschauen, wenn du magst. Milch? Zucker?“

„Schwarz, bitte."

Sie saßen am Tisch bei Kaffee und Gebäck. Die Hunde lagen beim Rhododendron. Bislang war kein Besucher der Kellergalerie gekommen. Edgar erzählte zunächst, wie es zur Galerie gekommen war. Dann schwenkte er auf seinen heutigen erfolglosen Besuch bei der Polizei in *Offenburg* um, und dass er infolge dessen auf die Unterstützung der *Badischen Zeitung* angewiesen sei.

„Ich rufe noch heute dort an, ob ich morgen bei ihnen die Archive durchkämmen darf."

Wilma schien von Edgars Aktionismus beeindruckt zu sein, indes sie sich selbst wie paralysiert und unter Edgars Präsenz auf ihrem Stuhl immer kleiner werden fühlte.

„Eigentlich musst du das doch überhaupt nicht auf dich nehmen, Edgar. Warum tust du es dann? Deine Hunde sind ja nicht gefährdet", wagte sie einen schüchternen Einwurf.

„Es ist das Unrecht, vor dem ich nicht still sitzen kann. Und die Angst, keine ruhige Minute mehr zu haben, wenn ich nicht dagegen aufbegehre. Ich muss etwas tun, Wilma. Ich habe die Zeit und das *Know-how* dazu. Und was ich nicht weiß, kann ich mir erarbeiten."

Sie nickte stumm vor sich hin, als sei sie soeben einer Unterlassung schuldig gesprochen worden. Doch dann sagte sie mit zitternder Stimme: „Nimm mich mit, Edgar. Nimm mich morgen bitte mit zur Zeitung. Vier Augen sehen mehr als zwei, oder?"

Edgar konnte sich durchaus in Wilma hineinversetzen und einigermaßen nachvollziehen, was der Verlust ihrer *Bella* für sie bedeutete. Sie war mit ihrem Trauma auf sich allein gestellt, und mit keiner Silbe hatte sie erwähnt, ob oder dass es jemand in ihrem persönlichen Umfeld gäbe, der ihr in dieser Situation zur Seite stehen würde. Er selbst wollte nicht indiskret sein und sie einer möglicherweise peinlichen Befragung unterziehen. Fragen nach eigenen Kindern oder Verwandten oder anderen Vertrauenspersonen, die sich um sie kümmern könnten. Er schätzte, dass sie früher oder später von sich aus über ihre familiären Verhältnisse sprechen würde. So aber war er, in Ermangelung ihres fernen Ehemannes, ihre erste physische Bezugsperson. Es stand ihm nicht zu, ihr diese Rettungsleine aus den Händen zu reißen. Dass es ein Akt simpelster Menschlichkeit war, wollte er gar nicht kommentiert wissen.

Noch auf dem Stuhl vor der Kellergalerie sitzend, rief er die Redaktion der *Badischen Zeitung* an und schilderte seine Absichten und die damit verbundenen Pläne.

„Inwieweit komme ich über Ihr Archiv an Namen und Adressen heran? Ich denke zum Beispiel an Personen, die durch Hundeattacken verletzt wurden."

Für die Beantwortung dieser Frage wurde er mit dem zuständigen Chefredakteur verbunden, der sich überraschend schnell meldete: „Hallo, Herr Schaaf. Kriminalhauptkommissar und treuer Abonnent unserer Zeitung. Warmbach mein Name. Sie kennen mich nicht, aber ich kenne Sie. Pit Fermans Bücher, Sie verstehen? Meine Mitarbeiterin hat mich mit Ihrem Wunsch in Stichworten vertraut gemacht. Generell ist es so, dass von Personen, über die in unserer Zeitung berichtet wird, keine Daten herausgegeben werden. Ausnahme: Personen, die einen Leserbrief veröffentlichen. Da geben wir Namen und

Wohnort bekannt. Eine andere Ausnahme bilden Personen, die sowieso in der Öffentlichkeit stehen, wie Politiker oder Sportler. Zu welchem Zweck benötigen Sie denn Zugang zu den Daten? Was haben Sie vor, Herr Schaaf?"

Edgar wiederholte geduldig, was er der Redaktionsmitarbeiterin schon gesagt hatte. Dass er, um sein Ziel zu erreichen, auf Informationen angewiesen sei. Er betonte die aktuell zunehmende Brisanz des Problems mit den Hundehassern, als auch die Hilflosigkeit der Polizei, die immer nur reagieren und warnen könne.

„Sie wollen einen anderen Weg einschlagen?", fragte Herr Warmbach.

„Ja", bestätigte Edgar. „Einen anderen Weg, und dafür benötige ich Informationen. Denn es handelt sich um brutalste und heimtückischste Kriminalität. Der will ich mit kriminalistischen Ermittlungen begegnen, denn ihrer Schwere wird zu wenig Beachtung geschenkt. Man behandelt sie beinahe wie ein Kavaliersdelikt oder eine Sachbeschädigung. Stellen Sie sich bloß vor, die Opfer wären Kinder. Der Aufschrei in der Gesellschaft wäre gewaltig. So aber sind es nur, in Anführungszeichen „Hunde". Ganz nebenbei bemerkt: Für manche Menschen sind ihre Hunde wie Kinder." Er wartete gespannt, was der Redakteur darauf antworten würde.

„Edgar Schaaf, wie er leibt und lebt, was? Es ist in der Tat, wie Sie sagen, eine Riesenschweinerei. Ich persönlich verfolge dieses Thema schon länger, denn ich habe selber einen Hund. Rehpinscher, wenn Ihnen das ein Begriff ist. Gut, es ist ein kleines Hündchen, um nicht zu sagen eine Miniausgabe, und es gehört meiner Frau, doch wir bezahlen Hundesteuer. Einsicht in unsere Archive können Sie natürlich jederzeit nehmen. Über die andere Sache mit den Daten reden wir aber noch. Ich muss erst eine Nacht darüber schlafen. Können Sie morgen um neun Uhr in der Redaktion sein? Geht das? Prima. Dann bis morgen, Herr Schaaf, und schöne Grüße an Ihre Frau Melanie."

Wilma Solberg war nach dem Telefonat gegangen. Sie hatten sich für acht Uhr des morgigen Tages verabredet. Wilma würde Edgar mit ihrem Auto abholen.

Gegen fünf Uhr schloss Edgar die Kellergalerie und sagte Frau Holzer Bescheid, für heute keine Interessenten mehr vorbeizuschicken. Dann fiel ihm ein: „Und morgen Nachmittag ebenfalls nicht. Die Galerie bleibt geschlossen."

Dass er an keine Daten zu Personen kommen sollte, die unter Umständen ein Motiv als Hundehasser hätten, stimmte ihn ärgerlich. Weder die Polizei noch die Zeitung waren geneigt, ihre Daten preiszugeben. Oder sollte er sagen, sie waren nicht befugt?

Scheiß Datenschutz, dachte er. *Scheiß Quellenschutz. Wenn alle Stricke reißen sollten, knöpfe ich mir den Staatsanwalt persönlich vor. Wenn die Polizei schon nichts unternimmt.*

Denn so sah er es. *Die Polizei unternimmt nichts. Zumindest nicht das, was sie leisten könnte, wenn sie der Angelegenheit eine höhere Priorität zuteilwerden ließe. Freilich nicht mit den kreuzbraven Beamten von der Polizeihundestaffel. Nein, eine Ermittlertruppe der Kriminalpolizei, verdammt, müsste her. Eine Sonderkommission. Wofür bezahlen wir eigentlich die Hundesteuer? Es gibt ja nicht mal ausreichend Hundekotkästen an den Hotspots der Hundeflaniermeilen. Ach, ist doch wahr.*

Genau. Nach einem Motiv musste er Ausschau halten. Wer könnte ein Motiv haben, Hunde zu töten? Doch sicher derjenige, der einmal von einem Hund angegriffen worden war. Stärker noch: Wer von einem Hund verletzt wurde. Noch stärker: Dessen Kind von einem Hund angegriffen und/oder verletzt wurde. An das kräftigste aller Motive wagte er besser gar nicht zu denken. Aber das waren die Ereignisse, nach denen er suchen musste. Die Namen dieser Personen wollte er haben.

Meine Güte, es können doch nicht so viele sein, dachte er. *Keine zehn in zweieinhalb Jahren, schätze ich.*

Wie sah es mit den Leserbriefschreibern aus? Die überwiegende Zahl, die sich auf Hunde bezogen, befassten sich mit den Hundehaufen, den sogenannten *Tretminen*. Es waren meistens Leute, die ihrem Unmut darüber ein Ventil gaben. Warmbach hatte gesagt, dass die ihre Namen und Adressen angeben müssen, um den Brief überhaupt veröffentlicht zu bekommen. Menschen, die ihre Namen öffentlich unter ein Schreiben setzen, rechnete Edgar nicht unbedingt eine kriminelle Absicht zu. Ihr Druckkessel wurde mit einem Leserbrief vor Überdruck geschützt. Es sei denn, dass selbst auf den zwanzigsten Leserbrief hin noch immer keine erkennbare Verbesserung der Tretminensituation eingetreten wäre.

Gab es weitere Personengruppen, die ein Motiv haben könnten? Edgar dachte an das klassische Postbote-Hunde-Syndrom. Und warum nicht? Briefträger, Paketzusteller, Schornsteinfeger, Pflegedienstkräfte – alles Leute, die regelmäßig die Gärten und Häuser ihrer Kunden betreten, durchqueren und aufsuchen müssen, um ihre Dienste an den Mensch zu bringen. Täglich konfrontiert mit mehr oder weniger zutraulichen Haustieren. Edgar zählte sie zu der oberen Gruppe mit den starken Motiven hinzu. Und nicht nur das, sondern zu den starken Motiven mit täglicher Erneuerungsgefahr. Motiv mit Stern.

Er notierte die Motivgruppen auf ein Blatt Papier, versah sie mit Anmerkungen, und merkte plötzlich, wie müde er war. Doch mit Pause und Feierabend war noch nichts, denn die Tour mit *Müller* und *Lydia* über die Felder stand noch an. Und Melanie.

„Du triffst dich mit fremden Frauen?", eröffnete sie das Gespräch.

„Yep", antwortete er frech, „und morgen tu´ ich es wieder. Guten Abend, mein Schatz."

„Guten Abend, mein lieber Edgar. Du bist sooo ein guter Mensch, weißt du das? Ich bekomme natürlich alles brühwarm mit. Gottfried, also Herr Solberg, hat mit seiner Frau nämlich schon Kontakt gehabt. Er lässt dich unbekannterweise grüßen und bedankt sich herzlich, dass du dich um Wilma kümmerst."

„Danke, ja, ich glaube, sie braucht ein wenig Zuspruch, Ablenkung und Zerstreuung. Sie begleitet mich morgen zur *Badischen Zeitung* und hilft mir beim Durchforsten der Archive. Wir fahren relativ früh los. Wenn du anrufen willst, dann entweder vor acht Uhr oder halt später."

Melanie seufzte: „Vor acht auf keinen Fall. Morgen ist Ruhetag, und da werde ich ausschlafen. Wir haben heute nach zwölf Kilometern Schluss machen müssen. Die Strecke war zwar sehr schön, aber mit steilen An- und

Abstiegen gespickt. Und dann die Hitze. Wir sind in einem netten Hotel etwas außerhalb *Fonfrías* untergebracht. Sogar mit Pool. Von dort komme ich gerade. Eine Wohltat für die geplagten Glieder."

„Wie geht es dir?", fragte er voller Anteilnahme.

„Ich bin richtig stolz auf mich, Edgar. Erinnerst du dich an unsere Wanderung auf Kritaholm? Quer über die Insel? Dort konnte ich nach ein paar Kilometern kaum noch gehen. Gut, dort hatte ich keine Gehhilfen. Aber hier schaffe ich mit Stöcken oder Krücken fünfzehn Kilometer. Und ja, es ist das, was ich gewollt habe. Anstrengung und Herausforderung, gepaart mit dem spirituellen Aspekt. Du weißt schon: das Gelübde. Doch, doch, ich bin am richtigen Ort, und mental fühle ich mich von Tag zu Tag besser."

„Ich bewundere dich. Du bist so konsequent. Wie steht es um deine Freundin Gerti? Ist sie auch so begeistert?"

„Gerti ist als Begleiterin unersetzlich. Wir teilen ja immer ein Zimmer zusammen, und mit ihr kann ich über alles reden. Ich denke, sie begreift diese Reise mindestens genauso wie ich, wenn auch aus einem anderen Anlass. Angeblich sucht sie seelische Kraft. Für mich sieht es allerdings eher aus wie eine Flucht, wie aus den Gesprächen mit ihr zu schließen ist."

„Wieso? Hat sie denn einen persönlichen Grund dafür?"

„Ehrlich gesagt, ist sie erst hier in Spanien so richtig mit der Sprache rausgerückt. Ihr Mann ist seit Anfang Januar in Rente und mit der neuen Situation wohl nicht der Glücklichsten einer. Er ist schwierig, um es mit ihren Worten zu sagen, und das kann manches bedeuten."

„Kennst du ihn eigentlich?"

Sie verneinte. „Ich habe ihn nur einige Male gesehen. Da kann man nicht von kennen sprechen."

„Hm, was hat er denn gemacht? Beruflich, meine ich?"

„Ach, das weißt du nicht? Er war bei der Post in *Hausach*."

Edgar blieb stumm, bis er die Nachricht verarbeitet hatte. „Als Briefträger?"

„Zufällig ja. Warum fragst du?"

Ja, warum frage ich?, dachte Edgar nach Beendigung des Telefonats. *Könnte es tatsächlich so einfach sein? Kommissar Zufall löst einen Fall allein durch ein Gespräch mit seiner Frau. Der Täter ist immer der Briefträger! Bummskrach! Ad acta.*

Er schaute auf die Uhr. Zu früh, um ins Bett zu gehen. Hatte er nicht noch eine angefangene Flasche Wein in der Küche stehen?

Edgars Gedanken kreiselten. Er fühlte sich in einer Komfortzone. Der surreale, aber dennoch verführerische Gedanke an eine bequeme Lösung all seiner Probleme ließ ihn nicht los.

Ich wär´ schön blöd, wenn ich dieser absurden Spur nicht nachginge, und am Ende würde sie sich als die einzig richtige erweisen. Verdammt.

Aber etwas störte ihn an der Sensation. Er wusste nicht, wie Gertis Mann hieß. Nicht nur das. Er wusste nicht mal, wie Gerti mit Zunamen hieß. Wieder *verdammt*. Es lag an seinem System, Informationen, die für seine Interessen absolut irrelevant waren, den Zugang zu seinem Gedankenspeicher zu verweigern. Gerti gehörte zu Melanie und deren Leben und es genügte ihm zu wissen, dass die beiden Freundinnen waren. Alles andere war peripher.

Er wollte es wissen. Behände fotografierte er das Phantombild des Mannes ab, das er von dem Besucher der Kellergalerie hatte anfertigen lassen, und sandte es mit Text *Sieht Gertis Mann ungefähr so aus, und wie heißt er eigentlich?* unmittelbar als WhatsApp an Melanie. *Hoffentlich liegt sie noch nicht im Bett.*

Die Antwort kam prompt. Das Schnurlose klingelte.

„Sag´ mal, Edgar, geht´s noch? Gerti ist meine Freundin!"

Edgar schluckte. „Die meine ich auch nicht, sondern ihren Mann. Es könnte doch sein, dass ..."

„Nein, Edgar, das kann es nicht, hörst du? Erstens ist das Bild ihrem Mann überhaupt nicht ähnlich, und zweitens ... und zweitens ... zweitens hab´ ich vergessen. Ich will nicht, dass du im Leben meiner Freunde herumwühlst."

„Ich wühle nicht, ich schließe aus, Melanie. Eine Spur ist eine Spur, auch wenn sie in die falsche Richtung führt. Aber jetzt ist es ja geklärt, nicht wahr? Wie heißt Gerti denn nun mit Nachname?"

Aber Melanie hatte aufgelegt.

„Hallo?" *Verdammt!*

Fünfter Tag
Mittwoch, 10. Mai 2023

Edgar fand zunächst keinen Schlaf. Alle Türen des Schlafzuges waren verrammelt, alle Plätze besetzt.

Gebt mir wenigstens einen Stehplatz.

Er wälzte sich überhitzt im Bett hin und her. Melanies Abfuhr nagte an ihm. So etwas hatte es zwischen ihnen noch nie gegeben. Zu allem Übel hämmerte das verletzte Handgelenk auf sein Nervenkostüm ein. Er versuchte, sich durch das Gipsfenster zu kratzen, doch es half nicht.

Als er endlich einen unruhigen Schlafzipfel erwischte, träumte er wirres Zeug. Er sah zwei Menschen in einem Bett liegen, bis über beide Ohren zugedeckt. Nur ihre nackten Beine ragten unter der Decke hervor. Eines war unterhalb des Knies, das andere ab dem Knöchel amputiert. Gottfried Solberg und Melanie. Eindeutig. Klarer Fall. Er war jedoch nicht der einzige Beobachter der Bettszene. Neben ihm stand eine nackte Wilma Solberg, und als er an sich hinunterschaute, war er ebenfalls nackt. *Das ist starker Tobak*, dachte er im Traum. Als Wilma ihre Hand nach ihm ausstreckte ...

Er schreckte auf, nass und vibrierend wie ein Zitteraal. Konfus und barfuß stieg er ins Wohnzimmer hinab. Dort lagen *Müller* und *Lydia* einträchtig in ihrer Ecke. *Müller* hob sein Lauschohr.

Wenigstens eine verlässliche Größe, dachte er. *Alles gut, Müller. Schlaf weiter.*

Das Handy lag auf dem Couchtisch. Eine eingegangene Nachricht. Er öffnete WhatsApp: *Gertrud und Hans Krause. Schlaf gut, Edgar. Deine Melanie.*

Neun Worte wie neun Leben.

Schlaf' gut, Edgar. Nachts um halb zwei Uhr. Er probierte es erneut mit dem Schlaf. Der Traum. Er versuchte sich an ihn zu erinnern, doch er bekam die Bilder nicht mehr zusammen.

Ich glaub', ich bin nicht mehr ganz dicht im Kopf. Nicht zurechnungsfähig.

Mit hinter dem Kopf verschränkten Händen lag er rücklings im Bett. Er dachte an seine siebzig Jahre und an die Zeit, die ihm noch bleiben würde. Er fürchtete sich vor dem Tag, ab dem er nicht mehr wissen würde, dass er existierte, und hoffte inbrünstig, dass er noch fern sein möge.

Bevor mir jemand den Hintern putzen muss, höre ich auf, dachte er, *und vielleicht bin ich dann noch Manns genug zu wissen, wie es geht. Das Aufhören.*

Er strickte weiter an den destruktiven Gedanken: *Alt werden ist nicht einfach. Alt werden und einsam zu sein zweimal nicht. Wenn Melanie nicht da ist, habe ich ständig das Gefühl, mich zu wiederholen. Dass mich täglich das Murmeltier grüßt. Wiederholungen sind die Sicherheitsleinen für Demenzkranke, denn bekanntes Gelände flößt Vertrauen ein. Neues verwirrt nur.*

Als Edgar die Augen wieder aufschlug, begrüßte ihn das Fenster mit grauem Tageslicht. Er wischte sich über die Augen.

Tageslicht? Uhrzeit? Viertel nach sechs. Seine innere Uhr hatte versagt oder war stehengeblieben.

Er taumelte aus dem Bett ins Bad und warf sich kaltes Wasser ins Gesicht. Im Spiegel sah er einen alten Mann mit tiefen Augenringen. Es half nichts, er musste mit den

Hunden raus. Hektisch zog er sich an und polterte nach unten. *Müller* und *Lydia* hockten bereits vor der Tür.

Sorry, tut mir leid, es ... ach, was wisst ihr schon. Ihr wollt doch immer nur das eine. Raus und rennen und spielen.

Beim Durchqueren des Gartens achtete er auf verdächtige Klumpen, aber er entdeckte keine. Er öffnete die Gartenpforte und innert Sekunden gewannen die Hunde einen passablen Vorsprung.

Ja, lauft nur, murmelte er. *Lauft nur.*

Der Himmel trug heute sein Federkleid mit einer Stola aus Kondensstreifen von Düsenjets.

Hey, Edgar, freu´ dich doch mal, du Griesgram. Sieh´ nur den perfekten Morgen.

Er knurrte. *Perfekt ist ein Morgen nur, wenn ich neben Melanie aufwache, du Eumel.*

Wieder waren Jogger und Fahrradfahrer unterwegs. Edgar grüßte missgelaunt. Die innere Stimme rüffelte ihn:

Lass´ es doch bleiben, wenn du es nicht ehrlich meinst, stichelte sie.

Edgar antwortete: *Seit wann hab´ ich einen beschissenen Besserwisser im Ohr? Ist das der Beginn des Sabberns und der Selbstgespräche? Ach, soweit waren wir schon mal? Hab´ ich glatt vergessen.*

Müller und *Lydia* hatten mit Abflussrohren wohl ein neues Spielgerät gefunden. An einer landwirtschaftlich genutzten Überfahrt eines Entwässerungsgrabens bellte und heulte *Müller* von der einen, *Lydia* von der anderen Seite hinein. Für Edgar hörte es sich an wie das Konzert einer Guggemusik an Fastnacht: Schauerlich schön. Endlich verirrte sich ein Lächeln in sein Gesicht. Er schüttelte sich.

Vergiss diese Nacht einfach, Edgar. Schäme dich nicht dafür. Du darfst so sein. Du bist ein Mensch.

Dass er die Tour über die Felder um eine Viertelstunde kürzte, merkten *Müller* und *Lydia* nicht. Sie hatten mit dem Abflussrohr ihren Spaß gehabt. Edgar nahm an der Gartenpforte die Zeitung mit und duschte den Schweiß der Nacht in die Wanne. Während er sich abtrocknete, klingelte das Telefon im Wohnzimmer. Bis er unten war, hatte es aufgehört. Er rief den Anrufspeicher ab. Melanie.

Ich dachte, sie will heute ausschlafen? Es wird doch nichts passiert sein? Er drückte die Rückruftaste.

„Guten Morgen, mein lieber Schatz. Das ging aber schnell."

„Sorry, ich war unter der Dusche. Bin etwas spät dran heute. Ehrlich gesagt, hab´ ich verschlafen. Wolltest du heute nicht ...?"

„Doch, wollte ich. Aber ich habe kaum ein Auge zugekriegt. Ich will mich entschuldigen, Edgar. Wegen gestern Abend. Es tut mir leid. Ich weiß ja, wie wichtig dir deine Arbeit ist und dass du keine sinnlosen Dinge tust. Sei mir bitte nicht böse. Ich musste dir das heute Morgen unbedingt sagen, damit du nicht denkst, dass ich dich nicht mehr liebe. Und auch, damit dir der Tag nicht verdorben ist."

„Oh mein Engel, ich habe auch schlecht geschlafen, und ich hätte dich ebenfalls angerufen. Du bist mir einfach zuvor gekommen. Ich ... Mir tut es auch leid. Es war kein guter Zeitpunkt gestern Abend. Mit mir waren die Ermittlerpferde durchgegangen. Und ich liebe dich nach wie vor."

„Und ich fehle dir?"

„Ja, du fehlst mir sehr. Aber ist es nicht richtig, dass du mir fehlst? Ich meine, wäre es sonst eine große Liebe?"

„Das hast du schön gesagt, mein Edgar. Jetzt fühle ich mich sehr viel besser und mein freier Tag ist gerettet. Ich werde heute viel schwimmen. Und du?"

„*Müller* und *Lydia* haben ein neues Spiel. Sie jodeln sich durch Ablaufrohre zu. Zum Kringeln komisch. Tja, ich werde jetzt rasch frühstücken, dann kommt Frau Solberg, und dann fahren wir zusammen nach *Offenburg* zur Zeitung."

„Ach ja, das hast du gestern ja gesagt. Dann bis heute Abend?"

„Bis heute Abend, Melanie."

Er war mit dem Frühstück noch nicht ganz fertig, als er Wilma Solberg durch den Garten kommen sah. Es traf ihn peinlichst, dass er sich ausgerechnet bei ihrem Anblick an den Traum von heute Nacht erinnerte.

Das passt jetzt aber überhaupt nicht, Edgar, schalt er sich. Sein Kopf begann zu glühen. *Völlig zur Unzeit. Hoffentlich sieht sie mir nichts an.*

Er öffnete ihr die Haustür. „Guten Morgen, Wilma. Pünktlich auf die Minute."

„Guten Morgen, Edgar." Sie musterte ihn unübersehbar. „Alles in Ordnung?"

Edgar räusperte sich. „Schlecht geschlafen. Komm rein. Hast du schon gefrühstückt? Wenn nicht, kannst du noch zugreifen."

„Nein, danke." Sie schaute sich um. „Schön habt ihr´s."

Er reagierte nicht darauf. „Ich bin gleich fertig. Wie geht´s deinem Mann? Hast du von ihm gehört?"

Sie setzte sich auf einen Stuhl am Esstisch. „Für ihn ist es hart. Er kommt an seine Grenzen. Aber er will durchhalten. Heute legen sie ja einen Ruhetag ein."

„Ich weiß", bestätigte Edgar und räumte das Geschirr in die Spüle. „Meinetwegen können wir los."

Herr Warmbach holte sie persönlich im Foyer des Zeitungsverlagshauses ab und führte sie zuerst in sein Büro. Zwei Schreibtische ächzten unter Papierstapeln. Warmbach setzte sich an den einen, auf dem ein Computerbildschirm zu sehen war.

„Tut mir leid, die Unordnung, aber so sieht es hier täglich aus" entschuldigte er das Tohuwabohu. „Gut durch die *Rushhour* gekommen? Morgens ist es immer eine Katastrophe. Wird immer schlimmer mit dem Verkehr."

Wie recht er hat, dachte Edgar. Sie hatten tatsächlich für die wenigen Kilometer von *Gengenbach* nach *Offenburg* hinein beinahe eine volle Stunde gebraucht.

„Herr Schaaf, zu Ihrem Anliegen. Wir von der Zeitung verfolgen die Serie von Köderanschlägen natürlich mit der uns gebotenen Informationspflicht. Die Polizei verständigt uns jeweils über die aufgetretenen Vorfälle, hält die Angaben jedoch bewusst schwammig. Detaillierte Ortsangaben erhalten auch wir nicht. Es heißt dann etwa *südlich von Ortenberg*; *am Ortsrand von Gehlheim*; *in der Sowieso-Straße*; und so weiter. Präziser wird es bei angezeigten Hundeattacken, wenn Personen zu Schaden gekommen sind. Namen und Adressen von Geschädigten oder Verursachern dürfen wir allerdings nicht veröffentlichen, selbst dann nicht, wenn wir im Zuge unserer journalistischen Arbeit mit Betroffenen sprechen.

Wenn Sie also nachher in unserem Archiv recherchieren, werden Sie keine Namen und Adressen finden, sofern es sich nicht um Leserbriefe handelt. Wir verfügen sowohl über ein analoges, als auch über ein digitales Archiv. Sie können frei wählen. Es befindet sich ein Computer vor Ort. Ich begleite Sie dann dorthin und lasse Sie arbeiten, so lange Sie wollen. Es gibt übrigens auch Wasser oder Kaffee dort. Wenn Sie also bereit sind, können wir gehen. Oder haben Sie noch Fragen?"

Wilma und Edgar schauten sich an. Beide schüttelten den Kopf.

Chefredakteur Warmbach marschierte voraus, bestieg mit ihnen einen Aufzug, der sie in den Keller brachte. Das Archiv war in einem Raum mit vergitterten Fenstern untergebracht. Mehrere parallel stehende übermannshohe Regale beherbergten Reihen von Ordnern, alle mit Daten beschriftet. Die Regale waren jeweils durch einen begehbaren Flur voneinander getrennt. In jedem Flur stand ein beleuchtbarer Tisch mit Stuhl.

„Die Jahreszahlen sehen Sie immer an den Stirnseiten der Regale", sagte Warmbach. „Neben dem Eingang, das haben Sie gesehen, stehen Wasser und die Kaffeemaschine. Ich lass´ Sie jetzt allein. Wenn Sie Hilfe benötigen, dann benutzen Sie bitte das Telefon über der Kaffeemaschine. Wählen Sie zweimal die Eins, dann werden Sie mit einem unserer Mitarbeiter verbunden. Viel Spaß also, Herr Schaaf und Frau ...?"

„Frau Solberg."

„Frau Solberg."

Sie waren allein. Es war kühl im Raum und Edgar bedauerte, keine Jacke angezogen zu haben.

„Orientieren wir uns erst mal", sagte Edgar und schaute an den Regalen entlang. „Willst du lieber am Computer arbeiten oder Papier blättern?"

Wilma entschied sich für Papier.

„Ist mir auch lieber", erklärte Edgar. „Ich habe vor, mit Januar des Jahres 2021 zu beginnen. Wir müssen ja nicht die komplette Zeitung durchforsten. Internationale Politik, Wirtschaft und Sport können wir uns sparen. Wenn wir uns die Regionalseiten Kinzigtal und Rothbachtal vornehmen, denke ich, reicht es. Einverstanden?"

„Okay, Edgar. Schau´ hier. In dieser Reihe stehen die Ordner für 2021. Darunter 2022, siehst du? Ganz unten dann 2023 bis – ja bis gestern."

„Ich sehe. Ein Ordner für zwölf Tageszeitungen. Also praktisch zwei Ordner pro Monat. Schaffen wir das?"

„Fangen wir an. Hast du Schreibpapier und Kugelschreiber?"

Edgar öffnete seine Umhängetasche und händigte ihr einen Stoß Druckerpapier und einen Kugelschreiber aus.

„Wilma, wir achten auf alles, was mit Hunden zu tun hat. Bei Leserbriefen zu dem Thema notieren wir uns in Stichworten den Inhalt sowie Name und Wohnort des Verfassers. Ich beginne mit Januar. Du mit Februar. Und so weiter. Danke, dass du dabei bist, Wilma. Ist mir eine große Hilfe."

Wilma und Edgar fingen um halb zehn Uhr an. Nach etwas mehr als einer Stunde klappte Edgar den Ordner August 2021 zu und schaute kritisch an der Regalreihe entlang.

„Ehrlich gesagt gefällt mir hier etwas nicht", sagte er. „Das ist ein Archiv ausschließlich für erschienene Zeitungen. Gelocht und abgeheftet."

„Hm, was willst du damit sagen?", fragte Wilma, die am September 2021 blätterte.

„Wenn ich es wüsste, würde ich es sagen. Es gefällt mir einfach nicht. Bauchgefühl."

„Meinst du, da müsste mehr sein?"

Edgar stand auf. „Ich hol´ uns einen Kaffee."

Wieder zurück, präzisierte er, was ihm missfiel. „Wir blättern in unverfänglicher, bereinigter Ware. Wir bekommen lediglich das Endprodukt dieser Firma zu Gesicht. Die Zeitung. Ja, ich hatte mir schon mehr erhofft. Mehr von dem Aufwand, der für die Artikel betrieben wurde. Aber das Arbeitsmaterial der Reporter und Journalisten, also deren Notizen und Aufzeichnungen, vielleicht sogar Gesprächsmitschnitte, Interviews, Fotos, Sprachnotizen oder Gedächtnisprotokolle, bekommen wir nicht zu sehen."

„Da muss ich dir recht geben, aber meinst du nicht, dass solches Material geschützt ist?"

Edgar seufzte. „Ja, entschuldige, ich weiß, wir stoßen in dieser Beziehung an unsere Grenzen. Manchmal bedaure ich schon, dass ich nicht mehr aktiv bei der Polizei bin. Wir müssen uns halt mit dem begnügen, was wir hier finden."

Nach einer weiteren halben Stunde befanden sie sich bei Zeitungen vom Ende des Jahres 2021. Ihre Notizen umfassten bisher vier Leserbriefe, die das Thema Hundekacke, also Tretminen beackerten, sowie zwei Hundeattacken, bei denen im Oktober einmal ein Fahrradfahrer gestürzt war und sich verletzt hatte, im November eine Hauskatze von einem freilaufenden Hund totgebissen worden war.

Im ersten Halbjahr 2022 häuften sich die Fälle von Hundeattacken plötzlich. Allein von Februar bis Mai wurden von der Polizei fünf Anzeigen aufgenommen, bei denen es insgesamt vier verletzte Personen gab. Davon im April ein achtjähriges Kind, das in *Biberach/Baden* von einem Hund in den Kopf gebissen worden war. Zwei Angriffe fanden im Rothbachtal, drei im Kinzigtal statt.

Wilmas und Edgars Notizblätter füllten sich mit Angaben zu Arten, Orten und Daten der Geschehen.

Fast gleichzeitig mit der letzten Attacke tauchten Berichte über Hundeköder auf, und es verging kein Monat, in dem nicht mindestens über zwei, manchmal bis zu vier Anschlägen berichtet wurde. Handelte es sich im zweiten Halbjahr 2022 noch um Giftköder, tauchten zum Jahreswechsel vermehrt und dann nur noch Köder mit Nägeln oder Rasierklingenteilen auf.

Ist dem Täter das Gift ausgegangen?, fragte sich Edgar.

In allen bekanntgewordenen Fällen war Hackfleisch die Grundlage für die Köder gewesen.

Weitere Notizblätter wurden gefüllt. Beiden flimmerten die Augen, qualmte der Schädel.

Auffallend war, dass es ab Mai 2022 bis heute keine aktenkundigen Hundeattacken auf Menschen mehr gegeben hatte.

Insgesamt waren ab Mai 2022 bis 2023 neununddreißig Köderfunde gemeldet worden, sechzehn Hunde dabei ums Leben gekommen, als letzter davon Wilmas Hündin *Bella*.

„Was wirst du jetzt tun?", fragte Wilma nach fünf Stunden Sichtung im Archiv auf der Rückfahrt nach *Gengenbach*.

Edgar war in Gedanken.

„Edgar, was wirst du jetzt tun?", fragte sie ein zweites Mal.

„Ich werde nachher eine Landkarte kaufen und alle Daten von heute in verschiedenen Farben so genau wie möglich und mit Datum eintragen. Ach ja, und Briefumschläge. Wenn du warten willst, kannst du die Hälfte von den Hundehalteradressen mitnehmen und mit dem Schreiben beginnen. Lust drauf?"

„Ich hab´ doch gesagt, dass ich dir dabei helfe. Das hat mit Lust nichts zu tun, Edgar."

„Also gut. Weißt du, wo die Papeterie *Fütterer* in *Gengenbach* ist? Dann fahren wir jetzt dort hin."

„Andere Frage. Ihr habt kein Auto? Melanie und du?"

Edgar grinste. „Nein. Nur mein Motorrad. Wieso?"

„Wie kauft ihr dann ein?"

„Ach so. Wir nehmen den Service in Anspruch. Bestellen und bringen. Kleinigkeiten machen wir zu Fuß. Ab und zu mit Pit Fermans Kastenwagen. Kein Problem."

Dann merkte Edgar, wie von einer auf die nächste Sekunde die Atmosphäre in Wilmas Auto kippte. Er wusste es nicht zu deuten, war sich keiner Verfehlung bewusst, doch es lag plötzlich in der Luft. Etwas Elektrisierendes. Etwas Gefährliches. Wilma atmete tief durch. Ihre Finger umschlossen das Lenkrad, dass die Knöchel spitz hervorstachen.

„Willst du vielleicht mit zu mir kommen? Ich könnte für uns kochen." Leichtes Zittern in Wilmas Stimme.

Aha, dachte Edgar, während er heraushörte, dass sie an einem Kloß im Hals vorbeigesprochen hatte. Nicht länger als die Dauer eines Blitzes sah er Bilder des Traums vergangener Nacht vor Augen. Er schüttelte den Kopf.

„Nein, Wilma. Wir machen das so: *Du* kommst zu mir. Sagen wir in ungefähr zwei Stunden? Wenn du es dir zutraust, laufen wir zuerst mit *Müller* und *Lydia* eine Runde, und dann koche *ich* was."

Wilma Solberg war mit der Hälfte der Hundehalterlisten und einer entsprechenden Anzahl Briefkuverts gegangen, beziehungsweise gefahren. Seit ihrer Einladung im Auto, zu ihr nach Hause zu kommen, wirkte sie merkwürdig befangen. Edgar versuchte, die Stimmung zu analysieren, dem Echo nachzuspüren. War es möglich, dass er unbewusst irgendwelche Signale aussendete, die Wilma aus der Luft gefischt und als Interesse an ihrer Person gedeutet haben könnte? Gar Bilder seines kruden Traums vielleicht? Hatte er ihr indirekt Avancen gemacht, die sie in ihrer Ausnahmesituation glaubte, bedienen zu müssen?

Es waren nicht ihre Worte gewesen, die ihn spitzfindig hatten werden lassen. Denn was soll an einer Einladung zum Essen unter erwachsenen Leuten merkwürdig sein? Es war die Modulation der Sprache gewesen. Das Beben in der Stimme. Ihre Hände am Lenkrad. War da nicht ein Knistern in der Luft gewesen?

Edgar, du leidest unter Verfolgungswahn, haderte die innere Stimme mit ihm. **Wilma wollte sich einfach nur bei dir bedanken. Dafür, dass du ihr Trost gespendet hast, als sie ihn brauchte. Nicht mehr und nicht weniger. Mach´ nicht sie dafür verantwortlich, wenn du wirres Zeug träumst. Die Frau hat ihren Hund verloren, und nun zu allem Unglück erniedrigst du sie durch deine Fehlinterpretationen? Schäm´ dich, Edgar.**

Die Standpauke seines Gewissens zeigte Wirkung. Edgars Gesicht färbte sich rot. *Entschuldige, Wilma, entschuldige, entschuldige, entschuldige. Bestimmt ist alles ganz normal. Sicher ist alles völlig unverfänglich. Ich bin einfach ein Idiot. Entschuldige.*

Und dennoch. Es wäre ihm nicht wohl gewesen, sich in ihrem Haus bekochen zu lassen, und er hatte auch ohne Umschweife reagiert. Eine Grenze gezogen. Eine Regel genannt: Wenn schon kochen, dann bei ihm. Wenigstens für heute.

Oder sah Wilma das als Zurückweisung?

Edgar bereitete das Abendessen vor. Er schnippelte Paprikaschoten, Lauch und Zucchini in eine Auflaufform und kochte Reis vor. Alles zusammen würde im Backofen fertiggaren, während Wilma und er mit den Hunden unterwegs wären.

Doch war er nicht mit dem Kopf bei der Sache. Er wusste nicht mehr, was richtig und was falsch war, und wie er sich in Punkto Wilma verhalten sollte. Wie souverän war Souveränität, wenn sie für den Ausübenden richtig, für den Gegenüber jedoch erniedrigend war?

Er dachte an Melanie. Sollte er sie jetzt, bevor Wilma zum Spaziergang und zum Essen käme, anrufen und mit ihr darüber reden? Was aber, wenn sie dann ihrerseits mit Gottfried Solberg sprechen würde, und der wiederum mit Wilma? Wie stünde er, Edgar, dann da? Oder wie würde Wilma damit umgehen?

Urplötzlich fasste Edgar einen Entschluss. Er nahm das schnurlose Festnetztelefon und wählte Melanies Handynummer. Sie meldete sich nach dem sechsten Freizeichen.

„Hallo Edgar, so früh am Tag?", pustete sie. „Entschuldige, ich komme gerade aus dem Pool. Ist was passiert?"

In der gleichen Sekunde wusste Edgar, dass er Melanie nicht mit seiner persönlichen Konfusion behelligen würde.

„Nein, mein Engel, alles okay. Heute Nacht hat zwar mein Handgelenk wieder gezickt, aber sonst geht´s gut. Ich wollte nur mal deine Stimme hören. Wie läuft´s bei euch in der Wandergruppe?"

Es raschelte und knackte eine Zeit lang im Hörer. „So, jetzt liege ich auf dem Liegestuhl. Ja, jeder pflegt so seine Blessuren. Entzündungen, Blasen, Gelenke. Es wird kräftig geschmiert und gesalbt. Ich glaube, auf dem Poolwasser schwimmt eine dicke Fettschicht. Morgen treiben sie uns wieder auf die Weide. Ich meine auf die Etappe. Sie haben uns versprochen, dass wir die achtzehn Kilometer von *Fonfría* bis *Samos* schaffen werden. Relativ flache Strecke, wie man hört. Und du? Kümmerst du dich noch um Frau Solberg? Gottfried hat mir gerade vorhin gesagt, dass du kochst?"

Edgar hüstelte. „Ja. Wilma hat mir heute im Archiv der *Badischen Zeitung* geholfen. Danach hat sie mich zu sich nach Hause eingeladen. Das wollte ich aber nicht und hab´ deswegen die Einladung umgekehrt. Was sagt Herr Solberg, also Gottfried eigentlich über seine Frau?"

„Wie meinst du das, Edgar?"

„Hm, hat er das Gefühl, dass sie alleine zurechtkommt?"

„Er hat bis jetzt mal nichts Gegenteiliges gesagt, Edgar. Nur dass er froh ist, dass du dich um sie kümmerst. Und wie er verlauten ließ, ist seine Frau auch froh über deine Unterstützung."

„Und du? Bist du auch froh, Melanie?"

„Sagen wir mal so: Ich begrüße es, dass du ebenfalls Unterhaltung hast."

„Wir stehen ja alle miteinander in Kontakt", sagte Edgar. „Rufst du mich wieder an? Kann ruhig spät werden."

„Sicher, mein Liebster. Guten Appetit und grüß´ mir *Lydia* und *Müller,* gell?"

Wilma traf kurz vor achtzehn Uhr an der Gartenpforte ein. Edgar saß an seinem Gartentisch beim Abgang zur Kellergalerie und rauchte. Im Backofen köchelte sein Reis-Paprika-Auflauf auf niedriger Flamme. Die Hunde stöberten bereits durch den Garten.

Wilma trug eine leichte Windjacke, eine dreiviertellange Hose und Sportschuhe. Edgar sah auf den ersten Blick, dass sie geschminkt war. Dezent zwar, nur mit etwas Rouge, umrandeten Augen und einem blassrosa Lippenstift, aber immerhin.

Ja, okay, sie ist eine Frau, es steht ihr gut, und es ist ein Schritt zurück ins normale Leben, dachte er. *Wäre ich an ihrer Stelle, würde ich wahrscheinlich die Harley aus der Remise schieben wollen und mir den Wind um die Nase wehen lassen*, spann er den Faden weiter, und fügte hinzu: *Wenn ich könnte. Scheißgips.*

Eine andere Antwort begann in seinem Kopf Form anzunehmen, doch bevor er sie zu Ende gedacht hatte, war Wilma bei ihm.

„Sportlich, sportlich", begrüßte er sie, drückte die Zigarette aus und stand auf. „Magst du erst noch etwas trinken, oder sollen wir gleich los?"

Sie prüfte mit einem Rundblick den Himmel, der sich wolkenlos blau zeigte, und antwortete: „Wir können los."

Edgar pfiff den Hunden.

Müller und *Lydia* wählten den Kinzigdamm. Edgar dirigierte sie aber in westliche Richtung flussabwärts, um Wilma ein Déjà-vu mit *Bellas* Unglücksstelle zu ersparen.

„Habt ihr eigentlich Kinder?", fragte er, als sie nebeneinander über den Damm gingen.

„Eine Tochter", sagte Wilma. „Corinne. Sie ist mit einem Kanadier verheiratet und wohnt in Toronto. Und du?"

„Nein. Weder Melanie noch ich. Und als Melanie und ich uns kennenlernten, war die Frist für die Abgabe eines Kinderwunsches schon abgelaufen, wenn du verstehst, was ich meine. Biologisch."

„Ja, verstehe ich", lächelte sie. „Wir sehen unsere Tochter einmal im Jahr. Dabei wechseln wir uns ab. Ein Jahr fliegen wir nach Kanada, das nächste Jahr besucht sie uns. Und so weiter."

„Und Enkel?"

Wilma verneinte. „Nun, so ist es nun mal. Sie haben halt ein Leben ohne Kinder geplant. Muss man akzeptieren, nicht wahr?"

Wilma blieb stehen. Ein Schnürsenkel war aufgegangen. Während sie sich bückte, um ihn zu binden, betrachtete Edgar das pittoreske Bild von Schloss Ortenberg, das in der Abendsonne orangefarben leuchtete, als stünde es in Flammen. In dem Moment nahm die Antwort Gestalt an, die er vorhin verworfen hatte: Die Antwort für den Grund von Wilmas Befangenheit und ihrer Einladung zum Essen:

Sie fürchtet sich. Sie hat Angst, allein zu sein. Ihr Mann ist weit weg und ihre Beschützerin Bella ist tot. Im Geiste klatschte sich Edgar an die Stirn. *Klarer Fall. Das ist es. Wie konnte ich nur so dumm sein, ihr weiß der Teufel was anzudichten? Es ist die Angst. Nur die Angst.* Er schnaufte tief durch.

Wilma war wieder bereit. „Du schnaufst Edgar? Ist was?"

„Schau´ mal. Das Schloss", wich er ihrer Frage aus.

Mit der Sonne im Rücken wanderten sie zurück.

„Bist du berufstätig?"

„Ich arbeite bei **dem** großen schwedischen Möbelhaus in *Offenburg*. Aber ich habe mir für die Zeit von Gottfrieds Abwesenheit Urlaub genommen. Vier Wochen insgesamt. Hauptsächlich *Bellas* wegen." Bei *Bellas* Namen wankte ihre Stimme. Sie fischte ein Taschentuch aus der Jackentasche und tupfte die Augen.

Wäre es nicht besser, wenn sie wieder zur Arbeit ginge?, dachte Edgar, aber er fragte nicht nach.

„Ich habe überlegt, ob ich nicht einfach wieder arbeiten gehen soll, um auf andere Gedanken zu kommen, aber ich schaffe es nicht. Ich ... ich ...“

„Du musst gar nichts erklären, Wilma. Du tust, was du willst“, sagte er. „Hast du Hunger?“

Der süßliche Duft von Paprika hing im Haus. Edgar drehte die Backofentemperatur für die Dauer der Salatzubereitung hoch, um dem Auflauf den letzten Schub zu geben. Dann servierte er das Essen. Er bat Wilma, eine Flasche Weißwein zu entkorken und die Gläser zu füllen.

„Guten Appetit und Prost“, sagte er.

„Danke, Edgar, für deine Arbeit“, antwortete sie. „Wenn es so schmeckt wie es duftet, ist es perfekt.“

Sie aßen schweigend.

Als Edgar nach dem Essen den Tisch abräumte, hörte er Wilma sich räuspern. Sie stand vom Tisch auf, ging ans Wohnzimmerfenster und schaute hinaus.

„Edgar?“

Ihre Stimmlage ließ ihn innehalten. Er sah nur ihren Rücken, als sie weitersprach. „Edgar?“

Sie drehte sich zu ihm um. „Ich weiß nicht, wie ich es sagen soll.“

Edgar stellte die Teller in die Spüle. „Sag´ es einfach.“

Wilma pumpte Luft. „Ich habe Angst.“

Also doch, dachte er, ging zu ihr hin und fasste sie an beiden Schultern. „Sprich´ es aus.“

Für eine Sekunde spürte er ihren Impuls, sich an ihn zu lehnen. Aber der Moment verflog und sie wandte sich ab.

„Ich habe Angst, allein zu sein. In fürchte mich vor der Nacht. Vor den Nächten. Als *Bella* noch da war ...“ Sie konnte den Satz nicht vollenden. Edgar sah ihre Schultern sich heben und senken. Wäre es Melanie, würde er sie jetzt umarmen. Aber es war nicht Melanie.

Herrgott, was kann ich tun?, dachte er. Behutsam ergriff er Wilmas Hand und führte sie zur Couch, ließ sie sich setzen sich und nahm neben ihr Platz, hielt dann ihre beiden Hände.

„Wie kann ich dir helfen? Sag´ einfach, was du denkst."

Wilma schniefte. „Ich habe die vergangenen Nächte kaum geschlafen. Ich lag wach im Bett und hörte jedes Geräusch. Dann schlich ich voller Angst durchs Haus, immer und immer wieder. Es war einfach schrecklich. Legte ich mich wieder hin, lauerte ich auf das nächste Geräusch."

„Das dann prompt kam", stellte Edgar fest.

Sie nickte heftig. „Ja, und ... ach, es ist mir so peinlich, aber ..."

„Was?"

Ihr Oberkörper wand sich hin und her. „Würde es dir etwas ausmachen, ... oh Gott, ... würde es dir etwas ausmachen, heute Nacht bei mir ..." Sie schlug die Hände vor ihr Gesicht, sodass Edgar die letzten Worte nicht hören konnte. Aber die brauchte er auch nicht, um zu verstehen.

Sie wollte, dass er die Nacht bei ihr verbrachte.

Welcher autonome Motor ihn angetrieben hatte, auf die Uhr zu schauen, wusste er nicht. Er registrierte nur, dass es zwanzig Minuten nach neunzehn Uhr war, und das Telefon klingelte.

Müller und *Lydia* guckten etwas bedröppelt aus der Bio-Wäsche, als Edgar zwar ihre Lieblingsschlafdecke ausbreitete, sie jedoch im falschen Haus waren. Das war nicht ihre Ecke!

„Ja, glotzt nicht so entrüstet, *Müller*, du langhaariger Affe, und du *Lydia*, meine Schöne. Es ist nun heute mal so." Edgar zauselte ihnen das Fell.

Er hatte das Sofa inspiziert, auf dem er schlafen sollte. *Zur Not wird es gehen*, hatte er gedacht. Ein Kissen und eine Decke lagen schon bereit. Es war nicht kalt, und mehr würde er nicht brauchen.

Wilma hatte zwei Gläser Rotwein eingeschenkt, und nun saßen sie im Wohnzimmer ihres Hauses in *Berghaupten* und plauderten über unverfängliche Dinge.

„Wenn du rauchen willst, musst du auf Terrasse", sagte sie, als sie ihn nach der Zigarettenschachtel tasten sah. Edgar grunzte bestätigend und entschuldigte sich für eine Zigarettenlänge.

Das Feuerzeug flammte auf und er inhalierte den ersten Zug.

Melanie hat sich einfach großartig verhalten, dachte er eine Stunde zurück. Als hätte ein unsichtbarer Regisseur es inszeniert, hatte sie gerade zu jenem Augenblick angerufen, als Wilma auf Edgars Antwort gewartet hatte. *Würde es dir etwas ausmachen, heute Nacht bei mir ...?*

Melanie hatte sofort gemerkt, dass im fernen *Gengenbach* eine brisante Stimmung herrschte. Edgar hatte ihr die Situation in sachlichen Worten erklärt. Dann jedoch hatte Wilma das Telefon verlangt, und Melanie ihre Lage in hochemotionaler Aufwühlung geschildert. „Aber Melanie, ich darf Sie doch Melanie nennen, bitte bitte bitte keine

Silbe davon zu meinem Mann. Er ist ... er ist ... bitte. Erzählen Sie ihm nichts von unserem Gespräch und diesem Arrangement. Ich rufe ihn dann später von zu Hause an. Darf ich mich auf Sie verlassen?"

Im Anschluss hatte Edgar den Hörer wieder übernommen. „Du hast es gehört es, mein Engel. Also ich fahre nachher mit Frau Solberg und bleibe heute Nacht in ihrem Haus. Ich nehme *Müller* und *Lydia* mit."

„Edgar, ich kann mir Frau Solbergs Nöte sehr gut vorstellen. Vermutlich wäre ich an ihrer Stelle den gleichen Ängsten ausgesetzt. Und du entscheidest, was für dich richtig ist, darüber brauchen wir überhaupt nicht diskutieren. Aber frag´ sie doch gelegentlich mal, warum ihr Mann nichts davon erfahren darf. Denn das ist schon interessant, und komisch finde ich es auch. Hier in Spanien, in unserer Wandergruppe, macht er jedenfalls keinen gestressten Eindruck."

„Danke, Melanie. Du bist ein Schatz. Bis morgen früh. Dann ruf´ ich dich von zu Hause aus an."

„Aber nicht zu spät, mein edler Ritter. Du weißt. Morgen geht´s nach *Samos*."

Er drückte die Zigarette aus. In Ermangelung eines Aschenbechers steckte er den Stummel in die Hosentasche. In Wilmas Wohnzimmer zurück, sprach er sie direkt auf ihren Mann an. „Gottfried. Pardon, wenn ich nachfrage, aber was ist mit ihm? Warum darf er nichts wissen?"

Wilma nippte am Wein. „Er war vor seinem Unfall, bei dem er das Bein verlor, schon eifersüchtig gewesen. Aber seit der Amputation hat es krankhafte Züge angenommen. Zum Beispiel kontrolliert er mich, ich kann kaum noch ohne ihn aus dem Haus. Rede ich mal mit einem fremden Mann, macht er mir schon Vorwürfe."

„Dann ist aber geradezu erstaunlich, dass er sich dafür bedankt, dass ich mich um dich, sagen wir mal kümmere, oder?"

„Ja, das ist es in der Tat. Ich glaube aber, dass er seine Eifersucht vor Melanie und ihrer Freundin zu vertuschen weiß. Dass er den weltgewandten Mann spielt, der er nicht ist. Wie ich ihn jedoch kenne, wird es in ihm brodeln."

„Hat es was mit seinem Unfall zu tun?"

„Möglich", sagte sie. „Vielleicht fühlt er sich nicht mehr als vollwertiger Mann, wenn du verstehst was ich meine."

„Hm." Edgar rieb sich das Kinn. „Ich will dir nicht zu nahe treten, Wilma, aber hast du ihm je einen Grund zur Eifersucht gegeben?" Er beobachtete ihre Reaktion. Und siehe da, sie wurde rot und studierte eingehend ihre Fingernägel. Als ihr Blick ihn wieder traf, sagte er eindeutig: **Das geht dich nichts an, Edgar.**

Edgars Schlaf war leicht. Das Sofa taugte nicht für seine Länge, weswegen er sich nicht richtig ausstrecken konnte. Am Fenster des Wohnzimmers bei der Heizung poften die Hunde. Wie üblich, fiepte *Müller* hin und wieder im Schlaf. Dann zuckten seine Beine, als würde er federleicht über eine Wiese laufen.

Ohne die zwei Gläser Rotwein, die Edgar getrunken hatte, wäre er vermutlich hellwach. So aber trieb er wie ein Wal fast schwerelos durch den Ozean des Schlafs, in langen flachen Sinuskurven auf- und abtauchend, immer wieder mal an der Oberfläche, um zu atmen. Es war nicht völlig dunkel im Raum; die Jalousie vor dem Fenster schloss nicht hermetisch ab. Zudem hatte er darum gebeten, im Flur ein Licht brennen zu lassen, damit er für den Fall, dass er die Toilette aufsuchen musste, nicht blind durch die Wohnung stolperte.

Er hatte Wilmas Telefonat mit ihrem Mann nicht mitgehört, sofern sie es überhaupt geführt hatte. Immerhin war sie dafür mit dem Telefon eine Treppe höher in ihr Schlafzimmer gegangen. Nach ein paar Minuten war sie lächelnd zurückgekommen. „Alles in Ordnung in Spanien", war ihr Kommentar.

Warum er wach wurde, konnte er hinterher nicht sagen. Vielleicht ein Luftzug, ein veränderter Luftdruck, vielleicht ein Geräusch. Er lag auf dem Rücken, die Beine leicht angewinkelt. Keine Bewegung verriet, dass er nicht schlief. Die Augen geschlossen, öffnete er sie nur so weit, um durch die Wimpern sehen zu können.

Edgar glaubte nicht an Geister, aber dort in der Tür zum Hausflur stand *die weiße Frau*. Er wartete eine Sekunde um zu überprüfen, ob er keinem Traum, keiner Sinnestäuschung erlegen war. Dort stand Wilma und schaute auf ihn. Sie trug ein dünnes Negligé. Durch das transparente Gewebe vor dem erleuchteten Flur waren die Konturen ihres Körpers abgebildet.

Was willst du, Wilma?, fragte er sich. *Was treibt dich um? Spielst du etwa mit dem Feuer?* Er schloss rasch die Augen. Als er sie wieder öffnete, war sie verschwunden.

Sechster Tag
Donnerstag, 11. Mai 2023

Zu keiner Zeit wirklich tief in Schlaf gefallen, stand Edgar nach seiner inneren Uhr kurz vor sechs Uhr auf. Eben noch ein vom Wasser des Ozeans getragener Wal, spürte er, sobald er mit beiden Beinen auf dem Boden stand, unmittelbar den vertikalen Sog der Erdanziehungskraft. Er streckte die Arme, rollte die Schultern, und ächzte, als der steife Nacken die Blockade ins Hirn sandte. Er hatte in der Unterwäsche gelegen und auch keine Zahnbürste mitgebracht, würde die Morgentoilette zu Hause nachholen.

Fröstelnd angekleidet, suchte er in Wilmas Küche nach der Möglichkeit eines Kaffees. Er fand Tassen, Instant-Kaffee und den Wasserkocher. *Da haben wir doch alles*, murmelte er. Wenige Minuten später stand er mit dem heißen Getränk auf der Terrasse und rauchte.

Es geht so nicht, dachte er. *Ich kann nicht zwei Wochen oder mehr jede Nacht bei Wilma zubringen. Da muss eine andere Lösung her.*

Er hatte auch schon eine Idee. Eine Frau musste es sein, die ihr Beistand leisten sollte, und er kannte nur eine, die dafür in Frage kam: Eliza.

Ich werde es Wilma sagen.

Wieder steckte er die ausgedrückte Kippe in die Hosentasche. Zurück in der Wohnung, empfing ihn Wilma in der Küche. Sie trug einen dunkelblauen Bademantel.

„Guten Morgen, Edgar. Hatte ich doch richtig gehört, dass du schon wach bist. Gut geschlafen?"

„Hervorragend, danke", schwindelte er. „Ich will auch gleich los, hab´ heute noch was vor. Die Stadthalle mieten, weißt du?"

„Ach so, ja, stimmt. Dann muss ich mich mit den Adressen ranhalten. Das kann ich heute erledigen. Kommst du dann später wieder?"

„Besser ist, du kommst zu mir. Vielleicht mit den fertigen Briefumschlägen." *Jetzt muss ich es ihr sagen*, dachte er. „Wilma, ich werde eine Freundin fragen, ob sie heute Nacht bei dir sein kann. Eliza heißt sie, die Frau von Pit Ferman. Sie ist übrigens die Künstlerin, die die Grafiken in der Kellergalerie gestaltet hat. Falls du es überhaupt für nötig erachtest."

Wilmas Blick ging ins Leere.

Jetzt wäre ich gerne eine Synapse, dachte er.

„Du wirst sie mögen", fügte er als Verstärker hinzu. „Sie ist nett."

Wilma stellte Edgars Tasse in die Spülmaschine. „Gut, Ich komme dann zu dir, wenn ich mit den Adressen fertig bin", kommentierte sie Edgars Vorschlag ohne erkennbare Begeisterung.

Edgar nickte. „Okay." Er rief den Hunden. „Ich geh´ dann mal. Bis später, Wilma."

Er verließ, mit *Müller* und *Lydia* voraus, das Haus und den Garten. Wilma schaute ihm von der Haustür aus hinterher. Dass sein Weggang noch einen weiteren Beobachter interessierte, bemerkte er indes nicht.

Es bot sich an, die Tour über die Felder oder entlang der *Kinzig* direkt anzuhängen, zumal die Zeit in etwa dem normalen Tagesablauf der Hunde entsprach. Während

Müller und *Lydia* also in ihrem Element waren, wälzte Edgar Gedanken, deren heimtückisches, um nicht zu sagen, explosives Potenzial ihm erst nach und nach bewusst wurde. Wilma.

Was hätte ich getan, wenn Wilma in der Nacht mich nicht bloß angeschaut, sondern zu mir gekommen wäre? Auf die Couch? Unter die Decke? Wenn sie übergriffig geworden wäre?

Was ich getan hätte, steht außer Frage. Ich hätte sie freundlich aber bestimmt zurückgewiesen. Aber dann? Würde sie das einfach so hinnehmen? Oder würde sie zur großen Theaterinszenierung greifen? Missbrauch oder Vergewaltigung vortäuschen? Sich entsprechende Verletzungen zufügen? Und was hindert sie, jetzt, da ich ihr für eine weitere Übernachtung bei ihr einen Korb gegeben habe, es nicht auch so zu tun? Aus verletzter Eitelkeit? Verdammt, ist das ein Kuddelmuddel.

Oder tue ich ihr in meinem Wahn großes Unrecht an?

Edgar war beim Frühstück, als Melanie anrief.

„Na, mein Edgar, wie war deine Nacht?"

„Melanie. Es ist so schön, deine Stimme zu hören, weißt du das? Meine Nacht? Frag´ nicht." Er schilderte ihr nicht nur die Begegnung mit der *weißen Frau* im Negligé, sondern all seine Gedanken und Bedenken danach.

„Ich mach´ das nicht mehr, mein Engel. Ich komme in Teufels Küche. Ich werde Eliza fragen, ob sie diesen Part des Beistands übernehmen kann."

„Das ist eine gute Idee. Tu´ das, Edgar. Was hast du sonst noch vor?"

„Ich werde mir heute einen Termin für die Stadthalle geben lassen. Dann muss ich die Adressen der Hundehalter auf Kuverts schreiben und zur Post bringen."

„Warum nimmst du nicht unsere Kellergalerie als Veranstaltungsort?"

„Unsere ...?" Edgar war platt.

„Natürlich. Wir hatten einhundertzwanzig Sitzpätze bei der Lesung im Dezember letzten Jahres. Und etliche Stehplätze. Wie viele Adressen hast du? Zweihundertfünfzig? Wenn jeder zweite angeschriebene Hundehalter erscheint, und mehr werden es kaum sein, reicht das völlig."

„Du bist ...“

„Ich weiß, mein Edgar. Nimm die Kellergalerie. Ich muss los. Die anderen warten schon. Auf zur vierten Etappe. Bis heute Abend. Sei wachsam, Edgar."

Die Kellergalerie. Dass er nicht selber darauf gekommen war? Allerdings musste er dann die zweihundertsechsundfünfzig Einladungen abändern. Kellergalerie für Stadthalle einsetzen. Billiger war es allemal. Er konnte sich den Gang in die Stadt zur Verwaltung sparen. Oder doch nicht. Stattdessen würde er sich mal wieder bei Frau Holzer im *Aquarelle und Poesie* sehen lassen. Nach dem Duschen.

Edgar hatte gerade *Müller* und *Lydia* in den Garten entlassen, als ihn das Telefon ins Haus zurückrief.

„Melanie?"

„Hör´ zu, Edgar ...“ Sie klang atemlos.

„Ist etwas passiert?"

„Gewissermaßen. Also hör´ zu. Gottfried Solberg hat einen Anruf auf sein Handy erhalten. Wir waren schon aufgebrochen und unterwegs. Angeblich hat er dem Wanderführer gesagt, dass er sofort umkehren und nach Hause fahren müsste. Gottfried ist zum Hotel zurück marschiert."

„Er bricht die Pilgerwanderung ab?"

„Davon muss man ausgehen. Wie er nach Hause kommen will, weiß ich nicht. Vielleicht mit Taxi nach Madrid oder Barcelona, dann mit Flugzeug nach Lahr (Schw.). Ich wollte, dass du das weißt."

„Wer ihn angerufen hat, weißt du nicht?"

„Nein, Edgar. Mit seiner Frau jedenfalls hat er wie immer morgens beim Frühstück schon telefoniert. Pass´ auf, ja?"

Edgar fragte sich, was das zu bedeuten hatte. Es gab einige Szenarien, die er sich ausmalen konnte. Am besten von allen gefiel ihm die Vorstellung, dass Wilma nicht mehr alleine sein würde, wenn ihr Mann zurückkäme, beziehungsweise dass er oder Eliza sich nicht mehr um sie zu kümmern bräuchten.

Er überschlug Gottfrieds Möglichkeiten. Wann konnte er frühestens hier sein? Wie schnell ergatterte man einen Flug, den man nicht im Voraus gebucht hatte?

Kurzerhand loggte er sich im Internet ein und suchte nach Flugverbindungen Spanien – Deutschland. Da boten sich ab dem Nachmittag einige an, sogar zum Großflughafen Lahr (Schw.). Er wählte Wilmas Telefonnummer.

„Solberg?"

„Edgar hier. Ich habe soeben von Melanie erfahren, dass dein Mann die Pilgerwanderung abgebrochen hat und vermutlich nach Deutschland unterwegs ist."

„Was sagst du da? Davon hat er vorhin nichts gesagt, als er mich angerufen hat."

„Hast du ihn nochmal zurückgerufen?"

„Nein, wieso auch? Er wollte gerade zur nächsten Etappe aufbrechen."

„Er hat einen Anruf erhalten und daraufhin die Wandergruppe verlassen. Ich hab´ mal im Internet nachgeschaut. Er kann theoretisch heute Abend noch zu Hause sein."

„Oh Gott, das ist ... das ist ..."

„Jetzt weißt du´s. In dem Fall dürfte sich Elizas Engagement bei dir erübrigen. Bringst du die beschrifteten Briefumschläge heute trotzdem noch vorbei?"

„Ich versuch´s. Versprechen kann ich´s nicht. Ich muss das jetzt erst mal verdauen."

Der Tag entwickelte sich zum bisher wärmsten und schönsten im Mai. Die Natur schien in einem Farbenrausch regelrecht zu explodieren. Edgar ging nur in Hemd und Hose in die Stadt und bildete mit seinen Grautönen den farblichen Kontrast.

Frau Holzer im *Aquarelle und Poesie* war mit Kunden beschäftigt. Nachdem weitere Kunden den Laden betreten hatten und sie wahrscheinlich nicht so bald für ein Gespräch zu haben war, signalisierte sie Edgar mit einer Geste, dass sie ihn registriert hatte. Er winkte zurück und verließ den Laden. Da er plötzlich Lust auf einen Kaffee im Straßencafé bekam, setzte er sich an einen der wackligen Tische in die Sonne und beobachtete, hinter der Sonnenbrille verborgen, die Leute. Er bezahlte den Kaffee sofort beim Service. Bei dieser Gelegenheit fiel ihm ein, dass er noch immer nicht den Auftrag für Rita Böhringers Zimtschnecken erteilt hatte. Wie hatte er gleich gelautet? Eine Woche lang täglich? Er musste grinsen.

Als er sich auf dem Heimweg dem Türmchenhaus näherte, pfiff er durch die Finger, wie er es oft tat, wenn die Hunde im Garten waren und er sein Kommen ankündigte. Aber es tat sich nichts.

Sie sind doch im Garten, oder? Wieder ein Pfiff. *Lydia* kam gesprungen, jedoch nur halbherzig und nicht bis zum Tor. *Was, zum Teufel, ist denn hier los?*

Edgar öffnete das Gartentor. „*Lydia*, meine Schöne. Warum kommst du nicht her? Wo steckt den *Müller*?"

Lydia drehte sich um und rannte um die Hausecke.

Merkwürdig, dachte Edgar. Er folgte ihr mit zunehmender Unruhe. Dann entdeckte er am Boden einen kleinen dunklen Fleck. Ein nächster Fleck daneben. Und dann wurde es zu einer Spur. „*Müller*!", brach es aus ihm heraus. „*Müller*!!!"

Er lag hinter dem Haus. Auf der Seite. Edgar dachte, weil er sich nicht rührte, er sei tot. „*Müller*?", stieß Edgar aus. Da hob *Müller* leicht den Kopf. Er lebte. Im Nu war Edgar bei und über ihm. Er sah das Blut aus *Müllers* Brust sickern. *Lydia* lief mit eingezogenem Schwanz im Kreis herum und winselte.

Das ist mein GAU, schoss es Edgar durch den gefrierenden Kopf. *Mein Fukushima.*

Nie zuvor hatte er die Erfindung des Handys mehr zu schätzen gewusst als jetzt. Er drückte den Notruf der Polizei. Noch während er Namen, Adresse und Vorfall meldete, stürmte er ins Haus, um den Verbandskasten zu holen. Zurück bei *Müller*, legte er ihm so gut es ging einen Druckverband an. Er verfluchte seine Unbeholfenheit durch den Gipsverband. Dann nahm er *Müllers* Kopf auf den Schoß und wartete. Er sah, wie sich der Verband rot färbte.

„*Müller*, du hältst das durch. *Müller*, du schaffst das. Hörst du, *Müller*? Du bist doch ein echter Polizeihund. Erinnerst du dich, was wir alles schon erlebt haben? Du wirst sehen, *Müller*, es ist bloß ein Kratzer. Das können wir Melanie nicht antun, *Müller*, und *Lydia* auch nicht. Hörst du, *Müller*, was soll bloß aus uns allen werden ohne dich, du langhaariger Affe?", stammelte er, und noch einiges mehr.

Wie vor fünf Tagen Wilma Solbergs *Bella,* wurde *Müller* in eine Plastikwanne gelegt und in den Streifenwagen geschoben. Edgar daneben, *Lydia* im Fußraum. Mit Blaulicht nach *Haslach im Kinzigtal* in die Tierklinik. Notoperation.

Edgar und *Lydia* im Wartezimmer. Edgar und *Lydia* vor der Klinik. Edgar rauchend. Edgar und *Lydia* im Wartezimmer. Edgar und *Lydia* ... Edgar rauchend. Edgar und *Lydia* ...

„Herr Schaaf?" Ein Mensch im grünen Kittel fixierte ihn mit Blicken.

„Ja, ich", stand Edgar auf. Er schluckte. *Er ist nicht tot, oder? Wenn er tot ist, will ich es nicht hören. Oder ich fange an zu randalieren.*

„Kommen Sie, Herr Schaaf."

Edgars Gesichtsfeld verengte sich. Er tauchte in einen Tunnel ein, dessen Seitenwände von Schritt zu Schritt enger zusammenrückten. Nur geradeaus sah er den grünen Rücken des Mannes, der ihm vorausging. Dann trat der Mann zur Seite und vor Edgars Augen erschien *Müllers* Körper. Er lag auf einer Gummimatte auf einem Tisch an einer gefliesten Wand, den Brustkorb dick mit Verbands-mull umwickelt. „Mein Gott, mein Müller", stöhnte Edgar. *Lebt er, oder ...?*

„Es sieht schlimmer aus als es ist", hörte er den Mann wie durch Watte sagen. „Er hat Glück im Unglück gehabt. Glatter Durchschuss."

Edgar verstand nicht. „Durchschuss?"

„Ja. In die Brust und hinter der rechten Schulter wieder hinaus. Die Lunge ist nicht verletzt, zum Glück."

Edgar legte sacht eine Hand auf *Müllers* Seite, spürte, wie er atmete. „Ein Schuss?", fragte er, nur um seine eige-ne Vermutung bestätigt zu bekommen.

„Ja, eindeutig. Vermutlich Kleinkaliber. Gut, dass Sie ihn gleich gefunden haben. Er hätte verbluten können. Aber jetzt wird er wieder, der *Müller*", versprach der Mann in Grün.

„Steht er unter Narkose?"

„Ja. Es wird noch eine Weile dauern, bis er wieder auf-wacht. Und er sollte vorsichtshalber bis morgen hier blei-ben. Reine Prophylaxe."

Edgar atmete tief durch.

„Sie können nach Hause fahren, Herr Schaaf. Wenn er aufwacht, rufen wir Sie an."

„Nach Hause? Kann ich auch hierbleiben?" Jetzt erst schaute er dem Mann ins Gesicht. Wahrscheinlich handel-te es sich um den Arzt.

Der Mann lächelte beinahe zärtlich. „Natürlich können Sie auch hierbleiben. Solange Sie wollen."

Edgar drückte eine Kurzwahltaste. Er brauchte Hilfe und er wusste, von wem er sie bekam. Pit Ferman nahm das Telefon nach dem vierten Klingelton ab.

„Edgar, hallo, was gibt´s? Langeweile?"

„Nein, Pit, tut mir leid, dass ich dich enttäuschen muss, aber mir ist momentan nicht zum Scherzen zumute. Ich brauche euch."

„Oh, freilich. Schieß los."

Eine knappe halbe Stunde später kamen Eliza und Pit Ferman in ihrem taubenblauen *Citroën Typ H* vor der Tierklinik vorgefahren. Edgar begrüßte sie draußen.

„Es ist ganz lieb, dass ihr *Lydia* bis morgen zu euch nehmt. Damit ist mir schon sehr geholfen. Ich bleibe über Nacht bei *Müller*."

Eliza befasste sich bereits mit der Hündin.

„Kein Problem, Edgar", sagte Pit. „Aber sag´ mal, was ist denn da los? Nagelköder? Giftköder? Am letzten Samstag an der *Kinzig*, am Sonntag in deinem Garten, kürzlich dann bei *Biberach/Baden*, heute wurde auf *Müller* geschossen – wie kommt das? Hast du eventuell schon ermittelt und bist jemandem auf die Zehen getreten?"

„Eben nicht", erwiderte Edgar, „aber nach dem Anschlag auf *Müller* werde ich es mehr denn je tun."

„Gut. Wenn du Unterstützung brauchst, dann ruf´ uns einfach an. Gell, Eliza?"

Eliza sprang mit *Lydia* ums Auto herum. „Klaro", rief sie.

„Eine Bitte noch. Wenn du uns morgen früh wieder hier abholen könntest?"

„Uns?", stutzte Pit.

„*Müller* und mich."

Pit klopfte Edgar auf den Oberarm. „Ist gebongt. Bis morgen also. Grüß´ deinen *Müller* von uns."

Da war es dreizehn Uhr fünfunddreißig.

Müller war in ein anderes Zimmer getragen worden, raus aus dem OP. Der sogenannte Aufwachraum. Edgar bekam einen einfachen Holzstuhl mit Lehne, auf den er sich neben *Müller* setzen konnte. Es gab eine zweite Tür, durch die man seitlich am Empfang vorbei vor die Klinik gehen konnte. Edgar nutzte sie gelegentlich, um die Beine zu vertreten und zu rauchen.

Das war ein gezielter und vorsätzlicher Anschlag, dachte Edgar. *Und wieder musste der Täter gewusst haben, dass ich nicht zu Hause war. Also hat er in der Nähe auf der Lauer gelegen und das Haus beobachtet. Ob das jemandem aufgefallen ist? Ich muss die Nachbarn befragen.*

Warum bin ich nur so leichtsinnig gewesen? Hätte mir die Attacke mit dem Fleischköder auf unserem Rasen nicht eine Lehre sein sollen? Ich hätte niemals die Hunde allein im Garten lassen dürfen. Wie konnte mir das bloß passieren?

Ein Durchschuss war´s. Durchschuss bedeutet, dass das Projektil noch im Garten liegt. Ich werde es suchen und ich werde es finden. Allgöwer muss mir einen Metalldetektor bringen. Wenn nicht Allgöwer selber, dann eben Rita Böhringer.

Wann wird endlich die Kriminalpolizei eingeschaltet? Es handelt sich um ein Verbrechen mit Schusswaffenge-

brauch. Ist das nicht Sache der Kripo? Morgen ruf' ich die Polizei an.

Müller gab ein Geräusch von sich. Es hörte sich beinahe so an wie ein unwilliges Knurren. Edgar saß neben ihm, eine Vorderpfote in der Hand. Er spürte ein winziges Zucken. Reflex oder Traumerlebnis? Träumst du, *Müller*? Da! Wieder. *Müllers* Augen waren nach wie vor geschlossen. Dann lag er wieder ruhig.

Im wahrsten Sinne wie erschossen, dachte Edgar.

Ich hätte auch Wilma Solberg anrufen und fragen können, ob sie Lydia für eine Nacht zu sich nähme. Aber ihre momentane Konstitution ist mir zu fragil. Wenn auch noch ihr Mann aufkreuzt, aus welchem Grund auch immer, und er mit einem fremden Hund konfrontiert wird – wer weiß, wie er reagieren würde.

Irgendwie habe ich das Empfinden, dass sich Wilma vor ihrem Mann fürchtet. Oh Gott, hat sie vor Schreck gesagt. Eifersüchtig sei er. Und ich Idiot habe eine Nacht in ihrem Haus verbracht.

Hat sie nicht auch erwähnt, dass ihr Mann sie überwachen würde? Kontrollieren? Wenn nicht Wilma es war, die ihn heute Morgen angerufen hat – wer war es dann? Wie sieht seine Überwachung aus, wenn er weit weg in Spanien ist? Hat er einen Detektiv beauftragt? Einen Spion? Eine Nummer kleiner und weniger dramatisch: einen Nachbarn? Einen Nachbarn, der mich gesehen hat, wie ich abends Wilmas Haus betrete und es morgens wieder verlasse? Scheiße, verdammt.

Ich meine, es muss ja nicht so sein. Absolut nicht. Aber möglich ist es allemal.

Wieder zuckten *Müllers* Beine. Er atmete tief ein und aus. „*Müller*?" Sein Lauschohr reagierte. „*Müller*? Bist du wach?" Der Mundwinkel zitterte. „*Müller*? Bist du wach?"

Ein Augenlid hob sich ein bisschen, sein weißer Augapfel blitzte hervor. Edgar verfolgte, wie das Auge rollte und braun wurde. „Nur die Ruhe, mein treuer *Müller*. Wir haben Zeit bis morgen früh."

An der Rezeption erfuhr Edgar, wo in *Haslach* er eine Metzgerei oder einen Supermarkt finden konnte. Er wählte schließlich den Weg zum Supermarkt, der zwar etwas weiter entfernt lag, er dafür aber auch Getränke und Zigaretten kaufen konnte.

Mit Zigaretten, zwei Wurstbrötchen, einer Flasche Wasser, zwei Dosen Bier und zwei Wiener Würstchen für *Müller* bezog er wieder Stellung neben ihm.

Als die Uhr gegen Abend vorrückte, antwortete er auf die Frage einer Tierarzthelferin, ob er die Nacht bei *Müller* verbringen wollte, mit ja, woraufhin sie eine klappbare Liege nebst einer Decke in den Aufwachraum brachte.

„Sie sind nicht allein", sagte sie. „Es ist ständig jemand da. Bereitschaft. Sie können also jederzeit vor die Klinik und rauchen."

Etwas später klingelte sein Handy. Das Display zeigte Wilmas Nummer an.

„Edgar, ich habe die Adressen geschrieben. Aber ich bringe sie heute nicht mehr vorbei. Ist das in Ordnung für dich?"

„Kein Problem", antwortete er. „Ich bin sowieso nicht zu Hause. Auf *Müller* ist geschossen worden. Ich bin bei ihm in der Klinik und bleibe über Nacht hier."

„Um Himmels Willen, wie konnte das denn geschehen?"

„Heute Morgen. Ich hab´ die Hunde dummerweise im Garten gelassen, während ich kurz in der Stadt war. Da hat jemand auf ihn geschossen. Er wird es überleben. Ich kann die Briefumschläge morgen im Lauf des Tages bei dir abholen."

„Äääh. Ich – weiß – nicht, ob – das – eine – gute Idee ist. Wenn Gottfried hier sein sollte ... falls er spinnt ..."

„Wieso? Es ist doch nichts passiert?"

„Du kennst ihn nicht. Ich werde dir die Umschläge schon irgendwie zukommen lassen. Danke einstweilen, Edgar, dass du für mich da warst, und alles Gute für deinen Hund."

Sie beendete das Gespräch. Edgar begab sich für eine Zigarettenlänge vor das Klinikgebäude.

Stimmt, Wilma. Ich kenne deinen Mann nicht, dachte er. *Aber dich kenne ich ebenfalls nicht. Ich weiß nicht, was ich von dir halten soll. Es gab eine Zeit, da konnte ich mich auf meine Menschenkenntnis verlassen. Diese Fähigkeit scheint mir abhandengekommen zu sein. Oder was ist es, dass ich zwischen Sympathie und Antipathie hin und her pendle?*

Jetzt ist erst mal Müller das Wichtigste. Dass er wieder gesund wird. Alles andere muss sich dem unterordnen. Was wird Melanie wohl dazu sagen?

Er schaute auf seine *Breitling.* Achtzehn Uhr vierzig. *Ob sie schon im Hotel ist?*

Er setzte sich wieder auf den Stuhl neben *Müller* und wählte ihre Nummer.

„Edgar? Du? Vom Handy aus?"

„Ja", sagte er und merkte, dass seine Stimme belegt klang. Er räusperte sich. „Leider vom Handy aus. Ich bin in der Tierklinik in *Haslach im Kinzigtal*. Auf *Müller* ist geschossen worden. Er ist verletzt, kommt aber durch."

In der Verbindung blieb es still. „Hallo, Melanie? Bist du noch dran?"

„Ja, ich bin noch dran. Auf diesen Schock musste ich mich jetzt erst einmal hinsetzen. Auf *Müller* ist geschossen worden? Wie und wo ist denn das passiert? Und was ist mit *Lydia*?"

„*Lydia* ist okay. Sie ist über Nacht bei Eliza und Pit in *Grünweiler*."

Edgar erzählte, wie er *Müller* im Garten aufgefunden hatte und welcher Art seine Verletzung war.

„Ich bleibe während der Nacht bei ihm. Er steht unter Narkose und schläft noch. Morgen früh kann ich ihn dann wahrscheinlich mit nach Hause nehmen. Pit holt mich mit seinem Auto ab."

„Mein Gott, Edgar. Du bist allein, und ich bin hier in Spanien und laufe mir einen Platten in die Füße. Gerti und ich kommen morgen natürlich sofort nach Hause."

„Wieso das denn, mein Engel? Du könntest überhaupt nichts ausrichten. Was passiert ist, ist passiert. Du könntest es nicht mehr verhindern."

„Aber du wärst nicht dir selbst überlassen", protestierte sie.

„Du bist lieb, Melanie, aber bleib du mit deiner Freundin ruhig dort. *Müller* wird wieder gesund, morgen kann er bestimmt schon wieder laufen, und auf Eliza und Pit kann ich immer zählen."

„Wie soll ich ruhig bleiben, wenn du in Gefahr bist?"

„Ich bin doch nicht in Gefahr, Melanie. Der Spinner hat es bloß auf Hunde abgesehen. Vertraue mir, dass ich das

Geschehen im Griff habe. Konzentriere du dich auf den spirituellen Weg. Wie war es denn heute auf der Etappe?"

„Edgar, dein Griff hat *Müller* nicht vor diesem Anschlag geschützt, wenn ich das bemerken darf. Die Etappe? Die Etappe? Die ist so nebensächlich, dass ich mich kaum daran erinnern kann. Alle sind durchgekommen. Achtzehn Kilometer. Sehr schwül. Morgen soll es regnen. Da wird der Weg ganz schön zur Matschepampe. Gleiche Entfernung wie heute, von *Samos* nach *Barbadelo*. Hast du schon was von Gottfried Solberg gehört? Oder von seiner Frau?"

„Ich hab´ ihr gesagt, dass er die Pilgerfahrt abgebrochen hat und eventuell heute Abend schon daheim sein kann. Nein, gehört hab´ ich nichts."

„Ach, Edgar", seufzte sie vernehmlich. „Sei ganz ehrlich. Willst du, dass ich zurückkomme? Es macht mir nicht die Bohne aus, die Wanderung zu beenden."

Edgar überlegte keine Sekunde. „Ich gestehe, dass ich dich vermisse, mein Engel. Aber ich will, dass du dein Ding machst. Dass du es vollbringst. Ich weiß, dass es für dich wichtig ist, und wenn du wieder zu Hause bist, dann mit dem Stolz und Bewusstsein, etwas Außergewöhnliches geleistet zu haben. Es wird nicht nur dein, sondern unser beider Leben bereichern. Das ist meine ganz ehrliche Meinung."

„Ja, danke, mein Edgar. Das hab´ ich gebraucht. Was machst du jetzt gerade?"

Edgar drückte die Freisprechtaste, legte das Handy zur Seite und zog die Lasche einer Bierdose auf, dass es zischte. „Hast du gehört? Ich trinke ein Bier. Auf dich, auf uns, auf *Lydia* und *Müller*. Und du?"

„Wir haben eine Flasche Wein aufgemacht. Gerti und ich. Wir süffeln sie in unserem Zimmer. Sei vorsichtig, mein Edgar. Und grüß´ mir *Müller* und *Lydia*. Bis morgen früh.“

Seit dem Jahr 2021 hatte Deutschland die Uhren ganzjährig auf die sogenannte Sommerzeit umgestellt. Die jeweils lästigen Wechsel, eine Stunde vor im März, eine Stunde zurück im Oktober, entfielen. Es blieb im Mai schon ziemlich lange hell. Edgar verstellte die Jalousie-Lamellen, dass im Aufwachraum gedämpftes Licht herrschte.

Müller wachte auf, als Edgar die zweite Dose Bier öffnete und das Wurstbrötchen auspackte. Er gähnte lautstark, klappte seine Schnauze zu wie ein Krokodil und öffnete die Augen. Edgar war bei ihm.

„Hallo, mein Alter. Da bist du ja wieder“, begrüßte er ihn und kraulte ihn hinter den Ohren. *Müller* streckte den Kopf und leckte Edgar über das Gesicht. Dann zog er die Beine an und drehte sich auf den Bauch. Noch verrutschten ihm die Blickachsen, doch es dauerte nur eine kleine Weile, bis er die Koordination der Augen unter Kontrolle bekam. Der Kopf bewegte sich hin und her.

Er sucht nach Lydia, dachte Edgar. „Dein Mädel ist nicht da, mein Guter, aber morgen wieder. Mann, bin ich froh, *Müller*, dass du wieder auf Damm bist. Hast du Hunger? Schau mal.“ Edgar hielt ihm ein Würstchen unter die Nase. Im Nu war es gefressen.

Müller winselte nervös und versuchte auf die Beine zu kommen. Edgar war ihm dabei behilflich. Als er auf allen Vieren stand, spähte *Müller* auf den Fußboden und nach der Tür. „Musst du raus, *Müller*? Gassi? Ich weiß nicht, ob das schon wieder funktioniert."

Er schob die Arme unter *Müllers* Leib und hob ihn sachte auf den Boden hinunter. *Müller* strebte zur Tür. Tatsächlich konnte er laufen, wenn auch mit dem vorderen rechten Bein hinkend.

Kaum waren sie vor der Klinik, verrichtete *Müller* sein Pinkelgeschäft. *Der Wahnsinn*, dachte Edgar.

Im Zimmer zurück, legte Edgar die Unterlage, auf der *Müller* gelegen hatte, auf den Boden. Dann breitete er daneben die Decke aus, die er von der Tierarzthelferin als Zudecke erhalten hatte und legte sich drauf.

„Wir Indianer brauchen keine Klappliege, was *Müller*? Echte Kerle schlafen immer auf dem Boden. Komm´ leg´ dich her zu mir. Du kriegst auch noch ´ne Wurst."

Sie lagen einträchtig nebeneinander. Edgar achtete nicht drauf, was er *Müller* alles erzählte. Wichtig war nur, dass er seine vertraute Stimme hörte. Es mochte am Bier liegen, oder an der monotonen Sprechweise, oder einfach nur an der friedlichen Atmosphäre – aber als es Nacht geworden war, schliefen sie längst den Schlaf der Gerechten.

Siebter Tag
Freitag, 12. Mai 2023

Als Edgar erwachte, war er glücklich. Auf eine einfache und bodenständige Art glücklich. Die Nacht, zusammen mit seinem geliebten *Müller*, war ein wurzelgründiges Erlebnis gewesen, das ihn zutiefst in der Seele berührt hatte. Zwei Lebewesen unterschiedlichster Spezies hatten einander vertraut, und Edgar fühlte sich sehr geehrt, dass *Müller* ihn für würdig genug gehalten hatte, mit ihm die Stunden der Nacht und sogar die Träume zu teilen.

Er erinnerte sich an die Ende der sechziger, Anfang der siebziger Jahre existierende amerikanische Rockband *Three Dog Night*. Zu den bekanntesten Titeln zählen „*Mama told me not to come*" und „*Joy to the world*". Doch nicht wegen ihrer Musik, sondern wegen der Herkunft des Namens kam sie ihm in den Sinn. *Three Dog Night* war nämlich eine Bezeichnung australischer Aborigines für besonders kalte Nächte. Sie pflegten die Nächte in Gesellschaft ihrer Hunde zu verbringen, und nutzten die Körperwärme der Hunde, um sich selbst zu wärmen. Je kälter die Nacht, desto mehr Hunde brauchten sie um sich warm zu halten. Genau die gleiche urtümliche Erfahrung hatte Edgar in der zurückliegenden Nacht mit *Müller* gemacht. Trotz hartem Boden hatte er erstaunlich gut geschlafen und nicht gefroren, was zum Teil auch daran gelegen haben mochte, dass jemand vom Klinikpersonal, ohne dass er es bemerkt hatte, eine zusätzliche Decke über sie gebreitet hatte. Edgars und *Müllers One Dog Night.*

Durch die Lamellen der Jalousie fiel graues Morgenlicht. Edgar schielte auf die Leuchtziffern der *Breitling.*

Sechs Uhr zehn. Er wurde zappelig. *Müllers* Naturell hingegen war das eines Langschläfers. Ihm war die Frühaufsteherei schon immer zuwider gewesen. Zur ersten Tagestour über die Felder oder entlang der *Kinzig* ließ er sich eigentlich nur wegen *Lydia* animieren.

Edgar schälte sich unter der Decke hervor, verließ den Aufwachraum und tappte zur Rezeption der Klinik. Er spekulierte insgeheim auf einen Kaffee. Wie auf Bestellung hörte er sogar gleich die markanten Geräusche einer Kaffeemaschine, und dann roch er ihn auch.

Eine fröhliche Stimme wünschte ihm einen guten Morgen. „Kaffee, Herr Schaaf?"

„Machen Sie diesen Morgen zu einem perfekten Morgen. Ja, gerne", sagte er.

„Alles gut mit Ihrem Hund?"

„Ja, alles gut. Er schläft noch. Danke für die Decke."

Er erntete ein herzliches Lächeln. „Aber rauchen müssen Sie draußen."

„Gewiss doch", sagte er, die kalte Zigarette schon zwischen den Lippen.

Mit Melanie führte er eine starke Stunde später ein Gespräch in fast heiterer Gelassenheit. Sie würde die Pilgerwanderung mit Gerti fortsetzen. *Samos – Barbadelo,* achtzehn Kilometer.

„Du strahlst eine unerschütterliche Zuversicht aus, mein Edgar", staunte Melanie.

„Findest du? Ja, ich glaube ich habe heute Nacht eine höhere Bewusstseinsstufe erklommen. Das war, in gewissem Sinn, auch eine spirituelle Reise. Es geht uns gut."

„Wunderschön, Edgar. Wenn das so ist, kann ich ebenfalls befreit wandern und mich auf meine Aufgabe konzentrieren.“

„Ja, Melanie. Wir sind stark, nicht wahr? Irgendwie habe ich fast die Ahnung, dass das alles hat geschehen müssen, damit wir wieder aufmerksam werden. Damit unser Blick wieder auf die fundamentalen Werte gerichtet wird.“

Er hörte Melanie kichern. „Deine Nacht scheint wirklich eine spirituelle gewesen zu sein. Ich lache dich nicht aus, Edgar. Ich freue mich nur, dass es euch gut geht.“

Nicht viel später kamen Eliza und Pit mit *Lydia*, um *Müller* und Edgar abzuholen. Die Hunde gebärdeten sich wie verrückt. *Müller* nahm zwar ganz automatisch eine Schonhaltung ein, stand aber in Sachen Begeisterung seiner Freundin in nichts nach. Edgar überlegte, ob die beiden jemals schon so lange voneinander getrennt waren, und stellte fest, dass nicht. Er ließ sich an der Rezeption einen Termin für eine Nachuntersuchung und einige Verhaltenstipps geben.

„Lassen Sie ihm Zeit. Fordern Sie von ihm nicht gleich ausgedehnte Touren ab. Falls Sie einen Garten haben, geben Sie ihm die Möglichkeit sich nach eigenem Gutdünken zu bewegen. Er weiß selber, was ihm gut tut.“

Müller bewegte sich überraschend gut. Wie Edgar erfahren hatte, waren weder Knochen noch Sehnen in Mitleidenschaft gezogen.

Eliza und Pit luden das Trio in *Gengenbach* vor dem Türmchenhaus ab und verabschiedeten sich bald.

„Anruf genügt, Edgar. Nur keine Hemmungen.“

Müller verrichtete sein dickes Geschäft ausnahmsweise im Garten. *Lydia* hatte ihre Morgenrunde bereits mit Eliza in *Grünweiler* hinter sich gebracht. Aufatmend betrat Edgar mit den Hunden das Haus. Während *Müller* und *Lydia* zu ihrer Lieblingsecke strebten, dachte Edgar an die nächstliegenden Dinge. Dusche und Frühstück und Zeitung.

Frisch angekleidet, bereitete er sein Müsli vor. Er bemerkte, dass auf der Straße vor dem Gartentor ein Auto anhielt. Ein Auto, bei dessen Erkennen sich ein ungutes Gefühl in ihm ausbreitete. Mit einem Seufzer legte er das Messer weg und ging zur Haustür. Er spähte durch das Türfenster. Noch war niemand aus dem Auto gestiegen.

Was wird das?, fragte er sich, öffnete die Tür und ging die Treppe hinunter. Die Tür auf der Fahrerseite wurde aufgestoßen. Schwerfällig wuchtete sich ein Mann vom Sitz, stapfte ungelenk um das Auto herum. Gleichzeitig erreichten er und Edgar das Gartentor. Auf der Beifahrerseite erkannte Edgar Wilma, eine großformatige Sonnenbrille auf. Steif und ohne sichtbare Regung starrte sie zur Frontscheibe hinaus. Der Mann hielt ein Bündel Papier in der Hand. Hundertzwanzig Briefumschläge.

„Da haben wir ihn ja, den Ehebrecher", wütete der Mann los und schleuderte Edgar die Briefumschläge direkt ins Gesicht, sodass das Bündel sich auflöste und, begünstigt durch einen leichten Wind, im Garten verteilte. „Hier hast du deinen Scheißdreck, du erbärmliches Schwein. Fickst meine Frau? Was hast du mit ihr gemacht? Hast du ihr den Kopf verdreht? Sie ist ja völlig durch den Wind. Wie im Fieberwahn."

Edgar stand wie vom Blitz getroffen. Endlich fand er die Sprache. „Was reden Sie denn da für einen Unsinn?"

Der Mann hielt Edgar eine Faust unter die Nase. „Halt´s Maul, du Drecksack, oder ich hau´ dir in die Fresse, ob du nun Polizist warst oder nicht. Es gibt Beweise für deinen Ehebruch. Eines sag´ ich dir: Erwische ich dich nochmal in der Nähe meiner Frau, bist du geliefert, kapiert?" Ihm lief die Spucke am Kinn runter. Mit hochrotem Gesicht drehte er ab, humpelte zur Fahrerseite hinüber, ächzte auf den Sitz und startete den Motor. Als er mit viel zu viel Gas und durchdrehenden Reifen lospreschte, schaute Wilma noch immer geradeaus nach vorne.

Äußerlich gelassen, aber innerlich in Aufruhr, fingerte Edgar eine Zigarette aus der Packung und zündete sie an.

Jetzt hast du den Salat, Edgar, meldete sich die innere Stimme. **Das war doch genau so, wie du es dir ausgemalt hast, nicht wahr? Da tust du einmal etwas Gutes. Hilfst einer Frau über schwere Stunden hinweg. Übernachtest zu diesem Zweck sogar in ihrem Haus. Und schon wirst du dabei beobachtet und wegen Ehebruchs diffamiert. Super, Edgar, wirklich super.**

Ach, halt dein blödes Maul, wies er seinen kleinen Klugscheißer zurecht. *Das Gute daran ist, dass die Sache damit beendet ist. Keine Verwirrungen mehr, keine Fehleinschätzungen mehr. Wilma allerdings hat nicht sehr glücklich aus der Wäsche geschaut, und wenn ich ehrlich bin, tut sie mir leid.*

Edgar drehte sich um und sah die Bescherung im Garten. *So ein Mist*, dachte er. Dann bückte er sich und spielte das Spiel: *Hundertzwanzig heb´ auf.*

Unter dem Eindruck von Gottfried Solbergs verbalem Ausraster bereitete Edgar das Frühstück weiter vor und verzehrte es im Stehen.

Wilma trug eine Sonnenbrille. Warum? Hat er sie geschlagen?

Er hasste Gewalt gegen Frauen, und nach Solbergs Auftriff vorhin am Gartentor traute er ihm alles zu. Leider hatte er die Erfahrung gemacht, dass man mit solchen Männern kein vernünftiges Wort wechseln konnte. Sie hielten Gewalt für Überlegenheit, und einmal angewandt, wiederholten sie sie trotz aller Beteuerungen immer wieder. Eine Frau, die in einen derartigen Strudel geriet, konnte aus lauter Angst kein selbstbestimmtes Leben mehr führen.

Er nahm die adressierten Briefumschläge mit in sein Büro im ersten Stock und warf sie auf den Schreibtisch. Wilmas Schrift, fiel ihm auf, war frei von jeder eigenen Charakteristik.

Die Schrift eines Kindes, dachte er. *Zweite, dritte Schulklasse.* Aber immerhin war sie mit ihrer Arbeit fertig geworden, im Unterschied zu ihm, der noch nicht einen einzigen Buchstaben geschrieben hatte. So sah´s aus.

Ohne Vorwarnung verlor er plötzlich sämtliche Energie. Der Schreibtisch mit den darauf liegenden Papieren verschwamm vor seinen Augen. Er fühlte sich, als würde alle Kraft wie eine flüchtige Essenz aus den Poren der Haut verduften. Er spürte, wie sowohl die Leistung seiner Hardware als auch die gespeicherte Software zunehmend schwächer wurden.

Das alles war vielleicht doch ein bisschen zu viel für den alten Kriminalhauptkommissar, rekapitulierte er. *Die stän-*

dige mentale Auseinandersetzung um Wilma; der Tötungs-versuch an Müller; die Angst und Sorge um dessen Leben; das verwaschene und ungewisse Unterfangen, einem Tier-quäler ohne hinreichende Mittel und Unterstützung das Handwerk zu legen – zu viel. Was hab´ ich denn schon in der Hand, außer über zweihundert Adressen von Leuten, die einen Hund besitzen? All die Vorfälle, von ausgelegten Ködern bis hin zu den von Hunden verübten Attacken, was sollen die mir nützen ohne rechtlich relevante Rücken-deckung? Ich kann ohne technische Hilfsmittel noch nicht mal auf die Suche nach dem Projektil gehen, das Müller getroffen hat. Ein komplizierter Mordfall ist einfacher auf-zuklären als dieser Sumpf mit den Hundehassern.

Ernüchtert, um nicht zu sagen desillusioniert, verließ er das Büro und trottete ins Erdgeschoss. Er brauchte einen Kaffee. *Müller* schielte aus seiner Ecke zu ihm her.

Guck´ ihn dir an, Edgar, vernahm er seinen Besser-wisser. **Willst du nicht alles daran setzen, den Ver-brecher, der Müller töten wollte, hinter Gitter zu bringen? Streng´ dich an. Betrachte es als Heraus-forderung. Dein schwerster Fall, Edgar. Du musst ihn lösen, wenn du morgen noch in den Spiegel schauen willst.**

Du hast gut reden, dachte er. *Hockst in deinem Elfenbeinturm und krümmst keinen Finger.*

Edgar nahm die Tasse mit dem Mickymaus-Sujet und trug sie die Treppe hinauf ins Büro. Bevor er sich an den Schreibtisch setzte, wählte er Rita Böhringers Nummer in der Polizeidirektion. Nach einigen Freizeichen setzte die Rufumleitung ein, und sie meldete sich: „Edgar, was willst du? Ich bin auf dem Weg zu dir."

„Oh, Rita, dann will ich dich nicht aufhalten. Ich wollte eben fragen, ob ich zu dir nach *Offenburg* kommen kann."

„Nein, bleib´ wo du bist. In zehn Minuten bin ich dort."

Oha, tut sich was bei der Polizei?, dachte er.

Anstatt der Liste mit den noch zu schreibenden Adressen der Hundehalter nahm er sich die Landkarte der Region und die Notizen aus dem Zeitungsarchiv vor *(das langweilige Schreiben kann warten)* und begann die Fälle von Köderfunden und Hundeattacken systematisch mit dicken Filzstiften in die Karte zu übertragen. Er war noch nicht weit gekommen, als es an der Haustür klingelte.

„Komm´ rein, Rita. Der Berg kommt also zum Propheten."

„Haaa, haaa, haaa, Edgar. Der Berg bleibt nur, wenn er Kaffee bekommt."

„Nichts leichter als das. Setz´ dich."

Rita schaute aber zuerst nach den Hunden, ging vor ihnen in die Hocke und begrüßte sie. „Deswegen komm´ ich. Ich hab´ heute Morgen den Polizeibericht von gestern gelesen und gedacht, da guck´ ich mal vorbei. Die Kollegen von der Streife haben nur von einem verletzten Hund geschrieben. Eventuell Schusswunde. Also nichts Konkretes. Was war es denn definitiv?"

„Durchschuss." Edgar stellte zwei Tassen auf den Tisch. „Vorne zur Brust rein, irgendwie zwischen Vorderbein und Rippen durch, hinter der Schulter wieder hinaus. Kleinkaliber, sagte der Arzt."

„Also eindeutig Waffengebrauch. Hast du die Stelle im Garten schon gefunden, wo er getroffen wurde?"

Edgar verneinte. „Das wäre der Grund gewesen, nach *Offenburg* zu fahren. Und natürlich eine richtige Strafanzeige zu erstatten."

„Wir könnten nach dem Projektil suchen", sagte Rita. „Beweismittel sichern. Wenn es ein Durchschuss war, ist unter Garantie Blut versprüht worden. Allgöwer kann es mit Luminol sichtbar machen. Aber das weißt du ja selber."

Der Kaffee brodelte in der Kanne. Edgar schenkte ein.

„Leider hab´ ich keine Zimtschnecken", grinste er schief. „Wissen tu´ ich´s schon, nur macht es bis jetzt keiner. Wird das jetzt ein Kriminalfall?"

„Die Verwendung einer Schusswaffe ist das entscheidende Kriterium. Der Staatsanwalt bestimmt allerdings, wie ermittelt wird. Falls er die Aufgabe den Kollegen der Polizeihundestaffel überlässt, kannst du´s vergessen, Edgar. Verstehst du, darum bin ich hier. Ich will diesen Fall."

„Und wie willst du ihn kriegen?"

Rita schlürfte Kaffee. „Indem ich wenigstens ein zuordnungsfähiges Kleinkaliberprojektil vorzeigen kann und mit ihm rede."

Sie unterhielten sich bis zum Ende des Kaffees über private Dinge. Als Rita etwas später zu ihrem Dienstwagen ging, fragte Edgar: „Wie heißt er eigentlich, der Staatsanwalt?"

„Oberstaatsanwalt Bernd Landquart. Also, wir kommen wieder, Allgöwer und ich. Sieh´ zu, dass du dann zu Hause bist. Aber wir rufen vorher an."

Bewegt sich also doch etwas bei der Polizei, dachte Edgar, malte akribisch Kreuze in die Landkarte und fügte die entsprechenden Daten dazu.

Der Täter scheint sich wirklich nur auf die Region Rothbachtal und Kinzigtal zu beschränken, dachte er, als er die Karte fertig gekennzeichnet, sie auf dem Fußboden ausgebreitet hatte und im Stehen aus der Vogelperspektive betrachtete. Sonst aber ergaben sich auf den ersten Blick keine erhellenden Merkmale, die auf ein Konzept oder System des Täters hinwiesen. Es waren auch keine örtlich erkennbaren Häufungen auszumachen. Die Köderfunde verteilten sich im Rothbachtal gleichmäßig zwischen *Rothweiler* und *Gehlheim*, im Kinzigtal zwischen *Ortenberg* und *Haslach*. Einzig auffallend war: In beiden Tälern war die Anzahl der Köder beinahe identisch. Vierzehn zwischen *Rothweiler* und *Gehlheim*, fünfzehn zwischen *Ortenberg* und *Haslach*, den Köder in Edgars Garten eingerechnet.

Bei den Hundeattacken mit verletzten Personen lag die Gewichtung naturgemäß anders. Dort waren nicht die Tiere betroffen, sondern Menschen, von deren Daten Edgar bislang ausgeschlossen war. Da er sie aus naheliegenden Gründen als potenzielle Täter beachten musste, war es für personenbezogene Ermittlungen ärgerlich, keinen Datenzugriff zu haben. Hier hoffte er nun auf Rita Böhringers Engagement und die Einsicht des Staatsanwalts. Er traute ihr auf jeden Fall die Hartnäckigkeit zu, dem Staatsanwalt lange und lästig genug auf die Füße zu treten, um mit den Fällen beauftragt zu werden.

Was überhaupt nicht in die Serie des Köderauslegers passen wollte, war der Schuss auf *Müller*. Der besaß eine neue Qualität, wie es sich neuerdings eingebürgert hatte zu sagen, obwohl Edgar den Begriff *Qualität* für negativ besetzte Taten absurd fand. Er brachte *Qualität* immer nur mit etwas Gutem in Verbindung.

Der Schuss war definitiv ein Ausreißer. Musste er ihn demnach als Einzeltat auffassen?

Suche ich ergo nach zwei Tätern?, fragte er sich. Nach einer Sekunde korrigierte er: *Suchen wir, Rita und ich, nach zwei Tätern?*

Dank Ritas Besuch züngelte wieder eine kleine Flamme in seinem Brenner namens Ehrgeiz. Nicht aber unter der Lust, Adressen zu schreiben.

Was habe ich mir da bloß aufgehalst?

Um wenigstens ein Stück weiter in Richtung Versammlung der Hundehalter voranzukommen, kuvertierte er seine Einladungen in Wilmas fertige Briefumschläge ein. Datum der Versammlung: Neunzehnter Mai. Neunzehn Uhr.

Rita Böhringer hatte den Zeitpunkt, wann sie mit Allgöwer wiederkommen wollte, offen gelassen. *Sieh´ zu, dass du dann zu Hause bist. Aber wir rufen vorher an.*

Edgar suchte unter *dasoertliche.de* die Namen Gertrud und Hans Krause. Adresse und Telefonnummer. Er notierte die Angaben auf einen Zettel. Mistelweg. Er kratzte sich am Kopf, ob er Hans Krause anrufen sollte.

Ach was, unsere Frauen sind Freundinnen, beide in Spanien. Da wird ein Gespräch unter Männern doch erlaubt sein, oder?, dachte er, und wählte die Nummer.

„Krause?"

„Guten Tag, Herr Krause. Edgar Schaaf am Apparat. Melanies ..."

„Melanies Ehemann, der Strohwitwer. Hallo Edgar – ich nenn´ dich der Einfachheit halber gleich Edgar – schön von dir zu hören. Na, wie lebt es sich so alleine? Hab´ gehört, dass auf deinen Hund geschossen worden ist."

„Mit deiner Erlaubnis sag´ ich Hans. Stimmt, ja, gestern Morgen. Aber es geht ihm schon wieder besser. Hör´ mal: Hast du nicht Lust, auf ein Bier vorbeizukommen?"

„Oder du zu mir?", tönte es zurück.

„Leider nicht. Ich warte auf die Polizei wegen der Spurensuche, verstehst du?"

„Dann also bei dir. Gib´ mir zwanzig Minuten."

Hans Krause kam mit dem Fahrrad. E-Bike, um genauer zu sein. Als Edgar ihn sah, fühlte er sich unmittelbar in die Frühzeit deutscher Fernsehshows zurückversetzt: An *Vergissmeinnicht*, die Sendung mit *Peter Frankenfeld*, und darin als Statist der Glückspostbote *Walter Spahrbier*. Hans Krause hatte eine verblüffende Ähnlichkeit mit ihm. Er hatte einen Sixpack Bier auf dem Gepäckträger.

Edgar hatte das obligatorische Gartenset mit Tisch und Stühlen vor der Kellergalerie aufgebaut, und wie üblich lagen *Müller* und *Lydia* beim ... *beim Rhododendron*, hatte er gedacht, aber zu seiner Verwunderung waren sie dort nicht mehr zu sehen. Oder doch? Doch. Jetzt entdeckte er sie. Sie hatten sich unter die Blätter verkrochen.

„Hier geht´s also zur berühmten Kellergalerie. Hallo Edgar. Schön, dich endlich kennenzulernen."

„Hans, willkommen. Ja, hier geht´s runter. Du kannst nachher mal reinschauen, wenn dich künstlerische Grafiken interessieren. Die Galerie ist ein echtes Schmuckstück geworden. Aber setz´ dich. Also Bier hättest du keines mitzubringen brauchen. Sieh´ nur." Edgar verwies auf die Flaschen in einem Eimer Wasser unter dem Tisch.

„Bier schimmelt nicht", grinste Hans pragmatisch. „Unfall gehabt?", zeigte er auf Edgars Gipsarm.

Edgar winkte ab. „Rauchst du?", fragte er und zündete sich eine Zigarette an.

„Hab´ das Laster wieder angefangen, seit ich in Rente bin. Zum Leidwesen von Gerti. Wo sind eigentlich deine Hunde?"

„Bis vorhin waren sie noch da", sagte Edgar und deutete auf den Rhododendronstrauch, wo sie gelegen hatten. „Ja, unsere Frauen trauen sich was, nicht wahr?" wechselte er das Thema. „Jakobsweg in Spanien."

„Stimmt. Verrückte Hühner. Aber für Gerti hat es eine enorme Bedeutung. Sie hat sich mit Herzblut darauf vorbereitet. Kontemplation nennt man das wohl."

„Ja, das ist wichtig, Hans. Sonst hätten sie ja auch den *Westweg* im Schwarzwald machen können, wenn es ihnen nur ums Wandern gegangen wäre. Ich finde, wir haben starke Frauen."

„Da sagst du etwas Wahres, Edgar."

Edgar öffnete zwei Flaschen Bier und reichte eine an Hans weiter. „Ich muss gestehen, Hans, dass ich dich nicht ohne Hintergedanken angerufen habe. Es steht im weiteren Zusammenhang mit dem gestrigen Anschlag auf meinen Hund. Wie du vorhin gesehen hast, trägt er noch einen dicken Verband. Du warst Briefträger bei der Post. Wie bist du, oder wie seid ihr als Briefträger mit dem Problem Hunde umgegangen? Du warst doch sicher täglich mit Hunden konfrontiert. In Gärten, in Hausfluren. Mit gutmütigen Hunden, mit bösartigen Viechern. Was hast du da gemacht? Wie bist du vorgegangen? Gab es vom Arbeitgeber her Verhaltensregeln oder themenbezogene Schulungen? Hat man sich unter den Kollegen ausgetauscht? Wie war das?"

Hans Krause hatte mit offenem Mund zugehört. Als Edgar geendet hatte, setzte er die Bierflasche an und trank einen kräftigen Schluck. „Hätte ich mir beinahe denken können, dass der Kriminalhauptkommissar sein Bier nicht umsonst ausschenkt. Kann mir aber egal sein, Hauptsache, es ist gratis, hahaha. Kleiner Scherz meinerseits, Edgar", sagte er. „Im Grunde musste jeder für sich damit klar kommen. Du weißt ja wie das ist. Der eine ist ein ängstlicher Typ, der andere ist souverän. Du kannst durchaus ein mutiger Mensch sein, dir beim Anblick eines Hundes aber in die Hose machen. Jeder hatte so seine Tricks. Wusstest du, dass wir auf der Geschäftsstelle einen ständigen Vorrat an diversen Hundeleckerlis hatten? Man lernte schließlich, was welcher Hund am liebsten mochte." Hans Krause lächelte. „Ich steckte mir immer einige Brocken in die Tasche und hab´ mir die Hunde sozusagen erzogen. Die wussten schon, wann ich komme und haben förmlich auf mich gewartet. Einige Kollegen, die keinen Zugang zu den Vierbeinern fanden, trugen eine Trillerpfeife bei sich und riefen damit die Hundebesitzer an den Gartenzaun oder an die Wohnungstür. Manche Hunde zeigten auch vor dem grässlichen Pfeifton Respekt. Wieder andere verwendeten die umstrittenen Elektroschock-Stöcke."

„Elektro ...?"

„ ... schock-Stöcke, ja. Nur eine geringe Spannung, keine Gefahr für die Hunde, aber ausreichend, um sie zu beeindrucken und sich vom Leib zu halten. Die Stöcke gehörten aber nicht zu unserer Standardausrüstung und mussten privat besorgt und bezahlt werden."

„Und wie sind generell deine Erfahrungen?"

„Es ist kaum zu glauben, aber in der langen Zeit meiner Tätigkeit als Briefträger ist mir kein einziger Fall bekannt geworden, dass einer meiner Kollegen durch einen Hund verletzt worden wäre. Wir hatten eher mechanische Probleme. Mit den Hüften, beispielsweise. Oder mit den Knien. Mit den Schultern. Rücken. Die schweren Posttaschen, verstehst du? Die Fußwege. Treppauf, treppab, bei Wind und Wetter. Mit der Zeit leidet man einfach unter Verschleiß. Aber wie sagt man so schön? Augen auf bei der Berufswahl. Soll heißen: Man muss vorher wissen, auf was man sich einlässt, gerade mit Augenmerk auf Hunde und Gesundheit"

Edgar ließ Hans Krauses Worte auf sich wirken und stellte sich dessen Arbeit vor.

Hans begutachtete seine Fingernägel, als er weitersprach. „Und jetzt willst du bestimmt wissen, ob einer meiner Kollegen eine so große Aversion gegen Hunde entwickelt hat, dass er einen Feldzug gegen sie gestartet hat?"

Edgar nickte. „Und?"

Hans schüttelte energisch den Kopf. „Das ist Humbug, Edgar." Mehr sagte er nicht.

„Schön, dann ist das geklärt. Entschuldige, dass ich dich mit dem Thema belästigt habe. Aber ich will alle Büsche abgeklopft haben, bevor ich mich einer anderen Spur zuwende. Wie kommst du eigentlich mit dem Ruhestand klar? Ich meine ..."

„Ich weiß, was du meinst", unterbrach Hans etwas unwillig. „Mach´ noch ein Bier auf, dann erzähl´ ich´s dir."

Drei Frauen älteren Semesters waren zum Besuch der Kellergalerie in den Garten gekommen. „Auf Empfehlung von Frau Holzer", wie sie geäußert hatten. Hans Krauses und Edgars Bierflaschen standen auf dem Tisch.

„Oh", fragte eine der Damen. „Gibt es hier sogar Bewirtung?"

Edgar lächelte freundlich. „Wenn Ihnen mit Bier aus der Flasche gedient ist – gerne."

„Ich hatte mehr an Kaffee und Kuchen gedacht", antwortete sie enttäuscht.

„Tja, da muss ich leider passen", sagte Edgar. „Aber ich notiere es als Geschäftsidee für die Zukunft."

Hans Krause schmunzelte amüsiert. „So einen Zeitvertreib wie du habe ich leider nicht. Eigene Galerie und so."

„Naja, was heißt schon Zeitvertreib. Du siehst ja: Die Besucherströme halten sich in Grenzen. Was meinst du mit *und so?*"

„Eure Hunde. Deine Kriminalfälle. Ich muss zu meiner Schande gestehen, dass ich nichts dergleichen vorzuweisen habe. Ich bin jetzt seit vier Monaten in Pension, und genieße einfach meine Ruhe. Was meine Gerti nicht so recht verstehen mag. Laufend will sie mich zu irgendetwas bewegen. Mach´ doch dieses, mach´ doch jenes, such´ dir ein Hobby, tu´ was Sinnvolles, tu´ was dir gefällt oder was du schon immer mal tun wolltest, liegt sie mir von früh bis spät in den Ohren. Dabei ist gerade das Nichtstun das, was ich möchte. Ich lese jetzt halt sehr viel. Und wenn mir auch das zu viel wird, fahre ich ein paar Kilometer mit dem Rad. Ich bin schon immer gern Fahrrad gefahren."

„Das ist doch prima, Hans. Du tust, was dir gefällt, und wer kann das schon? Ist bei mir doch genauso. Ich mache, was ich am besten kann. Melanie gefällt zum Beispiel auch nicht, dass ich *kriminalisiere*, wie sie es nennt. Aber habt ihr, Gerti und du, deswegen Stress?"

„Naja, nicht direkt Stress. Gerti fährt halt ziemlich rasch aus der Haut. Sie muss sich erst noch daran gewöhnen, dass ich auf einmal ständig um sie herum bin. Ich glaube, das macht sie nervös. Ich interpretiere es so, dass sie sich beobachtet oder in ihrer Freiheit beeinträchtigt fühlt."

„Gut möglich. Melanies abgewandelte goldene Regel lautet: *Reden ist Gold, Schweigen ist Gift.* Will heißen: Das müsst ihr ausdiskutieren."

„Stimmt. Und darum bin ich recht zuversichtlich, dass Gerti auf dem Jakobsweg so etwas wie eine entspannte Ausgeglichenheit findet."

„Nicht nur sie. Auch du, Hans, musst die Formel finden, wenn ihr auf gleicher Augenhöhe aufeinander zugehen wollt", sagte Edgar.

Sowohl die drei Besucherinnen der Galerie als auch Hans Krause waren gegangen. Es war noch nicht achtzehn Uhr, und Edgar wechselte von Bier zu Wein. Versonnen betrachtete er die Hunde, die, wo immer sie vorher auch waren, in trauter Zweisamkeit ihre Plätze beim Rhododendron wieder eingenommen hatten. *Müller* lag auf der unverletzten *gesunden* Seite, Rücken an Rücken mit *Lydia*.

Welch eine glückliche Fügung, dachte Edgar. *Müller und ich bei Melanie und Lydia. Womit haben wir das verdient, Müller?*

Dann kehrten Edgars Gedanken zu dem zurück, was Hans Krause über sich und die Briefträgerkollegen und den Umgang mit dem Hundeproblem gesagt hatte. In seiner gesamten Laufbahn kein einziger Verletzter durch einen Hundeangriff.

Mit Verlaub, dachte Edgar, *das ist eine Aussage mit Sternchen. Das kann nicht nur ein Glücksfall sein, sondern muss das logische Ergebnis eines bewussten Umgangs mit der Materie sein. Da steckt jahrelange Erfahrung dahinter, von Briefträgergeneration zu Briefträgergeneration weitergegeben, sozusagen vererbt. Gewachsene Strukturen, zum Berufsbild gehörend wie das Gehen und das Tragen. Da passt ein Hundehasser mit seinem Sendungsbedürfnis schlichtweg nicht hinein. Er wäre ein Fremdkörper und würde auffallen.*

So gesehen bewertete Edgar Hans Krauses Besuch als Erfolg. Er strich die Kaste der Briefträger von der Liste der potenziellen Hundehasser.

Punkt achtzehn Uhr schloss Edgar die Kellergalerie. Anschließend führte er, aus Rücksicht auf *Müller*, die Hunde nur durch die Passerelle an den Kinzigdamm, jedoch ohne eine Wegstrecke in Angriff zu nehmen. Edgar setzte sich auf eine Bank und überließ es *Müllers* Eigeninitiative, inwieweit er sich an *Lydias* Spiel beteiligte.

Er ist intelligent genug zu wissen, was er sich zutrauen kann, dachte Edgar und stellte fest, dass *Müller* genau das tat. So sammelte Edgar nach ungefähr einer halben Stunde die festen Hinterlassenschaften der Hunde ein und ging mit ihnen nach Hause.

Zu seiner Überraschung parkte vor der Gartenpforte Allgöwers Einsatzfahrzeug der KTU. *Wollten die nicht vorher anrufen?*, fragte sich Edgar. Allgöwer selbst, seines Zeichens dienstältester Polizeibeamter der Polizeidirektion *Offenburg* sowie Chef der Abteilung Kriminaltechnische Untersuchungen, und Rita Böhringer standen soeben in Begriff, das Aluminiumgerüst für ein Zelt aufzustellen. Für Edgar bedeutete solch ein Zelt nichts Neues, hatte er sie bei den Einsätzen als aktiver Kriminalist zuhauf gesehen. Die Polizei stellte sie auf, um die zu untersuchende Stelle vor dem Wetter oder weiteren Verunreinigungen, aber auch vor Gaffern zu schützen. Im jetzigen Fall jedoch diente das Zelt dazu, um für die chemische Luminol-Untersuchung des Bodens entsprechende Lichtverhältnisse herzustellen. Bei Tageslicht wären die Blutspuren nicht sichtbar.

„Spät kommt ihr, aber ihr kommt", rief Edgar vom Zaun aus.

Allgöwer grunzte. „Sieh´ an, der Herr Kriminalhauptkommissar persönlich. Ja, was tut man nicht alles für die Wissenschaft? Grüß´ dich, Edgar."

„´n Abend, Allgöwer."

Rita Böhringer trat zu ihm. „Tut mir leid, dass wir nicht angerufen haben. Wir wussten bis vor einer halben Stunde selber noch nicht, ob wir hierherkommen. Es war ein recht spontaner Entschluss und wir machen das quasi auf eigene Faust, praktisch in vorauseilendem Gehorsam, denn weder Allgöwer noch ich haben einen dienstlichen Auftrag dafür. Der Staatsanwalt meint nämlich, dass die Ermittlungen bei den Leuten von der Polizeihundestaffel bestens aufgehoben sind. Nun denn. Wir wollen aber zumindest das Projektil sicherstellen. Man weiß nie, wofür es mal gut sein kann, nicht wahr?"

Sie überzogen das Gerüst mit der Zeltplane, und Allgöwer versprühte darunter eine erste Bodenfläche mit einer Luminol-Lösung Der erste Versuch zeigte keine Chemolumineszenz, also keine Reaktion mit vorhandenem Blut. Das Zelt wurde für den nächsten Test ein Stück versetzt. Schon beim zweiten Einsatz der Chemikalie leuchtete, kaum wahrnehmbar, im Dämmerlicht des Zeltes ein bläulicher Fleck von der Größe zweier Handflächen auf. Eindeutig Spuren von versprühtem Blut. Allgöwer verstärkte den Effekt durch Einsatz einer speziellen Lampe. Die Wirkung war verblüffend. Fast plastisch sprang die Stelle nun ins Auge. Edgar dachte an das Bild einer Haufengalaxie im Universum.

„Im Zentrum des Fleckens müssen wir nach dem Projektil suchen", sagte Allgöwer und nahm einen Metalldetektor zur Hand, dessen Ring er dicht über den Fleck bewegte, bis die anfänglichen Piepsignale in einen hohen Dauerton übergingen.

„Das haben wir gleich", versprach Allgöwer.

Mit einer kleinen Schaufel grub er ein Loch in die Erde und warf sie in ein Sieb. Schon nach wenigen Minuten hielt er einen kleinen, unförmigen Klumpen zwischen den Fingern.

„Voilà. Da haben wir es ja. Kaliber 22. Ziemlich deformiert. Aber der Projektilboden ist so gut wie unversehrt."

„Was heißt unversehrt?", fragte Edgar.

„Dass sich dort noch Spuren der Gewindezüge an den Rändern nachweisen lassen können. Wenn wir die Waffe haben, können wir beweisen, dass das Geschoss aus dem Lauf dieser Waffe abgefeuert wurde."

„Wenn wir die Waffe haben", wiederholte Edgar.

„So ist es", sagte Allgöwer. „Und jetzt", fügte er hinzu und schaute demonstrativ auf seine Armbanduhr, „ist Feierabend. Rita, kommst du?"

Edgar hielt Rita Böhringer auf ein Wort zurück. „Ist also nichts mit kriminalistischen Ermittlungen wegen Waffengebrauchs? Kein eigener Fall für Kriminalkommissarin Rita Böhringer?"

„Es ist nicht das, was wir uns wünschen, Edgar", sagte sie. „Ermittelt wird schon. Halt auf einer anderen Ebene. Der Staatsanwalt lässt sich da keinen Strick draus drehen. Aber wie du gesehen hast, sind wir nicht untätig."

„Was geschieht nun mit dem Projektil? Es ist immerhin ein Beweisstück."

„Wenn du willst, kannst du es haben. Unter der Bedingung, dass du es spätestens morgen aufs Revier bringst und sagst, dass du es in deinem Garten gefunden hast. Lass´ dir eine   Quittung geben. Dann können sie nicht behaupten, sie hätten nie etwas gekriegt. Wenn ich mir das recht überlege, wäre das sogar besser, als wenn Allgöwer oder ich es hinbringen würde. Denn wie gesagt: Wir sind nicht offiziell hier. Also willst du´s?"

Edgar nickte. „Gut, bring´ ich es morgen nach *Offenburg* aufs Revier. Weißt du, Rita, ich frage mich, was denn noch alles geschehen soll, bis dass die Polizei, beziehungsweise der Staatsanwalt, richtige Ermittlungen aufnimmt?"

Rita grinste ihn an und meinte sarkastisch: „Vielleicht ein netter kleiner Mord?"

Edgar saß im Wohnzimmer, ein Glas Wein auf dem Tisch. Daneben lag, verpackt in einer Klarsichthülle, der kleine Metallklumpen, der um ein Haar *Müllers* Leben gekostet hätte. Er sprach mit Melanie.

„Es war die befürchtete Schlammschlacht. Regen, Regen, Regen. Und unser Zielort *Barbadelo* lag mitten in der Pampa, kein Haus weit und breit. Zuerst waren wir natürlich entsetzt und haben gedacht, die wollen uns verarschen, hahaha. Vielleicht war das vom Veranstalter so beabsichtigt. Als man uns dann nach *Sarria* in ein schönes Hotel gefahren hat, war die Erleichterung natürlich groß. Aber unsere Klamotten und Schuhe stehen vor Dreck. Die Rollstühle, die Rollatoren – nur noch mit dem Wasserschlauch zu reinigen."

„Das kann ich mir gut vorstellen. Da geht der Spaß dann flöten."

„Nein, Edgar, komisch. Als wir erst von oben bis unten eingesaut waren, überkam uns alle ein richtiger Galgenhumor. Es wurde unterwegs sogar gesungen. Unglaublich."

„Und morgen?"

„Morgen wird toll. Es geht nach *Portomarin*. Ein Städtchen an einem Stausee. Ich freu´ mich drauf. Wenn nur die Sachen alle trocken werden. Übermorgen ist dann wieder ein Ruhetag. Du, warte mal. Gerti erzählt mir gerade was."

Edgar vernahm eine Stimme im Hintergrund.

„Aha, sie hat gesagt, dass ihr Mann bei dir zu Besuch war?" Frage und Feststellung in einem.

„Stimmt. Ich hab´ ihn angerufen, ob er nicht auf ein Bier vorbeikommen will."

„Hast ihn ausgequetscht, wie das bei der Post mit den Hunden gehandhabt wurde."

„Melanie! Ausgequetscht ist der falsche Ausdruck. Bei der Polizei heißt das *Verhör.*"

Sie lachte auf. „Daumenschrauben. Ich verstehe. Bist du dadurch schlauer geworden?"

„Ja, kann man sagen. Immerhin schließe ich Briefträger jetzt als Hundehasser aus. Ich fand ihn richtig nett, den Hans. Kannst es Gerti ja ausrichten."

„Das mach´ ich." Am Telefon vorbei sagte sie: *„Gerti, Edgar hat gesagt, er findet deinen Mann ziemlich nett."* Und wieder in die Sprechmuschel: „Schöne Grüße zurück."

„Danke, grüße sie ebenfalls."

„War sonst noch was außer Hans Krauses Besuch?"

Edgar berichtete von Gottfried Solbergs Auftritt am heutigen Morgen. „Der hatte regelrecht Schaum vor dem Mund, und seine Frau im Auto sah nicht sehr glücklich aus."

„Komisch. Hier bei uns war er ganz manierlich. Gell, Gerti? Er war mit allen umgänglich, gab sich als toleranter Mustergatte. Er pries seine Ehe über den grünen Klee, beschrieb seine Frau in schillerndsten Farben, schwärmte von ihr in höchsten Tönen. Er hatte es so toll gefunden, dass du dich um sie kümmerst und sogar für sie kochst. Ha! Das war dann wahrscheinlich alles nur Show, um seine Eifersucht zu verdecken"

„Nach Wilmas Worten muss er krankhaft eifersüchtig sein. Sie hat es mir zwar nicht mit Worten bestätigt, aber sie hat auch so erkennen lassen, dass in der Vergangenheit von ihrer Seite etwas vorgefallen war, auf das sich seine Eifersucht begründet."

„Oh Edgar, bitte sei wachsam. Mit solchen Menschen ist nicht gut Kirschen essen", sagte Melanie.

„Sei beruhigt, mein Engel. Gottfried hat heute Morgen seine Eruption gehabt. Ich glaube nicht, dass da noch etwas nachkommt."

Edgar beendete den Tag, indem er in einem Anfall von Arbeitswut einhundertsechsunddreißig Adressen von Hundehaltern auf die gleiche Anzahl Briefumschläge schrieb, die Einladungen hineinsteckte und alle zweihundertsechsundfünfzig Kuverts zuklebte.

Beim Schreiben war ihm ein Name, eine Adresse aufgefallen, weshalb er den Briefumschlag separat zur Seite gelegt hatte: Bernd Landquart, Neudorfstraße, *Berghaupten.*

Neudorfstraße? Ist das jetzt Zufall oder nicht?, fragte er sich. Er verglich die Hausnummern. *Verdammt*, dachte Edgar. *Wenn es sich um keine Namensgleichheit handelt, dann ist Oberstaatsanwalt Bernd Landquart der Nachbar von Wilma und Gottfried Solberg.*

Achter Tag
Samstag, 13. Mai 2023

Samstag. Der achte Tag ohne Melanie. *Genau heute vor einer Woche ist sie in den Bus nach Spanien gestiegen*, dachte Edgar am Morgen. *Und wie geht es mir nach dieser Woche? Was macht eigentlich meine Demenz? Pardon, meine Vergesslichkeit? Ich habe das Gefühl, ich treibe in einem wackligen Boot auf einem breiten Strom einem Ziel entgegen, von dem ich nicht weiß, wie es aussieht oder wo es liegt.*

Der Himmel hatte die Farbe von Spülwasser, als er mit den Hunden eine kurze Strecke an der *Kinzig* entlang spazierte, und irgendwie hatte er das Gefühl, dass die Luft auch so riechen würde.

Entweder der Frühling meldet sich ab, oder die Sonne setzt sich durch. Das Wetter steht auf der Kippe, dachte er. *Irgendwie passt es zu meiner Stimmung. Entweder so oder so. Auf der Kippe, genau.*

Melanie war in Eile gewesen. Sie war erst gegen Morgen in tiefen Schlaf und darum später aufgestanden als sonst. „Wir reden dann heute Abend ausführlicher. Jetzt muss ich los, in feuchten Schuhen."

Edgar legte sich während des Frühstücks einen Plan zurecht. *Zuerst auf die Post, dann nach Offenburg zur Polizeihundestaffel, am Nachmittag mit Müller in die Klinik nach Haslach. Muss die Galerie halt geschlossen bleiben.*

Es läutete Sturm. Edgar, ärgerlich über den aufdringlichen Lärm, trampelte zur Haustür und riss sie mit Schwung auf. „Geht's auch etwas ..." *anständiger*, wollte er blaffen, aber da wurde er schon von einer Faust gegen die Brust geschlagen und ins Haus gestoßen. Gottfried Solberg. Hochrotes Gesicht, zerzaustes Haar. Der Alkoholdunst drang ihm aus allen Poren.

„Wo ist sie?", schrie er. „Wo hast du sie versteckt?"

Wild um sich stierend, drängte er sich an Edgar vorbei.

„Wilma! Komm´ raus", brüllte er. „Ich weiß, dass du da bist." Er drang weiter in die Wohnung vor.

Edgar, den ersten Schreck überwunden, hielt ihn an der Schulter zurück. „Heyheyhey, was soll das?"

Gottfried Solberg fuhr schneller herum, als Edgar ihm zugetraut hätte, und packte ihn am Hals.

„Pfoten weg, oder es setzt was. Glaubst du, nur weil du einen Gipsarm hast, traue ich mich nicht, dich zu Brei zu schlagen? Wo ist Wilma? Wo hast du sie versteckt?"

„Ich weiß nicht, wovon Sie reden. Hier ist sie nicht", würgte Edgar, noch immer Gottfrieds Hand an Kehle.

„Lüg´ doch nicht, du erbärmlicher Ehebrecher. Du wurdest gesehen, wie du frühmorgens aus meinem Haus geschlichen bist. Das hab´ ich amtlich. Und Wilma hat es gestanden."

Jetzt wurde es Edgar zu bunt. Dieser Ochse hatte es nicht besser verdient. Im Bruchteil einer Sekunde erinnerte er sich an Gottfrieds Schwachpunkt und trat ihm kräftig gegen die Bein-Prothese. Der Effekt war, dass Gottfried die Standfestigkeit einbüßte und ins Taumeln geriet. Er ließ Edgars Hals los und ruderte haltsuchend mit den Armen,

Edgar reagierte und krallte nun seinerseits die Hand in Gottfrieds Hemdkragen und zog ihn dicht zu sich heran, sodass die Gesichter nur wenige Zentimeter voneinander entfernt waren. Widerlicher Alkoholdunst schlug Edgar entgegen.

„Ich werde Ihnen zeigen, wo Wilma überall sein könnte", zischte er Gottfried an und zog ihn mit sich.

Gottfrieds Prothese war durch Edgars Tritt verrutscht und bildete einen schrägen Winkel, der kaum einer Belastung mehr standhielt.

Edgar schleifte ihn mit Gewalt die Treppe hoch. Gottfried, um Gleichgewicht bemüht und immer knapp davor zu stürzen, humpelte grotesk hinterher. Ins erste Zimmer.

„Hier. Schauen Sie rein. Wilma ist nicht hier. Weiter. Noch ein Zimmer. Wilma ist nicht hier."

Dann änderte Edgar seine Taktik und brüllte selbst nach Wilma. „Wilma? Bist du hier? Zeig´ dich, wenn du hier bist! Dein lieber Mann sucht dich!"

Edgar tobte weiter. Zimmer für Zimmer nötigte er Gottfried ab, ständig nach Wilma schreiend. „Wilma! Wilma!"

Er bekam nicht genug. Zwang Gottfried über die Wendeltreppe ins Türmchenzimmer hinauf.

„Schauen Sie rein, Gottfried. Ist Wilma vielleicht drin? Nein? Aha, dann ist sie bestimmt in der Kellergalerie. Auf, auf, keine Müdigkeit vortäuschen. Vorsicht, Stufe."

Er zerrte Gottfried die Wendeltreppe bis in die Kellergalerie hinunter.

„Wilma! Wilma! Komm´ endlich raus. Dein Mann weiß, dass du da bist." Und an Gottfried gewandt. „Komisch. Ich hätte schwören können, dass sie hier ist. Dann wird sie wieder oben sein. Oder was meinen Sie, Gottfried?"

„Genug", stöhnte Gottfried. „Es ist genug. Hör´ auf."

„Aufhören? Wo´s doch gerade so viel Spaß macht?"

Edgar schleppte den humpelnden Gottfried zurück ins Wohnzimmer und endlich zur Haustür. Er öffnete die Tür weit.

„Es hat mich sehr gefreut, Ihnen bei der Lösung Ihrer Probleme behilflich sein zu können. Beehren Sie mich doch bitte recht bald wieder", presste Edgar hervor. Seine Stimme triefte vor Sarkasmus. Er stieß Gottfried Solberg auf die Treppe hinaus.

In dem Moment rutschte Gottfrieds Beinstumpf komplett aus der Prothese, und die Prothese aus dem Hosenbein. Gottfried fiel gegen das Treppengeländer, das einen schwereren Sturz verhinderte. Die Prothese polterte die Treppe hinunter. Aber da hatte Edgar die Haustür schon geschlossen.

Edgar lehnte sich mit dem Rücken von innen an die Haustür und pumpte nach Luft. Er war schweißgebadet und zitterte am ganzen Körper. Sein Puls raste auf hundertachtzig. Jetzt erst spürte er die Kraftanstrengung, die es gekostet hatte, Gottfried Solberg horizontal und vertikal durchs ganze Haus zu zerren.

Als er wenig später zum Glasfenster der Tür hinausschaute, saß Gottfried noch immer am Fuß der Treppe und schnallte seine Prothese an.

So ein Idiot, dachte Edgar. *So ein verdammter Idiot.*

Er ging in die Küche und schenkte sich einen Schnaps ein, kippte ihn in einem Schluck.

Oder bin ich hier der Wahnsinnige? Muss ich für Gottfried Solberg eventuell sogar Verständnis aufbringen? Armer Mann in Angst, seine Frau zu verlieren?

Edgars Puls näherte sich allmählich wieder normalen Werten. *Was hat er gemeint, als er sagte das hab´ ich amtlich? Er hat es amtlich, dass ich gesehen wurde, als ich Wilmas Haus verließ. Meint er damit Bernd Landquart, seinen Nachbarn? Den Oberstaatsanwalt? War es der gewesen, der Gottfried in Spanien angerufen hatte?* „Hallo Gottfried, hier ist Bernd, dein Nachbar. Du, bei deiner Frau geht ein Mann ein und aus. Kommt abends, geht morgens." *Wenn es so ist, dann krieg´ ich bei der Polizei kein Bein mehr auf den Boden. Dann kann ich mir meine kriminalistischen Bemühungen an den Hut stecken. Und ein sachliches und zukunftweisendes Gespräch zwischen dem Kriminalhauptkommissar a. D. Edgar Schaaf und dem Herrn Oberstaatsanwalt Bernd Landquart kann ich mir abschminken.*

Gottfried Solberg verließ Edgars Garten, Kopf und Schultern gebeugt. Er hinkte stark. *Arme Sau*, dachte Edgar und wählte Wilmas Handynummer.

„Edgar?" Ihre Stimme drang zaghaft an sein Ohr.

„Wilma, wo bist du? Was ist passiert?"

Ein Schluchzer brach sich Bahn. „Wieso? Warum rufst du an?"

„Gottfried war bei mir und hat nach dir gesucht. Er hat angenommen, dass ich dich verstecke."

„Oh Gott, das - wollte - ich - nicht", heulte sie. „Das – tut – mir – leid."

„Erzähl´. Was ist passiert, Wilma."

„Er hat mich – ge-schla-gen und – er – hat – mich ..." Der Satz ging im Schluchzen unter.

„Hat er dich vergewaltigt?"

Sie weinte nun hemmungslos.

„Aber warum denn?"

„Unser – Nachbar – hat – dich – ge-sehen – und - ihn – in – Spa-nien – ange-rufen. Er – glaubt, ich – hätte – ihn – betrogen."

„Heißt der Nachbar zufällig Landquart?"

„Ja – aaa."

„Beruhige dich Wilma. Wo bist du jetzt?"

Edgar hörte sie sich schnäuzen. „In *Offenburg*. Im Frauenhaus."

„Ist es dir recht, wenn ich nachher mal vorbeikomme? Du kannst auch *nein* sagen."

„Aber nur du. Niemand anders", schniefte sie.

„Nur ich. Versprochen", sagte Edgar.

Als Edgar das Haus verließ, hatte sich der Himmel für Sonne entschieden. Er trug die zweihundertsechsundfünfzig Einladungen in einer Leinentasche mit sich. Nach einigem Dafür und Dawider hatte er sich entschlossen, die Einladung auch an die Adresse Bernd Landquarts zu versenden. Wenn er vom Bahnhof in *Offenburg* gleich zur Hauptpost gehen würde, gingen die Einladungen noch heute auf die Reise.

Er wusste noch aus aktiver Zeit, wo das Frauenhaus zu finden war. Ortenberger Straße. Es ging auf elf Uhr zu, als er sich an der Pforte über eine Gegensprechanlage meldete. Edgar ließ die peinlich genaue Überprüfung seines Personalausweises geduldig über sich ergehen und wurde erst ins Haus gelassen, als seine Person, auch nach Rückversicherung bei Wilma Solberg, als unbedenklich eingestuft worden war.

Eine Mitarbeiterin des Frauenhauses begleitete ihn zu einem Zimmer im Erdgeschoss. Wilma saß mit dunkler

Sonnenbrille an einem Tisch. Sie erhob sich und ging Edgar entgegen. Sie begrüßte ihn mit verschämt abgewandtem Gesicht. Er setzte sich auf den Stuhl gegenüber.

Edgar schaute sich im Zimmer um. Es war neutral und schmucklos mit hellen Möbeln eingerichtet. Bett, Schrank, Garderobe und Schreibtisch mit Bücherregal, sowie der Tisch, an dem sie saßen.

„Hier bist du nun, Wilma. In Sicherheit", begann er und sah, wie es in ihr arbeitete.

„Ich bin hier drin, und er ist draußen", stellte sie fest.

Edgar ließ ihre Worte unkommentiert. Was ihm auf der Zunge lag, sagte er nicht. Nämlich dass sie als einzige daran etwas ändern könnte. Er frage: „Wie ist es dazu gekommen?"

Sie schaute aus dem Fenster hinaus. „Er hat mich verprügelt, kaum dass er vorgestern Abend nach Hause gekommen war. Und noch mehr."

„Dich zum Sex gezwungen."

Sie nickte. „Du hast ihn ja gestern Morgen erlebt. Dann hat er mit Trinken angefangen, und mich weiter geschlagen und – wie du sagst, zum Sex gezwungen. Am Abend war der dann so betrunken, dass er nicht mehr stehen konnte und eingeschlafen ist. Da hab´ ich ein paar Sachen eingepackt, das Auto genommen, und bin hierher gefahren."

„Hm, dass du weg bist, hat er demnach erst heute Morgen bemerkt", sagte Edgar.

„Er ist in dein Haus eingedrungen? Hat mich bei dir gesucht?"

Edgar bestätigte. „Er stand noch total unter Alkoholeinfluss, völlig von der Rolle. Ich musste ihn leider zur Räson bringen und hab´ ihn dann aus dem Haus geworfen."

„Dir ist hoffentlich nichts passiert?", fragte sie teilnahmsvoll.

„Nichts, was mit deinem Leid vergleichbar wäre."

Nach einigen Minuten beiderseitigen Schweigens fragte Edgar: „Was wirst du tun?"

Wilma nahm die Sonnenbrille ab. Sie trug ein Pflaster über der linken Augenbraue und das Auge war zugeschwollen und blutunterlaufen.

„Brust und Bauch zeig´ ich dir lieber nicht. Alles voller blauer Flecken. Heute Morgen war ein Arzt da. Die Betreuerinnen vom Frauenhaus haben ihn bestellt. Ich werde Gottfried anzeigen und mich scheiden lassen."

Edgar nickte zustimmend. „Du kannst mich als Zeuge angeben, dass nichts zwischen uns vorgefallen ist. Dein Nachbar Bernd Landquart ist übrigens Oberstaatsanwalt. Vielleicht wird er für deinen Fall zuständig."

„Das ist mir egal. Gottfried jedenfalls muss das Haus verlassen. Es gehört mir, ist auf meinen Namen eingetragen. Genauso wie das Auto. Wenn Gottfried glaubt, er könne mich mit einem Strauß Blumen und tausend Versprechungen und Liebesschwüren besänftigen, dann hat er sich geschnitten."

„Wann gehst du zur Polizei? Ich meine, weil dein Mann aller Wahrscheinlichkeit nach festgenommen wird. Wenn du ihm das Haus verbietest, besteht Fluchtgefahr."

„Brauch´ ich nicht. Die Polizei kommt nachher hierher. Eine Frau Böhringer", sagte sie.

Vielleicht wird Oberstaatsanwalt Landquart nicht für Wilmas Fall zuständig, wenn herauskommt, dass er mit dem Beschuldigten befreundet ist, dachte Edgar auf dem Weg zur Polizeidirektion. *Wegen Befangenheit. Ob es Sinn macht, Rita Böhringer diesbezüglich einen kleinen Tipp zu geben?*

Er wählte Ritas Nummer.

„Edgar, ich habe keine Zeit. Ich bin auf dem Weg zu einer Anzeigenaufnahme."

„Da komm´ ich gerade her, Rita. Von Frau Solberg im Frauenhaus."

„Warum wundert mich das jetzt nicht? Moment mal, Edgar."

Er vernahm, wie Rita ihren Dienstgrad und Namen nannte, sowie eine quäkende Stimme als Antwort, als auch das typische Surren einer Türschließanlage.

Rita ist am Frauenhaus angekommen, vermutete er.

„So, Edgar, ich muss Schluss machen", wimmelte sie ihn ab. „Ich treffe mich gleich mit Frau Solberg."

Polizeihauptmeister Oberländer vom Revier bediente die Kaffeemaschine, als Edgar in den Empfangsraum schneite. Ein rascher Seitenblick, ein kurzes Lächeln, und die Verbindung war hergestellt. „Hallo Edgar, soll ich für dich einen Kaffee machen? Bin gerade dabei."

„Da sag´ ich nicht nein, Ferdinand. Hallo."

Die Kaffeemaschine rumpelte und spuckte die schwarze Brühe in einen Pappbecher.

„Eigentlich willst du zur Polizeihundestaffel, stimmt´s?"

„Ja, schon ..." Edgar nahm den Kaffee entgegen.

„Sie sind nicht da. Kimmich ist mit den Kollegen nach *Rothweiler* gerufen worden. Ein toter Hund in einem Garten."

Edgar schlürfte vom Kaffee, um seine Sprachlosigkeit zu überbrücken. Der Kaffee war sehr bitter, wie er fand.

„Wie ...?"

„Das weiß ich noch nicht, Edgar. Sie sind erst vor einer Viertelstunde weggefahren. Aber tot sei er, so viel steht wohl fest."

„Ja, ich wollte zu Kimmich. Aber dir kann ich´s ja genauso geben. Ich hab´ das Projektil in meinem Garten gefunden, mit dem auf meinen Hund geschossen wurde. Ich dachte, vielleicht kann er was damit anfangen, der Kimmich. Als Beweisstück. Kannst du mir den Empfang quittieren?" Edgar legte die Folientüte mit dem kleinen Metallklumpen auf den Tresen.

Oberländer guckte gar nicht hin, sondern grinste bloß verschwörerisch. „Traust ihm nicht so richtig, was?"

„Selten wurde ein Nagel so präzise auf den Kopf getroffen", sagte Edgar und nahm eine formlose Quittung mit Stempel in Empfang. „Was ich noch fragen wollte: Wer hat den Anruf entgegengenommen? Ich meine den Notruf aus *Rothweiler*."

„Das war meine Wenigkeit, Edgar. Warum fragst du, wenn ich fragen darf?" Es war der Pflichtdialog zwischen zwei Männern, die voneinander wussten, dass der eine weiß, dass der andere weiß, dass ...

„Da du mir nicht den Namen nennen darfst, so eventuell doch die Adresse, wo die Kollegen von der Polizeihundestaffel hingefahren sind?"

Wieder dieses süffisante Lacheln Oberländers: „Sagen darf ich nichts, aber ich mache mir immer Notizen. Wegen des Berichts, verstehst du?"

„Ahja, das ist klug", antwortete Edgar. „Ob der Kriminalhauptkommissar a. D. mal eben rasch einen Blick auf besagte Notizen werfen ...oh, sehr freundlich, ja, damit ist mir doch schon sehr geholfen. Ferdinand, ich muss leider schon wieder los. Ich wünsche Herrn Polizeiobermeister Kimmich eine erfolgreiche Ermittlung. Tschüss."

So geht *Polizei*, dachte Edgar auf dem Weg zum Bahnhof.

Am Bahnhof schrieb Edgar Polizeihauptmeister Oberländers Telefonnotiz auf einen Zettel, damit er sie bis zu Hause nicht vergaß. *Sicher ist sicher.*

Anruferin war eine Frau *Edelgard Preißler*, wohnhaft in der *Bergstraße 12* in *Rothweiler.*

Dem Vornamen nach eine Frau älteren Jahrgangs, dachte Edgar. *Ich werde mir später im Computer ansehen, wo genau in Rothweiler die Adresse liegt.*

Vom Zug aus verständigte er Frau Holzer im *Aquarelle und Poesie*, dass die Kellergalerie heute Nachmittag geschlossen bliebe, und wünschte ihr ein schönes Wochenende. Zu Hause angekommen, aß er eine Kleinigkeit, um gleich darauf mit *Müller* und *Lydia* die S-Bahn zu besteigen und nach *Haslach im Kinzigtal* zu fahren.

In der Klinik wurden zwei Wund-Tampons aus *Müllers* Schusslöchern entfernt, Ein- und Austrittsloch der Kugel vernäht und frisch verbunden. *Müller* ertrug die Prozedur heldenhaft. Den Verband, wurde Edgar geraten, solle er noch zwei bis drei Tage tragen. Danach wären die Wunden so gut verheilt, dass er entfernt werden könne.

Auf der Rückfahrt stieg Edgar mit den Hunden bereits in *Biberach/Baden* aus, um den Rest der Strecke bis *Gengenbach* zu Fuß zurückzulegen. Auf dem Kinzigdamm konstatierte er, dass *Müller* fast wieder ganz der alte war.

Schon wieder ein toter Hund, dachte Edgar. *In Rothweiler. Das passt in das System. Trotz aller Warnhinweise der Polizei macht der Täter unbeeindruckt weiter. Ist er möglicherweise in Begriff, seine Taktik zu ändern? Die Angabe einer Adresse lässt immerhin darauf schließen, dass der Täter es gezielt auf dieses eine Tier abgesehen hatte. Ähnlich wie bei Müller. Er überlässt es also nicht mehr nur dem Zufall, welcher Hund gerade einen präparierten Köder findet und aufnimmt, sondern er scheint sich die Hunde auszusuchen. Ergo muss er wissen, in welchem Haushalt Hunde vorhanden sind. Und wie beschafft er sich dieses Wissen?*

Gut, ich selbst bin an die Hundehalteradressen durch Ritas Mithilfe gekommen. Über die Hundesteuerpflichtigen. Ist der Täter unter den Verwaltungsangestellten zu suchen? Einer der beruflich Zugriff auf die relevanten Daten hat? Oder habe ich zu früh die Briefträger von der Liste des verdächtigen Personenkreises gestrichen?

Es gleicht der Suche nach der berühmten Nadel im Heuhaufen, dachte er. Die Zweifel an der Sinnhaftigkeit der geplanten Versammlung von Hundehaltern rumorten in seinen Eingeweiden. Doch nun waren die Einladungen mit der Post unterwegs, und keine Macht der Erde konnte sie mehr aufhalten.

Die Versammlung. Ich werde Hilfe brauchen. Alleine kriege ich das nicht gestemmt. Ich werde Eliza und Pit bitten, mir zu helfen. Pit muss mit seinem Citroën die Klappstühle transportieren. Und die Kisten mit Mineralwasser. Was biete ich überhaupt an? Mineralwasser und Salzbrezeln? Ein Tisch neben dem Eingang. Soll sich jeder nehmen, was er will. Eliza übernimmt bestimmt die Aufsicht darüber.

Müller und *Lydia* liefen weit voraus. Bald würden sie an der Stelle vorbeikommen, wo Wilmas *Bella* den Köder gefressen hatte. Als sie die Höhe erreicht hatten, blieben sie zu Edgars Erstaunen stehen und warteten auf ihn.

Haben sie eine Erinnerung an das Unglück? Edgar wollte es nicht ausschließen, weshalb er sich beeilte, zu ihnen zu kommen. Er redete beruhigend auf sie ein. Wie auf Kommando drehten sie sich gleichzeitig um und zottelten Seite an Seite los, doch nicht mehr an der Wasserlinie entlang, sondern auf dem Kamm des Damms. Gegen halb fünf Uhr bogen sie in die Passerelle ein, die zum Türmchenhaus führte.

Edgar gab *Müller* und *Lydia* zuerst das Futter. Dann schaltete er den Laptop ein und schrieb den Namen *Preißler, Rothweiler*, in das Suchfeld bei *dasoertliche.de*. Als Antwort erhielt er *Edelgard Preißler, Bergstraße 12, Rothweiler, Telefonnummer.*

Keine weiteren Angaben. Kein Hinweis auf einen Herrn Preißler?, fragte er sich. *Nur Frau Edelgard Preißler? Wohnt sie alleine? Und dann wird ihr Hund getötet?*

Moment Edgar, klopfte sein innerer Aufpasser an. **Wer sagt denn, dass der Hund einem Anschlag zum Opfer fiel? Davon war auf dem Polizeirevier nicht die**

Rede gewesen. Es hieß lediglich: ein toter Hund in einem Garten. Vielleicht ist er an Altersschwäche gestorben. Wenn Edelgard der Name einer älteren Dame ist und sie möglicherweise alleine wohnt, dann war vermutlich auch ihr vierbeiniger Partner nicht mehr der Jüngste. Ein Verkehrsunfall kann es schließlich auch gewesen sein. Der Hund wurde auf der Straße angefahren und schleppte sich zum Sterben in den Garten. Es gibt noch hundert andere Gründe, derentwegen Tiere und Menschen sterben. Wieso gehst du gleich von einem Tötungsdelikt aus?

Weil ich es spüre, du Klugscheißer, antwortete Edgar. *Man nennt es Instinkt. Intuition. Fähigkeiten, von denen du keine Ahnung hast. Es war ein vorsätzlicher Mordanschlag. Ich wette drauf.*

Wette angenommen. Um was wetten wir?

Ich höre mit dem Rauchen auf, wenn ich falsch liege. Und du?

Okay, du hörst mit dem Rauchen auf, wenn ich recht habe.

Feigling, dachte Edgar.

Er wechselte zu *Google Earth*, schrieb *Rothweiler, Bergstraße 12*. Der Satellit zoomte bis auf einige hundert Meter das Anwesen heran. Von oben gesehen gab die Adresse keine Besonderheiten preis. Er tippte auf *Streetview*. Die Ansicht verlagerte sich nun auf Straßenniveau. Jetzt erschien ein Gebäude auf dem Display, das über drei Stockwerke verfügte. Zweifellos ein Wohnhaus.

Dieses Haus dünkt mich für eine ältere, eventuell alleinstehende Dame als zu groß, dachte Edgar.

Er druckte die Ansicht aus. Dann änderte er die Such-eingabe in *dasoertliche.de* erneut und schrieb: *Bergstraße 12*, *Rothweiler*. Innert Sekunden spuckte das System drei verschiedene Namen aus: *Edelgard Preißler* wie gehabt; *Karin und Gerhard Friedmann*; und *Tanja Kunze*.

So ist es nun mal, dachte Edgar, *aber wem von den dreien gehört nun der Hund?*

Das fragst du dich jetzt aber nicht wirklich, oder?, frotzelte der innere Nörgler.

Und weshalb nicht?, fragte er zurück. *Das ist von Be-lang. Wie soll man ermitteln, wenn man nicht weiß, mit wem man es zu tun hat?*

Du enttäuschst mich, Edgar. Ich frage mich, wie du in deiner aktiven Zeit je einen Fall hast lösen können, wenn dir die einfachsten Dinge nicht einfal-len?

Wie? Ich verstehe nicht.

Ich sage nur: die Liste!

*Die Liste? Welche Liste? Ach, du meinst **die Liste**! Die Liste der steuerpflichtigen Hundehalter! Natürlich, ja, das ist die Lösung. Danke.*

Mein Gott, Edgar.

Edgar nahm den Ausdruck mit den steuerpflichtigen Hun-dehaltern der Gemeinde *Rothweiler* zur Hand. Aber so oft er die Liste mit Namen und Adressen auch durchsuchte – weder unter *Preißler*, noch unter *Friedmann*, noch unter *Kunze* existierte ein bei der Ortsverwaltung angemeldeter *Steuerhund*.

Merkwürdig, dachte er. *Entweder der Hund wurde im Haus Bergstraße 12 schwarz gehalten, von wem auch immer, oder er war ein sogenannter Streuner, dann kann man den Besitzer nur anhand der Steuermarke herausfinden, falls er überhaupt eine hatte. Nimmt man den zweiten Fall an, stellt sich die Frage, wie der Hund in den Garten des Hauses Bergstraße 12 gelangte.*

Auf dem *Streetview*-Ausdruck des Anwesens war ein Zaun zu erkennen. Ob er rundum verlief oder ein Gartentor vorhanden war, konnte Edgar nicht sehen. Er schaute auf die *Breitling*.

Donnerwetter, siebzehn Uhr zwanzig. Wo ist bloß die Zeit geblieben?, dachte er. *So ein Mist aber auch, dass ich die Harley nicht fahren kann. Und für einen Ausflug mit Pit ist es heute zu spät. Aber morgen vielleicht?*

Es war ein lauschiger Frühlingssamstagabend. In Abwägung der Dinge, die Edgar noch erledigen wollte, richtete er sich im Garten vor der Kellergalerie behaglich ein: Ein Teller mit belegten Broten, dazu Wein, Zigaretten, zwei Briefumschläge, Laptop und Telefon. *Müller* und *Lydia* kauten hingebungsvoll an je einem Schweinsohr. Edgar drückte die Kurzwahltaste für Pit Fermans Anschluss.

„Eliza Wohlbrecht?"

„Grüß' dich, Eliza. Edgar hier. Na, schönes Wetter in *Grünweiler*?"

„Hallo, Edgar. Schönes Wetter, ja. Passend zu unserer Stimmung."

„Ach ja? Ihr getraut euch noch bei der aktuellen politischen Großwetterlage fröhlich zu sein?"

Eliza lachte. „Ja, einer muss die Stange ja hochhalten, wenn die Flagge auch ramponiert ist. Wir sind im Garten zugange. Unser erstes Gemüse pflanzen. Tomaten, Zucchini, Gurken, Paprika. Willst du mit Pit reden?"

„Eigentlich mit seinem Auto", scherzte Edgar. „Ich wollte fragen, ob es morgen Vormittag vielleicht Zeit und Lust hat, mit mir einen kleinen Ausflug nach *Rothweiler* zu unternehmen."

Aus der Leitung drang Gemurmel. Dann war Pit am Gerät. „Edgar, was willst du? Einen Ausflug? Aber nicht vor zehn Uhr. Es ist Sonntag."

„Das passt mir, Pit. Du brauchst mich auch nicht abzuholen. Ich komme mit dem Bus zu euch, okay?"

„Wenn du meinst. Also dann bis morgen." Pit beendete das Gespräch, und Edgar hakte auf seiner imaginären To-do-Liste Pits Namen ab.

Der war aber kurz angebunden, dachte Edgar. *Ist ihm vielleicht etwas über die Leber gelaufen? Pit und Gartenarbeit? Das klingt wie Nilpferd und Stricken.*

Bevor er Rita Böhringer auf die Nerven gehen wollte, füllte er die beiden Briefkuverts mit den Adressen des Tierschutzvereins und der Polizeihundestaffel aus und steckte die Einladungen zur Versammlung am kommenden Freitag hinein. *Hätte ich doch beinahe vergessen, ist mir jedoch rechtzeitig wieder eingefallen. Darf ich das für ein gutes Zeichen halten?*

Auf Rita Böhringers Nummer meldete sich nur die Sprachbox, die er in bester Laune ignorierte und wegdrückte. Er lehnte sich zurück und rauchte genüsslich.

Portomarin in Spanien. Der Ort, wo Melanie heute sein würde. Edgar ließ sich per *Google Earth* einfliegen. Eine dicke schwere Wolke der Sehnsucht verdunkelte seinen Himmel, und er fühlte einen Fremdkörper im Hals wachsen. Doch bevor der Kloß zu dick wurde, ergriff er die Flucht zu Melanies nächster Station auf dem Jakobsweg. *Lestedo*. Aber der Satellit flog eine viel zu weite Strecke. *Google Earth* bot ihm nur ein *Lestedo* an, das nicht weiter als ein Purzelbaum von *Santiago de Compostela* gelegen war, mehr als achtzig Kilometer von *Portomarin* entfernt, als Tagesetappe unmöglich zu bewältigen. *Das kann nicht sein*, dachte er.

Er ging zum Ausgangspunkt *Portomarin* zurück. Nun ließ er sich von dort aus in westlicher Richtung im Tiefflug über die Landschaft Galiziens tragen, sodass auch kleinste Dörfer zu sehen waren. Und nun tauchte ein *Lestedo* genannter Ort auf, nicht mehr als ein Weiler aus drei oder vier Gebäuden.

Das könnte von der Entfernung her passen, dürfte für behindertengerechte Übernachtungen allerdings kaum geeignet sein. Er vermutete, dass der Begleitbus die Wandergruppe irgendwo in der näheren Umgebung unterbringen würde, wie es zum Beispiel beim Etappenziel *Samos* bereits der Fall gewesen war. Die weiteren Etappenorte, *Melide, Arzúa, Rúa/Pedrouzo und Santiago* lagen dafür im Soll.

Er goss das zweite Glas Wein ein, als sein Handy klingelte. Auf dem Display erschien Rita Böhringers Nummer.

„Du hast mich angerufen? Ich hoffe, es ist nichts Dienstliches, ich hab´ nämlich Feierabend."

„Aber Rita. Es ist erst achtzehn Uhr dreißig, es ist Samstag, und du willst Feierabend machen? Wer soll Deutschland beschützen, wenn du die Beine hochlegst?"

„Du willst mich wohl verarschen, Edgar. Du, ich hab´ für so´n Scheiß heute nicht mehr den Kopf, verstehst du? Wenn du dich also kurz fassen könntest, hätte ich eventuell noch die Chance auf einen einigermaßen entspannten Abend."

„Sorry Rita, war ein Scherz. Ich würde dich nicht belästigen, wenn ich nicht selber von der Sache betroffen wäre. Wilma und Gottfried Solberg. Wie ist der Stand der Dinge."

Rita hustete. „Wieso betroffen? Gibt es denn in diesem großen Land etwas, wo nicht in irgendeiner Form deine Finger mit im Spiel sind?"

Edgar erzählte ihr in Zeitraffer von Gottfried Solbergs Überfall heute Morgen, sowie die Vorgeschichte, wie es überhaupt bis zu diesem Punkt gekommen war. Rita hörte schweigend zu, bis er geendet hatte.

„Dieser Nachbar Bernd Landquart, meinst du, ist mit unserem Oberstaatsanwalt identisch?", fragte sie anschließend.

„Wenn keine andere Person gleichen Namens existiert, ja", erwiderte Edgar.

„Mist. Immer wenn es knifflig wird, ist Kai Schuster nicht im Dienst. Ich hab´ Gottfried Solberg nämlich festnehmen lassen und bei uns in den Arrest gesteckt. Wilma Solberg besteht darauf, dass er ihr Haus bis auf Weiteres nicht mehr betreten darf. Sie hat das Frauenhaus heute Nachmittag wieder verlassen und ist nach Hause gefahren."

„Und wer hat dir den Segen für die Festnahme gegeben?"

„Die Rufbereitschaft der Staatsanwaltschaft. Ein Staatsanwalt Hodapp aus *Kehl am Rhein*. Wenn ich da einen Scheiß gemacht hab´, Edgar, kann es mich die Karriere kosten."

„I wo", schwächte Edgar ihr Befürchtung ab. „Was meint dein Chef?"

Rita schnaubte ins Telefon: „Hallo, Edgar, es ist Samstag, schon vergessen? Da arbeiten Chefs normalerweise nicht."

Jaja, es ist Samstag, dachte Edgar. *Ob ich ihr unverschämterweise noch eine Frage stellen darf?* „Hast du zufällig mitgekriegt, was Polizeiobermeister Kimmich über den toten Hund in *Rothweiler* herausgefunden hat?"

„Tut mir leid, darüber weiß ich überhaupt nichts. Ich hatte dafür einfach keine Zeit."

Edgar überlegte. „Ich fahre morgen mit Pit Ferman zu der Adresse in *Rothweiler*. Erinnerst du dich an die Listen mit den Adressen der Hundehalter, die du mir gemailt hast? Laut Verzeichnis gibt es keinen steuerpflichtigen Hund dort. Keiner der Bewohner taucht in einer der Listen auf."

„Wann trefft ihr euch?", fragte Rita.

„Ich bin um zehn Uhr bei Eliza und Pit."

„Okay, pass´ auf. Ich komme eine Stunde vorher zu dir zum Frühstück. Danach fahren wir zusammen nach *Grünweiler*. Falls es dem Kriminalhauptkommissar recht ist."

„Aber aber Rita, es ist Sonntag. Du wirst dich doch nicht versündigen wollen?"

„Darf ich annehmen, dass es sich wieder um einen deiner Scherze handelt?", fragte sie und legte auf.

Edgar lächelte. *Tolles Mädchen*, dachte er. *Pardon, tolle Frau. Hat sie denn keine Freundin oder einen Freund, dass sie einem Sonntagsfrühstück bei mir den Vorzug gibt? Aber das ist ganz allein ihre Sache, nicht wahr?*

Er verweilte einige Zeit in Gedanken bei der jungen Kommissarin. **Du siehst bei ihr Parallelen zu deiner eigenen Laufbahn als Polizist, hab´ ich recht?,** meldete sich die innere Stimme zu Wort.

Ja, bestätigte er, *sie handelt aus einer ähnlichen Berufung heraus. Das Wichtigste, das einen guten Polizisten auszeichnet, kann man nicht erlernen. Rita hat es intus. Sie hat es von vornherein mitgebracht. Es ist das innere Anliegen.*

Profunde Kenntnisse der einschlägigen, für den Polizeidienst erforderlichen Literatur, wie Grundgesetz, Strafgesetzbuch, Bürgerliches Gesetzbuch, Polizeigesetz und Polizeirecht, sind zwar unabdingbar, befähigen einen aber nur pro forma zum Polizisten. Ein guter Polizist wird man jedoch erst, wenn man dem Amt, wenn ich es mal so bezeichnen darf, durch seine persönliche Darstellung die Würde verleiht, die es verdient. Damit meine ich nicht, dass man die Vorschriften nach eigenem Gutdünken interpretieren, sondern sie nach bestem Wissen und Gewissen vermitteln soll. Genau das leistet Rita auf vortreffliche Art und Weise.

Indem sie fünfe auch mal gerade sein lässt?, versuchte sein kleiner Mann im Ohr zu provozieren.

Der Buchstabe des Gesetzes fragt nicht danach, ob er kursiv oder fettgedruckt geschrieben wird, solange man dem Gesetz Geltung zuteilwerden lässt, erwiderte Edgar.

Das ist es, was ich meine. Paragraphenreiter gibt es viele. Zu viele, meiner Meinung nach. Solche Menschen haben selten Freude am Beruf, und noch seltener Freunde im Leben. Und wie heißt es doch so treffend? Die Polizei, dein Freund und Helfer. Das ist ein Ehrentitel der Gesellschaft, den man nicht automatisch vererbt bekommt, sondern den man sich erarbeiten muss. Und manchmal schafft man es Kraft seiner inneren Einstellung. So, und jetzt Schnauze halten. Mein Telefon klingelt. Melanie ruft an.

„Melanie, mein Engel. In *Portomarin*?"

„Hallo, lieber Edgar. Ja, Engel Melanie in *Portomarin*. Endlich Hotel, endlich die Schuhe aus, die Kleider vom Leib, die Beine hoch."

„Erzähl´. Wie ist es dir gegangen?"

Es plätscherte im Hintergrund. „Gerti schenkt gerade Wein in unsere Gläser. Wenn morgen kein Ruhetag wäre, würde ich heute noch aufgeben. Gell, Gerti? Heute war es hart, Edgar. Obwohl der Weg kaum ein anderes Profil hatte wie tags zuvor, kam er uns endlos vor. Vielleicht lag es an der Schwüle. Mit der Menge Wasser, die wir heute in den Hals geschüttet haben, könnte man ein Schwimmbad füllen. Morgen also Ruhetag. Wir sind hier an einem See. Vielmehr an einem zu einem See aufgestauten Fluss. Unser Hotel verfügt leider nicht über einen Pool. Aber am See soll es eine Badestelle geben. Und bei euch? Wie geht es *Müller*? Wie *Lydia*? Wie geht´s dir?"

„Tja, ich bin auch schon beim zweiten Glas Wein", sagte er. „Es war allerhand los heute. Das Wichtigste: Ich war mit *Müller* zur Nachsorge in der Klinik. Er wird wieder ganz gesund. Bis du nach Hause kommst, wird sogar schon Fell über seine Wunden gewachsen sein."

„Das ist schön, Edgar. Da bin ich sehr sehr beruhigt. Und weiter? Gab´s sonst noch was?"

„Ja, das gab´s auch." Er schilderte den Tag von früh bis jetzt, und verheimlichte oder beschönigte nichts. „Morgen früh holt Rita Böhringer mich ab, dann fahren wir zu Eliza und Pit und später nach *Rothweiler*, wo heute der tote Hund gefunden worden war. Ich will mir den Garten, wo es geschah, ansehen."

Edgar ahnte, dass Melanie das Thema Gottfried Solberg zu schaffen machen würde. Sie brachte es auch prompt zur Sprache. „Ich verstehe nicht, wie man sich in einem Menschen so täuschen kann, wie wir es getan haben. Und Rita Böhringer hat ihn festnehmen lassen?"

„Das hat sie gesagt. Er sitzt im Arrest."

„Edgar, sei auf der Hut. Er wird dich als Urheber allen Übels betrachten. Wenn er wieder auf freien Fuß gesetzt wird, und das wird er wahrscheinlich irgendwann, dann hüte dich vor ihm. Wer seine Frau schlägt und vergewaltigt, scheut vor niemandem zurück."

Edgar beruhigte sie. „Ich glaube, ich habe ihm den Zahn gezogen. Er wird mich nicht mehr belästigen."

„Wenn nicht dich, dann mich", sagte sie. „Zum Beispiel in meinem Geschäft."

„Das, mein Engel, werden wir zu verhindern wissen. Im Übrigen glaube ich, dass Gottfried im Grunde ein gebrochener Mann ist. Lass´ dir die Stimmung nicht verderben."

In der Folge verlief die Plauderei in weniger aufregenden Bahnen. Melanie schwärmte vom besonderen Zusammenhalt und der Hilfsbereitschaft innerhalb der Wandergruppe.

„Die Chemie stimmt, auch zwischen den Behinderten und den Begleitern", sagte sie. „Wahrscheinlich würde es unter lauter Gesunden mehr Reibereien geben als bei unserer Invalidentruppe. Nur das Essen in Spanien ist gewöhnungsbedürftig. Wenn ich nach Hause komme, bringst du mich zuallererst zu unserer Straußwirtschaft, und dort bestelle ich einen echt badischen Wurstsalat und einen Humpen Bier."

„Ich nehme dich beim Wort, mein Engel."

Sie versicherten sich ihrer Liebe und sagten dann Gute Nacht.

Neunter Tag
Sonntag, 14. Mai 2023

Normalerweise blieben Melanie und Edgar sonntags länger im Bett. Das *Aquarelle und Poesie* in der Stadt blieb geschlossen, und *Müller* und *Lydia* hatten sich daran gewöhnt, dass ihre morgendliche Tour sonntags mindestens zwei bis drei Stunden später begann.

Edgar war nicht sicher, inwieweit die Hunde diesen Siebentage-Rhythmus verinnerlicht hatten. *Müller* jedenfalls guckte entgeistert, als er an diesem Morgen freundlich aber bestimmt gebeten wurde, früher als sonst aufzustehen.

„Mach´ schon hinne, *Müller*. Du darfst nachher auch mit Elizas und Pits Glückskatze *Pepsi* spielen"

Müller ist der ehrlichste Hund der Welt, dachte Edgar. *Ich seh´s ihm an den Augen an, wenn ihm etwas stinkt.*

Sie tigerten um halb acht Uhr los, eine Runde über die Felder, und waren eine Dreiviertelstunde später wieder zurück. Edgar duschte und bereitete dann das Frühstück vor. Der Einfachheit halber verzichtete er heute auf sein Müsli, sondern erlaubte sich einen Rückfall in frühere Gewohnheiten, briet Speckscheiben und Eier, stellte den Toaster auf den Tisch, dann Butter, Marmelade und Käse, Orangensaft und eine Thermoskanne frischgebrühten Kaffees.

Rita Böhringer erschien fünf Minuten vor neun Uhr. Sie trug verwaschene Jeans, ein rotes T-Shirt und ein sogenanntes Baumfäller-Hemd, letzteres kariert und um mindestens zwei Nummern zu groß. Es stand ihr fabelhaft.

Zudem schien sie recht gut aufgelegt zu sein. Sie sah den gedeckten Tisch und meinte:

„Wusst ich´s doch, dass meine Wahl, bei dir zu frühstücken, richtig war. Das sieht recht manierlich aus, Edgar. Wo hast du das gelernt?"

„Amerika", grinste er. „Also USA. Anlässlich meiner Motorrad-Tour vor einem halben Leben."

„Oh, das war bestimmt cool. Route 66?"

„Nein. Kalifornien, Nevada, Utah, Colorado – der Südwesten."

„Beneidenswert. Aber das Frühstück steht nicht nur da zum Angucken, oder? Ich würde sagen: Let´s go!"

Wie immer rümpfte Rita die Nase, wenn sie Edgars Hunde in ihrem Auto transportieren sollte. Diesmal aber nahm ihr Edgar den Wind aus den Segeln und drapierte ein altes Betttuch über den Rücksitz.

„Hinterher kannst du ohne Weiteres Hundehaarallergiker mitnehmen", versprach er.

„Es ist der Geruch, Edgar, nicht die Haare", meckerte sie.

Rita fuhr von *Gengenbach* über den Berg ins benachbarte Rothbachtal, und via *St. Paulsberg* nach *Grünweiler*.

„Ich war heute Morgen schon auf dem Revier", sagte sie. „Ich hab´ Kimmichs Bericht gelesen. Der Hund in *Rothweiler* ist erschossen worden. Ein Rauhaardackel. Durch ein Auge in den Kopf und zum Hinterkopf wieder hinaus. Niemand hat etwas gesehen oder gehört. Die Besitzerin des Hundes, eine Frau Kunze, konnte nicht angetroffen werden. Und ja, der Hund trug keine Steuermarke."

„Hat Kimmich ein Projektil gefunden?"

„Davon steht nichts im Bericht. Aber im Kofferraum hab´ ich Allgöwers kleines Spielzeug dabei." Sie grinste schelmisch.

„Und was ist mit dem toten Tier?"

„Die Nachbarin, die den Hund gefunden hatte, bewahrt ihn bei sich auf, bis die Besitzerin nach Hause kommt. Eine Frau Preißler. Ich meine, die Nachbarin heißt Frau Preißler."

„Weiß sie, wo die Besitzerin sich aufhält?"

Rita hob die Schultern. „Keine Ahnung."

Und dann waren sie da. *Im Hahnenfuß 1*, Eliza Wohlbrechts und Pit Fermans Adresse auf der Lichtung mit dem kleinen See abseits der Talstraße. Die beiden hockten Seite an Seite vor ihrem Holzhaus an einem Tisch in der Sonne und tranken Kaffee.

„Das gibt´s ja nicht", rief Edgar aus, als er Pits Kaffeetasse erblickte. „Du hast die gleiche Mickymaus-Tasse wie ich. Wo hast du die denn her?"

„Guten Morgen erst mal", antwortete Pit bedächtig. „Schön euch zu sehen. Habt ihr gut geschlafen? Habt ihr hoffentlich schon gefrühstückt? Darf ich vorstellen? Das ist meine Ehefrau Eliza, und ich bin Pit Ferman."

Eliza lachte. „Guten Morgen, Edgar." Sie umarmte ihn herzlich. „Guten Morgen, Rita." Auch Rita wurde umarmt. Eliza, Pit und Rita kannten sich seit ungefähr einem Jahr, als Rita und Edgar in dem Goldraubfall ermittelten, in dessen Verlauf Eliza und Pit Opfer eines Überfalls geworden waren.

„Ja, natürlich. Entschuldigt bitte. Guten Morgen Eliza, guten Morgen Pit. Ich war von der Tasse so geblendet. Na, sag´, wo hast du sie her?"

„Eine Bekannte hat sie mir vor Jahren aus den USA mitgebracht, als ich noch in der Schweiz gearbeitet hab´", erklärte Pit. „Wenn ihr jetzt noch Kaffee wollt, dann raus mit der Sprache. Später gibt´s nämlich nichts mehr."

„Wie geht´s Melanie? Ihr habt doch bestimmt täglichen Kontakt", fragte Eliza.

„Ja, gut, würd´ ich sagen. Heute hat sie Ruhetag. Wir telefonieren deswegen erst heute Abend miteinander, damit sie mal ausschlafen kann. Was ich dich fragen wollte, Eliza. Kann ich *Müller* und *Lydia* bei dir lassen, während wir nach *Rothweiler* fahren?"

„Kein Problem. *Pepsi* pennt oben im Bett. Aber die vertragen sich doch auch, oder? Deine Hunde, unsere Katze? Ja, gewiss, die waren doch letztes Jahr schon mal zusammen. Du kannst sie gerne hierlassen."

„Rita? Trinken wir noch eine Tasse Kaffee?"

Rita lehnte ab und schaute auf ihre Armbanduhr. „Lass´ uns fahren. Dann bleibt mir noch was vom Tag."

Rita benutzte ihren GPS-Navigator, um die Bergstraße in *Rothweiler* zu finden. Die Fahrt von *Grünweiler* bis zur Hausnummer zwölf dauerte keine zehn Minuten. Edgar erkannte das Gebäude auf Anhieb wieder, dank *Google Earth Streetview*.

Das Grundtück, stellten sie fest, war zur Straße hin und nach beiden Seiten durch einen Zaun eingefriedet. Von der Gartenrückseite konnten sie nur annehmen, dass es ebenso war. Die Häuser links und rechts waren hinter hohen

Hecken verborgen. Rita ging durch ein einflügeliges Gartentor voraus zum Haus, Edgar und Pit im Schlepptau. Drei Briefkästen neben der Haustür, drei Klingeln mit Namensschildern. *E. Preißler, K.+G. Friedmann, T. Kunze*, von oben nach unten gelesen. Hinter den Briefkästen lehnte ein Damenfahrrad an der Hauswand.

Edgar fiel eine kleine messingfarbene Tafel mit schwarz eingeprägter Schrift neben dem Briefkasten von Tanja Kunze auf. **Tanja Kunze, Strick-Art-Studio. Handarbeiten auf Bestellung.** Darunter eine E-Mail-Adresse und eine Telefonnummer.

Rita drückte den Klingelknopf von E. Preißler. Einige Sekunden später knackte es in der Gegensprechanlage und eine brüchige Stimme sagte: „Preißler."

Rita übernahm die Kommunikation. „Guten Morgen, Frau Preißler, entschuldigen Sie bitte die Störung. Mein Name ist Rita Böhringer. Ich bin von der Polizei, und ich würde mir gerne den Fundort des Hundes anschauen."

„Moment, ich komme runter", sagte die Stimme. Nach etwa einer Minute öffnete sich die Haustür und eine alte Frau mit lila gefärbtem Haar, einer goldenen Brille und einer geblümten Kittelschürze stand vor ihnen. „Guten Morgen", sagte sie und musterte Rita Böhringer, Pit und Edgar misstrauisch. „Aber die Polizei war doch gestern schon da. In Uniform."

Rita hielt ihr den Dienstausweis vor das Gesicht. „Ich bin von der Kriminalpolizei", sagte sie. „Bei Schusswaffengebrauch muss die Kriminalpolizei ..." *hinzugezogen werden* wollte Rita den Satz beenden, doch Frau Preißler schlug vor Schreck die Hand vor den Mund.

„Kriminalpolizei? Oh mein Gott, ist Tanja etwas zugestoßen?"

„Nein, Frau Preißler, nicht, soweit wir wissen. Der Hund ist erschossen worden, verstehen Sie?"

„Schusswaffengebrauch? Davon hat der Polizist gestern nichts erwähnt, und gehört habe ich auch nichts. Ich höre nämlich noch sehr gut. Und wer sind die beiden weißhaarigen Zwillinge hinter Ihnen? Mir scheinen sie für Kriminalassistenten viel zu alt zu sein."

Rita konnte sich ein Lachen kaum verkneifen. „Da haben Sie recht, Frau Preißler. Es sind Freunde von mir, die mir heute behilflich sind. Herr Schaaf und Herr Ferman. Vielleicht haben Sie schon mal von ihnen gehört. Sie schreiben Bücher. Würden Sie so nett sein, uns die Stelle im Garten zu zeigen, wo Sie den Hund gefunden haben?"

Frau Preißler drehte sich umständlich um, zog den Haustürschlüssel von innen ab und steckte ihn in ihre Kittelschürze. „Es ist nicht zu übersehen. Sie haben ja bemerkt, dass es ein Steingarten ist. Auf den Steinen klebt noch das Blut von dem armen Tier. Kommen Sie."

Sie ließen die Frau vorbei. Dabei sagte sie, an Pit und Edgar gewandt: „Sie sehen wirklich aus wie Brüder. Die Bärte, die Pferdeschwänze ..."

Pit antwortete breit lächelnd: „Wir sind Brüder im Geiste, Frau Preißler."

„Himbeergeist vielleicht?", nahm sie listig den Faden auf.

„Aber Frau Preißler, wo denken Sie nur hin", gab sich Pit entrüstet.

Edgar wählte Tanja Kunzes Telefonnummer, doch die Computerstimme verkündete den Teilnehmer als zurzeit nicht erreichbar. Auch auf das Läuten an der Haustürklingel erfolgte keine Reaktion aus ihrer Wohnung.

Wie Frau Preißler gesagt hatte, handelte es sich um einen Steingarten aus hellgrauem Granitschotter, aus dem nur spärliches Grün wuchs. Ziemlich nah am Zaun deutete sie auf eine bierdeckelgroße Stelle, an der die Steine dunkelbraun gefärbt waren. „Hier hat er gelegen", sagte sie.

„Erinnern Sie sich an die Uhrzeit, als Sie ihn gefunden haben?", fragte Rita.

„Als ich um halb zehn Uhr zum Einkaufen nach *Lahr (Schw.)* gefahren bin, ist er noch hier herumgesprungen. Naja, hab´ ich gedacht, Tanja ist ebenfalls einkaufen gefahren, denn ihr Fahrrad war weg. Wenn sie mit dem Fahrrad unterwegs ist, kommt sie gleich wieder, hab´ ich gedacht, wegen dem Hund, wissen Sie? Aber als ich zurückkam, lag er da, und Tanjas Fahrrad stand draußen vor dem Zaun. Ich hab´ es dann hereingeholt und da war es ziemlich genau elf Uhr. Dann hab´ ich zuerst bei Tanja geklingelt, ihr gehört er nämlich, der Hund, aber es hat niemand aufgemacht."

„Hatte sie denn Einkäufe dabei?"

„Doch, ein Brot auf dem Gepäckträger. Das hab´ ich an mich genommen, falls sie wiederkommt."

„Wissen Sie zufällig, ob sie verreist ist"?, fragte Edgar.

„Ohne ihren Hund? Das glaub´ ich nicht. Sie muss gestern Morgen ja noch da gewesen sein. Ich hab´ den Hund nämlich im Haus bellen gehört. Wie gesagt, ich höre noch ausgezeichnet."

„Hat sie denn ein Auto?"

„Hat sie nicht. Ich denke, dass sie sich kein Auto leisten kann. Mit den Einnahmen aus dem **Strick-Art-Studio** kann sie bestimmt keine Reichtümer anhäufen. Tanja ist nett und freundlich. Sie könnte glatt meine Tochter sein. Manchmal, wenn sie wirklich weg musste, hab´ ich ihr mein Auto geliehen."

„Und Familie Friedmann? Haben die ..." Ritas Frage wurde abgewürgt.

„Die Friedmanns sind seit einer Woche auf Mallorca-Urlaub."

Rita notierte sich diese Angabe. „Wie sieht es mit Familie oder Verwandtschaft bei Frau Kunze aus? Kinder? Partner?"

„Davon weiß ich nichts. Wir waren ja auch nicht so dicke miteinander."

„Okay. Wie ich im Polizeibericht gelesen habe, haben Sie den toten Hund in Gewahrsam genommen?"

„Wenn Sie mit Gewahrsam meine Tiefkühltruhe meinen, dann stimmt das. Der Polizist gestern wollte den Körper einfach so mitnehmen und der Tierkörperverwertungsstelle übergeben. Angeblich weil er keine Steuermarke getragen hat. Das konnte ich nicht zulassen. Schließlich ist es Tanjas Hund, und sie soll entscheiden, was mit ihm geschehen soll, nicht wahr? Vielleicht will sie ihn ja auf einem Tierfriedhof beerdigen oder kremieren lassen. So viel Recht muss ein Mensch haben dürfen."

Rita steckte ihren Kugelschreiber ein. „Eine letzte Frage, Frau Preißler. Ist es schon öfter vorgekommen, dass Frau Kunze ihren Hund unbeaufsichtigt im Garten gelassen hat?"

„Unbeaufsichtigt eigentlich nur, wenn sie mal kurzfristig außer Haus war, zum Einkaufen oder so. Wenn sie daheim gewesen ist, dann durfte er fast immer in den Garten. Bei schönem Wetter. Da war er ja nicht unbeaufsichtigt, oder? Ach, wenn ich mir das so überlege, dann ist das schon etwas merkwürdig."

Rita sagte: „Wir werden jetzt mit einem Metalldetektor die Stelle im Garten absuchen. Vielleicht finden wir die Kugel, mit der der Hund erschossen worden ist." Sie überreichte Frau Preißler ihre Visitenkarte. „Sollte Frau Kunze zurückkommen oder sich bei Ihnen melden, dann soll sie unbedingt diese Telefonnummer anrufen. Egal wann. Tag und Nacht., Vielen Dank einstweilen, Frau Preißler, und einen schönen Sonntag noch."

„Was heißt hier *Vielen Dank*? Die Suche mit dem Metalldingsbums lasse ich mir nicht entgehen. Ich sehe nämlich noch ausgezeichnet", behauptete sie.

„So, ihr Zwillinge", hatte Rita geulkt, „nun ran an die Arbeit. Pit, holst du bitte den Detektor aus dem Auto? Du hast noch zwei gesunde Hände."

Pit hatte den Detektor, vom Blutfleck auf dem Granitschotter beginnend, spiralförmig über die Steine geschwenkt. In einem Abstand von etwas mehr als einem Meter vom Mittelpunkt hatte das Gerät angeschlagen. Das Projektil lag praktisch auferdig zwischen den Steinen, sodass sich Schaufel und Sieb erübrigt hatten.

„Nimm du es, Edgar", hatte Rita bestimmt und das Metallklümpchen abfotografiert, „und bring´ es aufs Revier. Ist glaub´ ich besser so."

Edgar hatte das Projektil in seiner Umhängetasche verstaut. Es befand sich in einem von Ritas Spurensicherungsbeutel. Allein vom Augenschein her hätte er schwören mögen, dass es sich um das gleiche Kaliber handelte wie dasjenige, das er bei Polizeihauptmeister Oberländer abgegeben hatte. Kaliber 22. Und wie jenes war das Projektil aus der Bergstraße 12 stark deformiert.

Sie hatten sich von Frau Preißler verabschiedet und waren zurück nach *Grünweiler* gefahren. Eliza lud noch zu Kaffee und Kuchen, aber Rita brannte die Zeit unter den Fingernägeln und drängte Edgar zur Weiterfahrt nach *Gengenbach*.

„Moment noch, Rita", sagte er, „ich will Eliza und Pit noch um eine Hilfe bitten."

Pit hatte mitgehört. „Hilfe? Ich höre immer nur Hilfe. Was steht denn jetzt noch an?"

Edgar erzählte von der Versammlung der Hundehalter. „Kannst du mir beim Transport der Klappstühle helfen? Freitagnachmittag? Und abends bei den Getränken? Eliza?"

„Wann soll die Versammlung denn stattfinden?", fragte Eliza.

„Neunzehn Uhr. In der Kellergalerie."

„Hast du auch die Presse eingeladen?", fragte sie.

„Die ..." Edgar blieb die Spucke weg. „Nein, hab´ ich nicht! Verdammt, Eliza, darauf wär´ ich nie gekommen. Danke, na klar, die Presse darf nicht fehlen."

„Wie viele Einladungen hast du denn verschickt?"

„Zweihundertachtundfünfzig genau."

„Ich hab´ keine erhalten", motzte Rita und zog einen Flunsch.

„Du kommst doch auch uneingeladen", konterte Edgar.

Sonntagnachmittag. Edgar, *Müller* und *Lydia* waren wieder zu Hause. Edgar vor der Kellergalerie, beim Rhododendron die schlafenden Hunde. Rita hatte sich nicht animieren lassen zu bleiben und war gleich weitergefahren.

„Wenn morgen der Oberstaatsanwalt in der Stadt ist, muss ich gewappnet sein", hatte sie sich entschuldigt.

„Du hast nichts falsch gemacht", hatte Edgar sie beruhigt. „Du hast, was Gottfried Solberg betrifft, alle Bestimmungen und zulässigen Fristen eingehalten. Dir kann keiner was."

Jetzt blätterte er im Computer nach Tanja Kunze. Nicht, dass er auf Tastendruck sofort fündig geworden wäre. Bei keinem der gängigen sozialen Netzwerke war sie aktiv. Es existierten zwar etliche Userinnen gleichen Namens, aber keine Beschreibung passte auf Tanja Kunze aus *Rothweiler*. Wobei er, außer dem Wohnort, überhaupt nicht über eine vergleichbare Beschreibung *dieser* Tanja Kunze verfügte. Weder kannte er sie noch hatte er sie je gesehen. Er war ganz auf seine Erfahrungswerte angewiesen, und wenn Frau Preißler sie als imaginäre *Tochter* bezeichnet hatte, war das wenigstens vom etwaigen Alter her ein Anhaltspunkt. Die allermeisten *anderen* Tanja Kunzes waren jünger. Teilweise erheblich jünger.

Schließlich entdeckte er Tanja Kunzes Website. **Strick-Art-Studio.** Leider ohne Foto ihrer selbst. Sie stellte ihre Arbeiten vor. Unzählige Abbildungen in unterschiedlichsten Mustern und Farben. Handgestrickt, maschinengestrickt. Von Socken bis Mützen und Kappen und allem, was man dazwischen als Kleidungsstücke oder Accessoires anziehen konnte. Aber auch Gebrauchs- und Deko-Artikel, selbstverständlich alles aus Wolle, und selbstverständlich alles gestrickt.

Sie fertigte auf Bestellung, entweder nach gewünschten Vorlagen oder eigenen Vorschlägen. Und sie verschickte die fertigen Waren unter Hinzurechnung der Versandkosten.

Mehr fand Edgar im Internet nicht über sie heraus.

Aber sie ging ihm nicht mehr aus dem Kopf. Tanja Kunze.

Da war etwas, das ihn – nein. Er brach den Gedanken ab.

Verscheuch´ es nicht, Edgar, wisperte sein innerer Aufpasser.

Es lag in der Luft. In der Atmosphäre. Ungreifbar. Unhörbar. Eine Energie. Aus dem Nichts.

Denk´ an den Wolf.

Eine Witterung.

Ja, an früher.

Ein Instinkt. Eine Intuition.

Jetzt hast du´s, Edgar.

Er zündete sich eine Zigarette an und lehnte sich zurück.

Es ist angerichtet, dachte er. *Es ist bereits geschehen. Ich weiß, dass es so ist, aber ich weiß nicht wie. Alle Zutaten passen zusammen.*

Du meinst eine große Sache?

Ich meine die schlimmste Sache.

Mord?

Davon gehe ich aus. Und noch etwas. Es ist ... es ist ... möglich, dass alles eins ist. Dass alles zusammenhängt. Die Hundeköder, die Schüsse auf Müller und Tanja Kunzes Dackel, und Tanja Kunzes Verschwinden. Alles eins. Oder soll ich sagen: Alles ein Täter? Ja, Täter. Nicht Täterin. Er ist männlich.

Was würde ich tun, wenn ich noch im Dienst wäre? Selbst auf die Gefahr hin, dass mir der Staatsanwalt Panikmache vorwerfen würde, würde ich umgehend einen Durchsuchungsbeschluss für Tanja Kunzes Wohnung beantragen.

Selbstverständlich ist mir klar, dass beim Verschwinden von erwachsenen Personen nicht gleich zwingend von einem Vermisstenfall ausgegangen werden muss. Gründe für kürzere oder auch längere Abwesenheiten gibt es mannigfach. Aber würde man seine Haustiere unversorgt zurücklassen? Wohl eher nicht, wenn man nicht gerade einen Unfall hatte und besinnungslos in einem Krankenhaus liegt.

Okay, der Staatsanwalt würde fragen: Wie lange ist Tanja Kunze jetzt abgängig? Vierundzwanzig Stunden? Vergessen Sie's Herr Schaaf. Wahrscheinlich liegt sie mit ihrem Lover im Bett und tut, was viele an Samstagen und Sonntagen tun. Das muss ich Ihnen ja nicht erklären, oder?

Der Staatsanwalt hat recht. Vierundzwanzig Stunden Abwesenheit sind ein Witz. Aber was soll ich tun? Wo ich es doch weiß! Dass da etwas nicht stimmt!

Trotzdem: Morgen geh´ ich hin. Zum Staatsanwalt. Zum Oberstaatsanwalt. Mit Rita Böhringer.

Er nahm das Telefon zur Hand.

„Edgar! Ich habe Sonntag!", stöhnte Rita.

„Warum nimmst du dann das Telefon ab?"

„Ist ja schon gut. Was gibt´s denn noch?"

„Ich wollte dich fragen, was du von der Sache hältst?"

„Die Sache um Tanja Kunze?", fragte sie.

„Ich wusste, dass du mitdenkst. Ja, genau. Mir kommt das ziemlich mysteriös vor", sagte Edgar.

„Hm, um ehrlich zu sein, gefällt mir das Arrangement auch nicht. Toter Hund, verschwundene Besitzerin, Brot auf dem Fahrrad - das lässt nicht sehr viele Kombinationen zu. Und eigentlich bin ich froh darüber, dass du anrufst. Denn seit ich zu Hause bin, schwirrt es mir im Kopf herum."

„Sprich´ es aus, was du denkst, Rita."

Es blieb für einige Augenblicke still in der Leitung. Dann sagte sie: „Gefahr im Verzuge?"

„Ja", sagte Edgar. „Unbedingt."

„Ich würde es mir nie verzeihen, wenn die Frau zum Beispiel verletzt und hilflos in ihrer Wohnung läge und ich hätte nichts unternommen. Immerhin war eine Schusswaffe im Einsatz. Stell´ dir das mal vor."

Sie hat es drauf. Sie hat es wirklich drauf, dachte er.

„Also? Was tut die Kriminalkommissarin?"

„Bereitschaftsdienst der Staatsanwaltschaft? Rein in die Wohnung? Zur Not die Tür aufbrechen? Eine Polizeistreife mitnehmen? Eventuell eine Fahndung nach Tanja Kunze ausgeben?"

„Auch wenn du Sonntag hast, Rita. Mach´ das. Zieh´ es so durch, wie du eben beschrieben hast. Es ist das einzig Richtige. Und wenn du die Frau nicht tot oder lebendig in ihrer Wohnung antriffst, dann lass´ nach ihr fahnden."

„Soll ich Allgöwer mitnehmen?", fragte sie fast schüchtern.

„Nein, den würd´ ich zu Hause lassen. Falls Tanja Kunze tatsächlich in ihrer Wohnung liegt, kannst du ihn immer noch anfordern."

„Und du? Soll ich dich abholen?"

„Nein, Rita, das kannst du alleine, und du hast ja die Kollegen vom Streifendienst dabei. Zudem habe ich keine Befugnisse mehr, wie du weißt. Aber wenn du mich hinterher anrufen würdest, dann könnte ich wohlwollend über eine zusätzliche Woche Zimtschnecken nachdenken."

„Hehehe!", meckerte sie laut „Du hast mit der ersten Woche noch nicht mal begonnen, und versprichst bereits die zweite?"

„Ich werde dich unter Zimtschnecken begraben, du ungeduldiges Kind", sagte er schmunzelnd und beendete das Gespräch.

Vom Westen her schoben sich Wolken vor die Sonne und es wurde merklich kühler. Edgar räumte den Platz vor der Kellergalerie und zog sich ins Haus zurück.

Eigentlich ist es zu früh für die Tour über die Felder, dachte er, *aber falls es später zu regnen beginnt?*

Er schaute auf die Uhr. Sechzehn Uhr fünfundzwanzig. Noch keine Zeit für Melanie.

Müller und *Lydia* war es schnuppe, wann sie losgelassen wurden. Hauptsache dass. Aus der Tour über die Felder wurde heute eine Tour entlang der *Kinzig*. In der Regel ließ Edgar ihnen die freie Wahl, und aus welchen Beweggründen sie das eine Mal in die eine, das andere Mal in die andere Richtung strebten, blieb ihm wahrscheinlich für immer verborgen.

Sie hielten sich zunächst flussaufwärts, und an der Brücke, die *Gengenbach* mit der Bundesstraße verband, wechselten sie die Flussseite. Auf halbem Weg nach *Biberach/Baden* entschloss sich Edgar zur Umkehr. Zum einen entdeckte er am nördlichen Himmel bedrohlich aussehende schwarze Wolkenberge, zum anderen in einiger Entfernung einen Fußgänger mit Hund, der ihm auf dem Kinzigdamm entgegenkam.

Das Unwetter, dachte Edgar, *wird uns wahrscheinlich nicht tangieren. Zu weit im Norden.*

Er beobachtete seine Hunde. Sie hatten ihren Artgenossen, einen rotbraunen *Irish Setter*, in der Ferne bereits ausgemacht. Wie auf Kommando stürmten sie los, um nach einigen Sätzen wieder stehen zu bleiben. *Typisches Hundeverhalten*, wusste Edgar. Sie würden sich jetzt nur noch durch einen grellen Pfiff von ihrem Spiel abbringen lassen. Wieder ein paar schnelle Schritte auf den fremden Hund zu, Kopf hoch erhoben, Blick geradeaus. Die letzte Distanz wurde bis zum direkten Kontakt im Laufschritt überwunden.

Es war ein Mann, dem der andere Hund vorauslief. Akkurater kurzer Haarschnitt, schwarzumrandete Brille, leichtes Sakko über gebügeltem Hemd, Blue Jeans, *Timberland*-Mokassins. *Schätzungsweise zwischen fünfundvierzig und fünfzig Jahre*, dachte Edgar. Jemand, den er nicht kannte.

Der Mann und Edgar blieben in respektvollem Abstand voneinander stehen und betrachteten das Begrüßungsritual der Hunde. Dann sagte der Mann: „Guten Abend, Herr Schaaf. Sie hab´ ich um diese Zeit noch nie hier am *Berghauptener* Ufer gesehen.“

Edgar zeigte sich überrascht. *Nanu*, dachte er, *man scheint mich zu kennen.* „Es ist nicht unsere gewohnte Zeit“, antwortete er. „Sie kennen mich?“

„Nicht wirklich. Nur was man über Sie so erzählt. Entschuldigen Sie. Ich heiße Bernd Landquart."

„Bunt ist die Welt und klein", entfuhr es Edgar. „Bernd Landquart, Nachbar von Wilma und Gottfried Solberg. Oberstaatsanwalt in *Offenburg*."

„Oh, haben Sie Ihre Hausaufgaben gemacht, Kriminalhauptkommissar a. D. Edgar Schaaf? Eins und eins zusammengezählt?"

Edgar lächelte. „Der pure Zufall. Manchmal hat der Tüchtige einfach Glück. Ich bin über Ihren eleganten Hund auf Ihre Adresse gestoßen. Außerdem hat sich Gottfried Solberg bei seinem Überfall auf mich entsprechend geäußert."

„Ein Überfall auf Sie? Wann soll denn das gewesen sein?", fragte Bernd Landquart.

„Gestern früh." Edgar berichtete in sachlicher Form von dem Vorfall.

„Werden Sie ihn anzeigen? Wegen Hausfriedensbruch und Körperverletzung?"

Edgar verneinte. „Der Mistkerl hat genug andere Sorgen. Ich nehme an, Sie wissen von seiner Verhaftung?"

Bernd Landquart bestätigte das. „Einmal von Gottfried selbst, er hat mich angerufen, und dann vom Bereitschafts-Staatsanwalt. Wenn ich morgen wieder im Dienst bin, werde ich ihn freilassen. Er hat eine Schwester in *Hornberg*, wo er unterkommen kann. Somit besteht keine Fluchtgefahr mehr."

„Ihre Entscheidung", sagte Edgar. Eine Frage lag auf seiner Zunge: *Wie konnten Sie ihn bloß in Spanien anrufen?* Doch er ließ es sein, weil er gar nicht wissen wollte, wie es zu dieser Art Kuhhandel zwischen Gottfried Solberg und dem Oberstaatsanwalt gekommen war. Von einem bierseligen feuchtfröhlichen Verbrüderungsbesäufnis bis zur Schmiergeldzahlung war alles denkbar.

„Etwas anderes", fuhr Edgar fort. „Ich würde Sie morgen gerne in Ihrem Büro in *Offenburg* aufsuchen. Ich habe sowieso auf dem Polizeirevier zu tun. Es geht um die unaufgeklärten Fälle von Tierquälerei durch Gift- und Nagelköder. Ich ..."

„Waren nicht Sie selber, beziehungsweise Ihre Hunde betroffen? Ist der Hund mit dem Verband nicht derjenige, auf den geschossen worden war? Ich habe die Berichte gelesen. Die Polizeihundestaffel ermittelt in diesen Fällen."

„Mit Verlaub, Herr Landquart, die Polizeihundestaffel ermittelt nicht, wie ich mir das vorstelle. Sie gibt lediglich allgemeine Warnhinweise an die Öffentlichkeit heraus."

„Und wie stellen Sie sich eine Ermittlung vor, Herr Schaaf?"

„Kriminalistisch. Unter Einbeziehung aller verfügbaren Daten. Nicht anders, wie bei einer Mordermittlung auch. Es ist geschossen worden, Herr Landquart. Gestern in *Rothweiler* übrigens das zweite Mal, und diesmal mit Erfolg. Der Hund ist tot."

Bernd Landquart schien zu überlegen. „Na gut, Herr Schaaf. Es ist hier nicht der richtige Ort, das zu diskutieren. Da Sie sowieso in der Stadt sein werden, kommen Sie morgen in mein Büro. Sie wissen ja, wo das ist. Aber ich gebe jetzt und hier keine Zusage zu irgendwas." Er rief seinem Hund. „*Fiasko*! *Fiasko*! Komm´, weiter geht´s. Schönen Abend noch, Herr Schaaf."

Fiasko? Fiasko? **Hast du das gehört, Edgar?**, ätzte Edgars kleiner Mann im Ohr.

Ach lass mich in Ruh', dachte er. *Mein Hund heißt Müller, und das ist auch nicht viel geistreicher.*

Aber *Fiasko*, hör' mal, das ist doch nochmal eine ganz andere Schublade, findest du nicht?

Nomen est Omen. Irgendeine Bewandtnis wird es schon haben, den Hund so zu nennen. Ich finde den Namen gar nicht so übel.

Der kleine Mann verzog sich schmollend ins Innenohr.

Die Gewitterfront dehnte sich nun doch in der Breite aus und wucherte mit zunehmender Tendenz auch über *Gengenbach*. Erste Böen kräuselten die Wasseroberfläche der *Kinzig*. Edgar erhöhte die Schrittfrequenz.

Als er in der Passerelle von taubeneigroßen Hagelkörnern getroffen wurde, begann er zu laufen. Im Garten hüpften die Eisbomben wie Pingpongbälle, und *Müller* und *Lydia* sprinteten mit eingeklemmten Schwänzen unter das Treppenvordach. Gerade noch rechtzeitig in Sicherheit gebracht, beobachtete Edgar vom Wohnzimmerfenster aus, wie sich in Sekundenschnelle eine zentimeterdicke Schicht auf dem Rasen bildete. *Das wird teuer*, dachte er und meinte die Schäden, die der Hagelsturm in der Landwirtschaft anrichten musste.

Auf dem Anrufbeantworter blinkte eine Taste. „Edgar, wenn du willst, ruf' mich an."

Er wählte Ritas Nummer. „Edgar. Hallo."

„Rita, bist du in *Rothweiler* schon fertig?"

„Nein, wir sind noch in der Wohnung. Nur damit du's weißt: In Tanja Kunzes Wohnung ist niemand. Es gibt weder Spuren eines Kampfes noch einer überstürzten

Abreise. Alles ganz normal. Koffer auf dem Schrank, Wäsche in der Kommode, Kosmetika im Badezimmerschrank – es sieht nicht so aus, als sei Frau Kunze in Urlaub gegangen."

„Hast du einen Reisepass oder eine Identitätskarte gefunden?", fragte Edgar.

„Nein, und auch kein Handy. Ein Laptop steht da, aber den kann ich nicht mitnehmen. Es liegt ja noch kein Verbrechen vor, und Frau Kunze kann praktisch jederzeit wiederkommen. Ich werde Frau Preißler bitten, morgen auf der Direktion ein Phantombild zu erstellen, damit wir für die Fahndung wenigstens ein einigermaßen brauchbares Bild haben."

„Grundsätzlich eine gute Idee, Rita. Aber finde erst mal raus, ob Tanja Kunze Familie hat. Eltern, Geschwister, Ehemann/frau, Ex-Mann/Frau, Liebhaber/in und so weiter. Vielleicht weiß man in der Verwandtschaft, wo sie abgeblieben ist. Behandle das vorrangig. Da bekommst du eventuell auch ein aktuelles Foto von ihr. Falls nicht, kann Frau Preißler immer noch ein Phantombild machen lassen", riet Edgar.

„Okay, Edgar, ich werde das beherzigen. Aber nicht mehr heute. Das muss warten bis morgen. Wir machen dann Schluss hier. Das war's. Tschüss, und danke. Mein Gewissen ist jetzt sehr viel ruhiger."

Meins auch, dachte Edgar, *und auch wieder nicht. Die Ungereimtheit um das Fahrrad, das Brot auf dem Gepäckträger – kein Mensch geht einkaufen und lässt die Einkäufe vor dem Haus stehen, wenn er vorhat zu verreisen. Ich lege mich fest: Frau Kunze ist nicht freiwillig irgend-*

wohin verschwunden. Sie wurde gezwungen. Es riecht verdammt noch mal nach einer Entführung.

Niemand hat etwas gesehen, dachte Edgar. *Frau Preißler war beim Einkaufen, Familie Friedmann befindet sich im Urlaub. Eine Frau verschwindet einfach so am helllichten Tag aus einer dörflichen Idylle.*

Weit im Westen leuchtete der Himmel schon wieder blau. Edgar schüttelte den Kopf. Die Hagelkörner lagen noch als sichtbares Überbleibsel einer Gewaltorgie im Garten, und dahinter kam der milde Sonnenschein wie ein Unschuldslamm angetrottet.

Unvermittelt grinste er. *Für einen Kriminalassistent scheinen Sie mir viel zu alt zu sein.*

Wo sie recht hat, hat sie recht. Man wird der alten Dame Preißler nicht so rasch ein X für ein U vormachen, dachte er mit Bezug auf die fiesen Enkel-Trick-Betrüger und ähnliches Senioren-Abzock-Gesockse. *Bekäme ich solch ein Schwein zwischen die Finger, ich würde ihn im Blutrausch erschlagen.*

Während er überlegte, auf was er Lust hatte zu essen, rief Melanie an.

„Na, mein liebster Edgar, womit beschäftigst du dich gerade?"

Er ging mit dem Telefon zum Kühlschrank und inspizierte dessen Inhalt. „Ich stelle mir ein Abendessen zusammen. Ich koche nicht gerne allein für mich, verstehst du?"

„Natürlich verstehe ich das." Ihre Stimme klang sehr sanft. „Oh mein Edgar, ich empfinde eine so starke Sehnsucht nach dir, dass ich sie körperlich spüre. Es ist, als würde es mich in Stücke reißen. Alles an mir zerrt mich zu dir hin. Zu dir, in unser Haus, in unser Leben, in unsere Liebe. Heute ist der Tag, an dem ich mit Pilgern aufhören möchte. Angeblich, sagen die erfahrenen Betreuer, überfällt jeden einmal der Heimweh-Koller. Früher oder später. Wenn er überwunden ist, sagen sie, sei man für den Endspurt bereit. Ich will ihn aber nicht überwinden. Ich möchte nur noch nach Hause kollern."

„Ich bin hier", antwortete er. „Wenn du in den Abendhimmel nach Osten schaust, dann siehst du mich am Horizont mit ausgebreiteten Armen stehen. Du weißt, dass ich auf dich warte. Und wenn du keine Kraft mehr hast und sagst, dass ich dich abholen soll, dann fliege ich auf der Stelle zu dir."

„Ja, das ist gut, mein Edgar. Ich weiß, dass du das tun würdest. Für mich. Daran habe ich nicht den geringsten Zweifel. Diese wunderbare Sicherheit nehme ich jetzt jeden Tag als Fallschirm. Als meine Zuversicht, dass mir nichts geschehen kann. Denn du bist da."

„Das bin ich, mein Engel. Erinnerst du dich an unsere Hochzeit? Dumme Frage, natürlich erinnerst du dich. Wir haben uns das gegenseitig versprochen, und es ist mir ein Freude, mich daran zu halten. Erzähl´, was du heute am Ruhetag alles getan hast. Warst du schwimmen?"

„Oh ja, schwimmen und faulenzen, lesen, mit Gerti plaudern. Wir haben uns an ein schattiges Plätzchen am Wasser zurückgezogen, von den anderen etwas Abstand gehalten. Wir hatten uns einen Fresskorb gepackt, eine Flasche Wein dazu, das war sehr schön. Ja, und dann kam die Sehnsucht."

„Hast du je die Erfahrung gemacht, dass Gerti schnell aus der Haut fährt? Ihr Mann hat so etwas angedeutet. Sie wolle ihm vorschreiben, was er tun solle, um seine Zeit mit etwas Sinnvollem zu verbringen."

„Ha, Gerti und aus der Haut? Nein, mein Lieber. Gerti ist die Geduld in Person. Was ihr zu schaffen macht, ist, dass ihr Mann mit seiner Pensionierung nicht zu Rande kommt."

„Er hat erzählt, dass er viel lesen würde", sagte Edgar.

„Quatsch. Hans hat sein ganzes Leben lang nicht in ein Buch geguckt. Er ist ein passionierter Radfahrer, fährt vor dem Frühstück gerne schon mal läppische fünfundzwanzig Kilometer. Und wenn er nicht auf dem Fahrradsattel sitzt, weiß er nichts mit sich anzufangen und steht Gerti auf den Füßen herum", sagte Melanie.

Edgar konnte sich daran erinnern, dass Hans Krause es ganz anders gesehen hatte. *Oder hab´ ich mich verhört?* Darum sagte er: „Ist schon komisch. Wenn zwei Menschen ein und dieselbe Situation beschreiben, kommen zwei verschiedene Geschichten heraus."

„Eine Frage der Perspektive. Hast du früher bei deinen Zeugenbefragungen nicht erlebt, dass Menschen Geschehnisse unterschiedlich wahrgenommen haben?"

„Ja sicher, du hast recht. So wird es wohl auch bei Gerti und Hans sein."

„Siehst du. Für alles findet sich eine Erklärung. Gibt es eigentlich Neuigkeiten von den Hundehassern?"

Edgar schnaufte tief. „Ja, leider wurde eine höhere Eskalationsstufe erreicht. Ein erschossener Hund und eine Frau, die verschwunden ist. Drüben in *Rothweiler*. Ich war heute mit Rita Böhringer am Tatort. Morgen will ich mit dem Oberstaatsanwalt reden, ob er es nicht für angebracht hält, Rita ermitteln zu lassen, anstatt die Schnarchnasen von der Polizeihundestaffel."

„Eine verschwundene Frau? Das wird ja immer rätselhafter, Edgar. Und du meinst, Rita ist die richtige Wahl?"

„Absolut", sagte er.

„Weil du ihr Mentor bist", stellte Melanie fest.

„Da will ich nicht widersprechen. Gute Nacht, mein Engel."

Zehnter Tag
Montag, 15. Mai 2023

Edgar konnte nicht einschlafen. In seinem Kopf drehte sich ein Hunde- und Personenkarussell. *Müller*, der tote Hund in *Rothweil*, Wilmas Hund *Bella*, Wilma und Gottfried Solberg, Bernd Landquart, Frau Preißler, Rita Böhringer und eine Frau ohne Gesicht kurbelten an seiner Gedankenmühle, ohne dass er alle zusammen unter einen Hut stecken konnte. Er versuchte sich zu überlisten, indem er sagte: *Wo nichts ist, ist nichts. Also gib Ruhe.* Aber der Trick funktionierte nicht.

Für gewöhnlich, und in den meisten Fällen war es so, fand er in einem solchen Wirrwarr früher oder später den Anfang eines Fadens, an dem irgendeine Erkenntnis hing. Ob er rot war oder nicht, interessierte ihn als anerkannter Farbenblinder wenig, doch ihn zu entdecken und ihm zu folgen war eine Kunst, um die ihn viele Kollegen beneideten. Nur im vorliegenden Fall sah er ihn nicht, den Faden, selbst wenn er so dick wie ein Wagenseil gewesen wäre.

Wo nichts ist, ist nichts. Vielleicht ist es gerade das, dachte er. *Ich finde nichts, weil es nichts zu finden gibt. Was heißt, dass es keine Zusammenhänge gibt. Das ist die Erkenntnis.*

Steht der Kriminalhauptkommissar eventuell auf dem Schlauch?, fragte sein innerer Stinkstiefel und gähnte vernehmlich.

Dass du wach bist, hat mir gerade noch gefehlt, murmelte Edgar.

Wie soll ich auch schlafen können, wenn sich permanent alles im Kreis dreht?

Er schwang die Beine aus dem Bett, wandelte ins Wohnzimmer hinab, goss Rotwein in ein Glas, fischte eine Zigarette aus der Schachtel, stieg über die Wendeltreppe ins Türmchenzimmer hinauf und öffnete ein Fenster.

Seltsam, dachte er, *ich hab´ das Türmchenzimmer als Mußetempel ausgebaut. Um zu lesen oder Musik zu hören oder zu meditieren. Aber ich habe noch keine zehn Minuten am Stück hier zugebracht. Dauernd bin ich unterwegs, ruhelos, atemlos, schlaflos. Ich bin ein Sklave meiner selbst. Meines Rechtsbewusstseins, meines Unrechtsempfindens.*

Er schaute zum Fenster hinaus, über den Garten, über die Passerelle, zur *Kinzig*, die im Mondlicht glitzerte wie die Schleimspur einer Riesenschnecke.

Die Idylle trügt. Der Augenschein lügt. Nichts ist mehr sicher. Ein widerlicher Mensch ist unterwegs, um seinen Hass auszuleben. Jetzt. In dieser Stunde. Es ist, als könnte ich seine hässliche Energie spüren. Hier, in meinem Wachturm.

Er warf den glimmenden Zigarettenstummel in das fast leere Glas. Es zischte und stank, wie nach einem Großbrand in einem Weingut. Das Glas nahm er mit nach unten ins Schlafzimmer.

Hab´ ich das Fenster wieder geschlossen?, dachte er, als er bereits wieder im Bett lag. *Doch, ich hab´s geschlossen.*

Ich wär´ mir da nicht so sicher, stichelte sein ständiger Begleiter.

Er drehte sich auf den Rücken und versuchte sich zu konzentrieren.

Nein, so geht das nicht, stellte er nach einigen Minuten fest. Wenn er sich keine Gewissheit verschaffen würde, konnte die Schlaflosigkeit noch lange dauern. Wütend wälzte er sich aus dem Bett, trampelte die Wendeltreppe nach oben, riss die Tür auf – das Fenster war geschlossen.

Wusst ich´s doch! Warum traue ich mir nicht mehr, grollte er.

Hihihi, frohlockte sein persönlicher Kritiker.

Idiot, zischte er.

Das hab´ ich gehört, Edgar.

Über dem Flussbett lag Frühnebel. Das Gras war nass und kalt. Edgar tappte wie ein Blinder hinter den Hunden her. Kinzigdamm.

Er erschrak, als ein Jogger so dicht an ihm vorbeilief, dass er den Luftzug im Nacken spürte.

Verdammt, das ist ja ein Verkehr wie am Times Square in New York, maulte er, riss sich in Folge aber etwas mehr zusammen. *Lydia* hatte ein Mausloch im Damm entdeckt und wühlte nun mit den Vorderpfoten die Erde rundherum auf. *Müller* spielte den interessierten Beobachter, ohne dass er sich an *Lydias* Grabung beteiligte.

Edgar ließ die Hündin ein paar Minuten lang gewähren, lockte sie dann jedoch fort, nur um sie ein paar Meter weiter erneut mit der Nase am Boden schnüffelnd anzutreffen. *Nee, nicht schon wieder ein Mausloch*, dachte er, aber ihr und *Müllers* Verhalten machten ihn stutzig. Er rief ihre Namen, worauf sie ihm mit dem typischen Blick entgegenschauten: Dem Mix aus Verlangen und Verbot, der Gier und der Beherrschung. Edgar wusste sofort, was er bedeutete. Alarmstufe rot.

Mit einem der Hundekotbeutel, die er stets mit sich führte, nahm er den Köder auf und steckte ihn in die Tasche. Hackfleisch, wie er gesehen hatte, ziemlich frisch dem Anschein nach, noch keine Insekten dran.

War es der Jogger? Oder war jemand anderer noch früher unterwegs als ich?

Er entschied sich zur sofortigen Umkehr. **Werde jetzt nur nicht gleich wieder panisch. Du kriegst keine Antworten auf rhetorische Fragen**, warnte ihn der Besserwisser.

Ja, danke, dass ich auch mal einen brauchbaren Rat bekomme, dachte Edgar.

Nichts zu danken. Überleg´ doch mal. Wenn der Jogger es nicht war, der Köder aber noch frisch, dann *muss* jemand noch früher als du unterwegs gewesen sein, oder? Den musst du fangen.

Und wie soll ich das anstellen? Etwa an dieser Stelle campen?

Nicht schlecht, Herr Specht. Immerhin ist diese Stelle nicht weit von jener Stelle entfernt, wo Wilmas *Bella* den Köder gefressen hat. Praktisch das zweite Mal am ziemlich gleichen Ort. Der Täter hat Gewohnheiten.

Ich hab´ kein Zelt, würgte Edgar die Unterhaltung ab. Dennoch rumorte ihm die Möglichkeit der Methode im Kopf herum, bis er die Haustür aufschloss. Dann dachte er: *Es geht nicht. Der Kinzigdamm ist völlig ohne Bewuchs, hinter dem man sich verstecken könnte. Hunderte von Metern weit keine Deckung, nur freies Gelände. Nein, es geht nicht.*

In der Zeitung suchte er nach einem ausführlichen Artikel über den toten Hund in *Rothweiler*, fand jedoch lediglich einen dürren Text, kaum größer als eine Briefmarke, in dem die Warnung, Hundebesitzer mögen auf ihre Tiere aufpassen, noch den meisten Raum beanspruchte. Von einer verschwundenen Frau hingegen war nicht die Rede.

Edgar hielt dem Verfasser des Artikels zugute, dass am Samstag, dem Tag des Geschehens, nur dürftige Informationen von der Polizei zu haben gewesen waren. Er kritisierte ihn jedoch dafür, dass er angesichts sich häufender Fälle von Köderfunden und zunehmender Gewalt an Hunden nicht mehr journalistischen Spürsinn für eine *Story* entwickelt hatte. Es musste ja nicht gleich großer investigativer Journalismus sein, beileibe nicht, aber eine fette Überschrift auf der ersten Seite des Regionalteils hätte es schon sein dürfen. Sonst, bemängelte Edgar weiter, wurde über jeden Faschingsfurz, über jede Weihnachtsfeier, über jede Vereinssitzung und jede Feuerwehrprobe aufwendig berichtet.

Enttäuscht warf er die Zeitung zur Seite und spielte mit dem Gedanken, die Presse zu seiner Versammlung nicht einzuladen.

Es war pure Neugier, weshalb Edgar den Hackfleischbrocken aus dem Plastikbeutel auf einen Teller drückte und mit zwei Gabeln die Masse untersuchte. Denn er hatte vor, den Köder dem Oberstaatsanwalt auf den Tisch zu legen, und zu diesem Zweck sollte er wissen, welcher Bauart er entsprach. Edgar schätzte das Gewicht auf ungefähr zweihundertfünfzig Gramm. Im Nu pulte er mehre Splitter von Rasierklingen aus dem Teig, der Menge nach die Teile zweier zerschnittener Rasierklingen. Eine perfide Mischung, absolut tödlich.

Sorgfältig wickelte er das Fleisch und die Klingen wieder ein. *Kann man auf den Splittern Fingerabdrücke finden? Kann man von Hackfleisch DNA bestimmen? Mach´ ich mich lächerlich, wenn ich Allgöwer danach frage?*, dachte er, wusch die Hände und bereitete das Frühstück zu.

Melanie strotzte an diesem Morgen förmlich vor Optimismus und Tatendrang. Der Ruhetag in *Portomarin* schien seinen Zweck erfüllt zu haben. „Nur fünf Etappen noch, mein Edgar, dann haben wir´s geschafft. Fünf Etappen, dazwischen ein Ruhetag, einen Tag in *Santiago de Compostela,* den Heimreisetag, und schon bin ich Montagabend wieder bei dir. Ist das nicht wundervoll?"

„Das wird die längste Woche meines Lebens, denn ich zähle die Stunden und Minuten", versprach er.

„Das glaube ich dir aufs Wort. Nur du bist zu solch einem lieben Unsinn fähig. Ich melde mich, wenn wir irgendwo in einem Hotel untergekommen sind."

Da Edgars Fokus heute auf die Polizeidirektion *Offenburg* gerichtet war, ließ er *Müller* und *Lydia* sicherheitshalber im Haus zurück.

Solange der Hundemörder frei herumläuft ..., dachte er und beeilte sich, *Müllers* traurigem Blick zu entkommen.

Bei schönstem Wetter mit der S-Bahn fahren zu müssen, kam für einen Biker seiner Couleur einer Demütigung gleich, und er fieberte dem Tag entgegen, an dem er den Gips endlich ablegen durfte. Motorradfahren mit Gipsarm, das ging einfach nicht. Keine Diskussion und kein Wenn und kein Aber, auch wenn er es sich zutrauen würde, die Maschine unfallfrei beherrschen zu können.

Er hatte seit Jahrzehnten kein eigenes Auto mehr besessen. Als aktiver Polizist hatte ihm ein Dienstwagen vollauf genügt und es hatte nur einiger strategischer Kniffe bedurft, um damit auch private Dinge erledigen zu können. Dass auch Melanie nicht auf ein Auto versessen war, fügte sich ohne Verlustempfinden schnörkellos in sein Leben.

Bevor er vom Bahnhof zur Polizeidirektion marschierte, entledigte er sich seiner Bringschuld und erteilte beim besten Bäcker der Stadt den Auftrag, zwei Wochen lang täglich Zimtschnecken an eine gewisse Frau Rita Böhringer zu liefern.

„Schiebst du jetzt eigentlich wieder Dienst? Hat man dich reaktiviert?", fragte Ferdinand Oberländer, als Edgar im Polizeirevier auftauchte.

„Wieso?", wollte Edgar wissen.

„Weil ich dich öfter bei uns zu sehen bekomme als zu deiner aktiven Zeit", sagte Oberländer. „Was verschafft uns diesmal die Ehre? Halt, lass´ mich raten. Der tote Hund in *Rothweiler*, stimmt´s?"

„Alle toten und verletzten Hunde der vergangenen zwei Jahre, wenn du so willst", sagte Edgar. Er schielte durch die Verbindungstür ins benachbarte Büro der Polizeihundestaffel. „Aääh, Polizeiobermeister Kimmich ist nicht zufällig da?"

„Er hat sich krankgemeldet, Edgar. Schwere Allergie, der Arme. Die ganze Woche."

Edgar überlegte. „Hast du das Projektil noch in Verwahrung, das ich dir letzte Woche gegeben habe?"

Oberländer verneinte. „Das hab´ ich an Allgöwer weitergeleitet. Warum?"

„Ich hab´ ein zweites Projektil gefunden. In *Rothweiler*. Gleiches Kaliber. Du verstehst?"

Oberländer grinste. „Du alter Fuchs. Hast gleich eine Verbindung zu deinem Hund hergestellt, nicht wahr?" Er hielt die Hand auf. „Soll ich es ...?"

Edgar winkte ab. „Lass´ mal. Ich hab´ einen Termin beim Oberstaatsanwalt. Dem geb´ ich´s, nebst einem Hundeköder, den ich heute Morgen gefunden habe. Gute Besserung an den Kollegen Kimmich. Machs´s gut, Ferdinand."

Auf dem Weg zu Bernd Landquarts Büro im zweiten Stock machte Edgar einen Umweg über Rita Böhringers Büro im ersten Stock, doch er traf sie nicht an.

Hat sie auch Allergie?, fragte er sich. *Gestern sah sie noch putzmunter aus.*

Noch eine Treppe höher, am Ende des Flurs, lag das Büro des Oberstaatsanwalts mit Vorzimmer. Edgar klopfte an und trat ohne abzuwarten ein. Die junge blonde Frau hinter dem Schreibtisch schaute ihn leicht entrüstet an.

„Ich habe nicht *herein* gesagt", sagte sie spitz und schob eine teuer aussehende Brille höher auf die Nase.

„Dann hab´ ich richtig gehört", sagte Edgar. „Ich habe einen Termin bei Herrn Landquart. Mein Name ist Edgar Schaaf."

„Das geht jetzt nicht, er hat Besuch", sagte die Frau kühl, nahm ihre Brille ab und musterte ihn von Kopf bis Fuß.

„Von Frau Böhringer?"

„Ja, aber ..."

„Genauso hab´ ich es bestellt. Dann ist alles perfekt", sagte er und steuerte zielgerade auf die seitliche Tür zu, hinter der das Büro des Oberstaatsanwalts lag, wie er von früher wusste.

„Aber Sie können jetzt nicht einfach so ..." Die junge Frau erhob sich von ihrem Stuhl, als wollte sie Anstalten treffen, sich vor die geschlossene Tür zu stellen und den Zugang zu verwehren.

„Doch doch, es ist alles in Ordnung. Glauben Sie mir. Herr Landquart weiß Bescheid, dass ich komme." Sprach´s, öffnete die Tür und betrat Landquarts Büro.

„Guten Morgen, Herr Landquart. Hallo Rita, schön, dich hier zu sehen", sagte Edgar. „Dann können wir ja anfangen."

Über Rita Böhringers Gesicht huschte ein Anflug von Erleichterung, als Edgar hereingeplatzt kam. Unaufgefordert besetzte er den Stuhl neben ihr, griff in seine Umhängetasche und förderte einen gefüllten schwarzen Plastikbeutel zutage, den er lässig auf Landquarts Schreibtisch schubste. Ein zweiter Griff, und das Projektil aus dem *Rothweiler* Garten folgte.

„Guten Morgen, Herr Schaaf", sagte Herr Landquart mit hochgezogenen Augenbrauen, „eigentlich waren Frau Böhringer und ich noch nicht fertig." Er zeigte mit den Augen auf Edgars Mitbringsel. „Klaren Sie mich auf. Was sind das für Gegenstände?"

Edgar beugte sich nach vorne und hob den Plastikbeutel in die Luft. „Da drin befindet sich der neueste Köderfund von heute Morgen. Kinzigdamm, ziemlich genau an der Stelle, wo Wilma Solbergs Hündin *Bella* vor über einer Woche den Nagelköder gefressen hat. Bei diesem Modell haben wir es mit Rasierklingen zu tun. Ich habe mir erlaubt, den Hackfleischklumpen zu untersuchen."

Er ließ den Plastikbeutel fallen und nahm den zweiten Beutel. „Ein Projektil. Vermutlich Kaliber 22. Das gleiche Kaliber, mit dem vor einer Woche auf meinen Hund geschossen worden war. Frau Böhringer und ich haben uns gestern der Mühe unterzogen, das Projektil im Garten in *Rothweiler* zu suchen, wo Frau Tanja Kunzes Hund erschossen wurde. Überdies haben wir uns berechtigte Sorgen um den Verbleib von Tanja Kunze gemacht. Meiner Meinung nach sprechen verschiedene Indizien dafür, dass sie entführt wurde. Frau Böhringer hat gestern dann entschieden, wegen Gefahr im Verzuge ..."

Oberstaatsanwalt Landquart hob eine Hand. „Ja, danke, Herr Schaaf. So weit waren wir eben schon gekommen. Frau Böhringer hat absolut richtig und umsichtig gehandelt. Es hätte ja sein können, dass sich Frau Kunze in hilflosem Zustand in ihrer Wohnung befindet. Alles korrekt. Auch die Fahndung. Leider macht eine Fahndung ohne aktuelles Foto wenig Sinn."

„Ja, leider", übernahm Rita. „Was wir bisher über Frau Kunze wissen, ist, dass sie Einzelkind war. Die Eltern sind vor ein paar Jahren ins benachbarte Elsass gezogen. Wir arbeiten daran, ihre Adresse und Telefonnummer zu bekommen. Beziehungsweise unsere Kollegen vom deutsch-französischen Kooperationsteam erledigen das. Tanja Kunze ist erst seit drei Jahren in der Bergstraße 12 in *Rothweiler* wohnhaft. Vorher war sie als Friseurin in einem Salon in *Offenburg* angestellt. Da fahr´ ich nachher hin. Vielleicht weiß von den ehemaligen Kolleginnen und Kollegen jemand, ob sie Freundinnen oder Freunde hatte. Vielleicht existieren Fotos, auf denen Frau Kunze zu sehen ist."

„Und Frau Preißler? Du weißt schon, Rita. Wegen des Phantombildes", fragte Edgar.

„Wenn wir bis heute Nachmittag kein gescheites Foto besorgt haben, lasse ich sie holen", sagte sie.

„Ja, Frau Böhringer bearbeitet jetzt diesen Fall", sagte Landquart, „da die Causa Solberg als abgeschlossen gilt. Gottfried Solberg ist wieder auf freiem Fuß, und Wilma Solberg ist in ihr Haus in *Berghaupten* zurückgekehrt. Nun wird das Gericht entscheiden. Sind Sie damit einverstanden, Herr Schaaf, dass ich Sie eventuell als Zeuge aufrufen werde?"

Edgar überlegte einen Moment. Dann sagte er: „Grundsätzlich habe ich kein Problem damit, als Zeuge aufzutreten. Aber ich bin der Ansicht, dass nicht Sie, Herr Landquart, als Ankläger in diesem Fall fungieren sollten. Immerhin waren Sie es, der durch den Anruf in Spanien Herrn Solberg erst über einen vermuteten Fehltritt seiner Frau informiert hat. Das passt nicht zu Ihrem Amt. Geben Sie den Fall wieder an den aufnehmenden Staatsanwalt Hodapp zurück, dann stehe ich als Zeuge zur Verfügung."

„Zweifeln Sie eventuell an meiner juristischen Unabhängigkeit?", fragte Landquart gefährlich freundlich.

„Wenn Sie so wollen – ja, das tue ich", sagte Edgar.

Edgar wusste selbst gut genug, dass er damit das Wohlwollen des Oberstaatsanwalts Landquart auf Chancen bezüglich erweiterter kriminalistischer Ermittlungen in Sachen Hundequäler verspielt hatte. Nicht zuletzt hatte er sich vage Hoffnungen gemacht, an solchen Ermittlungen in der einen oder anderen Form beteiligt zu werden. Sein Versuch, eine plausible Verbindung zwischen den Hundeköderattacken und den Schusswaffeneinsätzen, nun auch noch mit dem Verschwinden Tanja Kunzes, herzuleiten, verpuffte an Landquarts gekränkter Eitelkeit. Landquart sagte: „Rita bearbeitet den Fall Tanja Kunze, die Polizeihundestaffel die Fälle mit den Ködern."

„Aber Polizeiobermeister Kimmich ist krank", warf Edgar ein. „Wer soll denn da ermitteln?"

Landquart schlug mit der Hand auf den Tisch. „Laien jedenfalls nicht. Halten Sie sich da raus, Herr Schaaf. Basta."

Juristische Unabhängigkeit. Laie. So ein bornierter Idiot. Ich werde dem Oberstaatsanwalt nicht in den Arsch kriechen. Ich tue es nicht für Geld, und ich tue es nicht aus Kalkül, *dachte Edgar, als er wieder in der S-Bahn nach* Gengenbach *saß. Wenn ich beginne, mich zu verbiegen, werde ich mir selbst untreu. Das geht nicht. Schließlich habe ich vor, noch einige Jahre mit mir zu leben.*

Und mit mir, meldete sich sein kleiner Quälgeist.

Ja, und mit dir.

Hast du aber gut gemacht, Edgar. Respekt.

Danke. Ein seltenes Lob aus deinem Mund. Dafür steh´ ich wieder ganz am Anfang. Das ist der Preis der Rechtschaffenheit. Selbst das personifizierte Gesetz lässt einen am langen Arm verhungern, wenn ihm die Eitelkeit wichtiger ist als der Erfolg.

Du meinst mit dem personifizierten Gesetz den Oberstaatsanwalt?

Natürlich. Wen sonst?

Er hatte das Büro des Oberstaatsanwalts gemeinsam mit Rita verlassen. „Du hältst mich auf dem Laufenden", hatte er zu ihr gesagt. „Oder verlange ich da zu viel?"

„Eher umgekehrt", antwortete sie. „Ich erwarte, dass du mich unterstützt, ohne selbst groß in Erscheinung zu treten. Ich glaube, der Oberstaatsanwalt sähe das nicht so gerne. Aber ich brauche deine Erfahrung. Wie du mitgekriegt hast, gehört Tanja Kunze nicht unbedingt zur A-Prominenz des Landes. Was ich damit sagen will: Es ist gar nicht so einfach, Material über sie zu sammeln."

„Du bist auf dem richtigen Weg", beruhigte er sie. „Vielleicht haben wir Glück. Noch kann sie ja plötzlich wieder auftauchen, was wir uns natürlich wünschen. Denn sie wurde weder als vermisst gemeldet, noch hat ihr Verschwinden, oder soll ich sagen: ihre Entführung, irgendjemand beobachtet. Manchmal ist der Polizeijob recht verzwickt. Was uns im Grunde Anlass zur Hoffnung geben sollte, hindert uns gleichzeitig daran, ihre Wohnung auf den Kopf zu stellen und ihren Computer zu durchsuchen, um Näheres über sie zu erfahren."

„Wem sagst du das, Edgar?" Rita reichte ihm die Hand. „Also abgemacht. Du hilfst mir, ich helfe dir. Okay?"

Edgar nickte. „Genau", sagte er. „Noch was. Die beiden Beutel, die ich auf Landquarts Tisch gelegt habe. Sorgst du bitte dafür, dass sie zu Allgöwer kommen? Danke, Rita."

Die monotonen Fahrgeräusche der S-Bahn bildeten das Bachbett, in dem Edgar seine Gedanken fließen ließ.

Bisher hat sich der Hundehasser damit begnügt, Köder auszulegen. Zuerst Giftköder, dann Köder mit Nägeln und Rasierklingen. Er hält das Risiko, entdeckt zu werden, für gering, verteilt die Köder nachts oder frühmorgens. Er ist ein feiger Mensch.

Seit neuestem schießt er auf die Tiere. Er erhöht das Risiko, denn zum Schießen muss er dem Tier gegenüberstehen. Die Gefahr, auf frischer Tat gesehen oder erwischt zu werden, ist hoch. Warum tut er es dann? Weil er das Sterben der Tiere hautnah und unmittelbar miterlebt. Das Erschießen schenkt ihm eine höhere Genugtuung.

*Tanja Kunze. Ich gehe davon aus, dass sie entführt wurde. Die Entführung bedeutet eine Steigerung. Eine Eskalation. Eine Wendung um einhundertachtzig Grad. Sie passt nicht zu einem, der bisher **nur** Hunde getötet hat. Er muss mit der Entführung überfordert sein. Sie war nicht Teil eines Plans.*

Es muss etwas geschehen sein, das den bisherigen Hundemörder zum Entführer hat werden lassen. Weil Tanja Kunze ihn gesehen hat? Weil sie zufällig dazugekommen war, als er ihren Hund erschoss? Wie war das? Tanja Kunzes Fahrrad stand, ein Brot auf dem Gepäckträger, an den Zaun gelehnt, als Frau Preißler vom Einkaufen kam und den Hund tot aufgefunden hatte. Ja, so muss es sich abgespielt haben. Tanja Kunze kam mit dem Fahrrad vom Einkaufen und hat den Mord an ihrem Hund gesehen. Aber warum hat der Täter Tanja Kunze dann nicht gleich an Ort und Stelle ebenfalls ermordet, sondern sich für die

Entführung entschieden? Weil er sie kannte? Weil sie ihm nicht gleichgültig war?

Was schließe ich daraus?

Es ist keine Entführung aus materiellen Gründen. Von Tanja Kunze oder ihrer Familie wird kein Lösegeld zu erwarten sein. Die Entführung ist demnach aus der Not geboren. Wenn der Täter wieder einen klaren Kopf besitzt, wird er die Entführte loswerden wollen. Weil sie ihn gesehen hat, muss er sie zum Schweigen bringen. Früher oder später werden wir Tanja Kunzes Leiche finden.

Scheiße, verdammt.

Edgar war gewiss nicht so einfach aus dem Gleichgewicht zu bringen. Dazu bedurfte es schon ein gerüttelt Maß an Unverfrorenheit, Überheblichkeit und Dummheit. Ihn als *Laien* zu betiteln, maß er dem Letzteren zu.

Ein Amt schützt vor Dummheit nicht, pflegte er zu sagen, womit er Leute meinte, die zwar wussten wie man eine Karriereleiter emporkletterte, aber vor sozialer Inkompetenz nur so trieften.

Obwohl er Oberstaatsanwalt Landquart genau in diese Ecke stellte und somit über dessen Blindheit erhaben war, nagte das Wort *Laie* an ihm. Eine Frechheit sondergleichen. *Laie*.

Normalerweise würde er in etwa auf die Weise reagieren, indem er sagte: *Du sollst mich, Edgar Schaaf, noch kennenlernen*. Aber außer einem fiktiven Ablauf von Tanja Kunzes Entführung, einer Anzahl von dokumentierten Köderfunden und zwei deformierten Kleinkaliberprojektilen hatte er nichts zu bieten, mit dem er punkten könnte. Ende der Fahnenstange für Edgar Schaaf?

Es war ein milder Frühlingstag, Mittagszeit. Edgar lief mit Groll im Bauch unschlüssig im Türmchenhaus auf und ab. Ins Büro, ins Wohnzimmer, und zurück. Auf seinem Schreibtisch lagen, bis heute übersehen und außer Acht gelassen, die Listen und Daten von Hundeattacken und Köderfunden, die er mit Wilma Solberg zusammen im Archiv der *Badischen Zeitung* erstellt hatte. Er nahm sie zur Hand. Warf sie zurück. Nahm sie erneut zur Hand. Legte sie zurück. Er hatte keine Lust, sich mit trockenen Zahlen zu beschäftigen. Der Sinn stand ihm mehr nach Motorradfahren. Freiheit auf der Straße. Wind um die Nase. Ersatzweise nach irgendeiner Art von Gewaltausübung. Ein Loch graben. Eine Wand einreißen. Holz hacken. An beidem hinderte ihn der blöde Gipsarm. *Laie. So ein Vollpfosten.*

Er nahm das Telefon zur Hand. Sie nahm den Hörer ab, als hätte sie auf den Anruf gewartet.

„Wilma Solberg?"

„Edgar Schaaf hier. Hallo Wilma, ich wollte mich nach deinem Befinden erkundigen. Wie geht´s dir?"

„Oh, das ist lieb, Edgar. Danke, es geht. Und dir?"

„Geht so. Wenn du Lust hast ...ich wollte dich fragen, ob du Lust hast herzukommen? Ich könnte uns eine Kleinigkeit zu essen machen, und ich könnte ein bisschen Hilfe gebrauchen."

Die Leitung blieb für einige Augenblicke still. Edgar hörte nur Wilmas Atem. *Hab´ ich was Falsches gesagt?*, dachte er, doch da meldete sie sich wieder:

„Aääh, äääh, Edgar, ja gerne, hör´ zu, kann ich dich in einer halben Stunde zurückrufen? Ja? Dann sag´ ich dir Bescheid, okay?"

„Sagen wir in einer Dreiviertelstunde. Dann kann ich nämlich noch einkaufen gehen."

Die Motivation zu kochen kam ihm während des Gangs in die Stadt abhanden. Es war ihm nicht nach Kurzbratfleisch und Beilagen, und alsbald fragte er sich, ob die spontane Idee, Wilma Solberg einzuladen und um Hilfe zu bitten, so exzellent gewesen war. Die wenigen Daten, über die er verfügte, hätte er auch alleine prüfen und einordnen können. Kein Hexenwerk für einen Beamten, der, entgegen der landläufigen Vorstellung, die meiste Zeit seiner Ermittlungen beim Studium irgendwelcher Akten zugebracht hatte, nur um aus hundert Prozent die ein oder zwei tatrelevanten Prozent zu finden, und die restlichen achtundneunzig oder gar mehr Prozent unbrauchbaren Wissens hinterher auf den Müll zu werfen.

Wichtig waren diese fast hundert Prozent schließlich doch, weil man nur über diesen umständlichen Weg die Spreu vom Weizen trennen konnte. Polizeialltag.

Bildhauer hätte ich nicht werden dürfen, dachte er. *Es würde keinen Sinn ergeben, aus hundert Kilogramm Stein nur maximal zwei Kilogramm Kunstwerk zu meißeln. Aufwand und Ergebnis stünden in einem krassen Missverhältnis.*

Er schob den Anruf bei Wilma auf sein Mitgefühl. An ihrer Situation, ausgelöst durch den Tod ihrer Hündin, hatte sich nichts zum Besseren geändert. Im Gegenteil, war sie durch die gewalttätigen Übergriffe ihres Mannes traumatisierter denn je. Ein Mindestmaß an Abwechslung würde ihr guttun. Ein bisschen Abstand. Eine Luftveränderung, auch wenn sie bloß zwischen *Berghaupten* und *Gengenbach* stattfand.

Auf die Schnelle kaufte Edgar zwei Tiefkühl-Pizzas, einen Salatkopf sowie einen weißen Landwein im Supermarkt und war zu Wilmas Rückruf wieder zu Hause.

„Ich musste mit Gottfried einen Termin für den Nachmittag abmachen", sagte sie. „Er hatte sich angemeldet, dass er ein paar persönliche Sachen aus dem Haus holen möchte. Kleider, Wäsche, Zahnbürste, Rasierer, seinen Laptop – na, du weißt schon. Er wohnt bis auf Weiteres bei seiner Schwester in *Hornberg*."

„Dann kommst du also nicht?", fragte Edgar.

„Doch doch, ich komme. Ich will ihm heute auf keinen Fall begegnen. Er hat seinen Hausschlüssel ja noch. Den muss er aber, wenn er fertig ist, bei mir in den Briefkasten werfen. Das habe ich von ihm verlangt."

„Gut. Dann schiebe ich jetzt zwei Pizzas in den Ofen, wenn es dir recht ist."

Wilma trug, als sie kam, noch immer die großformatige Sonnenbrille, legte sie innerhalb des Türmchenhauses jedoch ab. Ihr linkes Auge war geschwollen und durch einen Bluterguss bis über das Jochbein dunkelviolett unterlaufen.

„Das Jochbein ist gebrochen. Kann man leider nicht eingipsen", sagte sie.

„Oder gottseidank nicht", erwiderte Edgar. „Wie würde das auch aussehen? Ein Helm aus Gips auf dem Kopf. Ist es sehr schmerzhaft?"

„Hast du dir schon einmal mit einem Hammer auf den Daumen gehauen? Dann weißt du´s."

„Igitt, ja. Ich glaube, wir können essen. Du hast die Wahl zwischen Pizza *al funghi* und Pizza *Vier Jahreszeiten*.“

„Ich nehme die mit Pilzen.“

Edgar hatte die Listen mit den Daten vom Zeitungsarchiv und die dazugehörige Landkarte mit den eingetragenen Kreuzen aus seinem Büro in den Garten gebracht. Während Wilma die Listen der Reihe nach vorlas, kontrollierte er die entsprechenden Kreuze auf der Landkarte der zwei Täler nochmal. Rothbachtal und Kinzigtal.

Als sie fertig waren, sagte er überrascht: „Warum ist mir das beim ersten Mal nicht gleich aufgefallen? Schau´ mal. Von Mai bis Juni 2022: Vier Köderfunde im Kinzigtal. Von Juli bis September 2022: Neun Köderfunde im Rothbachtal. Von Oktober bis Dezember 2022: Neun Köder im Kinzigtal. Siehst du? Da steckt ein System dahinter. Ein Rhythmus. Der Täter wechselt vierteljährlich das Gebiet. Bleibt die Frage, warum? Und komischerweise verteilen sich die restlichen siebzehn Köder von Januar bis Mai 2023 gleichermaßen und scheinbar willkürlich auf beide Täler. Hast du vielleicht eine Erklärung dafür?“

„Nein, leider nicht. Aber die schiere Anzahl ist schon erschreckend genug“, sagte sie.

„Das sowieso. Bei sechzehn toten Tieren ist auch die Erfolgsquote erschreckend, wenn man in diesem Kontext überhaupt von **Erfolg** sprechen darf. Ich stelle mir gerade die Masse an Hackfleisch vor, die der Täter gekauft haben muss. Zähle ich den Köder von heute Morgen dazu, sind es vierzig in der Summe. Mal ungefähr zweihundertfünfzig Gramm pro Köder, ergeben zehn Kilogramm Hackfleisch. Nicht gerechnet die Dunkelziffer an Ködern, die überhaupt nicht gefunden wurden und irgendwo verwest sind. Wahnsinn."

Wilma blickte auf ihre Armbanduhr, Edgar tat es ihr auf seine *Breitling* nach. Fünfzehn Uhr dreißig.

„Darf ich dich um etwas bitten?", fragte sie.

„Du hast etwas gut bei mir", sagte er.

„Dass du mich nachher nach Hause begleitest? Ich glaube zwar nicht, dass Gottfried noch dort ist, aber für alle Fälle. Verstehst du?"

„Kein Problem. Wann immer du willst", sagte er. „Wilma, vielleicht ist es noch zu früh, um zu fragen. Aber was hast du dir für die Zukunft gedacht? Scheidung? Oder einfach mal Gras wachsen lassen?"

„Mein erster Gedanke war natürlich die Scheidung. Ich könnte ihm auch jetzt nicht begegnen, ohne ihm die Augen auszukratzen, und ich denke, das wird noch eine ziemlich lange Zeit so sein."

„Das klingt nach einem *Aber*."

Sie lächelte. „Aber wir waren einige Jahre verheiratet, darunter auch gute Jahre, es war nicht alles schlecht, und wenn genug Wasser den Rhein hinuntergeflossen ist und er wieder zur Besinnung gekommen ist, er sich ent-schuldigt ..."

„Wird es nie mehr wieder gut", unterbrach er sie. „Was geschehen ist, wird immer zwischen euch stehen. Bei dir als Vorwurf, bei ihm als Schuld. Beim geringsten Zwist werdet ihr es wieder ausgraben und gegeneinander ver-wenden."

„Ich dachte", sagte sie mit einem fast träumerischen Ausdruck im Gesicht, „ich könnte ihn ein bisschen erziehen. Schließlich habe ich das, was er gerne hätte."

„Meinst du dein Haus oder dein Auto?", fragte er.

Sie grinste anzüglich. „Viel viel kleiner, Edgar, und mehr fleischlicher Natur."

Es dauerte, bis Edgar kapierte. Dann sagte er: „Das ist keine Basis, Wilma, und das weißt du."

Edgar hockte schweigend auf dem Beifahrersitz ihres Autos. Er verstand die Frau nicht, die am Lenkrad saß und nach *Berghaupten* fuhr. Sie war von ihrem Mann schwerst misshandelt und vergewaltigt worden, und sie spielte tatsächlich mit dem Gedanken, ihn wieder an sich heranzulassen? Oder verstand er bloß nicht, weil ihm solche Machtspiele fremd waren? Denn darum ging es Wilma doch. Um Macht. Um ihren Mann zu demütigen und fortgesetzt und dauerhaft zu strafen. Sie konnte doch nicht im Ent-ferntesten daran glauben, dass nur eine Spur von Liebe dabei sein konnte. Ach ja, um es nicht zu vergessen. Es ging noch um etwas anderes: Nämlich um Rache.

Wilma parkte das Auto am Straßenrand und Edgar folgte ihr zum Haus. Sie öffnete den Briefkasten und entnahm ihm den Hausschlüssel, den Gottfried auf Verlangen hineingeworfen hatte. Also schien alles so geklappt zu haben wie abgesprochen.

Edgar unternahm mit Wilma einen Rundgang durchs Haus. Gottfried war nicht da, im Erdgeschoss alles okay. Die Treppe hoch, erster Stock, auf den ersten Blick schien es nichts Auffälliges zu geben, bis Wilma an der Tür zu ihrem Schlafzimmer einen Schrei ausstieß. Edgar guckte über ihre Schulter. Sie zeigte mit ausgestrecktem Arm auf das Doppelbett. Dort, wo Wilma normalerweise lag, ragte in Brustlage der Griff eines Messers senkrecht aus der Matratze.

„Edgar!", schrie sie nochmal laut und hielt sich am Türrahmen fest.

Er drängte sich an ihr vorbei, nahm sein Handy aus der Tasche und fotografierte das Arrangement. Dann sagte er trocken: „Die Sache um dein kleines bisschen Fleisch kannst du ab jetzt vergessen."

Er wartete im Wohnzimmer, bis die Polizei gekommen war. Etwa zehn Minuten nach den Polizisten betrat ein weiterer Mann Wilmas Haus: Oberstaatsanwalt Bernd Landquart.

„Ich hatte Feierabend und sah den Streifenwagen vor Frau Solbergs Haus stehen", erklärte er sein Erscheinen. „Was ist hier passiert?"

Wilma stieg mit ihm die Treppe in den ersten Stock hoch, zeigte ihm das Messer in der Matratze, und kam mit ihm wieder herunter.

„Wer hat die Polizei gerufen?", fragte Landquart.

„Ich war das", sagte Edgar. „Frau Solberg stand unter Schock."

„Sie wollte ich gerade fragen: Was suchen Sie schon wieder an einem Tatort?"

Edgar erklärte die Zusammenhänge.

„Und es kann niemand anderer gewesen sein als Ihr Mann, Frau Solberg?", fragte Landquart.

„Wer sollte das sein? Es hat niemand sonst einen Schlüssel. Es war verabredet, dass er hier und heute einige persönliche Sachen holen darf", sagte sie.

„Nun, manchmal werden böswillig Dinge getan, um andere mit Absicht einer Tat zu bezichtigen, die sie nicht begangen haben, verstehen Sie?"

Edgar traute seinen Ohren nicht. „Es mag gut möglich sein, dass solche Intrigenspiele in gewissen Kreisen zur Tagesordnung gehören", sagte er mit einer Stimme, die ein bisschen nach Langeweile klang. „Hier hingegen liegt eine massive Morddrohung gegen Frau Solberg vor. Deutlicher kann man die Botschaft kaum ausdrücken und man kann sie auch nicht falsch interpretieren. Der Mann, der das inszeniert hat, ist eine tickende Zeitbombe, eine Gefahr für Frau Solberg und für die Öffentlichkeit. Mehr dazu zu sagen beleidigt nicht nur meinen Status als Kriminalhauptkommissar a. D., sondern auch meine Meriten als solcher, ohne damit prahlen zu wollen."

Landquart atmete tief durch. Schließlich drehte er sich um und sprach mit einem der uniformierten Polizisten, der mit seinem Kollegen umgehend das Haus verließ und mit dem Streifenwagen wegfuhr.

„Ich lasse Ihren Mann jetzt wieder festnehmen", sagte der Oberstaatsanwalt zu Wilma. „Es tut mir leid, dass er Sie so in Schrecken versetzt hat. Ich war der Annahme, dass ... Ich werde ihn morgen dem Haftrichter vorführen und Untersuchungshaft beantragen. Er wird Sie nicht wieder belästigen. Frau Solberg? Herr Schaaf?" Er drehte sich auf dem Absatz um und verließ Wilmas Haus.

Wilma und Edgar saßen sich gegenüber. „Danke, Edgar. Ohne dich wäre ich wahrscheinlich durchgedreht. Bleibst du noch auf einen Kognak?"

„Auf einen. Dann muss ich aber zurück. Meine Hunde warten", sagte er.

„Rufst du wieder einmal an?"

Edgar nickte: „Gut möglich. Ich habe nämlich eine Idee."

Müller und *Lydia* genossen den freien Lauf am Wasser der *Kinzig* entlang. Edgar stellte fest, dass der Verband um *Müllers* Brust verrutschte. Kurzerhand entfernte er ihn, was *Müller* als Liebesbeweis betrachtete und Edgars Gesicht intensiv ableckte.

„Lass´ das, du blöder Affe", schimpfte er ihn und wälzte ihn durchs Gras. Das wiederum animierte *Lydia* zum Spiel, sodass sich bald drei Figuren am Ufer des Flusses kugelten und mal die eine oder die andere oben oder unten war.

Als Edgar die Puste ausging, rappelte er sich hoch und wischte sich die grünen Halme aus Kleidern und Haaren.

„Saubande", knurrte er und scheuchte die Vierbeiner weg. *Ich liebe sie*, dachte er. *Es ist eine Liebe.*

Er steuerte die Hunde flussabwärts, *Ortenberg* zu, um eine weitere zufällige Begegnung mit Bernd Landquart und dessen Hund *Fiasko* zu vermeiden. Für heute war es genug des Oberstaatsanwalts gewesen, und auf privater Ebene wollte er mit ihm nicht kungeln. Herr Landquart schien ihm nämlich für eine gesunde Vitamin-B-Beziehung nicht geeignet zu sein. Dazu gehörte in intellektueller Hinsicht die Wahrung einer gleichberechtigten Augenhöhe, und da Landquart dazu neigte, gerne von oben nach unten zu schauen, schloss ihn das von vornherein aus.

Vitamin B, oftmals das einzige probate Mittel, um bürokratische Hindernisse zweckdienlich, vor allem zeitsparend zu umgehen. Vitamine B waren absolut nicht als elitäre Seilschaften oder Netzwerke zu verstehen, sondern als Gleitmittel für schwergängige Mechanismen, ohne mit Schmierstoff verwechselt zu werden, wobei mit Schmierstoff natürlich Geld gemeint war. Vitamine B aber auch als Leim zwischen verschiedenen Leuten unterschiedlicher Profession, die sich untereinander kannten, sich gegenseitig vertrauten und einander Beistand leisteten. Keine Sekte, kein Geheimbund. Nein, einfach Vitamin B.

Wie konnte mir das nur passieren, dass ich ein System übersehen habe, kam er auf den Nachmittag und den Vergleich der Köderdaten zurück. *Bin ich nachlässig geworden? Hab´ ich mich ablenken lassen? Wie es auch sei. Es ist ein System, und ein Mensch hat es verwendet. Ob durch besondere Umstände bedingt, die ich noch nicht kenne, oder aus eigener Berechnung, wird sich zeigen. Ist das der Angang des Fadens, den ich gesucht habe?*

In Höhe von *Ortenberg* kehrte er um. Mit der Sonne im Rücken sah er seinen langen Schatten auf dem Kinzigdamm. Die Hunde hatten sich ausgepowert und schnürten im Wolfstrott schmalspurig vor ihm her. Für einen Moment die jüngsten Ereignisse vergessend, spürte er einen tiefen Frieden in sich.

Ich könnte stundenlang und kilometerweit so weitergehen, bis eine unsichtbare Hand mich aufhalten und sagen würde: Es ist genug, Edgar, dachte er.

Der Frieden wurde durch das Vibrieren des Handys in der Gesäßtasche gestört. Die tiefstehende Sonne blendete, weshalb er das Display nicht lesen konnte.

„Schaaf?"

„Hallo Edgar, Wilma hier. Störe ich?"

„Keineswegs, was gibt´s?"

„Wie soll ich beginnen? Du hast gesagt, dass du eine Idee hast und mich deswegen anrufen würdest. Nun lässt es mir keine Ruhe und ich platze beinahe vor Neugier. Was für eine Idee ist das, die mit mir zu tun hat?"

Edgar blieb stehen. „Es geht um die Versammlung am Freitag. Ich hatte mir vorgestellt, dass du zu den Leuten sprichst. Über *Bella* und ihr tragisches Ende. So, wie du die Tage erlebt hast. Was meinst ...?"

„Das kann ich nicht, Edgar" fiel sie ihm ins Wort. „Nein, das kann ich nicht. Das würde mich umbringen. Nicht, dass ich die Idee nicht gut finde, aber es würde mich überfordern. Es ist alles noch zu frisch in Erinnerung, verstehst du?"

Er setzte sich wieder in Bewegung. „Ja natürlich, das verstehe ich. Es war auch nur eine Idee. Entschuldige, dass ich so unsensibel war und nicht weiter gedacht habe als bis zu dem Brett vor meinem Kopf. Das war´s auch schon."

„Ist schon gut, Edgar. Du kannst mich aber auch sonst mal anrufen. Ohne besonderen Anlass. Okay?"

„Okay. Das werd´ ich. Nix für ungut und einen schönen Abend noch."

„Dir auch. Tschüss Edgar."

Das System. Das System. Edgar pinnte die Landkarte über dem Büroschreibtisch an die Wand. *Kinzigtal, Rothbach-*

tal, Kinzigtal. Und dann endet das System, beziehungsweise setzt sich systemlos fort. Aber die Köderanschläge haben nicht aufgehört. Drei Varianten insgesamt. Eine Kinzigtal-Variante, eine Rothbachtal-Variante, eine gemischte Variante. Bedeutet es, dass es sich um drei Täter handelt? Drei, die sich untereinander absprechen? Du da, du dort, du überall?

Mumpitz. Es ist einer. Einer allein.

Mist. Wieso komme ich nicht an die Namen der Betroffenen? Der Geschädigten?

Aus dem Erdgeschoss klang das Telefon. *Melanie?*

„Melanie!", meldete er sich.

„Ja, ich bin´s, mein Edgar."

„Schön, dich zu hören, mein Engel. Wo steckst du heute?"

„Du wirst lachen, ich weiß es nicht. Das Etappenziel war *Lestedo*, aber dort gibt es außer einer spartanischen Pilgerpension nichts. Nur das Notwendigste. Nichts für Behinderte mit speziellen Bedürfnissen. Wir wurden mit dem Bus einige Kilometer abseits des Jakobswegs gekarrt. Das Hotel ist soweit okay, aber wie gesagt, den Ort weiß ich nicht. Ist mir auch egal. Wir sind alle ziemlich groggy."

„Schwieriger Weg?", fragte er knapp.

„Das, und die Hitze", stöhnte sie. „Ich habe bestimmt vier Liter Wasser getrunken und keinen Tropfen davon gepieselt. Ich komme mir vor wie ein Kamel. Und du?"

„Ob ich mich auch wie ein Kamel fühle, meinst du?"

Melanie lachte. „Weißt du noch, wie wir uns kennengelernt haben? Im Zug der Schwarzwaldbahn? Wir sprachen über unsere Hunde, unter anderem ob sie kastriert seien.

Da hast du mich auch so gefragt: *Und du?* Erinnerst du dich? Das war unser erstes gemeinsames Lachen. Ich werde es nie vergessen. Ach, ich liebe dich, mein Edgar.“

„Und ich dich. Bis nach Spanien und zurück.“ Er erzählte von seinem heutigen Tag. Von der Arroganz des Oberstaatsanwalts, von Gottfried Solbergs nächstem Ausraster, und dass er einem System auf die Spur gekommen war.

„Mehr hab´ ich nicht gemacht.“

„Heute in einer Woche will ich dich in meine Arme schließen. Morgen wandern wir nach Melide. Dort soll es wieder ein Hotel im Ort geben. Jetzt gehen wir gemeinschaftlich essen. Ich habe vorhin schon mal in die Speisekarte geguckt. Mein Favorit ist Hähnchenbrust mit Gemüse. Was gibt´s bei dir?“

„Oh, darum habe ich mich noch nicht gekümmert. Mal sehen, was der Kühlschrank anzubieten hat. Guten Appetit, mein Engel, und erhole dich gut. Bis Morgen.“

Elfter Tag
Dienstag, 16. Mai 2023

Mit Großbritannien beginnen neue EU-Beitrittsverhandlungen, las Edgar am Morgen in der Zeitung.

Wenn sie sich genauso lange hinziehen wie die Brexit-Verhandlungen am Ende des vergangenen Jahrzehnts, dachte er und ließ den Gedanken ergebnisoffen unvollendet. Was gab es noch? Die *Nord Stream 2*-Gasleitung wurde durch eine Unterwasser-Explosion in der Ostsee beschädigt. Die Durchleitung von Erdgas wurde in Russland gestoppt, bis Experten das Loch in der Leitung repariert haben. Als Ursache der Explosion wird eine Selbstzündung von in der Ostsee lagernder Weltkriegsmunition vermutet.

Ein ungemütlicher Morgen. Lustlos und uninspiriert hatten sowohl Edgar als auch *Müller* und *Lydia* die Tour über den Kinzigdamm abgespult. „Dienst ist Dienst", hatte Edgar den Hunden als Selbstmotivation gesagt. Feiner Nieselregen setzte sich in den Hundefellen und in Edgars Bart fest, und Feuchtigkeit drückte durch seine Kapuzenjacke. Da gestand er den Hunden keine Bonuskilometer zu, sondern drückte nach erfolgreicher Erledigung der Pflichtgeschäfte und deren Verpackung in die Kotbeutel aufs Tempo, um in die Wärme zu gelangen. Wenn sogar von *Müller* und *Lydia* kein Protest kam, konnte der Kommentar nur heißen: Scheißwetter.

Unterwegs war ihm siedend heiß eingefallen, dass er gestern die Kellergalerie nicht geöffnet hatte, obwohl er mit Wilma im Garten neben der Treppe gesessen war.

Geht das schon wieder los, dass ich Sachen vergesse?

Allerdings war auch von Frau Holzer aus dem *Aquarelle und Poesie* keine entsprechende Reklamation gekommen. Dennoch. Es war Melanies Anliegen, ihre Angebote für die Kundschaft offen und zugänglich zu halten, wenn nicht andere Termins anstanden.

Heute vergess' ich's nicht, schwor er sich.

Als wäre dieser Gedanke das Signal für ihren Anruf gewesen, rief Melanie an.

„Guten Morgen, mein lieber Edgar. Hast du gut geschlafen?"

„Ja, seit du weg bist eigentlich das erste Mal so richtig gut."

„Schön. Das freut mich. Ich auch. Gut geschlafen. Ganz kurz nur, mein Edgar. Wir starten nach *Melide*. Heute haben wir zwanzig Kilometer zu laufen. Drück mir die Daumen, dass ich's durchstehe. Bis heute Abend."

„Ich bin bei dir", sagte er, aber da piepte das Telefon bereits.

Aus einem nicht näher definierbaren Grund wurde er gegen acht Uhr zappelig. Nach acht Uhr probierte er Rita Böhringers Handy-Nummer, aber er wurde weggedrückt. Was viel heißen konnte. Keine Zeit. Keine Lust. Weggedrückt. Ganz gegen seine Gewohnheit versuchte er es mit der Nummer von Allgöwer. Allgöwer nahm nicht ab. Wahrscheinlich hatte er das Handy irgendwo liegen, wo er es nicht hörte. Oberstaatsanwalt Landquart rief er aus Prinzip nicht an. Wer blieb noch übrig?

„Polizeirevier *Offenburg*. Polizeihauptmeister Oberländer."

Na, immerhin einer, dachte Edgar. „Guten Morgen, Ferdinand. Ich wollte eben mal ..."

„Edgar, pass´ auf, im Moment ist es gerade ganz schlecht", schnitt Oberländer Edgars Satz ab, „es ist ...es ist ...ganz schlecht. Miserabel, sozusagen. Bitte ruf´ später nochmal an, wenn es wichtig ist. Okay?"

„Was ist denn ...?" Oberländer hatte aufgelegt.

Edgar lehnte sich auf der Couch zurück und verschränkte die Arme hinter dem Kopf, was auch mit Gips recht gut gelang.

Ganz schlecht. Miserabel. Rita nicht erreichbar; Allgöwer nicht erreichbar; das Revier nicht zu sprechen - das ist schlecht, dachte er. *Sehr schlecht.*

Dann schloss er die Augen. Sekundenlang. Minutenlang. Ein neutraler Beobachter würde möglicherweise zu erzählen wissen, dass er Edgar leise summen gehört hätte. Dass er seinen Kopf minimal hin- und herwiegen sah. Als sei er in einer Art Trance gewesen. Wahrscheinlich hätte der Beobachter recht, denn tatsächlich summte Edgar unbewusst eine meditative Melodie, einen Singsang in Variationen von nur drei Tönen, und er bewegte den Oberkörper leicht und schwerelos wie ein Schilfrohr bei sanftem Wellengang. Als er die Augen wieder öffnete, wusste er es.

Ich weiß es. Ich wünsche mir nicht, dass es so ist, aber ich bin mir sicher. Sie ist gefunden worden. Ich weiß nicht wo, und ich weiß nicht wie, aber sie ist tot. Und obwohl sie noch nicht identifiziert wurde, weiß ich, dass es Tanja Kunze ist.

Er stand auf, stieg nach oben in sein Büro, setzte sich an den Schreibtisch und stierte auf die Landkarte, ohne gezielt nach etwas zu suchen. Bald verschwammen die Kreuze mit den Daten vor seinen Augen.

Das ist eine Karriere, dachte er. *Vom Hundetöter zum Frauenmörder.*

So saß Edgar eine Weile regungslos auf dem Stuhl und empfand, je länger er saß, das einer Eifersucht ähnelnde Gefühl der Isolation. Er war nicht dabei. Er war außen vor. Er wurde nicht gebraucht. Abgehängt. Weggedrückt.

Bin ich zu alt, oder was?, dachte er und wusste sogleich, dass es unfair war und er Frust schob.

Du bist nicht mehr im Dienst, meldete sich sein persönlicher Kotzbrocken und schmierte seinen Senf dazu. **Du musst endlich lernen loszulassen. Rita hat die Kontrolle.**

Mein Gott, Rita ist noch ein Kind.

Jetzt mach´ mal halblang. Sie schaut zwar zu dir auf, aber nur weil sie weiß, dass du sie respektierst. Wenn du das vermasselst, dann schlägt sie die Tür zu, verstehst du? Dann bist du wirklich isoliert.

Er maulte vor sich hin. Trotzig nahm er das Handy, tippte eine SMS: **Ist sie es?**, und sandte sie in der Hoffnung an Ritas Smartphone, dass sie die kryptische Nachricht entschlüsseln konnte.

Die Antwort kam prompt: **Nachrichtensperre von OS Landquart!!! Bis heute Abend.**

Nachrichtensperre! Landquart! Bis heute Abend. Also ist sie es.

Vorerst zufriedengestellt ging er ins Wohnzimmer zurück, wo ihn allerdings noch einmal der Teufel ritt und er Oberländers Nummer wählte. Schon nach dem ersten Klingelton war der Revierleiter mit unüberhörbar genervter Stimmlage dran.

„Edgar, ich will es dir gleich sagen: Ich weiß, was du willst. Aber Landquart hat eine absolute Nachrichtensperre verhängt, mit Androhung der sofortigen Suspendierung bei Zuwiderhandlung, und mit explizitem Hinweis auf einen gewissen Herrn Edgar Schaaf. Ich nehme an, dass er dich damit gemeint hat. Also führe uns nicht in Versuchung und erlöse uns von dem Übel."

Peng und Amen. Das hatte gesessen. Edgar hielt das Telefon eine geschlagene Minute in der Hand und lauschte dem imaginären Knallen von Oberländers Hörer auf die Gabel nach.

Daher weht also der Wind, dachte er, und fand es nun irgendwie sogar belustigend. *Eine persönliche Animosität. Nichts weiter. Wenn ich mich nicht irre, beruht sie auf Gegenseitigkeit.*

Irgendwie fühlte er sich wie zwischen Tür und Angel. Wie zwischen Weihnachten und Ostern. An Weihnachten hatte er keine Geschenke gekriegt, und zu Ostern würde er keine bekommen. Übergangen worden. Doch er war bemüht, sich nichts anmerken zu lassen. So, wie es seine typische Art war, spitzte er die Lippen zum Pfeifen, ohne auch nur einen Ton zu flöten. Ein untrügliches Zeichen dafür, dass es in ihm rumorte.

Es hatte zu nieseln aufgehört, blieb jedoch bewölkt. Er schnappte den Laptop, eine Flasche Wein, die Zigaretten und den Aschenbecher, und belegte den Platz vor der Kellergalerie. Dann nahm er Lappen und Holzpflege-Öl und wienerte, auf den Knien rutschend, die kleine Bühne im Gewölbe. Einmal dabei, wischte er mit Schrubber und Putzlumpen den Natursteinboden feucht auf, reinigte die Besuchertoiletten, füllte Papierhandtücher nach und sorgte für genügend Klopapier. Anschließend überprüfte er das Mikrofon auf der Bühne und die Lautsprecheranlage. Er stellte sich hinter das Mikrofon und sprach zu einem fiktiven Publikum:

„Guten Abend, meine Damen und Herren, ich heiße Sie herzlich zu unserer heutigen Versammlung willkommen und bedanke mich für ein so zahlreiches Interesse. Mein Name ist Edgar Schaaf, und der Grund, weshalb wir heute hier sind, ist die Entfernung des Mondes von der Erde, und dass er uns immer nur seine eine, quasi seine Schokoladenseite zeigt, als hätte er etwas zu verbergen. Uns irritiert und verunsichert das. Ich denke, dass Sie mir zustimmen, wenn ich in aller Deutlichkeit und mit Nachdruck sage: So kann es nicht weitergehen. So **darf** es nicht weitergehen. Ja, spenden Sie ruhig Beifall, danke, danke. Wir verlangen, dass die Entfernung auf die Distanz einer normalen Flugreise reduziert wird, schlagen wir die Entfernung *Lahr (Schw.)* – Mallorca vor, und der Mond, gleich wie unsere Mutter Erde, sich einmal pro Tag um die eigene Achse dreht. Wenn wir genug Unterschriften gesammelt haben, es kann sich nur um eine Frage von wenigen Tagen handeln, reichen wir eine entsprechende Petition beim Landtag ein. Was beim Schutz der Bienen geklappt hat, dürfte auch in unserem Fall ein Leichtes sein. Wer sich heute schon zum Kauf von Mondgrundstücken zur ausschließlichen Errichtung von Ferienwohnungen bereit erklären möchte, der kann sich direkt und unbürokratisch in der neben dem Ausgang liegenden Liste eintragen. Anzahlungen von hundert Euro pro gewünschtem Quadratmeter entrichten Sie bitte sofort und ohne Quittung Cash in meine Hosentasche. Ich danke sehr für Ihre Aufmerksamkeit und wünsche Ihnen noch einen lustigen Abend."

Er schnappte die Putzutensilien und verließ die Kellergalerie, kam aber nicht weiter als bis zur Eingangstür. Dort hockte Wilma Solberg auf einer Treppenstufe und wischte sich Lachtränen aus den Augen.

Edgar stutzte. „Wilma? Was machst du denn hier? Bist du schon lange da?"

Sie rang nach Luft und schnäuzte die Nase. „Ich - ich - huch. Edgar, ich kann nicht mehr. Tut mir leid, dass ich ..." Sie wurde von einem erneuten Lachanfall überrollt. „Ich wollte nicht zuhören, aber dann konnte ich – nicht – mehr - weghören. Es war einfach - zu – köstlich." Sie verzog schmerzhaft das Gesicht und presste eine Hand auf den Bauch. „Oh, Scheiße, es tut so weh, wenn ich lache."

„Das ist das erste Mal, dass ich dich richtig lachen gesehen habe", sagte er. „So gesehen kann ich nicht viel falsch gemacht haben."

Wieder kicherte sie. „Wie bist du bloß auf solch einen Stegreifblödsinn gekommen? Ehrlich gesagt, hätte ich dir so eine Nummer gar nicht zugetraut."

„Da kannst du mal sehen, welche Talente in mir schlummern. Aber du bist ja nicht extra zum Ablachen hergekommen, oder?"

Wilma erhob sich. „Zeig´ mir die Bühne, von der ich sprechen soll, und das Mikrofon. Ich will wenigstens einmal da oben stehen und mir die Sache vorstellen können."

Edgar begleitete sie in die Galerie und schaltete das Mikrofon ein. „Jetzt geh´ hinauf und guck mal runter", verlangte er von Wilma.

„Uiuiui", entfuhr es ihr, als sie von der Bühne schaute. „Das ist haarig."

„Sag´ mal was!"

„Nie im Leben. Also gut. Äääh ...Guten Abend, ich heiße Wilma Solberg und ich ...Edgar, das kann ich nicht."

„Ton stimmt, Lautstärke stimmt – du darfst von den Leuten bloß nicht denken, sie seien schlauer als du. Such dir am besten aus der Menge einen aus, für den du exklusiv redest. Dann klappt das schon. Wir können das aber auch zusammen machen. Ich spiele den Interviewer und frage dich, und du brauchst nur zu antworten."

„Oh, das wär´ mir lieber, glaub´ ich. Ja bitte, lass´ es uns so machen."

„Okay", nickte Edgar, „dann versuchen wir´s doch gleich einmal." Er stieg zu ihr auf die Bühne.

„Hat doch wunderbar geklappt, findest du nicht?", fragte er, als sie ungefähr eine halbe Stunde später am Gartentisch saßen und Wein tranken. Edgar hatte ein zweites Glas und eine Flasche Mineralwasser geholt.

„Ja. Aber was mach´ ich, wenn die Gefühle mit mir durchgehen? Wenn ich vor versammelter Mannschaft anfange zu heulen?"

„Keiner sagt, dass du das nicht darfst. Wer bei dieser Geschichte kalt bleibt, sollte sowieso keinen Hund besitzen dürfen. Meine Meinung. Und zudem bin ich ja mit auf der Bühne."

„Puh, na gut, Edgar. Dann will ich dich nicht länger stören und geh´ wieder. Am Freitag dann um sieben Uhr?"

„Nee, Wilma, komm´ lieber eine halbe Stunde früher. Dann kannst du meine Freunde Eliza und Pit Ferman kennenlernen."

„Prima. Eine halbe Stunde vorher. Und wie ich gesagt habe: Du kannst jederzeit anrufen, gell? Auch wenn nicht unbedingt ein Anlass besteht."

Heute müssten die Einladungen bei den Empfängern ange-kommen sein, dachte Edgar und kontrollierte seinen E-Mail-Account. Er erschrak, als er feststellte, dass die An-zahl der Posteingänge die Fünfzehn überschritt, obwohl gerade erst die Mittagszeit vorbei war. Durch die Bank alles Absagen. Er beeilte sich, die Blätter mit den Adres-sen aus dem Büro zu holen und begann sofort mit dem Abhaken der Namen. Noch während er damit beschäftigt war, trudelten drei weitere Absagen ein. *Wenigstens mel-den sie sich, wenn sie nicht kommen. Wird meine Versam-mlung ein Schuss in den Ofen?*

Dann begann auch noch sein Handy am laufenden Band zu klingeln. Absagen per Telefon. *Ach, verdammter Mist.*

Irgendwie scheint alles gegen mich zu laufen. Handge-lenksbruch, das Müller-Attentat, Solbergs Überfall, Nach-richtensperre, Absagen für die Versammlung – die Welt nabelt sich von mir ab. Oder meine ich das bloß, weil ich gezwungen bin passiv zu sein?

Edgar hörte, wie sein innerer Besserwisser Luft holte um zu antworten. „Ach, halt einfach dein Maul", kam er ihm knurrend zuvor.

Apropos Handgelenk. Wird es nicht langsam Zeit, den Gips abzunehmen? Beim Putzen hatte ich nämlich überhaupt keine Beschwerden gespürt, dachte er, und konsultierte seine *Breitling*. Kurz nach ein Uhr dreißig. *Wenn ich hier rumsitze und auf Absagen warte und die Kellergalerie bewache, werde ich verrückt.*

Kurz entschlossen rief er Frau Holzer an und sagte, dass er in die Klinik nach *Offenburg* müsse und die Galerie für heute geschlossen sein würde.

„Das – ist – jetzt – keine – so – gute – Idee", sagte Frau Holzer. „Ich habe soeben eine Gruppe japanischer Touristen zu dir geschickt. Sie müssten jeden Augenblick dort sein. Tut mir leid, Edgar."

Während er noch überlegte, warum es immer noch so war, dass Frau Holzer ihn duzte, er mit ihr jedoch nach wie vor per Sie war, stieg der Geräuschpegel am Gartentor auf Fußballstadionlautstärke. Mindestens zwanzig Köpfe guckten in seine Richtung. Eine Frau versuchte sich am Tor, es zu öffnen, zog jedoch dran anstatt zu drücken. Edgar beeilte sich, zu Hife zu kommen.

„Hello, welcome", verfiel er ins Englisch und öffnete das Tor.

„Ich spreche Deutsch", übernahm die Frau am Tor die Verständigung. „Sind Sie Herr Schaaf?"

„Ja, das ist richtig, der bin ich. Ich heiße Sie willkommen. Sie wünschen die Galerie zu sehen?"

„Ja. Wir sind Teilnehmerinnen einer Schule für Seniorenfortbildung in *Peking*, Fachrichtung Kunst."

Von wegen japanische Touristen, dachte Edgar, bat die Damen in den Garten und ging ihnen zur Kellergalerie voraus. *Müller* und *Lydia*, wie konnte es anders sein, mittendrin. Als sie die Treppe hinunterstiegen und an der Eingangstür an ihm vorbeidefilierten, schaute er jeder einzelnen ins Gesicht und verneigte würdevoll den Kopf. Nachdem er die Beleuchtung eingeschaltet hatte, vernahm er ein anerkennendes Raunen. Er begab sich jedoch wieder nach draußen.

Er saß kaum zwei Minuten auf dem Stuhl, als die Gruppenleiterin zu ihm kam und fragte, ob die ausgestellten Grafiken auch zum Verkauf stünden.

Oha, dachte er, *das ist neu.* „Wäre es für Sie interessant, mit der Künstlerin selbst zu sprechen?", fragte er in der Hoffnung, den Ball weitergeben zu können und nahm vorsorglich das Telefon zur Hand. Auf die Bejahung seiner Frage wählte er Pit Fermans Nummer.

„Edgar? Was ist? Hast du Probleme?", fragte Pit.

„Gewissermaßen. Wie schnell könnt ihr hier sein?"

„Wieso? Worum geht´s?"

„Verkauf von Elizas Grafiken. Halbe Stunde?" Er lächelte der Leiterin beruhigend zu.

„Verdammt, bin doch keine Rakete. Muss mich erst noch anziehen, und Eliza ..."

„Macht keinen Firlefanz. Eine halbe Stunde. Beeilt euch." Zur Chinesin sagte er: „Die Künstlerin wird in einer halben Stunde hier sein. Darf ich Sie und Ihre Damen so lange in mein Haus bitten? Ein Glas Wasser? Einen Kaffee oder Tee?"

Ich muss verrückt sein, dachte er.

Ich bin verrückt, dachte er fünf Minuten später, als zwanzig chinesische Damen mittleren Alters sich schwatzend im Wohnzimmer des Türmchenhauses drängten und auf Wasser, Kaffee und Tee warteten. *Müller* und *Lydia* erwiesen sich als perfekte Gastgeber und verkürzten den Gästen allein durch ihre Gegenwart die Wartezeit. Edgar hatte selten so viel Gelächter in diesem Haus gehört.

Wenn das Melanie sehen könnte, dachte er nebenbei.

Es dauerte eine gute Viertelstunde, bis alle mit einem Getränk versorgt waren und Edgar der Schweiß in den Bart sickerte.

Nach schier endlos anmutenden Minuten fuhr zu seiner Erleichterung Pits taubenblauer *Citroën* vor, und Edgar durfte Eliza als Künstlerin vorstellen. Im Nu war sie von einer Traube durcheinander schwätzender Frauen umringt und wurde von ihnen förmlich zur Galerie getragen. Edgar schnaufte tief durch.

„Was, zum Donner, war das denn?", fragte Pit. „Du hättest uns vorwarnen müssen."

Edgar grinste frech. „Meinst du, ich wäre vorgewarnt gewesen? Chinesische Kunstschule, von null auf hundert. Meine Vorräte an Tee, Kaffee und Wasser sind geplündert."

„Ich geh´ mal besser hinterher", moserte Pit. „Eliza unterstützen. Vielleicht kannst du einen Stapel alter Zeitungen zum Einpacken bringen, falls Eliza doch etwas verkaufen sollte."

Edgar hatte nicht nur alte Zeitungen, sondern sogar noch eine Biege Leinentaschen mit Werbeaufdruck *Aquarelle und Poesie* aus Melanies Fundus beigesteuert, die bei den Chinesinnen reißenden Absatz gefunden hatten. Eliza, Pit und Edgar hatten die Damen einzeln und mit Verbeugung verabschiedet.

Eliza brummte nach dem Trubel um die Grafiken und ihre Person der Kopf. „Wenn du einen Schnaps anbieten würdest, würde ich nicht ablehnen, Edgar."

Edgar ließ sich das nicht zweimal sagen, nahm drei kleine Gläser und brachte sie mit der Schnapsflasche an den Tisch. „Tja, was hätt´ ich machen sollen?", sagte er und schenkte ein. „Prost. Auf den Erfolg. Wie viel hast du eigentlich verkauft?"

„Außer der Gruppenleiterin hat jede Frau eine Grafik mitgenommen. Zwanzig Stück. Die Galerie ist jetzt halb leer, und ich habe leider noch keinen Nachschub. Ich hab´ das Geld noch gar nicht gezählt, aber es dürften über siebentausend Euro sein. Wahnsinn. Wahnsinn, sag´ ich euch."

„Pass´ auf, Eliza. Wenn du erst in China berühmt bist, kannst du dich vor Anfragen kaum noch retten. Deine Grafiken werden bei *Sotheby´s* versteigert und ..."

„Halt! Stopp! Hör´ auf, Edgar!", rief sie. „Die Werke bei *Sotheby´s* werden in den meisten Fällen posthum versteigert. Ich möchte aber gern noch ein Weilchen am Leben bleiben, wenn´s recht ist."

Er lachte und schenkte Eliza und sich noch einen Schnaps ein. Zu Pit, der ebenfalls sein Glas hinhielt, sagte er: „Du kriegst keinen mehr, Pit. Du musst noch fahren."

„Da du gerade *fahren* sagst. Können wir die Klappstühle vielleicht am Donnerstag schon transportieren? Früher Nachmittag?"

„Ha, die Klappstühle. Falls wir überhaupt welche brauchen. Es hagelt nämlich nur Absagen. Aber gut, bis übermorgen weiß ich sicher, ob wir hundertfünfzig oder nur fünfzig Stühle abholen müssen. Okay, Pit. Donnerstagnachmittag also. Du kommst vorbei, wann es dir passt."

Siebentausend Euro auf einen Streich, dachte Edgar beeindruckt. *Das wird Melanie freuen, obwohl sie nur Prozente davon bekommt.*

Müller und *Lydia* standen schon am Gartentor für die Abendtour über die Felder bereit, als Edgar eine SMS erhielt: **Bei mir wird´s nach zwanzig Uhr, bis ich komme.** Er sandte nur ein kurzes **o.k.** zurück und stiefelte los. „Auf geht´s ihr beiden!", rief er.

Als Rita kam, war es nach einundzwanzig Uhr. Edgar hatte in der Zwischenzeit nicht nur mit Melanie gesprochen, sondern auch die eingegangenen E-Mails und SMSen gecheckt. Neunundfünfzig Absagen bei zwei Zusagen. *Wenn es so weitergeht, kann ich die Versammlung im Wohnzimmer abhalten*, dachte er.

Melanie hatte es bis *Melide* geschafft. Neunzehn Kilometer bei starkem Wind. Morgen dann mit vierzehn Kilometern die kürzeste Etappe nach *Arzúa*, bevor anschließend wieder ein Ruhetag vorgesehen war. Alle Teilnehmer, bis auf Gottfried Solberg, waren bisher bei der Stange geblieben und voll des Lobes für die Organisatoren und die Begleiter. Auf das Wetter hatten sie ja keinen Einfluss.

„Zwanzig Grafiken? Siebentausend Euro?", hatte sie fassungslos reagiert. „Dann ist die Galerie ja halb leer."

„Oder halb voll", hatte Edgar geantwortet.

„Ja, natürlich, oder halb voll. Edgar, ruf´ morgen doch bitte Frau Holzer an. Im Lager müsste noch eine Serie von Bleistiftzeichnungen sein. Sie weiß, welche ich meine. Sie soll sie heraussuchen und für dich bereitstellen. Du müsstest sie dann halt hängen, mein Bester. Würdest du das für mich übernehmen?"

„Mit Handkuss, meine Schöne."

„Und noch etwas, Edgar. Gerti macht sich Sorgen wegen Hans. Sie kann ihn nicht erreichen und er hat sich auch nicht bei ihr gemeldet. Sie weiß nicht, was los ist. Könntest du morgen mal bei ihm vorbeischauen? Vielleicht ist bloß sein Akku leer, aber es könnte ja auch was anderes sein, nicht wahr? Sturz mit dem Fahrrad oder was auch immer. Und ruf´ mich dann an, wenn du was über ihn weißt. Das wär´ lieb von dir."

Rita lud sich den Teller voll Spaghetti und gab reichlich Soße und Parmesan-Käse dazu. „Woher hast du gewusst, dass ich einen Mega-Hunger hab´?", fragte sie und vermengte die Soße mit den Nudeln.

„Alte Polizistenweisheit", grinste Edgar. „Schluck Wein dazu?"

„Bevor ich mich schlagen lasse?"

Edgar holte eine angebrochene Flasche Weißwein aus dem Kühlschrank und zwei Gläser. „Hast du keine Angst vor Suspendierung, wenn du dich mit mir triffst?"

Sie schob sich eine Gabel Spaghetti in den Mund.

„Mhm, lecker. Davon braucht ja keiner was zu wissen. Ich habe Feierabend und bin privat unterwegs, mit meinem Privatauto und mit meinem Privat-Handy. Ich verwende seit Neuestem zwei Handys, weißt du? Ein privates und ein Dienst-Handy."

„Wo ist die tote Frau denn gefunden worden?

„M.m.nt, m.ss ers schl.ck.n", mümmelte sie.

Dann: „Kennst du den Wanderparkplatz auf der Höhe über *St. Paulsberg*? Dort, ein Stück in den Wald hinein. Waldarbeiter haben sie heute früh entdeckt."

Edgar wartete, bis sie weitersprach: „Sie lag auf dem Rücken, wie aufgebahrt. Beine ausgestreckt, Hände über dem Bauch gefaltet. Dr. Brenneis, unser langjähriger Gerichtsmediziner ..."

„Ich kenne ihn", warf Edgar ein. „Sieht er immer noch aus wie ein Metzger?"

„Wenn er nicht sogar ein Metzger ist", sagte sie ironisch. „Nun, er sagte, dass sie erwürgt wurde. Irgendwann am Samstag zwischen elf und drei Uhr, also am hellen Mittag. Und zu neunzig Prozent ist es Tanja Kunze. Wir haben aus ihrer Wohnung Kamm und Zahnbürste geholt und Brenneis hat einen DNA-Quicktest gemacht. Du weißt ja: Der Quicktest ist nicht beweissicher. Für die definitive Bestimmung müssen wir die Untersuchung des Labors abwarten."

„Handtasche? Handy?"

„Fehlanzeige. Hat der Täter wahrscheinlich mitgenommen. Aber unter einem Fingernagel hatte sie Fremd-DNA. Menschliches Gewebe, wie Brenneis sagte. Er tippt auf ein Stückchen Haut. Wir hoffen, dass es vom Täter ist. Aber der ..."

„Der Täter fehlt noch."

„So ist es."

„Wurde sie vergewaltigt?"

„Brenneis sagt, dass sie vor ihrem Tod Sex hatte. Ob einvernehmlich oder nicht, weiß er noch nicht. Hast du noch ein Gläschen?"

Edgar schenkte nach. „Landquart hat bestimmt ihre Wohnung durchsuchen lassen. Was habt ihr aus ihrem Computer rausgekriegt?"

„Nur geschäftliches Zeug. Strickmuster en masse, Strickanleitungen, Bestellungen von Wolle, Rechnungen für Wolle, Kundenkontakte, Kommunikation mit Kunden und Lieferanten, Fotos ihrer Produkte, und so weiter. Den ganzen privaten Scheiß muss sie auf ihrem Handy gehabt haben."

„Hm. Was ist mit Spuren von Drittpersonen in ihrer Wohnung?"

„Nur Fingerabdrücke auf den Wolle-Kartons. Sie hatte ein regelrechtes Lager davon. Die Kartons gingen natürlich durch viele Hände, wie du dir denken kannst. Von der Verpackung über die Transportrouten mit diversen Verteilern bis zu den Zustellern. Sie musste sich die viele Wolle ja schicken lassen. Aus halb Europa, stell dir das vor."

„Ja, damit kommt ihr nicht weiter. Habt ihr die Eltern erreicht?"

Rita nickte. „Die kommen morgen im Laufe des Tages, um ihre Tochter zu identifizieren. So eine Scheiße, wenn ich das nur schon hinter mir hätte. Sonst noch Fragen, Herr Kriminalhauptkommissar?"

„Frau Preißler? Hast du sie für ein Phantombild ...?"

„Ja, hab' ich. Moment." Sie legte Gabel und Löffel zur Seite und wühlte in ihrer Handtasche. „Wie wir besprochen hatten: Bevor wir überhaupt keine Ahnung haben, nach wem wir suchen sollen. Ich ließ sie also ein Phantombild anfertigen. Hier! Ich hab' eine Kopie davon. Jetzt, da Tanja Kunze tot ist, brauchen wir es ja nicht mehr." Sie faltete es auseinander und legte es vor ihm auf den Tisch.

Edgar guckte drauf. Zwinkerte mit den Augen. Guckte auf das Bild. „Das ist ..."

Rita schaute Edgar an. „Was meinst du?"

„Das ist ...", er stand so abrupt auf, dass der Stuhl nach hinten schlitterte. „Warte. Einen Augenblick, Rita." Er hastete die Treppe hoch, in sein Büro.

Wo ist es gleich? Wo hab´ ich es hingetan? Verdammt.

Schließlich fand er es. Das Blatt mit der Phantomzeichnung, die er eigentlich nur zu Testzwecken hatte anfertigen lassen, ob mit seinem Erinnerungsvermögen und seiner Zeugenfähigkeit noch alles in Ordnung war. Das Bild der Frau, die ihm aus Zorn die Tür zur Galerie gegen das Handgelenk gedonnert hatte. Was hatte sie gerufen? *Geh´n Sie mir aus dem Weg.* Und das zweite Blatt lag gleich darunter. Das Bild des bleichen Mannes ohne Gesichtsmimik, ohne Ausdruck. Edgar erinnerte sich sogar an seine Worte: *Schöne Hunde haben Sie.* Des Mannes, der nach der Frau aus der Kellergalerie gekommen war.

Er flog förmlich die Treppe hinunter.

„Rita, sieh her", rief er und winkte mit den Blättern. Er stürzte an den Tisch und legte die Frauenbilder nebeneinander. „Ein und dieselbe Person. Tanja Kunze. Sie war bei mir in der Kellergalerie. Wann war das? Moment, lass´ mich überlegen: Am sechsten Mai. Samstagnachmittags. Ich weiß das, weil an diesem Tag Melanie nach Spanien abgereist ist. Und dieser Mann", er zeigte mit dem Finger auf das zweite Bild, „war gleichzeitig mit Tanja Kunze in der Galerie. Und dann ist sie vor ihm ...jetzt wird mir einiges klar. Sie ist vor **ihm** geflüchtet. Er muss sie in der

Kellergalerie irgendwie blöd angemacht haben. Sie rannte raus, rammte mir die Tür an die Hand und verschwand. Er kam seelenruhig hinterher, als sei nichts geschehen. Wenn das unser, pardon, Rita, wenn das dein Mann ist ..."

Rita nahm das Phantombild des Mannes in die Hand.

„Hast du einen Kopierer?", fragte sie, und das Funkeln in ihren Augen rührte nicht vom Wein.

„Wer er ist, weißt du aber nicht", fragte sie ein Glas Wein und ungefähr zehn Minuten später. Sie hatte ihre Schuhe ausgezogen und streckte ihre langen Beine auf den Couchtisch. Edgar hatte ihr angeboten, wegen des Alkoholkonsums bei ihm zu übernachten. „Hast ihn auch nur das eine Mal gesehen?"

„Ich kenne ihn nicht", bestätigte Edgar. „Es war die einzige Begegnung. Aber erkennen würde ich ihn auf Anhieb wieder."

„Wenn du sein Aussehen so genau getroffen hast wie bei Tanja Kunze, dann ist es ein hervorragendes Fahndungsbild", meinte Rita und begutachtete ihre Kopie zum wiederholten Mal.

„Darfst halt Oberstaatsanwalt Landquart nur nicht verraten, woher du es hast", warnte er sie.

„Wieso? Eigene Recherche, was im weitesten Sinne ja auch zutrifft. Ich führe dich einfach unter Quellenschutz. Ha, aus mir wird noch eine gerissene Kriminalkommissarin. Wirst seh´n."

„Und der Landquart hat die Nachrichtensperre unter ausdrücklicher Nennung meines Namens verhängt?"

„Das stimmt leider. Man munkelt übrigens, dass er aus *Offenburg* weg will. Ist ihm zu provinziell, wie die Vögelein es zwitschern. Und jetzt schlag´ ich vor, dass du mir das Glas nochmal vollschenkst, und danach geht klein Rita ins Bettchen."

„Du hast die Wahl. Entweder oben in meinem Single-Zimmer, oder hier auf der Couch."

„Couch reicht", lächelte sie.

Zwölfter Tag
Mittwoch, 17. Mai 2023

„Du kannst oben duschen, wenn du willst", sagte er zu Rita, deren Nasenspitze unter der Wolldecke hervorlugte. „Ich habe dir ein Handtuch hingehängt. Shampoo und Duschgel kannst du von Melanies Sachen nehmen. Such´ dir was aus. Ich geh´ mit *Müller* und *Lydia* auf Tour. In spätestens einer Stunde sind wir wieder da. Ich schließ´ die Tür nicht ab, falls du früher aufbrechen musst."

Zwei Augen blinzelten ihn an und eine Hand winkte ihm zu.

So ein tolles Mädchen, dachte er. *Die jungen Leute sind besser als ihr Ruf.*

Er prüfte den Himmel. Das Wetter schien heute ganz passabel zu werden.

Heute lass´ ich mir endlich den Gips abmachen, beschloss er, *und wenn´s irgendwie geht, fahr´ ich mit der Harley eine Runde oder zwei.*

Da es relativ trocken war, übernahm Edgar die Führung der Tour und lotste die Hunde über die Feldwege der Umgebung. Er hing in Gedanken dem gestrigen Abend nach. Der Möglichkeit, dass sie unter Umständen wussten, wie der Mörder und Hundehasser aussah. Dass er auf seinem Schreibtisch gelegen hatte, als Computerzeichnung, so dicht und nah bei seinem Opfer, als wäre der Mord erst durch diese Nähe möglich geworden.

Was natürlich Quatsch war, wie Edgar wusste.

Dennoch:, dachte er. *Sie müssen sich in irgendeiner Form gekannt haben. Er muss sie als sein Opfer auserwählt haben. Halt! Nein! Nicht als Opfer hat er sie auserwählt, sondern als Frau. Er hat sie begehrt. Er hat sie verehrt. Er ist ihr gefolgt. Er hat sie verfolgt. War er ein sogenannter Stalker? Dass sie einmal sein Opfer werden würde, konnte er vorher nicht wissen. Dass er einmal ihr Mörder sein würde, konnte er nicht ahnen. Nicht, als sie sich in der Kellergalerie begegneten. Damals hatte er noch Hoffnung. Die Begegnung in der Kellergalerie war nicht ihr erstes Zusammentreffen.*

Aber warum hasst und tötet er Hunde? Weil Tanja Kunze einen Hund besitzt? Den sie ihm vorzieht? Reicht das als Motiv? Mann tötet Hunde, weil eine Frau ihn verachtet?

Wann und warum ist seine Hoffnung gestorben?

Woher kennen sie sich?

Es war nicht so, dass Edgar diese Gedanken zusammenhängend und an einem Stück abspulte. Vielmehr produzierte er sie in Intervallen, immer mal wieder ein paar Schritte dazwischen einlegend oder die Hunde beobachtend. Wie ein Huhn, das über den Hof spazierte und ab und zu nach einem Korn pickte.

Rita war noch da. Edgar hörte das Duschwasser rauschen und lauten Gesang aus dem Badezimmer schallen.

Er schmunzelte. *Wie wenig Licht es doch braucht, um die Düsternis zu vertreiben*, dachte er. *Vielleicht hab´ ich Glück, und sie frühstückt noch mit mir.*

Das Glück gewährte ihm Rita nicht. „Mach´ mir einen Kaffee, bitte. Wenn im Büro eine der sagenhaften Zimtschnecken auf mich wartet, reicht mir das", sagte sie mit einem Augenaufschlag.

Er weihte sie in seine frühmorgendlichen Gedankengänge ein. „Wenn du im Büro bist und ihr den Kerl gefasst habt, denkst du dran, dass er wahrscheinlich auch der Hundehasser ist? Er muss eine Kleinkaliber-Pistole besitzen. Allgöwer soll die Waffe mit den Projektilen vergleichen. Du schlägst damit zwei Fliegen mit einer Klappe."

„**Wenn** wir ihn gefasst haben, Edgar", sagte sie. „Noch weiß keiner was von dem Phantombild. Zudem muss der Oberstaatsanwalt entscheiden, wie gefahndet wird. Ich denke, er wird ihn zuerst als Zeugen suchen. Wir hören voneinander." Sie kippte den Kaffee hinunter und stürmte in fliegender Hast aus dem Haus.

Hans Krause hatte sich noch immer nicht bei seiner Frau gemeldet, und auch sie bekam keine Verbindung mit Hans, wie Melanie ihm mitteilte.

„Gerti ist nur noch ein Nervenbündel. Kannst du das heute bitte gleich als erstes erledigen? Und vergiss nicht Frau Holzer wegen der Zeichnungen anzurufen."

„Wird alles erledigt, mein Engel. Wie ist das Wetter in Spanien?"

„Es wird schön heute", sagte sie. „Ich kann das Meer riechen."

Um in den Mistelweg zu gelangen, musste Edgar quer durch die historische Altstadt gehen. Es bot sich an, bei dieser Gelegenheit im *Auarelle und Poesie* vorbeizuschauen und Frau Holzer über den gestrigen Großverkauf von Elizas Grafiken, und über Melanies Pläne bezüglich der Zeichnungen zu informieren. „Ich hole die Zeichnungen dann auf dem Rückweg ab, wenn´s recht ist, Frau Holzer."

Der Mistelweg war beidseitig mit Einfamilienhäusern aus den siebziger Jahren des vergangenen Jahrhunderts bebaut. Krauses Haus stand von der Straße etwas zurückgesetzt. Die Fassade war vollkommen mit wildem Wein überwuchert. Im Hof parkte ein älteres Auto Marke *Subaru* vor der geschlossenen Garage.

Zur Haustür führte ein gebogener Weg, gepflastert mit Natursteinplatten. Aus den Fugen zwischen den Platten wucherte allerhand Grünzeug. Edgar war nicht der Gartenfachmann an sich, doch selbst er stellte fest, dass dem Vorgarten eine gutmeinende pflegende Hand sehr willkommen wäre. Aber das war nicht seine Baustelle.

Er klingelte an der Haustür und guckte auf die *Breitling*. Kurz vor neun Uhr. Um diese Zeit waren die Frauen in Spanien schon unterwegs. Im Haus rührte sich nichts.

Er versuchte es erneut, ließ den Daumen diesmal länger auf dem Klingelknopf. Als sich nichts tat, trat er einige Schritte zurück und schaute zu den Fenstern des Hauses. Keine Bewegung. Das Haus wirkte wie ausgestorben.

Doch dann vernahm er Geräusche an der Haustür. Klirren von Schlüsseln. Die Tür öffnete sich einen Spalt. Ein länglicher Ausschnitt gab den Blick auf eine halbe Nase, einen halben Mund und ein versifftes Auge frei. Hans Krause. Vor dem halben Mund wurde eine halbe Hand sichtbar. Er hustete grässlich. Nix mehr übrig von *Walter Spahrbier*.

„Hans? Guten Morgen! Erkennst du mich?"

„Edgar. Was willst du?", krächzte seine Stimme.

„Ich wollte mal sehen, wie es dir geht. Ist alles in Ordnung bei dir?"

„Was soll nicht in Ordnung sein?"

„Deine Frau macht sich Sorgen, weil sie dich nicht erreichen kann und du sie nicht anrufst. Ist was passiert? Mach´ doch mal die Tür auf, Hans." Edgar drückte von außen leicht gegen die Tür, doch Hans wich nicht zurück und hielt dagegen.

„Nichts ist passiert. Ist bloß ein bisschen spät geworden gestern. Ich äääh ...ich rufe Gerti nachher gleich an. Es ist alles in Ordnung."

„Jetzt lass´ mich halt mal rein, Hans. Sollen wir zusammen einen Kaffee trinken?"

„Nein. Verschwinde, Edgar. Ich rufe Gerti gleich an. Ist alles in Ordnung."

Die Tür fiel zu.

Dann halt nicht, dachte Edgar und ging den Plattenweg zum Gartentor zurück. Als er am *Subaru* vorbeikam, spähte er durch das Beifahrerfenster ins Innere. Auf dem Beifahrersitz lagen eine zerknüllte Zigarettenschachtel und ein Streichholzbriefchen. Edgar musste zweimal hingucken, um die Werbeaufschrift lesen zu können. *Balkan Erotik-Club.*

Ein bisschen spät geworden? Mein lieber Scholli, Hans, das ist, gelinde gesagt, stark untertrieben. Hast du eventuell sogar eine Balkan-Dame mit nach Hause genommen? Scheiße, Mann, schüttelte Edgar den Kopf und verließ den Garten.

Er ging einige Schritte Richtung Innenstadt, bis zum Ende des Nachbargrundstücks. Dort stand ein mannshoher Verteilerkasten der Stromversorgungsbetriebe. Edgar blieb unschlüssig stehen, drehte sich einmal um seine eigene Achse.

Was soll ich tun?, dachte er und erinnerte sich, was Melanie gesagt hatte: *Ich will nicht, dass du im Leben meiner Freunde herumwühlst.* Er schüttelte eine Zigarette aus der Schachtel und zündete sie an.

Wenn ich eine Zigarettenlänge hier stehen bleibe, wühle ich nicht herum, sagte er sich und zweckentfremdete den Verteilerkasten als Sichtschutz. Es dauerte eine zweite Zigarettenlänge, bis sich sein Warten gelohnt hatte. Ein Taxi kam angerauscht und hielt vor Hans Krauses Haus. Edgar zückte sein Handy zum Fotografieren. Gleich darauf huschte eine langhaarige Frau in rotem Lederimitatjäckchen, schwarzem Minirock und Netzstrümpfen aus der Haustür, trippelte auf hohen Absätzen zum Taxi, stieg ein und fuhr davon.

Echt Scheiße, Mann, dachte Edgar zum zweiten Mal.

Dem *Balkan Erotik-Club* wurde nachgesagt, sogenannten Flatrate-Sex anzubieten. Einmal wenig bezahlen und alles bekommen. Wie dem Namen zu entnehmen war, stammten die Prostituierten überwiegend aus Ländern des Balkans.

Vielleicht ist ihm das Streichholzbriefchen auch bloß durch einen Fensterspalt ins Auto geworfen worden. Kostenlose Werbung, versuchte Edgar sich in alternativem Denken. *Vielleicht war die Dame Angestellte eines Pflegedienstes und hat ihm beim Anziehen der Stützstrümpfe geholfen.*

Das glaubst du doch selber nicht, Edgar, quakte sein kleiner Mann im Ohr.

Stimmt, das glaube ich nicht, aber es könnte so sein.

Könnte. Und was glaubst du?

Arme Gerti.

Genau.

Und was sag´ ich Melanie?

Aääh, ich bin dann mal kurz weg, Edgar. Gell? Tut mir leid. Bis später.

Feigling.

„Melanie? Kannst du mich hören?" Die Verbindung war miserabel.

„Ja, Edgar, ich höre dich. Warte mal einen Augenblick. Ich geh´ mal ein Stück zur Seite."

Edgar lauschte. Es klang nach Geräuschen aus dem Weltall. *Gleich spreche ich mit einer Alien-Frau.*

„So, Edgar, jetzt ist der Pulk vorbei. Wir sind irgendwo zwischen *Melide* und *Arzúa* auf freiem Feld. Bist du bei Hans gewesen?"

„Ja, war ich. Er sagt, es ist alles in Ordnung."

„Ich will nicht wissen, was Hans sagt, sondern was Edgar sagt."

„Das willst du nicht wirklich wissen, Melanie", rutschte es ihm heraus. *Mist*, dachte er, *jetzt hab´ ich A gesagt, dann muss ich auch O sagen.*

„Was soll denn das heißen? Raus mit der Sprache."

„Gerti hört jetzt aber nicht gerade mit, oder?", erkundigte er sich vorsichtshalber.

„Sie hängt selber grade am Telefon. Ich glaube, sie spricht mit Hans."

„Also, die wichtigste Nachricht zuerst. Er war zu Hause und lebt."

„Aber?"

„Er ist wohl übel abgestürzt", bekannte er.

„Abgestürzt? Du redest jetzt nicht von einem Fahrrad- oder einem Fenstersturz, oder? Sondern von einem Besäufnis?"

Edgar überlegte blitzschnell: *Inwieweit soll ich Hans nun bloßstellen? Darf ich vom Besitz eines Streichholz- briefchens mit eindeutiger Reklame gleich auf einen Bor- dellbesuch schließen? Wenn ja, geht es mich dann etwas an? Geht es Melanie etwas an?*
Wenn eine fremde Frau im Prostituiertenoutfit frühmor- gens sein Haus verlässt, geht es mich etwas an? Geht es Melanie etwas an? Ich habe selber erst vor einer Woche frühmorgens das Haus eine fremden Frau verlassen.

Aber Melanie ist meine Frau. Nicht nur das. Sie ist meine beste Freundin. Meine Partnerin. Meine Vertraute. Und ich traue ihr zu, dass sie mit erworbenem Wissen ver- antwortungsvoll umzugehen weiß. Nicht Hans ist derjeni- ge, den ich schützen muss, sondern unsere Beziehung ist es, die es zu wahren gilt.

„Besäufnis, ja", sagte er. „Im *Balkan Erotik-Club*. Mit anschließendem Hausbesuch einer Dame."

Er hörte, wie sie scharf Luft zwischen die Zähne sog. Melanie zweifelte selten an seinen Worten. Doch jetzt hakte sie nach. „Wie kommst du darauf?"

Er erwähnte das Streichholzbriefchen in Krauses Auto und die Dame, die aus dessen Haus gekommen war. „Ich sende dir ein Foto, wie sie das Haus verlässt."

Sie schniefte. „Ach, Gerti." Nach einer schweigsamen Weile. „Danke, mein Edgar. Jetzt bin ich sehr traurig. Gerti wird es mir ansehen, und ich kann mich nun mal nicht verstellen."

„Dann tu´ es auch nicht", sagte Edgar. „Bis heute Abend, mein Engel."

Frau Holzer drückte ihm zwei Pakete in die Hände. Praktischerweise hatte sie die gerahmten Zeichnungen mit Schnur gebunden und mit einer Trageschleife versehen. Edgar war kurz nach zehn Uhr wieder zu Hause.

Der Gips muss weg, dachte er zum wiederholten Male. *Wer Pakete schleppen kann, kann auch Motorrad fahren.*

Er trug die Pakete in die Kellergalerie und war dabei, die Schnüre aufzuschneiden, als das Handy in der Gesäßtasche vibrierte.

Entweder ist es wieder eine Absage, oder es ist Melanie mit einer Hiobsbotschaft.

Er bettelte bei seiner höheren Instanz darum, dass es Ersteres sein möge.

Es war Wilma. „Hallo, Edgar, störe ich?"

Er atmete erleichtert aus. „Du kommst mir wie gerufen, Wilma."

„Oh", lachte sie, „dann braucht wohl jeder jeden?"

„Wieso? Brauchst du mich?", fragte er.

„Und du? Brauchst du mich?"

Jetzt lachte er. „Du könntest mir helfen, in der Galerie neue Zeichnungen aufzuhängen."

„Okay, und wozu ich dich brauche, sag´ ich dir, wenn ich bei dir bin. Bis gleich."

Die Chinesinnen von gestern hatten die gekauften Grafiken natürlich nicht der Reihe nach von den Wänden genommen, sondern nach Gefallen, und das bedeutete, dass nun Lücken zwischen den verbliebenen Grafiken klafften. Edgar begann, die restlichen Grafiken zueinanderzuhängen, sodass es ein einheitliches Bild ergab.

Wilma lauschte gespannt, als Edgar von der Verkaufsaktion erzählte. „So hat Eliza sage und schreibe siebentausend Euro eingenommen. In einer Stunde, kann man sagen."

„Schade, dass ich schon gegangen war. Den Trubel um die Verkäufe hätte ich gerne gesehen", gab sie ehrlich zu.

„Was ist es, wobei ich dir helfen kann? Bevor du es sagst, musst du wissen, dass ich heute noch in die Klinik nach *Offenburg* will, um den Gips abmachen zu lassen."

„Das ist gut. Ich will nämlich ebenfalls nach *Offenburg*."

„Darf man wissen wohin?"

„Ich will es dir erst sagen, wenn wir dort sind", tat sie geheimnisvoll.

„Verstehe. Das würde dann aber heißen, dass wir zuerst in die Klinik fahren?"

„Ja, freilich, so viel Zeit hab´ ich."

„Worauf warten wir dann noch? Lass´ uns hier die Zeichnungen aufhängen, und dann darfst du über mich verfügen."

Ungefähr eineinhalb Stunden später rief er Frau Holzer an und sagte, dass wegen dringender Termine in *Offenburg* die Kellergalerie heute geschlossen bleiben müsse. Und nach einer weiteren Stunde war Edgars rechter Arm vom Gips befreit. Auf eigene Verantwortung, wie man ihm mitgegeben hatte, denn normalerweise ... „Ja, ja", hatte er versprochen, „ich werde aufpassen und das Handgelenk schonen."

Wilma lenkte ihr Auto aus der Stadt hinaus Richtung Flugplatz.

Edgar kombinierte rasch. „Ich kenne die Strecke. Das ist die Straße zum Tierheim. Lass´ mich raten: Du hast dir einen neuen Hund ausgesucht, hab ich recht?"

„Ja, im Internet", gab sie zu. „Heute Morgen habe ich den Zuschlag bekommen. Eine Hündin. Ähnlich wie meine *Bella*. Ich wollte dich bitten, mit mir zu kommen. Ich hätte gerne jemanden an meiner Seite, der mir Rückhalt gibt, wenn du verstehst, was ich meine. Der auf meiner Seite steht und bestätigt, dass ich das Richtige tue."

„Wie alt ist sie denn?"

„Fünf Jahre. Eine Mischlingshündin."

Edgar kannte das Gebäude. Vor einigen Jahren war er selber hier gewesen. Am Tag der Pensionierung hatte er **seinen** *Müller* aus dem Heim abgeholt. Die zweitbeste Entscheidung seines Lebens, war er überzeugt, wenn er Melanie als seine beste Entscheidung betrachtete.

Nachdem Wilma sich am Empfangstresen des Tierheims vorgestellt und ausgewiesen hatte, wurden sie in die Hundezwingergasse geführt.

„Welchen Hund würdest du für mich nehmen?", fragte Wilma wissbegierig.

Er dachte: *Alle. Man müsste alle Hunde aus diesen Zwingern befreien. Aber man darf sich nicht von Gefühlen leiten lassen, und man darf ihnen nicht in die traurigen Augen schauen, sonst ist man verloren.*

Er zeigte auf eine braun-weiße Hündin. „Die da. Das ist original deine alte *Bella*", sagte er.

„Ja. Das ist sie. Meine neue *Bella*."

„Ein schönes Tier", bestätigte er.

„Ja. Was rätst du mir? Soll ich es machen? Sie zu mir nehmen?" Wilma schaute ihn an.

„Unbedingt", sagte er. „Sie braucht dich, und du brauchst sie."

Die Formalitäten waren schnell erledigt. Mit der neuen *Bella* auf dem Rücksitz fuhren sie nach *Gengenbach* zurück. Beim Aussteigen vor dem Türmchenhaus schlug Edgar vor: „Wenn du willst, können wir uns heute Abend mit den Hunden am Kinzigdamm treffen. Dann sehen wir, ob und wie deine *Bella* sozialisiert ist."

„Gute Idee. Um achtzehn Uhr?", sagte Wilma glücklich und fuhr nach *Berghaupten* weiter.

Im E-Mail-Posteingang waren weitere Absagen zu verzeichnen. Zusammen mit den SMS auf dem Handy zählte er jetzt dreiundsiebzig Absagen.

Und heute ist erst Mittwoch. An die Dunkelziffer, also an Leute, die weder zu- noch absagen, brauch ich erst gar nicht zu denken.

Er zog Blue Jeans an, die schwarze Lederjacke mit den vielen Reißverschlüssen, die Motorradstiefel mit den vielen Schnallen, nahm den visierlosen Helm vom Nagel, setzte die Sonnenbrille auf und schob seine *Harley Davidson* aus der Remise. *Today is the day*, sagte er sich.

Der V-Motor bollerte los. Er langte mit der rechten an den Gasgriff. Ein kurzer Dreh – er spürte die Kraft der Maschine. Der Handbremsengriff – tadellos. Linker Fuß, erster Gang – aus dem Garten. Zweiter Gang, die Straße entlang. Dritter Gang, vierter Gang, aus der Stadt, fünfter Gang – wow - *see you again next year, same place.*

In der Reihenfolge der besten Entscheidungen nahm die *Harley* den unbestrittenen dritten Rang ein.

Er befuhr von *Gengenbach* aus die Verbindungsstraße nach *St. Paulsberg*, und bog auf der Höhe zum Wanderparkplatz ab, wo Tanja Kunzes Leiche gefunden worden war. Er bockte das Motorrad auf und ging einige Schritte in den Wald hinein. Bald sah er das Polizeiabsperrband im Wind flattern. Edgar bückte sich drunter hindurch und betrachtete den Platz.

Hier ist sie nicht ermordet worden, dachte er. *Sie wurde hierher getragen und abgelegt. Aufgebahrt. Da war kein Hass im Spiel. Der Täter hat sein Opfer geachtet, vielleicht sogar geliebt. Aus seiner Sichtweise. Tanja Kunze hat es mit Sicherheit anders empfunden.*

Edgars Bild von der Szene war unvollständig. Es stellte ihn nicht zufrieden. Er sah Tanja Kunzes wahres Gesicht nicht, sondern nur die leblose Computergrafik, die er aus seiner Erinnerung angefertigt hatte. Er sah keinen Widerspruch darin, wenn er sagte, dass die Gesichter von Toten leben. Sie sagen aus, erzählen Geschichten, zeigen Charaktereigenschaften, verraten Neigungen, spiegeln unter Umständen sogar die Tat wieder, durch die sie ums Leben kamen. Ein Computerbild konnte das nicht.

Er kehrte zum Motorrad zurück und setzte sich auf den Sattel. In einem Anflug von Sentimentalität wartete er einen Moment, bevor er den Anlasser drückte. Er und seine *Harley*. Ein besonderes Gespann. Es war jedes Mal eine Zelebration, begonnen mit dem Anlegen der Kluft, bis zum Absetzen des Helms und der Sonnenbrille am Ende einer Tour. Ein Ritual mit beinahe sakralen Vorgaben und Abläufen, ohne die er die Maschine nicht zwischen die Beine nahm. Ein kindisches Verhalten vielleicht, um es nicht neurotisch zu nennen. Und wenn er dann rollte oder bildprächtig irgendwo vorfuhr, dann fühlte er sich mit dem *Marlboro-Cowboy* sinnverwandt, und es war ihm egal, wenn es dabei verdächtig nach Kitsch und Schmalz roch. Gewisse Dinge musste man eben ertragen, wenn man das Motorradfahren so liebte wie er.

Er hasste die Motorradrabauken auf ihren Zweihundert-PS-Raketen. Sie lagen fern jeglicher Biker-Ritterlichkeit. Sie waren unerträglich laut, unerträglich hässlich und unerträglich rücksichtslos. Sie führten die traditionelle Biker-Mentalität ad absurdum und es stank ihm gewaltig, wenn er mit dieser Spezies über einen Kamm geschert wurde.

Nach einem Blick auf die *Breitling* erlaubte er sich eine kurze gemütliche Boller-Runde über *St. Paulsberg*, *Gehlheim*, *Grünweiler*, *Rothweiler* und *Offenburg* zurück nach Hause.

Müller und *Lydia* nahmen die neue *Bella* mit viel Geschick und Feinsinn in ihr harmonisches Hundeleben auf. Sie zeigten ihr, wie fantastisch es war, im seichten Wasser der *Kinzig* dahinzujagen, oder wie lustig es klang, wenn man in Ablaufrohre hineinbellte. Neue Dimensionen für ein Tier, das die längste Zeit im trostlosen Zwinger eines Asylheims gefangen gewesen war.

„Deine Hunde machen das gut mit ihr", meinte Wilma, die zuerst ziemlich ängstlich *Bellas* Schritte in Freiheit verfolgt hatte, mit der Zeit aber immer entspannter wurde. „Sie sind gute Lehrer. *Bella* blüht richtig auf."

„Ja, das tut sie. Sie fühlt sich gleichwertig", erwiderte Edgar.

Sie gingen einige Meter schweigend nebeneinander her. Dann fragte Edgar: „Hast du was von Gottfried gehört?"

„Nur, dass er in Untersuchungshaft ist. Bis zur Gerichtsverhandlung", sagte sie. „Aber was danach wird?"

„Er wird eine Strafe bekommen", sagte er. „Vielleicht muss er eine Therapie machen."

„Und wenn er auf Bewährung freikommt?"

„Es gibt Auflagen, die er einhalten muss. Sonst verliert er die Bewährung. Zum Beispiel dass er sich dir nicht nähern darf."

Sie atmete tief ein und aus. „Das wird ein ewiges Damoklesschwert für mich. Ich kenne ihn doch. Wenn er betrunken ist, hält er sich nie und nimmer an irgendwelche Auflagen. Denk´ an das Messer in meiner Matratze. Das nächste Mal wird er in die Matratze stechen, wenn ich drauf liege."

„Am besten, du wechselst die Türschlösser aus. Richtest dein Handy mit Kurzwahltaste zur Polizei ein. Besorgst dir ein Pfefferspray", riet Edgar.

„Ich besorg´ mir einen Leibwächter."

„Den hast du doch schon. *Bella*", sagt er.

Sie lachte. „Meinst du, ich sehe alles zu schwarz?"

„Nun, ein gesundes Maß an Vorsicht kann auf jeden Fall nicht schaden. Du darfst aber auch immer zu uns kommen oder mich anrufen. Nur, damit du das weißt."

„Danke, Edgar. Du bist ein echter Freund", sagte Wilma.

Sie trennten sich bei der Brücke, die zur Bundesstraße und nach *Berghaupten* führte.

Ich? Ein echter Freund? Hast du das gehört?, fragte er seinen kleinen Mann im Ohr. *Hallo? Hallo?*

„Was bist du nur für ein erbärmlicher Mann, der seinen Freund an die Ehefrau verpfeift? Schäm´ dich, du feige Kreatur."

So lautete die Nachricht auf Edgars Anrufbeantworter des Festnetzanschlusses, die er gegen achtzehn Uhr fünfundvierzig abhörte. Hans Krause. Dieser niveaulose Anruf genügte, um Hans für immer aus Edgars Habitus an Bekannten zu streichen.

Willkommen daheim, dachte er. *So schnell wird man vom echten Freund zur feigen Kreatur. Es ist alles nur eine Frage der Perspektive.*

Er verstand Männer nicht, die sich dermaßen enthemmten. Er verstand deren Lebensführung nicht. Sie besaßen keine Struktur. Wenn die Besinnungslosigkeit ihr wahres Ich darstellte, dann war ihr bürgerliches Leben nur eine Fassade. Eine Lüge.

Edgar wurde regelmäßig von Fassungslosigkeit erfasst, wenn in Nachrichten von Gräueltaten im Rausch der Kriege berichtet wurde. Von Männern, die sich über alle Schranken der Menschlichkeit hinwegsetzten. Von Vergewaltigungen, Folter, Schlächtereien. Als hätten sie nur darauf gewartet, unter dem Deckmantel der Kriege ihre innersten Absurditäten verwirklichen zu können.

Hans´ Deckmantel scheint das willkommene Alleinsein und der Alkohol zu sein, dachte Edgar. *Seine Frau weit weg in Spanien. Wie lange schon gärt in ihm das Verlangen, quasi die Sau rauszulassen? Welches unerfüllte, unterdrückte Leben muss er an Gertis Seite geführt haben? Wie lange kann man das Ungeheuer im Bauch besänftigen, ehe es ausbricht?*

Aber Edgar, zieh´ mal die Handbremse. Nur weil man sich mal die Kante gibt und eine Nutte vögelt, ist man noch lange kein Ungeheuer, bedachte sein kleiner Klugscheißer.

Doch. Es geht ums Prinzip und es geht um Lügen und um Heimtücke und um Vertrauensverlust.

Aber er metzelt doch keine Menschen nieder oder vergewaltig wahllos Frauen.

Doch, das tut er. Er schreddert und opfert Gertis Liebe für seine Geilheit. Und hätten wir Krieg, würde er auch Menschen schlachten und Frauen vergewaltigen. So seh´ ich das.

Warum bist du so hart?

Ich bin nicht hart, ich bin konsequent, dachte er.

„Gerti will nicht wieder nach Hause", sagte Melanie in *Arzúa* am Telefon. „Sie liegt neben mir auf dem Bett und weint ohne Unterlass."

„Ach herrjeh. Und ich hab´s vermasselt, was?"

„Hast du nicht, Edgar. Hast du nicht. Sie ist dir eher dankbar, dass du nicht irgendein Märchen erfunden hast. Und ich konnte ihr ebenfalls keine Lügen auftischen. Das hätte sie sofort bemerkt, und dann hätte ich meine beste Freundin verloren."

„Gerti hat schon selber mit Hans telefoniert, oder?", fragte Edgar.

„Zweimal sogar. Warte mal einen Augenblick. Ich geh´ raus auf den Balkon. So. Jetzt kann ich freier sprechen. Beim ersten Mal hat er alles abgestritten. Als ich ihr dann deine Beobachtung von dem Streichholzbriefchen und dem Damenbesuch erzählt habe und sie ihn daraufhin angesprochen hat, gab er es nach vielen Ausflüchten zu. Tja, und jetzt will sie ihn nicht mehr sehen. Und das nach fast dreißig Jahren Ehe."

„Da bin ich froh, dass du bei ihr bist, Melanie. Eine bessere Betreuung kann sie nicht finden. Morgen habt ihr Ruhetag. Mit deiner Hilfe renkt es sich vielleicht wieder ein", sagte Edgar, doch seine innere Stimme meckerte:

Was redest du da für einen Unsinn. Du weiß doch genau, dass sich nichts wieder einrenken lässt. Dass es nie wieder so wird, wie es vorher war. Hast du doch vorhin selber gesagt: Lüge, Heimtücke, Vertrauensverlust. Erinnerst du dich?

Verdammt, du sollst nicht dazwischenquatschen, wenn ich mit Melanie rede. Das war mehr so eine Redensart, um jemandem Trost zu spenden. Eine Floskel, wenn du so willst.

„Das glaube ich nicht, mein Edgar, und ich weiß, dass du noch weniger dran glaubst", sagte Melanie. „Dein Handgelenk konnte gegipst werden. Ein gebrochenes Herz kannst du nicht gipsen. Wie geht es eigentlich deinem Handgelenk?"

„Oh, herrlich. Der Gipsverband ist weg, und ich bin heute die erste Runde mit dem Motorrad gefahren. Aber um zum Thema zurückzukommen: Ich weiß was du meinst, und ja, du hast recht: Ich glaube nicht daran. Der Nimbus der Unverletzlichkeit der Seele ist zerstört. Und Liebe ist Seele, nicht wahr?"

„Ja. Liebe ist Seele", sagte sie. Und dann: „Edgar, ich möchte Gerti ein Angebot machen. Sie lehnt jetzt nämlich jeden Gedanken an ihr Zuhause ab. Sie will nichts wie von dort weg, weg, weg. Um ihr ein wenig den Druck vor dem Wohin zu nehmen. Ich sage ihr, dass sie vorerst bei uns wohnen kann. Nur, damit sie sich an eine feste Größe klammern kann, verstehst du? Möglicherweise denkt sie morgen ganz anders und ist nicht mehr so verzweifelt. Jetzt ist ihr Schmerz halt erst wenige Stunden alt. Wie denkst du darüber? Du musst auch nicht sofort darauf antworten."

„Nennen wir es so: Es würde mich wundern, wenn du ihr das Angebot **nicht** unterbreiten würdest", sagte er.

So war sie, seine Melanie. *Wenn es sie nicht gäbe, müsste ich sie mir backen*, dachte er, nachdem sie das Gespräch beendet hatten. Szenen ihres gemeinsamen Lebens passierten Revue. Wie sie sich im Turbotempo kennengelernt hatten; die Abenteuer; die Meilensteine ihrer Beziehung. Eine Erfolgsgeschichte.

Zu später Stunde rief Rita Böhringer an. „Du hast bestimmt schon auf meinen Anruf gewartet, oder?"

„Du bist eine tolle Kriminalkommissarin. Du hast den siebten Sinn", sagte er.

„Nein, den hab´ ich nicht, und Ergebnisse hab´ ich auch keine." Ihre Stimme klang müde.

„Doch, die hast du. Tanja Kunzes Eltern waren da und haben ihre Tochter identifiziert, richtig?"

Sie ächzte. „Ja, stimmt. Aber ihre Befragung hat nichts gebracht. Sie wussten weder etwas über Freunde noch über Bekannte ihrer Tochter. So wie das oft ist, wenn sich die Wege zwischen Eltern und Kindern irgendwann getrennt haben."

„Sagt die blutjunge Kriminalkommissarin mit Lebenserfahrung", veräppelte er sie.

„Dazu sag´ ich nur ein kurzes Haaa, Haaa."

„Aber die Fahndung nach Mister Unbekannt läuft?"

„Läuft. Alle Streifenwagenbesatzungen fahren mit dem Phantombild in der Gegend herum. Bis jetzt Fehlanzeige. Dr. Brenneis hat wohl eine Spermaspur gefunden. So wenig, dass er meinte, der Täter hat den Haupterguss irgendwo anders hinterlassen. Missglückter *Coitus interruptus*, würde ich sagen. Gleiche DNA wie der Hautfetzen unter Tanjas Fingernagel."

Edgar kramte noch etwas aus seinem Hinterstübchen.

„Warst du nicht bei ihrer früheren Arbeitsstelle als Friseurin? Hast du dort etwas herausgekriegt?"

„Ach so, ja. Nein. Dort hat in der Zwischenzeit zweimal der Inhaber gewechselt. Da weiß keiner was von seinem Vorgänger, geschweige denn von seinem Vorvorgänger. Und noch weniger von den Angestellten des Vorvorgängers. Leider."

„Immerhin hast du es probiert, Rita. Wenn ihr über kurz oder lang den Täter nicht schnappt, dann musst du halt tiefer graben und den Vorvorgänger ermitteln. Das ist dann hartes Brot. Gute Nacht, und danke."

Dreizehnter Tag
Donnerstag, 18. Mai 2023, Christi Himmelfahrt

Als Edgar vor sechs Uhr erwachte, war der Himmel grau wie Schimmel auf einem tagealten Marmeladebrot. In einem Traum hatte er eine Seereise mit einem Freund unternommen, mit dem er wegen einer Nichtigkeit in Streit geraten war. Der Freund hatte ihn eine feige Kreatur genannt und war ohne Vorwarnung über die Reling ins Meer gesprungen.

Die Sache mit Hans Krause hing ihm nach. Hätte er zu ihm sagen sollen: *Hör´ mal, Hans, was du da gerade abziehst ist allerunterste Schublade. Ich finde es Gerti gegenüber total Scheiße. Aber ich denke, dass es nur ein einmaliger Ausrutscher war. Deswegen tue ich einfach so, als hätte ich nichts gesehen und die Angelegenheit bleibt unter uns Männern, okay?*

Nun war Gerti in Spanien und wollte nicht mehr zu Hans nach Hause, weil Edgar es für nötig gefunden hatte, Melanie alles brühwarm aufs Brot zu schmieren, anstatt Hans Krause ins Gebet zu nehmen oder einfach nur solidarisch die Schnauze zu halten.

Edgar ließ sich prächtig die Laune verderben, und er nahm es gleich hart auf hart. *Zuerst hab´ ich Wilmas Ehe den Todesstoß versetzt, indem ich eine Nacht in ihrem Haus verbrachte; und als zweites hab´ ich Gerti die Ehe vermasselt, weil ich zu neugierig gewesen war anstatt meiner Wege zu gehen. Du bist ganz schön effizient, Edgar*, dachte er. *Alle Achtung.*

Müller und *Lydia* registrierten mit feinen Sensoren, dass mit ihrem Boss heute nicht gut Kirschen essen war. Sie drückten es durch schräge Blicke auf ihn aus und sahen sich bemüht, sein Nervenkostüm nicht über Gebühr zu strapazieren, denn immerhin ging er seiner Pflicht nach. Unter Vergnügen auf dem Kinzigdamm jedenfalls verstanden sie etwas anderes. Es war halt einer dieser Hundstage. Kommt in den besten Familien vor.

Er verrichtete die gewohnten morgendlichen Tätigkeiten routinemäßig. Eingespielte Mechanismen, wie ein Fußballexperte kommentieren würde. Das Zähneputzen auf einem Bein stehend hatte er längst aufgegeben, und er kämmte die langen Haare, nun, da der Gips ab war, wie immer mit der rechten Hand. Pfeif auf Alzheimer.

„Du wirkst niedergeschlagen, mein Edgar", bemerkte Melanie mit ihrem sensiblen Gespür für seine Befindlichkeiten. „Hat dir etwas auf den Magen geschlagen?"

Er erzählte ihr von seinem Traum und der Erkenntnis, dass durch ihn zwei Ehen kaputt gegangen waren.

„Ich glaube, der einzige Mensch, der ohne Schaden zu erleiden mit mir auskommt, bist du. Für alle anderen bin ich sowas wie ein Unglücksengel. Zudem habe ich bis heute sechsundneunzig Absagen für meine Versammlung erhalten."

„Daher weht der Wind also. Du fühlst dich verantwortlich. Aber sieh´s doch mal so: Wenn der Wurm in Wilma Solbergs und Gertis Ehen bereits drin steckte, dann hast du ihn bloß ans Tageslicht gelockt. Früher oder später wäre es ohnehin zum Eklat gekommen, und da lautet meine Devise: Je früher desto besser. Oder mit anderen Worten: Wenn du ein totes Pferd reitest, steig ab."

„Gut gebrüllt, Löwin. Nur dass mein Name damit in Verbindung steht und ich mir im Handumdrehen zwei veritable Feinde geschaffen habe."

„Edgar! Wie viele Feinde hast du dir im Laufe deiner Dienstzeit wohl schon gemacht? Ich habe bisher nicht das Gefühl gehabt, dass dich das besonders belastet. Du bist Edgar Schaaf. Ein Mann mit einem Namen, den viele Menschen mit Respekt aussprechen."

„Du meinst, viel Feind, viel Ehr´?"

„Nein. Das wär´ ja doof. Ich meine mit Anerkennung. Positiv denken, Edgar. Und wegen der Absagen: Du hältst die Versammlung ab für die Leute, die sich wirklich interessieren. Wenn es nur zehn oder zwanzig sind, dann akzeptiere es und gib´ für sie dein Bestes. Weine nicht den Zweihundert hinterher, bei denen du sowieso nichts erreichen könntest."

„Reden wir von dir. Wie war deine Nacht?"

Melanie atmete hörbar tief ein und aus: „Dafür, dass wir kaum geschlafen haben, war sie sehr gut. Gerti und ich haben die halbe Nacht intensiv geredet. Wir haben uns erst gegen vier Uhr schlafen gelegt. Jetzt ist sie ziemlich erschöpft, und ich bin froh, dass heute ein Ruhetag ist. Ich hab´ ihr übrigens das Angebot gemacht, bei uns bleiben zu können, und diese Aussicht hat sie dankbar aufgenommen. Ich meine, Zimmer haben wir ja genug in unserem großen Haus, nicht wahr?"

Womit Melanie eindeutig recht hatte. Edgar war nach dem Telefonat umgehend in den ersten Stock gestiegen und hatte sich die Zimmerverhältnisse vor Augen geführt. Da war das gemeinsame Schlafzimmer; dann Melanies

Ankleidezimmer; sein Single-Schlafzimmer mit Büro und das große Badezimmer. Daneben lagen zwei weitere Räume, die überwiegend ungenutzt und im entfernten Sinn als Gästezimmer vorgesehen waren.

Für Gäste, die wir noch nie hatten und nie haben werden, dachte er. So betrachtet genug Platz für Gerti, so sie sich denn für Melanies Angebot erwärmen kann. *Das alles zu arrangieren ist sicherlich kein Hexenwerk.*

Etwas positiver gestimmt schien ihm der Himmel nicht mehr so zuwider zu sein. Er ähnelte nun besagtem Schimmel mit Hintergrundbeleuchtung.

Melanie hat es auf den Punkt gebracht, dachte er. *Wenn ein Sänger ein Konzert geben will, muss er für die singen, die im Konzertsaal sitzen. Ganz gleich, wie viele es sind.*

Trotzdem plagte ihn ein inneres Sammelsurium aus Unruhe, Unzufriedenheit, Wut und Machtlosigkeit. Zutaten, aus denen sich eine vorzügliche Bombe basteln ließe, und es kostete ihn einiges an Zurückhaltung, sich nicht direkt und voreilig auf die Suche nach einer Zündschnur zu begeben.

Mit der Musik von *Chris Rea* auf den Ohren stieg er in *Gengenbach* in die S-Bahn nach *Offenburg* ein. Er liebte *Chris Reas* Spiel auf der Slide-Guitar, besonders auf dem Blues-Album „*Stony Road*". Was er in *Offenburg* eigentlich wollte, war ihm selber nicht richtig klar, nur dass er ein unbestimmtes Bedürfnis verspürte, in Bewegung sein zu müssen. Aktiv zu sein.

Letztlich musste er unvermeidlich zugeben, dass die Polizeidirektion sein Ziel sein würde. Schwachsinn, sich etwas anderes einzureden zu versuchen. Und so wie die Botschaft Fuß gefasst hatte, geriet sein Antriebsmotor in

Fahrt, wuchs der Ärger darüber, nicht zu den Auserwählten zu gehören, wie früher, wenn er als Kind erst dann zur Fußballmannschaft gewählt wurde, wenn auch keine Mädchen mehr zur Wahl standen. Eine Demütigung.

Als er aus der S-Bahn ausstieg, war er klug genug, nicht sofort zur Polizeidirektion zu marschieren. Er glich einem Ozeandampfer, der eine riesige Bugwelle aus Frust vor sich her schob. In diesem Zustand durfte er dort nicht aufkreuzen. Zum Glück wusste er, wo er den Dampfer zum Frustabbau auf Reede legen konnte. Im Café am Marktplatz mit den anerkannt besten Zimtschnecken der Stadt.

Auf dem Fußweg dorthin wunderte er sich, dass unterwegs alle Geschäfte geschlossen waren. Auch in der Innenstadt, die großen Warenhäuser – alle dicht, alle Türen zu. Aber das Café hatte zum Glück geöffnet. Die Bedienung, die ihm den Kaffee und die Zimtschnecke brachte, beantwortete seine Frage nach dem Grund für die geschlossenen Läden lapidar mit: „Feiertag. Christi Himmelfahrt."

Ach du grüne Neune. Dann ist auch Melanies Aquarelle und Poesie geschlossen.

Was willst du denn auf der Polizeidirektion?, stichelte sein kleiner Stänkerer. **Du bist out. Nachrichtensperre.**

Du verstehst nichts von Psychologie, antwortete er. *Oder glaubst du, der Hühnerhabicht fliegt nur dann über den Hühnerhof, wenn er Hunger hat? Nein. Er zeigt sich den Hühnern fortwährend, damit sie wissen, dass er da ist.*

Du bist also der Hühnerhabicht.

Bist du verrückt? Das war eine Metapher. Ich bin Edgar Schaaf. Und als solcher will ich zeigen, dass ich noch da bin.

Weil du denkst, dass es ohne dich nicht geht?

Vielleicht kriegen sie es ohne mich hin. Aber das ist mir zu ungewiss. Genauso gut kann ich würfeln.

Edgar brachte nur zehn Minuten auf der Polizeidirektion zu. Er ging zum Haupteingang hinein, drehte eine Runde durchs Erdgeschoss und den ersten Stock, machte sich bei Rita und Ferdinand Oberländer lautstark bemerkbar – und trottete wieder von dannen.

Zufrieden war er nicht. *Ich war kein Hühnerhabicht, sondern ein Spatz*, dachte er. *Viel Lärm um nichts. War dieser läppische Auftritt eines Edgar Schaafs würdig? Ich hab´ mich verhalten wie ein schlechter Straßenmusikant: Laut gesungen, bloß um einen lächerlichen Cent zu bekommen. Nichts nervt die Kollegen mehr, als ein Ex-Polizist, der nicht loslassen kann.*

Wieder zu Hause legte er sich auf die Couch. Nicht zum Schlafen, sondern zum Schämen. Ohne dass er es merkte, rannen ihm bittere Tränen aus den Augen. Wehmütig betrachtete er den Bogen seine Karriere. Der allmähliche Aufstieg, der Zenit seiner Leistungsfähigkeit, und nun der Abstieg und der Fall in die Bedeutungslosigkeit. Nur noch wenige Zentimeter bis zum Ende des Bogens, wo er in die Erde versank.

Herrgott nochmal, bin ich jetzt suizidgefährdet, oder was?

Er rappelte sich müde hoch und hangelte sich die Treppe hinauf in sein Büro, wo er sich an den Schreibtisch setzte und geistlos die Landkarte mit den Hundeköderdaten anstarrte, bis ihm schwarz vor Augen wurde. Wie lange er so gesessen hatte, wusste er im Nachhinein nicht genau zu sagen. Jedenfalls wurde er aus seiner Gedankenlosigkeit gerissen, als jemand energisch an den Türrahmen klopfte.

„Sag´ mal, Edgar, was ist denn los? Ich klingle und rufe unten vor der Haustür, und kein Schwein macht auf?", maulte Pit Ferman leicht angesäuert.

„Pit? Äääh, was machst denn du hier?"

„Was ich hier mache? Hallo? Es ist Donnerstag? Kurz nach Mittag? Klappstühle holen?"

„Heute ist Feiertag, falls du es noch nicht bemerkt haben solltest. Wie kommst du überhaupt hier rein?"

„Die Tür war nicht abgeschlossen. Da hab´ ich mir erlaubt nachzusehen, wenn´s recht ist. Aber was hast du gesagt? Feiertag? Was denn für ein Feiertag? Hättest du das nicht früher wissen können? Heißt das jetzt, dass wir die Stühle nicht holen?"

„Nicht holen können, Pit. Christi Himmelfahrt. Tut mir leid wegen der Umstände. Ich hab´ das mit dem Feiertag selber erst heute Morgen bemerkt. Ich war ... wohl ... weggetreten."

„Das merk´ ich", sagte Pit. „Ist bei dir alles in Ordnung? Muss ich mir Sorgen machen?"

„Nein, nein, alles okay. Ich hab´ einfach schlecht geschlafen. Warte eine Sekunde, ich geh nur mal rasch auf die Toilette."

Edgar warf sich kaltes Wasser ins Gesicht. Beim Blick in den Spiegel fragte er sich, ob das Gesicht, das ihm entgegenschaute, wirklich das von Edgar Schaaf war. Er wischte mit der Hand über die Augen. *Ich bin Edgar*

Schaaf, sagte er sich. *Edgar Schaaf. Der im Spiegel sieht mir nur ähnlich.*

Zurück im Büro hielt Pit ein Blatt Papier in den Händen.

„Was hast du denn mit diesem Mann zu tun?", fragte er und hielt Edgar das Phantombild des Mannes ohne Gesichtsmimik unter die Nase.

„Rita Böhringer fahndet nach ihm im Zusammenhang mit dem Mord an Tanja Kunze. Du erinnerst dich? Der tote Hund in *Rothweiler*. Man hat gestern früh die Leiche von Tanja Kunze gefunden. Warum fragst du?"

„Wenn sie ihn sucht, kann ich ihr helfen. Das ist unser Paketzusteller", sagte Pit.

„Was? Was sagst du da?" Edgar schüttelte den Kopf. Plötzlich war er elektrisiert. Die Amnesie war wie weggeblasen.

„Das ist unser Paketzusteller. Er kommt zweimal pro Woche. Moment." Er angelte sein Handy aus der Hosentasche und drückte eine Kurzwahltaste. „Eliza? Ja, ich bin´s. Du, der Paketzusteller, der dir die Arbeiten von *Hoffmann und Wirz* bringt und holt – wie heißt er? Wie? Litscher? Weißt du auch den Vornamen? Nein. Okay. Und die Firma? Wie? *Quicklog*? Gut. Danke. Bis später, Schatz."

Zu Edgar gewandt sagte er: „Herr Litscher von der Firma *Quicklog*. Das ist er hundertpro."

„Beschreib´ ihn, Pit. Wie sieht er aus?"

„Das erste Wort, das mit einfällt, ist anämisch. Eliza nennt ihn *Buster Keaton*, weil sie ihn noch nie hat lachen sehen. Kleiner, spitzer Mund. Bleiches Gesicht. Dünne hohe Augenbrauen. Stirnlocke wie *Napoleon*, braune

Haare, Alter etwa fünfundvierzig oder älter. Schlanke Figur, mittelgroß."

„Erzähl´ doch mal. Er kommt zweimal die Woche zu euch?"

„Ja. Montags und freitags. Du weißt, dass Eliza für das Architekturbüro *Hoffmann und Wirz* in *Offenburg* Aufträge bearbeitet. Früher mussten wir die immer selber holen und bringen. Seit Januar macht das jetzt die Firma *Quicklog.*"

„Ist es immer derselbe, der kommt?"

„Dieser Litscher kommt erst seit April zu uns. Von Januar bis März war es ein anderer. Die haben da so ein System. Rotation genannt. Ich kenne das noch von meiner Tätigkeit als Zolldeklarant in der Schweiz. Die Schweizer Zöllner wechselten turnusmäßig ihre Arbeitsstellen. Also die Zollämter. Aus dem einfachen Grund, um eventuellen Vertraulichkeiten und Vorteilnahmen zwischen Kunden und Zöllnern von vornherein einen Riegel vorzuschieben. Soweit ich mich erinnere, fanden die Wechsel vierteljährlich statt. Wie´s aussieht, haben manche Firmen in Deutschland mit direktem Kundenkontakt ähnliche Systeme installiert. *Quicklog* gehört dazu."

„Höchst interessant. Ich bin nämlich einem ähnlichen System auf die Spur gekommen. Das würde perfekt zu Litscher von *Quicklog* passen."

Edgar erklärte ihm die auffälligen vierteljährlichen Wechsel der Köderfunde zwischen Rothbachtal und Kinzigtal.

„Verstehst du? Er wechselt seinen Zustellbereich, und mit ihm wechseln auch die Köderfunde. Verdammt, Pit, das passt. Litscher ist auch der Hundehasser, den ich suche. Als Paketzusteller gehört er zu dem Personenkreis, die dem täglichen Stress mit Hunden ausgesetzt sind."

Edgar nahm sein Handy und wählte Ritas Nummer.

„Rita Böhringer. Edgar, nicht jetzt", raunte sie ins Telefon.

„Doch Rita. Jetzt. Der Mann, nach dem du fahndest, heißt Litscher. Vorname unbekannt. Er arbeitet als Paketzusteller bei der Firma *Quicklog*. Schnapp´ ihn dir. Pit Ferman hat ihn anhand des Phantombildes identifiziert. Und wenn du ihn hast, reibe ihm auch die Hundeköder unter die Nase. Bis später, Rita."

Pit Ferman und Edgar verabredeten sich wegen der Klappstühle und der Einkäufe auf Freitagmorgen.

„Trinkst du noch ein Bier mit?", fragte Edgar. Er war total aufgedreht. „Wenn der Hundehasser gefasst ist, ist die Versammlung morgen Abend womöglich für die Katz. Ich überlege, für die, die kommen, einfach einen Film zu zeigen. *Bambi*, oder *101 Dalmatiner*. Für Hundehalter etwas mit Hunden. *Strolchi* ginge auch. Was meinst du?"

Pit griff ihm an die Stirn. „Aha. Das Jagdfieber. Quatsch. Wenn ich dich nicht kennen würde, würde ich meinen, dass du es ernst meinst. Und nein, ich trinke kein Bier mit. Muss noch weg. Hochzeitsvorbereitungen für Christina und Charly."

„Oh, das ist schön. Aber morgen seid ihr da. Eliza und du."

Edgar liebte es, wenn nach polizeilichen Ermittlungen die Puzzleteile zusammenpassten und sich ein plausibles Bild ergab. Im Fall des Paketzustellers Litscher fügte es sich wie er es brauchte. Sogar sein System mit dem Wechsel der Täler war durch Pits Erklärung schlüssig untergebracht. Dass in den ersten fünf Monaten des Jahres das System keinem System mehr folgte, mochte vielerlei Gründe haben. Personelle Engpässe bei *Quicklog*, beispielsweise.

Edgar ging jede Wette ein, dass Litscher auch der Paketzusteller bei Tanja Kunze war. Er dachte an die Wolle-Lieferungen und an den Versand der fertigen Produkte. **Strick-Art-Studio. Strickarbeiten auf Bestellung.** Daher kannten sie sich.

Eigentlich brauche ich jetzt nur noch zu warten, dachte er. *Draußen im Garten. Mit meinen Hunden, einem Glas Wein und einer Zigarette. Wobei: Einen Erfolg kann man erst dann richtig genießen, wenn man ihn mit jemandem teilt. Melanie hat Ruhetag. Die wird staunen.*

„Wir haben ihn, den Hundehasser", rief er ins Telefon, sobald er ihre Stimme hörte. „Nebenbei ist er auch noch ein Mörder, aber wir haben ihn."

„Na, das ist doch eine gute Nachricht. Im Gegensatz zu heute früh bist du richtig euphorisch."

„Ja. Ich hatte sein Bild, und Pit Ferman hat ihn erkannt. Es kann sich nur noch um Stunden handeln."

„Wie? Ich dachte, ihr habt ihn?", bremste Melanie seinen Schaum.

„So gut wie. Wir haben ihn auf dem Schirm, verstehst du? Rita wird ihn festnehmen, keine Frage."

„Und was machst du dann die restliche Woche, wenn du nichts mehr zu kriminalisieren hast?"

Was soll ich jetzt von dieser Frage halten? War das Spaß oder Ironie?, dachte er.

Hallo Edgar, rief sein kleiner Ohrenmann. **Du redest mit Melanie. Verstehst du deine Frau nicht mehr?**
Ääää, doch.
Dann denk´ nicht so ´nen Scheiß.

„Das ist nett, dass du dir Sorgen um meine Freizeitgestaltung machst, aber es wird mir schon etwas einfallen", versicherte er und wechselte sicherheitshalber das Thema. „Und ihr? Was treibt ihr so? Wie geht es Gerti?"

„Och, wir waren heute Mittag gemütlich essen. Gerti braucht jetzt viel Seelenmassage. Sie befindet sich augenblicklich in einer Art schwerelosem Zustand. Leicht wie ein Blatt im Wind, ihrer kräftigen Wurzeln beraubt. Ätherisch, möchte ich es nennen. Ich muss sie festhalten, sonst fliegt sie mir davon. Dann schwankt sie wieder zwischen Fassungslosigkeit und ungläubigem Staunen. Über dreißig Jahre Ehe sollen verlogen gewesen sein? Sie zweifelt an sich selbst, weil sie all die Jahre einem Mann gegeben hat, den sie in Wahrheit gar nicht kannte. Alles wird in Frage gestellt. Und irgendwann wird der Zorn kommen."

„Ein gesunder Zorn, hoffentlich", sagte Edgar.

„Ja, und dann möchte ich bei ihr sein, damit er in die richtigen Kanäle fließt."

„Du wirst bei ihr sein", versprach Edgar.

Wilma wartete an der Brücke. Als sie Edgar mit *Müller* und *Lydia* kommen sah, ließ sie ihre *Bella* von der Leine. Die Hunde sprinteten sofort aufeinander zu. Man kannte sich mittlerweile.

„Hallo, Wilma. Na, wie läuft´s mit deiner *Bella*?"

„Mit *Bella* läuft´s gut, und mit mir läuft´s ebenfalls gut", sagte sie. „Sie ist ein ganz lieber und verschmuster Hund. Wir tun einander gut."

„Das freut mich. Hast du Lust mit zur Straußwirtschaft zu wandern? Ich lade dich zum Abendessen ein."

„Oh, danke, hast du Geburtstag?"

„Das nicht, aber bei mir ist es heute auch gut gelaufen. Also?"

„Dann hast du bestimmt etwas zu erzählen. Geh´n wir."

Edgar kam an den tellerbreiten Schnitzeln der Strauß-wirtschaft nicht vorbei, und *Müller* und *Lydia* wussten aus Erfahrung, dass für sie eine Wurst abfallen würde. Da er *Bella* nicht einfach ignorieren konnte, spendierte er auch ihr eine Wurst. Glücklich legten sich die Hunde unter den Tisch. Wilma begnügte sich mit einer Wurst-Käse-Platte.

„Wenn ihr den Hundehasser gefasst habt, dann erübrigt sich doch die Versammlung morgen Abend, oder?", fragte Wilma.

„Ich kann sie leider nicht mehr absagen. Du wirst um dein Interview leider nicht herumkommen", antwortete er. „Darauf hast du doch gehofft, nicht wahr?"

Sie grinste verschmitzt. Da entdeckte Edgar an einem Tisch neben dem Durchgang zu den Toiletten einen Mann, den er nur allzu gut kannte. Über einen Humpen Bier ge-beugt hockte Hans Krause und brütete, den Blick finster auf Edgar gerichtet, vor sich hin. Seine Lippen bewegten sich, als würde er Selbstgespräche führen.

„Darauf hast du doch gehofft?", wiederholte Edgar die Frage und wandte sich Wilma zu.

„Dagegen hätte ich nichts", gab sie ehrlich zu.

„Viele Leute werden sowieso nicht kommen", meinte er und guckte wieder zu Hans Krause, der sich, beide Fäuste auf den Tisch gestemmt, gerade aufrichtete und dabei das Bierglas umschüttete.

Er ist besoffen, dachte Edgar.

Krause hatte Mühe, zwischen die Tische zu treten. Als er es geschafft hatte, steuerte er schwankend auf Edgar zu.

„Das wird dir noch leidtun, du beschissener Freund", nuschelte er gehässig und trat nach *Lydia*, deren Hinterteil ein Stückchen unter dem Tisch hervorragte. *Lydia* heulte auf und wirbelte herum. *Müller* begann tief aus der Brust angriffslustig zu knurren und drängte unter dem Tisch hervor. Edgar sprang von der Bank auf, erwischte *Müllers* Halsband und hielt ihn zurück.

Dann war bereits der Wirt zur Stelle. Er packte Krauses Arm, drehte ihn gekonnt auf den Rücken und bugsierte Krause mit sanfter Gewalt aus der Wirtschaft.

„Weiß deine Melanie, dass du es mit anderen Frauen treibst?", brüllte Krause, bevor die Tür hinter ihm zuschlug.

Wilma hatte die Hand auf die Herzgegend gelegt. „Was war das denn?", fragte sie mit aufgerissenen Augen.

„Mein neuer Intimfeind", antwortete Edgar äußerlich gelassen. „Ich erzähl´s dir auf dem Heimweg. Jetzt lass´ uns essen."

Der Wirt kam und stellte ungefragt zwei Schnäpse auf den Tisch. „Für den Schrecken", sagte er. „Geht aufs Haus."

.

Lydia hatte keine erkennbare Verletzung erlitten. Sie lief rund und verhielt sich wie immer.

Krauses Geschichte war bald erzählt. „Du erfährst sie nur, weil du gerade ein ähnliches Schicksal hinter dir hast", hatte Edgar beigefügt. „Und sie soll auch nicht in der Öffentlichkeit breitgetreten werden, wenn du verstehst, was ich meine. Dass sich Hans Krause aber saublöd aufführt, ist eine andere Sache. Unverzeihlich sowas. Vergiss´ nicht. Morgen Abend. Versammlung. Halb sieben."

Dann hatten sich ihre Wege wieder an der Brücke getrennt.

Das Wetter war nachmittags von Stunde zu Stunde freundlicher geworden. Die Sonne hatte den Hochnebel durchbrochen und tauchte das Kinzigtal in ein fototechnisch feinzeichnerisches Licht; wohltuend für das Auge.

Edgar verlegte den Abend nach draußen. Zunächst verfolgte er die Tagesschau auf dem Laptop.

Das Leck an der *Nord Stream 2*-Gasleitung konnte behoben werden.

Erstmals war jedes dritte in Deutschland verkaufte Auto ein E-Auto.

Das *Great Barrier Reef* vor Australien war nicht mehr zu retten.

China glückte, erstmals seit der amerikanischen Apollo 17-Mission, eine bemannte Mondlandung.

Danach verfolgte er bei *YouTube* einen Konzertmitschnitt der Rockband *Queen* in *Montreal*, den er bald wieder wegdrückte, weil sich für seinen Geschmack *Freddie Mercury* und *Brian May* auf der Bühne wie Roboter zu einer vorgeschriebenen Choreografie bewegten.

Mit zunehmender Dunkelheit zog der Desktop Motten und Nachtfalter an. Edgar schaltete den Laptop aus. Er wartete auf Rita.

Wo bleibt sie denn? Es ist nach zweiundzwanzig Uhr, verdammt.

Die Flasche Wein war leer. Er ging ins Haus, um eine neue zu holen.

„Das nenne ich Timing", begrüßte ihn Rita, eine Sporttasche in der Hand, als er mit einer vollen Flasche zurück in den Garten kam.

„Hallo Rita. Was hast du denn mit der Tasche vor? Sind da die Vernehmungsprotokolle drin?"

„Ha, du denkst wohl immer nur an das Eine, was? Nein, schau mal auf die Uhr. Glaubst du, ich fahre so spät noch nach Hause? Ich übernachte bei dir, wenn´s recht ist."

„Hm", machte Edgar. „In dem Fall lass´ uns ins Haus gehen. Es wird hier draußen doch merklich frisch. Hast du noch Hunger? Ich kann eine Pizza in den Ofen schieben."

„Ick könnt´ dir knutschen", sagte sie.

Fünfundzwanzig Minuten später dampfte eine heiße Pizza auf dem Tisch und Rita kaute mit vollen Backen.

„Wieso fragst du nix?", fragte sie zwischen zwei Bissen.

„Ich wollte dich nicht unnötig stressen. Jetzt iss erst mal."

„Er heißt Mario Litscher, wohnhaft in *Ortenberg*, achtundvierzig Jahre, unverheiratet, nicht geschieden, nicht verwitwet, von Beruf Kraftfahrer. Die Eltern wohnen in *Calw* im Nordschwarzwald. Wir haben ihn bei sich zu Hause festgenommen und den Lieferwagen der Firma.

Quicklog beschlagnahmt. Er hat die Tat bereits gestanden. Die Beweise waren einfach zu erdrückend."

Sie nahm wieder einen Bissen, und Edgar wartete auf die Fortsetzung.

„In seiner Wohnung haben wir nämlich Tanja Kunzes Handtasche und ihr Handy gefunden. So wie es aussieht, hat er sie gestalkt. Eine Wand in seiner Wohnung hängt voll mit Fotos von ihr, die er heimlich geschossen haben muss. Hunderte Fotos. Auf seinem Computer sind auch kurze Videos gespeichert, die er mit einer *Body cam* aufgenommen hat, vermutlich auch ohne Wissen von Tanja Kunze. Videos, wenn er ihr Pakete ins Haus zustellte oder von dort abholte."

„Hat er sie mit Anrufen belästigt? Mit SMSen?"

Rita schüttelte den Kopf. „Gar nicht. Was wir auf Tanja Kunzes Handy aber entdeckt haben, sind zum Beispiel Aufnahmen aus deiner Kellergalerie. Elizas Grafiken. Wir vermuten, dass sie sie als Designvorlagen für ihre Strickarbeiten verwenden wollte. Von Mario Litscher aber nichts. Er hat sich auf andere Weise hervorgetan, indem er ihr kleine Geschenke machte. Wenn sie eine Wollelieferung erwartete, hat er manchmal, mit einem anonymen Absender, Päckchen bei ihr abgegeben. Von einem stillen Bewunderer, wie er sagte. Nippes, wenn du mich fragst."

„Wie ist es dann zur Tat gekommen? Wieso hat er sie getötet? Allem Anschein nach war er doch krankhaft verliebt."

„Ja. Das ist bizarr. Ursprünglich hatte er vorgehabt, sich ihr zu erkennen zu geben. Ihr seine Liebe zu gestehen. Aber er hat sich nicht getraut. Sein Plan B war, sie nach dem Verlust ihres Hundes zu trösten. Für sie da zu sein.

Darum hat er ihren Hund im Garten vor ihrem Haus erschossen. Dummerweise war Tanja Kunze im gleichen Augenblick vom Einkaufen zurückgekommen und hatte ihn mit der Pistole gesehen. Als sie zu schreien anfing, hat er sie mit der Pistole bedroht, sie in seinen Lieferwagen gesperrt und war zuerst planlos mit ihr durch die Gegend gefahren. Auf dem Parkplatz bei *St. Paulsberg* hat er sie dann im Laderaum des Lieferwagens mit der Pistole zum Geschlechtsverkehr gezwungen und dabei erwürgt. Ihren Körper hat er anschließend in den Wald getragen und abgelegt. Allgöwer hat im Laderaum DNA sichergestellt, die er für Spermaspuren hält. Ach ja, passend zu der DNA unter Tanja Kunzes Fingernagel trägt Litscher einen Kratzer am Arm. Dr. Brenneis hat die Übereinstimmung per Quicktest bestätigt. "

„Und die Pistole?", fragte Edgar gespannt.

„Die haben wir auch. Sie lag im Handschuhfach des Lieferwagens. Kleinkaliber. Übrigens eine registrierte Waffe. Mario Litscher ist Mitglied im Schützenverein *Gengenbach*."

Edgar räusperte sich. Doch ehe seine Frage über die Lippen kam, sagte Rita: „Mit den anderen toten Hunden und den Hundeködern will Mario Litscher nichts zu tun haben. Das streitet er vehement ab."

„Was? Echt? Naja, wenn die Untersuchungen seiner Waffe und der Projektile abgeschlossen sind, wird er auch die Hundemorde gestehen. Als Paketzusteller entwickelte er bestimmt einen Hass auf die Hunde. Habt ihr vielleicht Gift, Rasierklingen, Nägel und Hackfleisch bei ihm in der Wohnung gefunden?"

„Nichts, was auf die Herstellung von Ködern schließen ließe, Edgar. Allgöwer hat die Pistole und die Projektile zur ballistischen Untersuchung per Kurier zum LKA *Stuttgart* geschickt. Spätestens morgen dürften die Resultate vorliegen."

Edgar war leicht enttäuscht. *Wieso gibt er den einen Hundemord zu, die anderen aber nicht?*, dachte er.

„Wieso hat er sich auf die abstruse Idee mit Tanja Kunzes Hund als, sagen wir mal, Mittel zum Zweck eingelassen?"

„Weil sie abgöttisch in den Dackel vernarrt gewesen sei, wie Litscher meinte. Er hatte gedacht, je größer der Schmerz, desto zugänglicher sei sie für Trost. Wie ich bereits sagte: bizarr."

Edgar fiel in Schweigen. Erst lehnte er sich zurück und schaute über Rita hinweg durch die Fenster in die Nacht. Auf einmal stand er auf und wanderte im Wohnzimmer hin und her, als wäre Rita gar nicht anwesend. Er versuchte, sich auf seine Gedanken zu konzentrieren, und bog, von seinem Standpunkt aus betrachtet, wie immer in die gleiche Einbahnstraße ab, die er schon seit fast zwei Wochen benutzte. Der gewohnte alte Pfad. Ausgelatscht und breitgetreten. Die Einbahnstraße, die ihn zum Täter führte. Und Rita hat ihn ja, den Täter. Hat ihn geschnappt. Den, der es sein muss.

Der es sein muss?

Den ich mir wünsche, dass er es ist, dachte er und stieß dabei auf ein Hindernis in seinen Gedanken, das ihm den Weg versperrte. Eine Baustelle in der Einbahnstraße. Eine Sackgasse. Die Aussicht, umkehren zu müssen, war ihm lästig. So nah am Ziel. *Verdammt aber auch.*

Ritas Frauenmörder bestritt, auch der Hundemörder zu sein.

So ein Mist. Es wäre so schön bequem gewesen. Doch man darf sowas nicht auf die leichte Schulter nehmen, dachte Edgar. *Unschuldig Verurteilte gibt es genug. Das hab´ ich ja auf Kritaholm mitgekriegt. Wie hieß er noch? Ah ja. Jonas Taschner alias Jan Rillings. Unschuldig im Gefängnis. Fünfzehn Jahre.*

Aber bei Mario Litscher passt einfach alles zusammen. Die Richtungspfeile der Einbahnstraße zeigen auf ihn. Es kann gar nicht anders sein, als dass er der Hundekiller ist. Oder? Und jetzt diese Baustelle. Mist hoch drei.

Edgar beendete seine Wanderung. „Rita. Du musst mir einen Gefallen tun. Ich brauche von der Firma *Quicklog* die Daten von Mario Litschers Zustellbereichen ab Januar 2022 bis heute.“

Rita notierte sich den Auftrag in ihr Notizheft. Dann fragte sie: „Was ist? Zweifelst du an deiner Theorie?“

Edgar setzte sich wieder an den Tisch. „Der Zweifel ist der Lackmustest für die Kriminalisten“, antwortete er. „Der guten Kriminalisten, hat mir mein alter Lehrmeister vor vielen Jahren einmal gesagt.“ Er rieb sich das Kinn und kratzte sich hinter dem Ohr. „Die Theorie heißt Theorie, weil sie eben nur eine Theorie ist. Meine Theorie ist zwar gut, ...“

„Aber Theorie ist wie eine Zeichnung, die du von einer Landschaft anfertigst, ohne sie vorher gesehen zu haben“, spann Rita den Faden weiter. „Wenn du sie mit dem Original vergleichst, sieht vielleicht alles ganz anders aus.“

„Ja, denn Theorie und Wirklichkeit sind selten deckungsgleich. Man darf die Täter nicht blind oder mit Gewalt in die Zeichnung hineinzwingen, nur damit die Theorie stimmt. Das wäre Rechtsbeugung. Ziel einer jeden Ermittlung muss die Wahrheit sein."

Rita beugte sich nach vorne. „Dann sind Zweifel die Radiergummis, mit denen du in deiner Zeichnung Stellen korrigieren musst, die nicht der Wirklichkeit entsprechen. Ein Täter muss sich nicht der Theorie anpassen. Nur das fertige Bild kann den wahren Täter ans Licht bringen."

„Meine Güte, Rita, wen hast denn du als Lehrmeister gehabt?"

„Fass´ dir an die Nase, dann weißt du´s."

Vierzehnter Tag
Freitag, 19. Mai 2023

Edgars Nacht war seltsam zerrissen. In einem seiner Träume war er in einer Stadt gewesen, deren Straßen ausschließlich Einbahnstraßen waren. Ein Labyrinth ohne Ausgang. Schweißgebadet war er hochgeschreckt. Ein anderer Traum handelte von seiner Versammlung, zu der nach und nach immer mehr Menschen eintrafen. Hunderte, dann Tausende, und die Salzbrezeln und Erdnussflips und Getränke waren längst vergriffen. Der Mob verlangte brüllend nach einem Täter, den er ihnen nicht liefern konnte. Daraufhin zerstörten sie die Galerie und das Haus.

Er zog seinen Bademantel über, stieg ins Türmchenzimmer hinauf und schaute aus einem der Fenster. Im Osten färbte sich der Himmel rot, als würde der Wald auf den Bergen brennen.

Was, wenn Mario Litscher nicht der Hundemörder ist?

Du hast es dir zu einfach gemacht, flüsterte sein kleiner Besserwisser.

Er war in meinem Garten, in der Kellergalerie, er hat Müller und Lydia gesehen – er hat auf Müller geschossen. Warten wir ab, was bei der ballistischen Untersuchung herauskommt. Es sind die gleichen Projektile. Kleinkaliber. Er besitzt eine Kleinkaliber-Pistole. Er ist Paketzusteller. Vergiss das nicht.

Du drehst dich im Kreis, merkst du das nicht? Du kommst immer wieder an denselben Punkt.

Edgar schloss das Fenster. **Geh´ ins Bett und schlaf.**

Doch er ging nicht wieder zu Bett, sondern setzte sich im Dunkeln an den Schreibtisch im Büro. Die Landkarte an der Wand bildete nur ein graues Rechteck.

So ist es, dachte er. *Ich tappe im Dunkeln und weiß nichts. Weil ich nicht richtig arbeiten kann. Weil man mich nicht lässt. Ich bin ein Handwerker in Rente, dem man die Werkzeuge weggenommen hat. Ein Schreiner ohne Werkzeug. Ich weiß, wie man einen Tisch baut, aber ich bekomme keine Aufträge mehr. Mein Wissen und mein Können liegen brach.*

Er hörte die Toilettenspülung. Kurz darauf streckte Rita den Kopf durch den Türrahmen.

„Was machst du da im Dunkeln? Führst du Selbstgespräche?", fragte sie.

„Ja. Komm´ rein. Wie spät ist es?"

„Kurz vor sechs Uhr."

„Oh ja, da muss ich bald mit den Hunden raus. Wenn man niemanden hat, mit dem man reden kann, führt man eben Selbstgespräche. Ich finde, bei Selbstgesprächen erhält man die ehrlichsten Antworten. Sollte jeder machen. Wann musst du heute zur Arbeit?"

Rita hob einen Ordner von einem Hocker und setzte sich. „Es ist gestern Abend spät geworden, da brauche ich heute nicht schon wieder um halb acht Uhr auf der Platte stehen. Wir können ruhig zusammen frühstücken."

„Wenn Mario Litscher nicht der Hundekiller ist, stehe ich vor dem Nichts. Einen Plan B hab´ ich nicht, beziehungsweise Oberstaatsanwalt Landquart lässt mich nicht ran", sagte er.

„Es ist ja auch nicht deine Aufgabe. Kimmich von der Polizeihundestaffel ..."

„Ist krank, und wenn er gesund ist, ermittelt er nicht", polterte er dazwischen. „Oh, entschuldige, das ist nicht auf dich gemünzt, Rita."

„Jetzt warte halt mal ab. Vielleicht gesteht er ja doch noch. Zudem haben wir gesagt, dass wir uns gegenseitig helfen. Bisher jedenfalls hat das wunderbar funktioniert, denn ich habe meinen Mörder in Rekordzeit festgenommen."

„Ja, das hast du", bestätigte Edgar und richtete den Blick versonnen an die Decke. Nach einer Weile sagte er: „Übrigens. Ihr könnt Frau Preißler nun von dem toten Hund befreien, den sie in der Tiefkühltruhe aufbewahrt."

Melanie rief an, als Rita und Edgar beim Frühstück saßen. Rita rief ihm zu, dass er Grüße an sie ausrichten solle.

„Nanu, schon wieder Damenbesuch? So früh am Morgen?"

Er lachte. „Ja, allerdings. Rita Böhringer hat hier auf dem Sofa geschlafen. Sie hatte gestern einen langen Arbeitstag und wollte nicht mehr nach Hause fahren. Was heißt *schon wieder*?"

Jetzt lachte sie. „Naja, Hans Krause schickt ziemlich verworrene und gemeine SMSen an Gerti. Er gibt praktisch ihr die Verantwortung, dass er seine sexuellen Bedürfnisse mit anderen Frauen stillen muss. Unter anderem hat er geschrieben, dass er dich gestern mit einer fremden Frau *in flagranti* gesehen hat."

„Hat er auch geschrieben, dass er stark betrunken war und *Lydia* getreten hat? Ich war mit Wilma Solberg und ihrer neuen Hündin *Bella* in der Straußwirtschaft zum Essen. Zufällig war auch Hans dort. Er hat mir gedroht und dann *Lydia*, die unter dem Tisch lag, getreten. Der Wirt hat ihn kurzerhand rausgeworfen. *Lydia* ist eigentlich bloß erschrocken. Sonst hat es ihr nichts gemacht."

„So ein widerlicher Drecksack. Aber hallo, Edgar, du musst dich vor mir nicht rechtfertigen. Nimm dich jedoch in acht vor ihm. Er schiebt dir alle Schuld in die Schuhe."

„Und du achte auf dich, mein Engel. Heute ist eure vorletzte Etappe."

„Ja. Nach *Rúa/Pedrouzo*. Wir biegen auf die Zielgerade ein."

„Und ich hab´ meinen Versammlungsabend. Bin gespannt, wie viele Leute kommen werden. Bis heute Morgen waren es einhunderteinundzwanzig Absagen bei elf Zusagen. Knapp die Hälfte. Eliza und Pit werden mich unterstützen."

„Und Rita!", rief Rita mit vollem Mund.

„Hast du gehört? Und Rita. Wenn sie nicht gerade wieder Mörder fangen muss."

„Schön, Edgar. Dann viel Spaß, ihr Kriminalisten."

„Euch auch, ihr Pilger."

Rita muss geflogen sein, dachte er, als ungefähr eineinhalb Stunden nach ihrem Weggang Post in seinen E-Mail-Account flatterte. Dienst- und Tourenpläne der Firma *Quicklog*. Bis er sie jedoch entschlüsselt hatte, dauerte es eine ziemliche Weile. Wenn die Aufzeichnungen stimmten, die er dem Namen Mario Litscher zuordnen konnte, dann war dieser im vierteljährlichen Wechsel mit Beginn des Jahres 2022 zuerst für das Kinzigtal, dann im Rothbachtal, und so weiter, eingeteilt gewesen. Pit Fermans Angabe, dass Mario Litscher ab April 2023 Elizas Paketzusteller war, traf also zu, wenn man die wechselnden Zustellbereiche konsequent im vierteljährlichen Rhythmus weiterführte.

Womit Edgar nun ein weiteres Problem hatte. Denn seine Recherchen über die Köderfunde ab Mai 2022 zeigten ein konträres Ergebnis, wie der Vergleich mit seinen Daten auf der Landkarte darstellte. Dort nämlich tauchten die ersten Einträge im Kinzigtal auf, zu einer Zeit also, in der Mario Litscher dienstplanmäßig im Rothbachtal unterwegs war. Und umgekehrt. Wurden im Rothbachtal Köder entdeckt, arbeitete Mario Litscher im Kinzigtal.

Bin ich mit den Jahreszahlen durcheinandergekommen? Oder mit den Vierteljahren?, fragte sich Edgar, und überprüfte zur Sicherheit stichprobenhaft die Daten der Landkarte. *Komisch. Alles ist korrekt. Was würde das bedeuten? Entweder es war Mario Litschers berechnende Absicht, zweispurig zu agieren, um die Polizei in die Irre zu führen. Seht her, Bullen, ich kann es nicht gewesen sein, weil ...*

Oder Mario Litscher ist wirklich nicht der Täter, sagte sein kleiner Klugscheißer.

Oder Mario Litscher ist wirklich nicht der Hundekiller, dachte Edgar.

Was wäre dann die Quintessenz dieses Gedankengangs?

Ach, rutsch mir doch den Buckel runter.

Als Pit mit seinem *Citroën* kam, um wie abgesprochen die Klappstühle zu holen, ließ sich Edgar seine Konfusion nicht anmerken. Das Ei war noch nicht gelegt, also gackerte er auch nicht. Ihre spärliche Unterhaltung beschränkte sich auf eine überschaubare Anzahl von Wörtern. Nach eineinhalb Stunden waren sie zurück und entluden fünfzig von der Stadthalle geliehene Klappstühle, sowie fünfundzwanzig Beutel Salzbrezeln, fünfundzwanzig Beutel Erdnussflips und drei Kästen mit kleinen Mineralwasserflaschen aus dem Supermarkt von der Ladefläche und schleppten die Ware in die Kellergalerie. Pit fuhr mit seinem Kultauto wieder nach Hause.

Bis zum Beginn der Versammlung war noch reichlich Zeit. Dennoch wollte die Räumlichkeit vorbereitet sein. Edgar beschäftigte sich mit dem Aufstellen der fünfzig Klappstühle. War es besser, fünf Reihen à zehn, oder drei Reihen mit einmal fünfzehn, einmal siebzehn und einmal achtzehn Stühlen aufzubauen?

Er probierte sowohl die eine, als auch die andere Variante, und konnte sich nicht entscheiden. Um der Lösung vorerst aus dem Weg zu gehen, richtete er den Tisch mit den Salzbrezeln und Erdnussflips her, einen weiteren mit den Getränken, kontrollierte die Toiletten und zum wiederholten Mal Mikrofon und Lautsprecheranlage. Schließlich gefiel ihm die Fünf-Reihen-Anordnung, und er stellte die Stühle entsprechend um. Von der Bühne aus gesehen wirkte die Bestuhlung nicht so breit und hatte mehr Tiefe.

Er war nervös, hatte feuchte Hände und kalten Achselschweiß, und wusste nicht, wie er die Zeit bis zur Versammlung überbrücken sollte. Er dachte an eine Motorradtour, warf sich auch in die Kluft, aber die engen Handschuhe rutschten nicht über die feuchten Hände, und als er vor der Remise stand und die Harley betrachtete, gab er das Vorhaben auf. Keine Konzentration für *Born to be wild*, und unter solchen Voraussetzungen ließ man den Bock lieber stehen.

Er versuchte es mit einem Nickerchen auf der Couch, doch das Gedankenkarussell ließ ihm keine Ruhe, sodass er immer wieder in die gleiche Schleife rutschte, wie eine Langspielplatte, die endlos dieselbe Rille abspielte.

Also startete er zu einer verfrühten Runde mit *Müller* und *Lydia*, dehnte sie bewusst in die Länge, durchkreuzte zuerst die Felder vor der Stadt, um dann über den Kinzigdamm wieder nach Hause zu gelangen.

Endlich ging es auf achtzehn Uhr zu, und Eliza und Pit trudelten ein. Eine halbe Stunde später stieß Wilma dazu, nicht weniger nervös als Edgar. Er stellte weitere Stühle zum Gartentisch, und dann harrten sie der Dinge.

„Einer strömt schon", sagte Eliza, die mit dem Gesicht zum Gartentor saß. Es war der Vertreter des Tierschutzvereins, wie sich herausstellte, der sich erbot, einige Worte aus Sicht und Erfahrung des Tierschutzvereins zu den Leuten zu sprechen. Wilma nahm das erleichtert zur Kenntnis, musste sie nicht die ganze Last der Unterhaltung tragen.

Der Abend geriet, wenn man thematisch von einer höheren Resonanz hatte ausgehen dürfen, zu einem Schlag ins Wasser. Neben dem Herrn vom Tierschutzverein, die Presse war erst gar nicht geladen, tröpfelten insgesamt einundzwanzig Leute in die Kellergalerie.

Die Programmpunkte waren bald abgearbeitet. Edgar hielt seine Eröffnungsrede, spielte danach das Interview mit Wilma durch, und der Tierschutzmann schärfte den Zuhörern mehr Aufmerksamkeit sowie die Wichtigkeit ein, jeden einzelnen Fall von Tiermissbrauch entweder an die Polizei oder an den Tierschutzverein zu melden. Bei der abschließenden Fragestunde und Vorschlagsrunde beteiligten sich die Zuhörer kaum. Es setzte sich die Ansicht durch, dass doch alles umsonst sein würde.

Nach ungefähr vierzig Minuten schien der Drops gelutscht und das gegenseitige Schweigen wurde allmählich peinlich. Man scharrte mit den Füßen und schielte nach dem Ausgang. Edgar ergriff die Gelegenheit, die Zuhörer zu bitten, beim Hinausgehen doch bitte Salzbrezeln und Erdnussflips mitzunehmen.

Dann geschah etwas, mit dem Edgar auf gar keinen Fall gerechnet hatte. Es trafen, zufällig gleichzeitig, zwei weitere Besucher in der Kellergalerie ein. Rita Böhringer, und, Edgar hätte ihn fast nicht wiedererkannt, Oberstaatsanwalt Bernd Landquart. Der Oberstaatsanwalt wirkte angeschlagen wie ein Boxer nach drei Wirkungstreffern.

„Bleiben Sie bitte alle noch", rief Landquart den Leuten zu, stieg zu dem verblüfften Edgar auf die Bühne und reichte ihm die Hand. Edgar schaute ihm ins Gesicht, in dem Zorn und Schmerz um die Vormachtstellung kämpften.

„Meine Damen und Herren, liebe Hundefreunde, bitte setzen Sie sich alle noch mal. Mein Name ist Bernd Landquart. Ich bin der Oberstaatsanwalt für *Offenburg* und Umgebung. Ich komme gerade von meinem Hund *Fiasko*. Ein *Irish Setter*." Landquart blickte auf seine Armbanduhr. „Mein *Fiasko* ist vor ziemlich genau einer Stunde in der Tierklinik *Haslach im Kinzigtal* gestorben. Er hat einen Köder gefressen. Einen mit Rasierklingen präparierten Köder. Auf dem Kinzigdamm. Er lief voraus, wie er es immer getan hat. Ich konnte es leider nicht verhindern, obwohl ich gleich bei ihm gewesen bin. Er ist jämmerlich in meinen Armen gestorben. Innerlich verblutet." Landquart rang sichtlich um Fassung.

„Ich will Ihnen das sagen, damit Ihnen nicht das Gleiche passiert. Damit Sie auf Ihre Lieblinge aufpassen. Damit Sie die Augen offen halten. Und ich sage Ihnen heute Abend, dass ich alles Erdenkliche in die Wege leiten werde, um diesem feigen und hinterhältigen Attentäter das Handwerk zu legen. Ich werde eine Sonderkommission einrichten unter Leitung der hier anwesenden Kriminalkommissarin Rita Böhringer, und unter Mitarbeit des erfahrenen Kriminalhauptkommissars Edgar Schaaf. Ich bitte Sie: Helfen Sie mit. Wenn Sie Erlebnisse oder Kenntnisse von ähnlichen Vorfällen haben, dann teilen Sie uns das mit. Wenn Sie einen Verdacht haben, dann lassen Sie uns das wissen. Sie haben eine Einladung zum heutigen Abend erhalten. Darauf finden Sie die Kontaktadresse zu Herrn Schaaf. Sonst jederzeit und rund um die Uhr bei der Polizei. Ich danke Ihnen für Ihre Aufmerksamkeit."

Allgemeines Raunen und Gemurmel setzte ein. Einige der Zuhörer verließen die Galerie, andere blieben und diskutierten miteinander.

Bernd Landquart wandte sich Edgar zu. „Sie haben es gehört, Herr Schaaf. Sagen Sie jetzt nichts. Sie gehören nicht unbedingt zu meinen bevorzugten Menschen, daraus mache ich kein Geheimnis. Aber ich brauche Sie. Kommen Sie morgen früh auf die Polizeidirektion. Ich veranlasse, dass Sie Zugang zu allen Daten erhalten, die in irgendeiner Weise mit Hunden zu tun haben. Frau Böhringer wird Ihnen zugeteilt und Sie unterstützen. Rein formell leitet natürlich sie die Ermittlungen. Fangen Sie das Schwein, Herr Schaaf. Fangen Sie ihn und bringen Sie ihn zu mir", sagte er mit Leichenbittermiene, drehte sich abrupt um und ging zielstrebig hinaus.

Edgar stand einige Sekunden lang wie gelähmt auf der Bühne und reagierte erst, als Rita ihm zuwinkte. Ungelenk stakste er von der Bühne und ging zu ihr. Sie knabberte von den Salzbrezeln.

„Hallo, Edgar, tut mir leid, dass ich zu spät gekommen bin, aber Allgöwer wollte mir unbedingt das Ergebnis der ballistischen Untersuchung mitgeben, und da hab´ ich so lange gewartet."

„Na, Hauptsache, dass du gekommen bist. Hast du das eben gehört?"

„Hab´ ich. Ich leite eine Sonderkommission und arbeite offiziell mit dir zusammen. Klasse. Obwohl morgen Samstag ist und ich normalerweise frei habe", grinste sie.

„Und jetzt zu Allgöwer und seinem Bericht. Du hast doch bestimmt nicht umsonst gewartet, oder?"

„Nein", sagte Rita. „Dafür habe ich eine Nachricht für dich, die dich als Mitglied der Sonderkommission interessieren dürfte." Sie zog ein Blatt Papier aus ihrer Handtasche, das nach komplizierten technischen Ausdrücken aussah. „Den ganzen Zahlenkram können wir uns schenken. Das Ergebnis der ballistischen Untersuchung der Kleinkaliberprojektile in Worten besagt: Sie wurden nicht aus derselben Waffe abgefeuert. Keine Übereinstimmung."

Edgar ließ die Botschaft sacken. „Das heißt ..."

„Das heißt, dass auf deinen *Müller* mit einer anderen Waffe geschossen wurde als auf Tanja Kunzes Hund."

Eliza, Pit, Rita und Edgar saßen im Wohnzimmer um den Esstisch. Wilma war bereits nach Hause gefahren. Rita hatte sich vorgenommen, wieder bei Edgar zu übernachten.

„Wird langsam zur Gewohnheit, Rita, was?", stichelte Edgar scherzhaft.

„Nur zu deinem Vorteil", konterte sie. „Du darfst morgen früh bei mir im Auto mitfahren."

Anstatt niedergeschlagen zu sein, wirkte Edgar wie befreit. Die Tatsache, dass Mario Litscher als *der* Hundekiller ausgeschlossen werden musste, hatte ihn nur kurz enttäuscht. Klar, hatte Litscher auch einen Hund getötet, doch der Hintergrund war ein völlig anderer als der, der einen von Hass zerfressenen Menschen antrieb. Es hatte sich letztlich abgezeichnet, auch wenn Edgar seinen Fokus lange Zeit auf Litscher gerichtet hielt. Die Möglichkeit, dass Litscher eventuell eine zweite, nicht registrierte Waffe besessen haben könnte, verfolgte er nicht weiter, sondern bedauerte nur, dass so viel Energie in die falsche Richtung geflossen war.

Als Melanie gegen zweiundzwanzig Uhr anrief, verließ er die Runde und nutzte die Gelegenheit für eine Zigarette auf der Haustreppe. „Wie ist es gelaufen?", war ihre erste Frage.

„Die Versammlung an sich war ein glatter Reinfall. Bloß einundzwanzig Interessenten. Aber der Hund des Oberstaatsanwalts ist heute durch einen Köder umgebracht worden, und jetzt bildet er mit Rita und mir ein Sonderermittlungsteam. Mario Litscher, den ich zuerst in Verdacht hatte, ist aus dem Schneider. Auf *Müller* ist mit einer anderen Waffe geschossen worden. Ab morgen geht´s los."

„Ist das nicht das, was du von Anfang wolltest?"

„Ja, schon, aber nicht auf Kosten eines weiteren Hundelebens. Das hätte nicht sein müssen."

„Bist du jetzt alleine?", fragte sie.

„Nein. Eliza, Pit und Rita sind noch da. Ich rauche grade vor dem Haus."

„Der Hundequäler ist also noch auf freiem Fuß", stellte Melanie fest.

„Davon gehen wir aus. Und du und Gerti? Habt ihr Lampenfieber vor der letzten Etappe?"

„Huch, ja. Am Nachthimmel erkennen wir schon die Lichtglocke über *Santiago de Compostela*. So nah, dass man danach greifen möchte. Alle sind in einer Art euphorischer Aufbruchstimmung, obwohl wir schon seit fast zwei Wochen unterwegs sind. Die heutige Strecke glich einer Rennbahn. So viele Leute, die wie die Lemminge nach *Santiago* streben. Die Stadt ist voller Menschen, überwiegend Pilger. Man erkennt sie an dem merkwürdigen Glanz in den Augen.

Mir geht es gut, mein Edgar. Ich werde es schaffen, und dann werde ich stolz sein und mich auf daheim und auf dich und auf *Lydia* und *Müller* freuen."

„Und ich bin sehr stolz auf dich. Wie steht es um Gerti? Weiß sie schon, was sie tun will?"

„Physisch geht es ihr ausgezeichnet. Im Moment entwickelt sie einen trotzigen Galgenhumor. Sie sagte: Wer den *Camino* übersteht, übersteht auch Hans Krause. Ich glaube, sie betrachtet, was geschehen ist, als eine Zäsur.

Sie will mein Angebot, vorerst bei uns zu bleiben, auf alle Fälle annehmen und mit sich in Klausur gehen."

„Gut, dann werde ich die beiden freien Zimmer etwas wohnlich herrichten", schlug er vor.

„Lass´ mal, Edgar. Das können wir dann erledigen, wenn es so weit ist. Kümmere du dich um deinen Fall. Das ist wichtiger."

Eliza und Pit waren im Begriff zu gehen, als Edgar vom Telefonieren in die Wohnung zurück kam.

„Halt!", rief er. „Eine Frage noch, Eliza. Mario Litscher war erst seit Anfang April dein Paketelieferant. Weißt du zufällig auch, wie sein Vorgänger hieß? Ich frage wegen der wechselnden Zustellbereiche."

Pit fragte: „Du meinst, wenn der eine nicht der Hundequäler sein kann, dann vielleicht der andere?"

„Gut kombiniert, Herr Kriminalautor", bestätigte Edgar.

„Er hieß Frieder Zumbach", sagte Eliza. „Die Zusteller tragen nämlich ein Namensetikett auf ihren Jacken."

„Zumbach? Zumbach? Der Name kommt mir irgendwie bekannt vor", meinte Edgar, nachdem Eliza und Pit gegangen waren.

„Allgemein bekannt, oder in Zusammenhang mit unserem Fall?", fragte Rita, die bereits die Couch zum Schlafen herrichtete.

„Warte mal, bevor du dich hinlegst." Edgar beeilte sich, ins Büro zu kommen. *Die Liste. Die Liste mit den Adressen. Sie muss noch hier sein.*

„Hier haben wir ihn", rief er schon von der Treppe aus, und schon einen Atemzug später knallte er die Liste auf dem Tisch. „Frieder Zumbach. *Gehlheim*. Ich wusste es. Ich hab´ erst vor kurzem eine Einladung an ihn geschickt."

Rita überflog stirnrunzelnd die Namen. „Stimmt, du hast ihn. Aber er wird uns nichts nützen, Edgar. Er steht auf der Liste."

„Ja eben", triumphierte er.

„Er steht auf der Liste. Das heißt, er besitzt selber einen Hund. Ich schätze, dass er wahrscheinlich keine Hunde umbringen wird."

Edgar klatschte sich an die Stirn. „Stimmt. Verdammt. Wieder nix", entfuhr es ihm, um kleinlaut hinzuzufügen: „Ich glaub´, ich werde langsam verrückt."

Fünfzehnter Tag
Samstag, 20. Mai 2023

Um acht Uhr begannen sie in Ritas Böhringers Büro in der Polizeidirektion. Edgar übernahm Kai Schusters Schreibtisch und Computer, und bekam somit Zugriff auf polizeiinterne Datenbanken.

Sowas hätt´ ich gern daheim, dachte er in der Sekunde, zu der Oberstaatsanwalt Bernd Landquart das Büro betrat.

„Guten Morgen, die Herrschaften", begrüßte er die beiden. „Gut, dass Sie schon da sind. Kurz noch ein Wort zu gestern Abend. Die Kollegen der Polizeihundestaffel haben den Anschlag von gestern leider noch nicht in den digitalen Polizeibericht eingearbeitet. Deswegen sage ich Ihnen, wo es genau war. Ich ging mit meinem *Fiasko* gegen achtzehn Uhr am Kinzigdamm entlang Richtung *Biberach/Baden*, auf der *Berghauptener* Seite. Herr Schaaf, wir haben uns einmal dort getroffen, wenn Sie sich erinnern. Auf halber Strecke ist es dann passiert. Wie ich gesagt hatte, war mein Hund vorausgelaufen und hat den gottverdammten Köder gefressen. Es dauerte über eine halbe Stunde, bis die Streifenpolizisten aus *Offenburg* vor Ort ankamen. Freitag, Feierabendverkehr, Sie wissen schon, wie das ist. Manchmal läuft die Scheiße richtig den Berg hoch. Als wir mit *Fiasko* die Tierklinik erreichten, war er schon verblutet. So viel also zu dem. Wie gehen Sie jetzt vor? Frau Böhringer?"

„Guten Morgen erst mal auch von uns. Wir teilen uns die Arbeit auf. Edgar, ich meine, Herr Schaaf, nimmt sich alle zu Protokoll gebrachten Köderfunde vor. Bis jetzt hatte er nur die veröffentlichten Meldungen aus der Zeitung zur Verfügung, und die sind bekanntermaßen sehr allgemein gehalten. Mit den Protokolldaten der Polizeihundestaffel kann er einen genauen Orts- und Lageplan erstellen. Auch wenn wir Mario Litscher nicht mehr als den Ködermann betrachten, gehen wir davon aus, dass der wahre Täter im erweiterten Kreis von Zustellern, Lieferanten oder regelmäßiger Besuchsdienste zu suchen ist. Wenn wir eine genaue Karte mit den Fundorten der Köder erstellen, können wir daraus ein Bewegungsmuster erkennen, nach dem wir den Täterkreis einengen können. Ausscheidungsverfahren. Herr Schaaf hat ja schon im Vorfeld ein System herausgefunden, das uns bei der Suche enorm helfen wird."

„Gut. Ich verstehe. Sie wollen damit sagen, dass mein *Fiasko* heute noch leben würde, wenn ich Herrn Schaaf früher mit den Ermittlungen betraut hätte?"

„Nein, keineswegs, Herr ...", wollte Rita abschwächen, wurde aber unterbrochen.

„Ist geschenkt, Frau Böhringer. Ich muss zugeben, dass ich das heute selber so sehe. Nun denn. Und welchen Teil übernehmen Sie?"

„Ich kümmere mich um die Fälle, bei denen Menschen durch Hunde attackiert wurden. Fälle also, aus denen man ein Motiv für Selbstjustiz an Hunden ableiten kann. Davon gibt es nicht sehr viele. Fünf, um genau zu sein, davon vier mit Personenschaden. Einer davon jedoch schwer. Ein Kind wurde in den Kopf gebissen."

„Sehr gut. Nicht, dass das Kind gebissen wurde, sondern Ihr Ansatz. Bleiben Sie dran. Wenn Sie Unterstützung brauchen – ich habe veranlasst, dass Sie gegenüber den Kollegen von der Streife weisungsbefugt sind. Ansonsten bin ich rund um die Uhr erreichbar. Noch Fragen? Frau Böhringer? Herr Schaaf? Finden Sie den Kerl!"

„Gehe ich richtig in der Annahme, dass wir einen Mann suchen?", fragte Rita, nachdem Landquart das Büro verlassen hatte.

„Einen Mann, ja", antwortete Edgar. „Diese Köder mit Rasierklingen und Nägeln, das ist Männersache."

„Aber zu Beginn der Serie ist auch Gift verwendet worden. Frauen morden bevorzugt mit Gift, wie man gemeinhin weiß", gab sie zu bedenken.

„Trotzdem. Mein Bauchgefühl sagt mir, dass wir einen Mann suchen müssen."

„Mit deinem Bauch scheint etwas nicht zu stimmen. Dein Bauch war auch auf Mario Litscher fixiert, wenn ich mir die Bemerkung erlauben darf."

„Nein, ich glaube, das war eher ein Konzentrationsfehler von mir. Ich hab´ mich einfach von der schnellen und einfachen Lösungsaussicht verführen lassen. Der größte Fehler, der einem Ermittler unterlaufen kann. Die meisten Fehlurteile begründen sich darauf. Hüte dich davor. Einfache und bequeme Lösungen gibt es nicht."

„Scheiße. Und das sagst du mir erst jetzt? Ich dachte, ich hätte hier einen schlanken Job, ohne Anstrengungen, ohne Wochenendarbeit, immer pünktlich Feierabend – und nun das."

Edgar lachte. „Augen auf bei der Berufswahl."

Eine Weile später sagte Rita: „Hör´ zu. Ich habe nun die fünf Adressen von den Leuten, die 2022 von einem Hund attackiert worden waren. Ich setz´ mich jetzt in mein Auto und klappere sie der Reihe nach ab. Willst du eventuell mitkommen?"

„Nein, mach´ du das alleine. Aber du kannst mir eine Kopie der Adressen hierlassen. Dann find´ ich sie schneller bei *Google Earth*, um die Ereignisse in meine Landkarte übertragen zu können. Bis du zurückkommst, werde ich sie aktualisiert haben."

Nach drei Tassen Kaffee war Edgars Arbeit so weit gediehen, dass ihm zwei Dinge auffielen: Zeitraum Mai 2022 bis Dezember 2022. Im Rothbachtal waren die Köder ausnahmslos in unmittelbarer Nähe von Straßen abgelegt worden, auf denen hauptsächlich landwirtschaftlicher Verkehr zwischen den Gemeinden stattfand, sowie an Ortsrändern und neben Wegen zu abgelegenen Gehöften oder Ortsteilen. Es fiel auf, dass entlang der Talstraße keine Köder gefunden wurden. Möglicher Grund: Die Talstraße führte am Rothbach entlang und war stark frequentiert. Die Ufer des Rothbachs waren zudem dicht bewachsen und außer der Talstraße existierte kein weiterer Weg oder Pfad, auf dem Hundebesitzer mit ihren Tiere gehen konnten.

Im Kinzigtal hingegen konzentrierten sich die Köderfunde auf die Kinzigdämme entlang des Flusses zwischen *Hausach* und *Ortenberg*, Bis Dezember 2022 lagen die Fundorte entweder in der Nachbarschaft von Brücken oder sogenannten Wirtschaftszufahrten, über die zum Beispiel örtliche Landschaftspfleger zum Mähen der Wiesen an die Dämme gelangten. Der Täter suchte bis dahin gezielt kurze Wege.

Ab Januar 2023 bis heute. Plötzlich tauchten Köder im Kinzigtal an beliebigen Stellen der Kinzigdämme auf, wogegen es im Rothbachtal bei den alten Mustern blieb.

Edgar schloss daraus, dass der Täter genau wusste, vielleicht aus jahrelang erworbener Ortskenntnis, welche die bevorzugten Strecken für Hundebesitzer waren, um mit den Tieren Gassi zu gehen. Im Rothbachtal die benannten Verbindungswege und Straßen um die Orte, im Kinzigtal der Hunde-*Highway* auf den Dämmen. Nach diesem Wissen ging der Täter kaltblütig vor.

Fasste Edgar das Rothbachtal ins Auge, konnte er sich sehr gut vorstellen, dass die Straßen, die er nun auf seiner Landkarte mit rotem Filzstift markiert hatte, den Routen von Paketzustellern entsprach. Oder von Pflegediensten, die von Ort zu Ort, von Patient zu Patient, eilen müssen. Oder von Postboten. Von Schornsteinfegern. Alle verfügten über ausgezeichnete Ortskenntnisse.

Im Kinzigtal stach dagegen der Charakter der Flussdämme hervor. Die Pracht-Boulevards, die *Hotspots*, das Mekka für Hundeliebhaber. Das musste den Nerv eines auf Hunde fixierten Psychopathen treffen.

Und noch etwas nistete sich in Edgars Hinterkopf ein: Der Jahreswechsel 2022/2023 stellte eine markante Veränderung im Verhalten des Hundekillers dar, zumindest was das Kinzigtal betraf. Nicht, dass er die Verteilung von Ködern reduzierte oder signifikant erhöhte, nein, er verteilte sie besser. Er beschränkte sich nicht mehr nur auf die Nähe von Brücken oder andere rasch erreichbare Orte, sondern nahm längere Wege in Kauf. Aber warum?

Allein schon der Zeitpunkt erschien Edgar nicht zufällig gewählt. Und dass jemand sich praktisch als Neujahrsvorsatz die Aufgabe vornahm, Hundeköder effizienter zu platzieren, wollte Edgar nicht glauben. Es musste eine Veränderung eingetreten sein, auf die der Täter keinen eigenen Einfluss gehabt hatte. Im Jahr 2022 noch an Strukturen gebunden, ab 2023 flexibel und unabhängig? Von heute auf morgen eine neue Lebenssituation? Ein neuer Lebensabschnitt? Vielleicht ein Berufswechsel? Vom Paketzusteller zu ... zu ... zu ... ja, zu was? Zu einem Freischaffenden?

Ein anderer Knackpunkt in seinen Überlegungen betraf die Waffe, mit der auf *Müller* geschossen worden war. Kleinkaliber. Kaliber 22. Mario Litscher hatte eine solche Waffe besessen. Eine Pistole.

Kleinkaliberwaffen zählten nicht zu der Sorte Waffen, die von Kriminellen im Allgemeinen bevorzugt wurden. Dort konnte das Kaliber in der Regel nicht dick genug sein, frei nach dem Motto: Wer das dickere Kaliber hat, besitzt die Macht. Edgar konnte sich nicht erinnern, im Lauf seiner Dienstzeit je mit einem solchen Kleinkaliber zu tun gehabt zu haben. Und jetzt gab es plötzlich zwei derartige Waffen.

Mario Litscher war Mitglied in einem Schützenverein. Nicht nur in einem x-beliebigen, sondern im Schützenverein *Gengenbach*. Verwendeten nicht Sportschützen überwiegend Luftdruck- und Kleinkaliberwaffen?

Er guckte auf die *Breitling*. Samstag, zehn Uhr fünfundvierzig. Schnell hatte er die Adresse und Telefonnummer des Schützenvereins über *dasoertliche.de* herausgesucht. Schützenhaus *Gengenbach*. Er wählte die Nummer. Nach mehrmaligem Klingeln wurde abgehoben.

„Schützenhaus *Gengenbach*.“

Im Hintergrund waren typische Wirtshausgeräusche zu vernehmen. Gläserklirren, eine Musikbox dudelte, eine Geräuschkulisse aus Stimmen und Gelächter.

„Kriminalpolizei *Offenburg*, Edgar Schaaf. Spreche ich mit einem Mitglied des Schützenvereins?“

„Nein, ich bin der Wirt des Schützenhauses. Einen Moment bitte.“

Der Klangteppich wurde lauter. Edgar kam es so vor, als flöge er mit verbundenen Augen mitten durch den Gastraum. Es raschelte im Hörer, dann meldete sich eine andere Stimme. „Raffelhans?“

Edgar wiederholte sein Sprüchlein.

„Ich bin der Zweite Vorsitzende des Schützenvereins *Zentrum*. Was ... äääh, will die Kriminalpolizei von uns? Schießen?“

„Herr Raffelhans, im Zuge unserer Ermittlungen zu einem Verbrechen brauchen wir eine Liste der Vereinsmitglieder Ihres Vereins.“

„Eine Liste von ... ein Verbrechen?“

„Nur zur Überprüfung, Herr Raffelhans. Können Sie uns die Liste bitte faxen? Oder nein, warten Sie. Wir würden sie heute Mittag bei Ihnen abholen. Ja? Ich danke Ihnen. Auf Wiederhören.“

Gegen Mittag kehrte Rita von ihrem Außeneinsatz zurück. Sie erweckte nicht den Eindruck, auf das Ei des Kolumbus gestoßen zu sein. Dementsprechend pfefferte sie ihre Tasche auf den Schreibtisch. Auf Edgars Fragezeichen bildende Augenbrauen hin winkte sie mit der Hand ab.

„Nichts wie heiße Luft. Dem einen der Attackierten, ein Rentner mit Krückstock, war nur der Schreck in die Glieder gefahren. Zwei der Verletzten kamen wegen der Hunde mit den Fahrrädern zum Sturz und verletzten sich dabei geringfügig. Beides junge Leute, von denen der eine mittlerweile in Berlin studiert und der andere, man höre, eine Ausbildung zum Polizisten in Göppingen absolviert. Auskünfte der Eltern. Der dritte Verletzte ist katholischer Vikar in Gehlheim. Er wurde bei einem Hausbesuch als Seelsorger von einem Terrier ins Bein gebissen. In den drei Fällen mit Verletzten wurden Bußgelder an die Hundebesitzer verhängt.“

„Da war noch was mit einem Kind“, sagte Edgar.

„Ja, in *Biberach/Baden*. Der einzige Fall, bei dem es zu einem Zivilprozess kam. Das Kind, heute neun Jahre alt, musste mehrere Operationen über sich ergehen lassen und trägt trotzdem heute noch Narben im Gesicht und hat seither panische Angst vor Hunden. Der Hund, ein Dobermann, wurde damals von unserem Polizeiobermeister Kimmich direkt nach der Attacke erschossen. Der Besitzer des Hundes erhielt eine Strafe von dreitausend Euro. Die Eltern des Kindes leiten einen kleinen Bio-Bauernhof und besaßen früher selber einen Hund, den sie wegen ihrer Tochter allerdings abgegeben haben. Für mich sahen sie nicht aus wie die personifizierten Racheengel.“

„Und der Besitzer des Dobermanns?“, fragte Edgar?

„Ach so, ich hab´ mich falsch ausgedrückt. Eine Besitzerin. Eine alleinstehende ältere Frau, die den Hund zum Schutz ihres Anwesens gekauft hatte. Er war ihr ausgebüxt und – da war es geschehen. Angeblich ist sie ziemlich vermögend, denn sie bezahlt für das Mädchen freiwillig monatlich eine Summe von zweihundertfünfzig Euro. Sagen die Eltern des Mädchens."

„Hm, das ist nobel. Das einzig brauchbare Motiv würde ich trotzdem hinter dem Vorfall mit dem Kind sehen", sagte Edgar. „Hast du Hunger?"

„Aus dem Weg!", rief Rita. „Die Vernunft hat gesprochen. Klar habe ich Hunger."

Auf dem Weg von *Offenburg* nach *Gengenbach*, Rita und Edgar hatten sich zwecks Ermittlungen auf dem Polizeirevier abgemeldet, legte Edgar seine Überlegungen dar.

„Lach´ nicht, aber ich befasse mich immer noch mit dem Typus des Lieferanten mit wechselnden Zustellungsbereichen. Zumindest bis Ende des Jahres 2022. Danach wird es untypisch, und das kann ich mir nicht erklären."

„Hast du schon mal dran gedacht, dass es mehr als einer sein könnte?", fragte Rita, die am Steuer saß.

„Trittbrettfahrer? Nicht wirklich, nein."

„Muss kein Trittbrettfahrer sein. Vielleicht ein Gleichgesinnter. Womöglich mit gegenseitiger Absprache. Wo fahren wir eigentlich hin?"

„Zum Essen natürlich. Wir sind gleich da. Dort vorne links den Berg hoch."

„Oder der Täter hat den Modus Operandi ganz bewusst gewechselt, um die Polizei in die Irre zu führen. Was ihm, wie´s aussieht, zu gelingen scheint."

„Dass er das ausgerechnet an Silvester und Neujahr macht, glaub´ ich nicht. Wir sind da."

„Schützenhaus? Essen wir hier Jägerschnitzel?", fragte Rita und leckte sich mit der Zunge über die Unterlippe.

Rita bestellte tatsächlich ein Jägerschnitzel. Edgar ein paniertes Schnitzel mit Bratensoße und Brot. Er raunte der Bedienung zu, dass er mit Herrn Raffelhans verabredet sei. Sie kurvte elegant zum Stammtisch des Lokals und beugte sich zu einem älteren Mann hinunter, dessen Augenmerk sie auf Edgar lenkte.

Der Mann erhob sich und steuerte auf Ritas und Edgars Tisch zu. Er hatte ein rundes Gesicht, dessen Farbe auf häufigen Aufenthalt in freier Natur schließen ließ. Vielleicht ein Jäger. Er trug ein kariertes Hemd, das sich über dem Bauch wölbte, und eine Breitcordhose, die dank Hosenträgern an Ort und Stelle gehalten wurde.

„Guten Tag. Hab´ ich mit Ihnen telefoniert? Herr Schaaf von der Kripo?"

„Wenn Sie Herr Raffelhans sind, ja. Das ist meine Kollegin Kriminalkommissarin Böhringer. Haben Sie die Liste mit den Vereinsmitgliedern?"

Raffelhans griff in die Brusttasche seines Hemdes und zog zusammengefaltete Blätter heraus. „Darf ich mich zu Ihnen setzen?"

„Gerne, aber wir sprechen nicht über unsere Ermittlungsarbeit, falls Sie das erhofft haben."

Raffelhans setzte sich geschäftig. „Es ist wegen diesem Litscher, nicht wahr?", fragte er anbiedernd.

„Na gut, Sie haben´s erraten", antwortete Edgar. „Aber mehr dürfen wir nicht preisgeben. Darf ich mal auf die Liste schauen? Ich will nur prüfen, ob er als Mitglied aufgeführt ist."

„Äääh, ja klar, die Liste." Er übergab Edgar die Papiere.

Edgar überflog die drei Blätter rasch. „Eine Frage noch, Herr Raffelhans. Die Namen, die unterstrichen sind – was hat es mit denen Besonderes auf sich?"

„Das sind Mitglieder, die auch privat Waffen zu Hause haben. Für uns, zur besseren Kontrolle, verstehen Sie?"

„Verstehe", sagte Edgar, dessen Augen an einem Namen hängen geblieben waren. „Danke, Herr Raffelhans. Sie haben uns sehr geholfen. Kann ich die Liste behalten?"

„Wenn es Sie glücklich macht? Es sind Kopien", meinte Raffelhans.

Dann wurde das Essen serviert.

„Dir ist etwas aufgefallen", sagte Rita leise, nachdem Raffelhans weg war. „Ich habe es an deinem Gesicht bemerkt. Vielmehr an deinen Augen. Hab´ ich recht, oder hab´ ich recht?"

Edgar kaute und schluckte. „Ein Name, den ich nicht auf der Liste vermutet hätte. Sagen wir es so: Du siehst mich gewissermaßen schockiert."

„Zeig´ her. Welcher Name ist es?" Sie zog die Liste zu sich über den Tisch.

„Fünf Namen vor Litscher. Hans Krause."

„Hans Krause. Ja, ich seh´ ihn. Mistelweg. Sein Name ist unterstrichen."

„Ja, verdammt."

Sie befanden sich auf der Rückfahrt nach *Offenburg*. Edgar hockte brütend neben Rita. Sie wusste, dass es nicht mehr lange dauern würde, bis er irgendetwas sagen würde.

„Da vorne ist eine Einbuchtung, Rita. Halte doch dort bitte mal an."

Sie glitt geschmeidig zur Seite und schaltete den Motor aus. „Ich höre zu", sagte sie.

Edgar knetete seine Hände. „Es lag vor mir, und ich habe es nicht gesehen. Ich hätte es wissen müssen. Er war bei mir zu Hause, in meinem Garten, und mir ist nichts aufgefallen. Bei mir und den Hunden. Ich hätte es merken müssen, als die Hunde nicht mehr auf ihrem gewohnten Platz lagen. Dass sie sich vor ihm versteckt hatten Er hat mich eingewickelt mit seiner schleimigen Jovialität, wie einen Absolvent der Polizeischule im ersten Schuljahr. Mein Kopf hat einfach nicht zugelassen, dass er es ist. Der Mann der besten Freundin meiner Melanie. Hans Krause."

„Sprich weiter."

„Er ist Briefträger. Falsch. Er war Briefträger. Bis zum Dezember 2022. Seit Januar 2023 ist er pensioniert. Er kennt die Strecken, wo im Rothbachtal die Leute ihre Hunde Gassi führen. Natürlich weiß er, dass im Kinzigtal die Dämme am Fluss die Hauptschlagadern der Hundehalter sind. Seit seiner Pensionierung ist er ungebunden, und er fährt mit Vorliebe Fahrrad, selbst größere Strecken, hinterlegt seine Köder wo es ihm passt und mit Sicherheit auch auf dem Kinzigdamm."

„Was müssen wir tun? Was schlägst du vor?"

„Wir brauchen von der für *Hausach* zuständigen Postverwaltung die Gebietszuteilungspläne der Briefträger. Wir müssen wissen, was für eine Waffe Hans Krause bei sich zu Hause hat."

„Was für ein Motiv sollte er haben?"

„Er war Briefträger. Täglich mit Hunden konfrontiert. Als er bei mir war, hat er mich schlicht und einfach angelogen. Er hat gesagt, dass es Humbug sei, einen seiner

Kollegen als Hundehasser zu verdächtigen. Er selber ist der Hundehasser. Wir sollten ihn rund um die Uhr überwachen lassen. Und wenn wir im Büro sind, nehmen wir die Familie des Mädchens aus *Biberach/Baden* unter die Lupe. Du kannst wieder fahren, Rita."

Innerhalb einer halben Stunde hatte Rita die Familienverhältnisse des Kindes entschlüsselt. Es stellte sich heraus, dass es eine Großnichte Hans Krauses war. Hans Krauses Schwester war die Oma des Mädchens.

„Das ist die Verbindung", sagte sie. „Das Motiv."

In der gleichen Zeit war Edgars Anfrage an das Nationale Waffenregister positiv. Auf Hans Krause war eine Kleinkaliber-Pistole Kaliber 22 der Firma *Walther* registriert, die bei Sportschützen oft Verwendung fand. Edgars Gesicht glühte.

Das Schwein hat auf meinen Müller geschossen.

Er rief persönlich bei Oberstaatsanwalt Bernd Landquart an und beantragte eine Personenüberwachung.

„Wie? Sie sind erst einen halben Tag an dem Fall dran und haben ihn schon gelöst?", wunderte sich Landquart.

„Nicht ganz. Es fehlt uns noch ein letztes Detail, weswegen Sie noch keinen Haftbefehl erstellen können", antwortete er, denn die Postverwaltung war wegen Wochenendes nicht erreichbar war.

Rita hatte es sich nicht nehmen lassen, Edgar nach Hause zu fahren. Nicht ohne Hintergedanken nahm sie ihre Sporttasche mit.

„Wenn du so weitermachst, wirst du dich bald ummelden müssen", frotzelte Edgar, der ansonsten in einer merkwürdig gedämpften Stimmung verharrte.

„Plagt dich was?", fragte Rita in ihrer unbekümmerten Art.

Edgar grübelte. „Normalerweise rieche ich einen Übeltäter zehn Kilometer gegen den Wind", murmelte er. „Jetzt, wo es mein engstes Umfeld betrifft, habe ich versagt. Mein innerer Kompass hat nicht funktioniert."

„Aber das alleine ist es nicht, wenn ich mich nicht irre", sagte sie mit enormem seismographischem Gespür. „Ich registriere deine Vibrationen, Edgar."

Er lächelte entlarvt. „Stimmt. Du hast das Zeug zu einer hervorragenden Kriminalistin. Ich frage mich nämlich, wie ich es Melanie beibringen soll. Melanie, und somit indirekt Gerti."

„Gerti ist Hans Krauses Ehefrau, oder? Nur, um mich richtig ins Bild zu setzen."

Edgar nickte. „Melanies Begleitung auf dem Jakobsweg. Heute auf ihrer letzten Etappe."

„Wann kommen sie nach Hause?"

„Am Montag. Dem Tag, an dem wir möglicherweise Hans Krause verhaften. Ich kann ihr doch nie wieder unter die Augen treten", lamentierte er.

„Weißt du was? Komm´, wir machen eine Flasche Wein auf, setzen uns in den Garten, und um achtzehn Uhr drehen wir eine Runde mit deinen Hunden, und dann hauen wir uns vor die Glotze, gucken *Wetten dass ...?* mit Thomas Gottschalk und ..."

Edgar hatte nicht mehr zugehört, saß mit geschlossenen Augen da. Plötzlich sagte er: „Lass´ uns einen Spaziergang machen."

„Okay, machen wir einen Spaziergang", sprang sie mit geheucheltem Enthusiasmus auf. „Machen wir **hinterher** eine Flasche Wein auf, setzen wir uns **hinterher** in den Garten, drehen wir **hinterher** eine Runde mit den Hunden, gucken wir **hinterher** ..."

„Rita!

„*Wetten dass ...?* mit Thomas ..."

„Rita!!"

„... Gottschalk, und dann ..."

„Rita! Es reicht. Gehen wir."

„Gehen wir? Gehen wir."

Sie bummelten Richtung Altstadt. Das *Aquarelle und Poesie* war bereits geschlossen. Sie überquerten den Marktplatz vor dem Rathaus, durchpflügten die Menschenmassen, die wegen des verlängerten Christi Himmelfahrt-Wochenendes zu hunderten die Stadt besetzten. Sie kamen an einem Wegweiser mit Hinweisschildern in diverse Richtungen vorbei. Auf einem der Schilder las Rita *Mistelweg*.

„Du willst zu Hans Krauses Adresse?"

„Nur mal gucken", sagte Edgar kurz angebunden.

„Hältst du das für eine gute Idee? Wenn er uns sieht?"

„Dieses Land ist ein freies Land."

„Blöder Spruch, Edgar."

Er bog tatsächlich in den Mistelweg ein. „Will sehen, ob die Observation schon eingerichtet ist."

Sie waren noch ungefähr dreißig, vierzig Schritte von dem Stromverteilerkasten entfernt, hinter dem Edgar erst kürzlich Deckung gesucht hatte, als voraus der Motor eines Autos aufheulte. Edgar blieb neben einer hüfthohen Hecke stehen, die einen Garten zum Trottoir abgrenzte. Das Hoftor zu Krauses Grundstück stand offen. Eine vage Vorahnung ließ ihn Ritas Namen rufen. „Rita!"

Schon raste Krauses *Subaru* aus der Einfahrt, bog schlingernd und mit quietschenden Reifen auf den Mistelweg ein, fing sich, beschleunigte rasant, preschte brachial mit den rechten Rädern auf den Gehweg, auf dem Rita und Edgar standen.

Rita erstarrte nur einen Meter vor Edgar zur Salzsäule. Mit einem Satz war er bei ihr, versetzte ihr einen heftigen Stoß, dass sie, Kopf voraus, über die Hecke auf das Grundstück dahinter purzelte, und hechtete ihr in dem Augenblick hinterher, als Krause mit dem Auto, die Hecke rasierend, vorbeiraste.

Rita stand benommen auf, klopfte Gartenerde von Bluse und Hose und spuckte schokobraune Klumpen aus. Edgar rappelte sich gleichfalls hoch, das Gesicht dreckverschmiert, Erdkrümel im Bart, die Hose einen Triangel-Schlitz im Hosenbein. Mit schmerzverzerrtem Gesicht umklammerte er sein rechtes Handgelenk.

„Verdammt, verdammt", fluchte er.

„Klasse, Edgar", maulte sie. „Echt klasse. Was für eine Nummer. Schau mich an, wie ich aussehe. Ich schätze mal, dass sich deine Personenobservation hiermit erübrigt hat."

„Wahrscheinlich", bestätigte er. „Der ist ab durch die Hecke."

„Du meinst **wir. Wir** sind durch die Hecke." Dann fing sie an zu lachen, dass es sie schüttelte.

Noch während sie zu Edgars Haus zurückgingen, rief Edgar im Schützenhaus an und verlangte Herrn Raffelhans zu sprechen.

„War Hans Krause bei Ihnen im Schützenhaus, nachdem wir gegangen waren? Haben Sie ihm gesagt, dass die Kriminalpolizei nach der Liste gefragt hat?", legte Edgar los, kaum dass Raffelhans seinen Namen ausgesprochen hatte.

„Äääh, ja, warum? Ist das vielleicht verboten?"

Edgar legte einfach auf. „Hans Krause weiß es, dass wir ihn auf der Liste gesehen haben", sagte er zu Rita. „Wahrscheinlich hat Krause nach unserem Aussehen gefragt. Er kennt mich ja und brauchte nur eins und eins zusammenzuzählen."

„Fahnden wir nach ihm?", fragte Rita.

„Nach meiner Ansicht, ja. Die Aktion vorhin war immerhin ein Mordversuch. Doppelmord sogar. Aber lass´ das den Oberstaatsanwalt entscheiden."

Melanie befand sich in einem Glückstaumel. Ihre Emotionen sprudelten nur so aus ihr heraus. Sie hatte es geschafft. Zweihundert Kilometer auf dem Jakobsweg. Und nun war sie in *Santiago de Compostela.*

„Ach, mein Edgar. Ich kann dir gar nicht beschreiben, was das für ein Glücksgefühl ist. Es war die längste und gefühlt die schwerste Etappe. Jeder Schritt wurde am Ende zur Tortur. Wir sahen *Santiago* die längste Zeit vor uns liegen, sehnten uns dorthin, und trotzdem meinten wir, nicht näher zu kommen. Und auf einmal waren wir mittendrin. Wir sind alle sehr sehr erschöpft, aber auch sehr aufgewühlt. So langsam wird uns allen klar, was es bedeutet, ein Versprechen eingelöst zu haben. Weswegen wir hier sind. Viele von uns haben geweint, haben die Schleusen geöffnet und alle Last herausfließen lassen. Auch Gerti und ich."

„Morgen habt ihr einen Tag zur freien Verfügung in *Santiago*", stellte Edgar fest.

„Ja. Wir haben zwar direkt nach der Ankunft einen ersten Blick in die Kathedrale geworfen. Morgen werden wir dann aber bewusst hingehen. Und dann ein wenig die Stadt besichtigen. Bummeln. Erholen. Einfach schön. Ich bin so glücklich, Edgar. Ein großer Moment in meinem Leben."

„Ja, mein Engel. Das ist es. Ich freue mich für dich", sagte er.

Halt´ jetzt bloß den Mund! Verdirb ihr nicht die Stimmung, zischte sein innerer Aufpasser.

Ja, ja, weiß ich doch. Bin ja nicht von Dummbach, gab er zur Antwort.

Ungefähr eine halbe Stunde später klingelte erneut das Telefon. Melanies Nummer.

„Edgar, ich danke dir, dass du mir die Freude nicht vermasselt hast. Aber glaubst du, ich hätte nicht bemerkt, wie bedrückt du bist? Darum raus mit der Sprache und gib´ Butter bei die Fische. Was ist los bei dir in *Gengenbach*? Und kein Larifari, wenn ich bitten darf."

Er atmete tief ein und aus. *Hatte ich mir eingebildet, diesen Kelch nicht trinken zu müssen?*, dachte er.

Hey, Mann, du bist mit Melanie verheiratet, raunte ihm der Klugscheißer ins Ohr.

Als ob ich das je vergessen könnte. „Nach Gertis Mann wird gefahndet", gestand er. „Er hat heute versucht, uns zu überfahren."

„Uns?"

„Rita Böhringer und mich. Er ist auf der Flucht."

„Ich verstehe nicht, Edgar. Wieso ist Hans auf der Flucht?"

„Wir ermitteln gegen ihn. Er ist der mutmaßliche Hundemörder. Der Mann, der die Köder auslegt. Er hat auf unseren *Müller* geschossen. Er hat eine Pistole zu Hause."

„Moment mal, Edgar. Bleib dran", sagte sie mit Bestimmtheit.

Edgar behielt das Telefon am Ohr. Er hörte Melanies Stimme im Hintergrund, daneben eine andere Frauenstimme. *Gerti*, dachte er. Dann sprach die andere Stimme ins Telefon:

„Edgar, hier ist Gerti. Hör´ zu: Hans hat mir gesagt, dass er nur eine Schreckschusspistole zu Hause hat. Nicht gefährlicher als ein Hasenfurz, hat er wortwörtlich gesagt. Etwas anderes hätte ich niemals geduldet, und selbst eine Schreckschusspistole ist mir eigentlich schon zuwider."

„Dann hat er dich angelogen, Gerti. Auf ihn ist eine scharfe Kleinkaliber-Pistole registriert. Eine tödliche Waffe. Tut mir leid, dass du das von mir erfahren musst."

„Und ihr fahndet nach ihm? Weil er ... ich kann das gar nicht glauben. Dass er Hunde getötet haben soll. Dass er dich überfahren wollte, Edgar. Gar nicht fassen. Ich gebe dir wieder Melanie ans Telefon. Mach´s gut. Tschüss, Edgar."

„Ja Edgar, Gerti hat sich schon gewundert, weil Hans überhaupt nicht mehr ans Telefon geht. SMSen dringen nicht durch. Es meldet sich auch keine Mailbox. Da tun sich Abgründe auf. Wie konnten wir uns nur so täuschen?"

„Mich hat er auch getäuscht, Melanie, und es war ihm recht gut gelungen. Es kann sein, dass der Oberstaatsanwalt für Montag eine Hausdurchsuchung bei Krause veranlasst. Vielleicht kannst du es Gerti schonend beibringen."

„Oh, nein, nein, nein, Edgar, das geht nicht. Das musst du verhindern", rief sie flehentlich. „Wir kommen Montag doch nach Hause. Du musst das auf Dienstag verschieben, damit Gerti wenigstens dabei sein kann. Man muss ja nicht gleich das ganze Haus durchwühlen, wenn ihr nach spezifischen Beweisen sucht. Edgar, das musst du unbedingt erreichen."

„Ich werd's versuchen, Melanie. Ich werd's versuchen", versprach er. „Es tut mir leid, dass alles so gekommen ist."

Sechzehnter Tag
Sonntag, 21. Mai 2023

Das malträtierte Handgelenk war es, das ihm durch ein dumpfes Pochen, rhythmisch wie das Pendel einer Uhr, einen ergiebigeren Schlaf raubte. Die Kontrolle im Badezimmer zeigte eine leichte Schwellung an, die er mit einer in essigsaurer Tonerde getränkten Binde umwickelte. Nach vergeblichem Anlauf wieder in den Schlaf zu finden, war er aufgestanden und, auf die im Wohnzimmer schlafende Rita Rücksicht nehmend, in seinem Büro im ersten Stock geblieben.

Nach dem Frühstück war Rita nach *Offenburg* in die Polizeidirektion gefahren. Während die Fahndung lief, wollte sie in der Schaltzentrale sein. Zudem spekulierte sie auf die eine oder andere Überstunde.

„Kannst ja nachkommen, wenn du willst", hatte sie zu Edgar gesagt. „Aber Überstunden kriegst du keine."

Melanie hatte Edgar eingeschärft, vorsichtig zu sein. „Stell´ dir vor, er lauert dir irgendwo mit seiner Pistole auf. Gerti meint, dass er total durchgedreht haben muss. Ihr ist eingefallen, dass er vor einem Jahr, als die Geschichte mit seiner Großnichte passiert war, einmal gesagt hatte, dass *Zeichen gesetzt werden müssten*. Auf ihre Nachfragen, was er damit meine, hätte er aber immer abweisend reagiert. *Nichts*, hätte er immer geantwortet, *es ist nichts.*"

„Das Mädchen, das in den Kopf gebissen worden ist. Das war vermutlich der Auslöser für seinen Feldzug. Der letzte Tropfen", sagte Edgar.

„Ja. So denkt sie jetzt auch", sagte Melanie. „Wir haben heute Nacht kaum geschlafen und viel geredet. Vielleicht, sagte sie, hätte sie ihm den Fehltritt mit einer anderen Frau noch verzeihen können. Aber nicht die Rache an den Hunden, und schon gar nicht, dass er es sogar auf *Lydia* und *Müller* abgesehen hatte. Sie meinte, dass er aus purem Frust gehandelt hat und sie vielleicht nicht ganz schuldlos daran war, weil sie ihm immer von unserem tollen Leben vorgeschwärmt hat. Von dir und deinen Abenteuern, dass Bücher über dich geschrieben wurden; von mir mit dem *Aquarelle und Poesie* und den Auftritten in der Stadthalle und der Kellergalerie. Ich hab´ versucht, ihr das auszureden, und heute früh hat sie mir dann recht gegeben. Jetzt schläft sie noch. Ich stehe auf dem Balkon und sehe durch die Tür zu ihr hinein. Und weißt du was? Sie sieht irgendwie glücklich aus. Ist das nicht seltsam?"

Edgar bummelte mit *Müller* und *Lydia* über die Felder. Er nahm sich Melanies Warnung zu Herzen und mied den Kinzigdamm, weil sich dort Fahrradfahrer überraschend schnell und lautlos von hinten nähern konnten und man kaum Zeit zum Ausweichen fand. Auf den Feldwegen mit den häufigen Wegkreuzungen war die Gefahr weniger akut.

Er wusste, dass viele seiner Kollegen, bevor sie in Pension gingen, sich ganz legal eine private Schusswaffe zugelegt hatten. Man hinterließ, ob man wollte oder nicht, als Polizist doch Feinde, die einem nach dem Leben trachten mochten oder sich Rache geschworen hatten. Ein Damoklesschwert, das bei diesem Berufsbild nicht ausblieb. Eine Schusswaffe verlieh manchem eine trügerische Art von Sicherheit.

Für Edgar war das nie in Frage gekommen, auch wenn ihm hin und wieder der Besitz einer Schusswaffe hätte helfen können. Er war zu Dienstzeiten kein Waffennarr gewesen, war als miserabler Schütze bekannt und absolvierte die vorgeschriebenen Schießübungen nur, weil sie Pflicht waren und die Schießleistungen in die Personalakte übernommen werden mussten.

In der Ferne entdeckte er ein anderes Gespann aus Mensch und Hund. Er meinte, *Bellas* braun-weißes Fell zu erkennen und lenkte seine Schritte in diese Richtung. Bald hielten auch *Müller* und *Lydia* die Nasen in die Luft und schwänzelten ihm voraus, ihres Geruchsinns um einiges sicherer als Edgar seiner Sehkraft. Nah genug gekommen, handelte es sich tatsächlich um Wilma und *Bella*.

„Du bist weit weg von deiner Haus- und Hofstrecke", rief Edgar schon aus geraumer Entfernung.

„Guten Morgen, Edgar. Ja, ich dachte, bei trockenem Wetter erobern wir uns mal ein anderes Terrain. *Bella* war noch nie hier. Schön ist es heute, findest du nicht?"

„Absolut Frühling. Hast du ein bestimmtes Ziel? Wenn nicht, dann lade ich dich zum Kaffee ein. Kuchen können wir in der Stadt kaufen."

„Das ist nett von dir, Edgar, aber heute habe ich in der Tat etwas vor", sagte sie verlegen.

Edgar fiel eine aufflammende Errötung ihres Gesichtes auf. Als von ihm keine Reaktion kam, präzisierte sie ihr Vorhaben. „Ich bin auf dem Weg zur Straußwirtschaft. Ich hab´ ein ... ich hab ein ... Date."

„Du hast ein was? Ein Date?"

„Das erste Date in meinem Leben", gestand sie verschämt und glühte rot wie der Blutmond. „Internet macht's möglich. Mein Erkennungszeichen ist *Bella*. Braun-weißer Hund."

„Gratuliere, Wilma. Das freut mich richtig. Dann, äääh, ja, dann wünsch´ ich dir viel Erfolg und viel Glück", sagte er aufrichtig.

„Danke, Edgar. Es ist schön, dich als Freund zu haben. Hm, ich hätte da eine Idee. Klingt vielleicht ein bisschen verrückt, aber würdest du eventuell mitkommen?"

„Nee, nee du. Wenn dein Date mich sieht, zieht es sofort wieder Leine."

„Nein. Du sollst an einem anderen Tisch sitzen und die Augen offen halten. Später sagst du mir, was du von ihm hältst."

„Ist das nicht ein bisschen unfair ihm gegenüber?"

Sie blieb stehen. „Schau mich an, Edgar. Sehe ich aus, als hätte ich noch einen Haufen Zeit zu vergeuden? Ich sehe das pragmatisch. Du hilfst mir lediglich bei der Entscheidungsfindung, wie du dich als Kriminalist ausdrücken würdest. Na, sag´ schon ja." Sie deutete auf den Verband an der Hand. „Was ist damit? Wieder gebrochen?"

Er erzählte ihr die Geschichte.

„Du lebst wirklich gefährlich, Edgar", sagte sie daraufhin. „Ich glaub´, ich muss mal die Bücher über dich lesen und mich dann von dir fernhalten, um nicht unter die Räder zu kommen. Wie hält deine Frau das bloß aus?"

„Das fragst du sie am besten selber. Morgen kommt sie wieder nach Hause", grinste er.

„Das werde ich auf jeden Fall. Kommst du jetzt mit oder nicht?"

Edgar hockte in der Gartenwirtschaft am hintersten Tisch, *Müller* und *Lydia* darunter. Wilma am gegenüberliegenden Ende, *Bella* neben sich. Wilma war sichtlich aufgeregt, denn sie paffte eine Zigarette nach der anderen.

Es herrschte reger Publikumsverkehr, und bei jedem neu ankommenden Single-Mann drückte Wilma hektisch die Zigarette aus. So vergingen gut zwanzig Minuten. Edgar schaute fragend zu ihr hinüber, und sie zuckte ratlos mit den Schultern.

Dann tauchte ein Mann auf, der sich suchend umblickte und eher unter oder zwischen die Tische zu achten schien. Er musste um die sechzig Jahre alt sein, sah aber fit aus wie ein Turnschuh und war schlank wie eine Mumie. Alles an ihm wirkte drahtig, von den stoppelkurzen grauen Haaren bis zu seinem Gang. Er trug legere Kleidung in gedeckten Farben.

Edgar bückte sich weg, denn er kannte diesen Mann. Er hieß Gotthelf Allgöwer, war dienstältester Polizist der Polizeidirektion *Offenburg*, und verbat sich, mit Gotthelf angesprochen zu werden, weshalb er von allen nur Allgöwer genannt wurde. Allgöwers Augenfarbe war die von *stonewashed* Jeans.

Edgar linste über die Tischplatte hinweg und stellte fest, dass sich Wilma und Allgöwer per Handschlag begrüßten. Allgöwer nahm Wilma gegenüber Platz.

Edgar hatte genug gesehen und lächelte verschmitzt. Gut gelaunt schlich er mit den Hunden im Rücken Allgöwers in den Gastraum und ließ sich von der Bedienung einen Zettel geben. Im Nu schrieb er eine Botschaft drauf und instruierte die Bedienung, wem sie den Zettel überreichen sollte. Dann verließ er mit *Müller* und *Lydia* das Lokal durch den Vorderausgang.

Die Bedienung konnte nicht umhin, einen verstohlenen Blick auf den Zettel zu werfen, den sie der Dame mit dem braun-weißen Hund zustecken sollte. Sie las: *Eine ausgezeichnete Wahl. Ein guter Mann. E.*

Edgars Welt hing zur Hälfte wieder in den Angeln. Zwar waren durch sein unmittelbares, wenn auch unbeabsichtigtes Einwirken zwei Ehen zerbrochen, aber als Wiedergutmachung hatte er heute vielleicht für ein neues Glück gesorgt. Wilma und Allgöwer.

Mein lieber Herr Gesangverein, dachte er, als er zu Hause war. *Wenn das nicht einen Kognak wert ist? Doch, das ist es*, erlaubte er sich und schenkte eine Daumenbreite des Getränks in ein bauchiges Glas, das er mit zur Haustreppe nahm und dort eine Zigarette rauchte.

Es war mitten am Nachmittag und sonntägliche Ruhe lag wie eine Glocke über der Wohngegend. Nur hin und wieder vibrierte die Luft, wenn Kavalkaden von Bikern auf der Bundesstraße jenseits der *Kinzig* vorbeidonnerten. Was Edgar daran erinnerte, dass ihm das Handgelenk Sperenzchen bereitete und aktuell zum Motorradfahren nicht zu gebrauchen war. Das notgedrungene Gefühl einer Abstinenz hielt sich jedoch in Grenzen, da er sonntags grundsätzlich auf Touren mit der *Harley* verzichtete. Es waren einfach zu viele Biker unterwegs.

Edgar verlegte den Sitzplatz in den Garten und begann sich schleichend aber zunehmend zu langweilen, als das Telefon klingelte. Dankbar ergriff er die Gelegenheit.

„Hallo Rita. Nett, dass du anrufst. Gibt es schon Neuigkeiten von der Fahndung?"

„Tote Hose. Ich mach´ jetzt dann Feierabend. Hast du etwas dagegen, wenn ich zu dir komme? Nur, wenn du willst."

Gottseidank, der Abend ist gerettet, dachte Edgar. „Warte mal, ich muss erst nachschauen, ob noch ein Zimmer frei ist. Ach ja, gerade noch. Heute letzter Tag. Ab morgen bin ich wieder ausgebucht."

„Haaa, haaa. Hast du was zu essen im Haus, oder soll ich etwas mitbringen?"

„Ich kann was auftauen, oder bist du mit Wurst und Käse zufrieden?"

„Genau in der Reihenfolge. Also bis gleich."

Kaum dass er aufgelegt hatte, klingelte es wieder. *Hoppla, hat sie was vergessen?* Doch auf dem Display erschien Wilmas Nummer.

„Wilma."

„Edgar. Ich danke dir. Dafür, dass du mit zur Straußwirtschaft gegangen bist, und für den kleinen Zettel. Danke."

„Für Allgöwer lege ich meine Hand ins Feuer, wenn du das meinst", sagte er.

„Ja, das meine ich. Du kanntest ihn, stimmt´s?"

„Alter Arbeitskollege. Ein prima Kerl, wenn du mich fragst. Hat er Gefallen an dir gefunden? Oder du an ihm?"

„Hihihi, wir haben uns schon für heute Abend verabredet. Kino. Ich spür´ Hummeln im Hintern, wenn ich nur dran denke."

„Das gönn´ ich dir, Wilma. Sieh zu, dass er rechtzeitig ins Bett kommt. Er muss morgen wieder arbeiten."

„Aber Edgar!!!“

„Schönen Abend euch beiden“, sagte er hochzufrieden und beendete das Gespräch.

„Ich habe mir erlaubt, dich heute zum Essen einzuladen“, sagte Rita und stellte vorsichtig zwei verschlossene Aluminiumschalen auf dem Gartentisch ab. „Ich war unterwegs beim Griechen. Ich hoffe, du magst griechisch. Du hast die Wahl zwischen Gyros und - Gyros.“

„Oh, ich mag eigentlich beides. Aber ich entscheide mich für Gyros.“

„Gute Wahl, der Herr. Dann nehme ich ebenfalls - Gyros. Und, Tatatata“, schwupp, zog sie eine Flasche Rotwein aus ihrer Tasche. „Ein echt griechischer Rotwein. Ein trockener Samtläufer. Pelzig bis zum Gaumen. Den kannst du trinken wie flüssigen Filz. Herrlich.“

„Hättest du lieber einen Teller?“, fragte Edgar und zeigte auf die Alu-Schalen.

„I wo, aber Messer und Gabel wären nicht schlecht. Seit die EU Plastikbesteck verboten hat, haben die Läden mit Straßenverkauf ein kleines Problem. Wer nimmt von zu Hause schon ein Metallbesteck mit, wenn er im Park essen will?“

Rita verschlang das Essen mit Heißhunger; Edgar aß eigentlich nur aus Dankbarkeit, dass sie überhaupt etwas mitgebracht hatte. Gyros war nicht seine Spezialität. Den Rotwein hatte sie sehr zutreffend beschrieben. Schon nach dem ersten Schluck fühlte sich seine Zunge an, als wäre sie frisch gepolstert worden.

„Ich denke, ich hole noch etwas Flüssiges zum Wein“, sagte er, und Rita maulte: „Mein Gott, er war halt billig!“

Dann rief Melanie an.

„Na, mein Edgar, wie war dein Sonntag?"

„Toll. Wirklich toll. Ich habe sogar eine Ehe gestiftet. Frau Solberg und Allgöwer hatten ein Date."

„Allgöwer? Dein Allgöwer von der KTU?"

„Ja. Und Wilma Solberg. Praktisch über mich als Eheanbahnungsinstitut. Nein, Quatsch. Ich habe Wilma nur einen Tipp gegeben, dass Allgöwer ein guter Mann für sie sein könnte. Es hat sich zufällig so ergeben. Und jetzt sitzt Rita bei mir und isst Gyros."

Melanie lachte. „Frag´ sie doch mal, ob sie bei uns einziehen möchte."

„Wie? Im Ernst?"

„Sie könnte unsere Enkelin sein, Edgar."

„Das war jetzt keine Antwort auf meine Frage, Melanie."

„Wir reden drüber, wenn ich wieder daheim bin, mein Edgar. Habt ihr noch etwas vor?"

„Welche Frage: Heute ist Sonntag. Tatort-Tag. Wir schauen natürlich den Krimi. Und du?"

„Ich bin sehr müde. Den ganzen Tag auf den Beinen. *Santiago* ist eine schöne Stadt, aber ich will jetzt nur noch nach Hause. Ich kann keine Kathedrale und keine Geschäfte mehr sehen. Nur noch dich und *Lydia* und *Müller*."

„Habt ihr was von ...?"

„Nein, Edgar. Wir haben nichts von ihm gehört. Eure Fahndung war wohl auch nicht erfolgreich, sonst hättest du mich bestimmt verständigt. Das ist alles so merkwürdig.

Morgen fahren wir sehr früh hier ab. Wir erhalten ein Frühstückspaket zum Mitnehmen. Abfahrt um fünf Uhr. Ich melde mich von unterwegs, mein Edgar."

„Das ist gut. Ruf´ mich aber auf dem Handy an. Ich werde in Ritas Büro in der Polizeidirektion sein."

„Denk´ bitte dran. Morgen keine Hausdurchsuchung bei Gerti", schärfte sie ihm ein.

„Ich werde dran denken. Ich liebe dich, mein Engel."

Rita und Edgar fläzten auf der Couch und guckten den Tatort.

„Hat Melanie etwas gesagt?", fragte sie, und warf sich eine Handvoll Erdnussflips in den Rachen.

„Ja, ich soll dich fragen, ob du bei uns einziehen willst", knabberte er an Salzbrezeln.

„Nein, ich meine zu Hans Krause."

„Nur dass er sich nicht bei ihnen gemeldet hat und ich verhindern soll, dass morgen eine Hausdurchsuchung in Hans Krauses Haus durchgeführt wird."

„Ich werde drüber nachdenken", sagte Rita.

„Über die Hausdurchsuchung?", fragte er.

„Quatsch. Ob ich bei euch einziehen soll. Es ist schön bei euch."

Siebzehnter Tag
Montag, 22. Mai 2023

Seit drei Stunden ist Melanie unterwegs, dachte Edgar, als er mit Rita um acht Uhr deren Büro betrat. Sehr zum Missfallen Ritas, hatte er darauf bestanden, *Müller* und *Lydia* mitzunehmen. Er wusste nicht, wie lange er in der Polizeidirektion bleiben würde und wollte wegen Hans Krause kein Risiko eingehen. Bei dessen psychischem Ausnahmezustand traute er ihm zu, in das Türmchenhaus einzubrechen.

„Den Geruch krieg ich nie wieder los", motzte sie, wie sie immer motzte, wenn sie ihn mit den Hunden mitnahm.

„Versuch´s mal mit frischer Luft. Das ist das komische Zeug, das du riechst, wenn du das Fenster aufmachst", frotzelte er zurück.

Außer den üblichen Alkoholleichen, die ihre Räusche in den Ausnüchterungszellen ausschwitzten, war in der Nacht niemand festgenommen worden. So gesehen eine ruhige Nacht für die *Offenburger* Polizei.

Edgars erste Aufgabe war, Oberstaatsanwalt Landquart davon zu überzeugen, die für heute angesetzte Hausdurchsuchung bei Hans Krause um einen Tag zu verschieben.

„Ihre Frau hat das verlangt?", hatte Landquart mit zynisch unterlegtem Ton gefragt.

„Meine Frau befindet sich mit Hans Krauses Ehefrau aktuell auf der Rückfahrt von Spanien. Sie werden heute Abend hier sein. Es handelt sich um eine Bitte von Frau Krause."

Edgars zweite Arbeit war, von der Postverwaltung detaillierte Dienstpläne Hans Krauses mit erkennbaren

Gebietszuteilungen für das Jahr 2022 zu bestellen. Allerdings bedurfte es der Intervention des Oberstaatsanwalts mit der Zusicherung, den erforderlichen Beschluss per Fax zuzusenden.

Das wird einige Zeit dauern, dachte Edgar, wohl wissend, dass die Fahndung nach Hans Krause alleine auf dem versuchten Mord mit dem Auto basierte. Eindeutige Beweise, dass er auch der Hundekiller war, lagen bis dahin nicht vor. Weder war er von Zeugen erkannt worden, noch war belastendes Material, wie Hackfleisch, Rasierklingen, Nägel, bei ihm sichergestellt worden, noch hatte man seine Pistole untersuchen können. Hans Krause war zudem nicht der Einzige, der laut Mitgliederliste des Schützenvereins eine Waffe zu Hause besaß. Edgars Verdacht gegen ihn war somit keineswegs sattelfest. Er würde auf die Dienstpläne der Post zur Untermauerung seiner Theorie nicht verzichten können, und selbst dann waren sie nichts weiter als ein Indiz.

Er verließ Ritas Büro, um das Angebot der Kantine in Augenschein zu nehmen, und begegnete auf dem Weg dorthin Allgöwer.

Was geht er so linkisch?, fragte er sich und hielt ihn auf. „Alles okay, Allgöwer?"

„Was soll nicht okay sein?", reagierte er überraschend sensibel.

„Na, du drückst dich so an der Wand entlang, als wolltest du mir aus dem Weg gehen. Oder interpretiere ich etwas falsch?"

Allgöwer entspannte sich. „Ich dachte, du würdest dich über mich lustig machen. Wegen des Dates mit Wilma."

Edgar staunte. „Wieso lustig? Ich hoffe nur für dich, dass alles zu deiner besten Zufriedenheit verlaufen ist."

Jetzt erstrahlte Allgöwers hageres Gesicht. „Sehr, Edgar. Ich hab´ mich halt noch nie übers Internet verabredet. Wo sollte ich denn sonst jemanden kennenlernen, bei unseren Dienstzeiten? Du weißt, was ich meine. Und da dachte ich eben, naja, ..."

„Dass ich mich über euch lustig mache – ich verstehe schon. Mach´ ich aber nicht. Im Gegenteil. Ich freue mich für dich und Wilma. Ich hab´ ihr gesagt, dass du ein prima Kerl bist."

Allgöwer lachte. „Sie hat mir deinen Zettel gezeigt. Wir haben herzlich gelacht. Und ja, wir haben uns blendend verstanden. Gestern Abend waren wir im Kino, und dann sind wir ..."

Edgar hob eine Hand. „Stopp! Allgöwer. Das geht mich nichts an. Das und alles Weitere sind eure privaten Angelegenheiten. Aber wenn ich euch eines Tages gratulieren darf, dann tu´ ich das von Herzen gerne."

„Danke Edgar. Du bist ein feiner Mensch", sagte Allgöwer.

Die Menüs in der Kantine entsprachen nicht Edgars Geschmack. Doch sah er Schnitzelbrötchen im Angebot und ließ sich zwei einpacken. Für *Müller* und *Lydia* kaufte er je ein Paar Wiener Würstchen.

„Deine Post ist da", rief Rita gleich, als er ins Büro zurückkam. „Soll ich dir helfen, oder schaffst du es alleine? Sonst geh´ ich jetzt was essen."

„Guten Appetit", sagte Edgar nur und beugte sich über die Pläne der Post.

Diesmal war es eindeutig und Edgar fühlte sich bestätigt. Hans Krauses Gebietszuteilung als Briefträger stimmte mit den Köderfundorten überein. Wobei aus einem Begleitschreiben der Postverwaltung hervorging, dass wechselnde Zustellbezirke erst mit Beginn des Jahres 2021 eingeführt worden waren und natürlich mehrere Briefträger sich einen Zustellbezirk teilten. Aber dennoch: Hans Krause war definitiv in der Region.

Edgar ging noch weiter. Bei verfeinerter Überprüfung stellte er fest, dass die Köder ausnahmsweise in den Ortsbereichen gefunden worden waren, die Hans Krause zu den fraglichen Zeiten alleine bediente. Dies alles tagesgenau festzuhalten und in seine Landkarte zu übertragen, beanspruchte mehr Zeit, als er vermutet hatte, und als er mit der akribischen Arbeit fertig war, zeigte die Uhr fünfzehn Uhr dreißig an.

Als er sich gedanklich bereits mit dem Feierabend und Melanies Ankunft befasste, wurde von der Notrufstelle, besetzt mit Polizeihauptmeister Oberländer, eine Brandmeldung aufgenommen und an den Staatsanwalt sowie an Rita Böhringer weitergeleitet. Wohnhausbrand in *Gengenbach*. Mistelweg. Feuerwehr und Streife unterwegs, beziehungsweise schon vor Ort.

Wohnhausbrand. *Gengenbach*. Mistelweg.

Rita, sofort auf Draht, war aufgesprungen und bereits auf dem Weg zur Tür, während Edgar diese Nachricht erst in die zuständige Gehirnregion pressen musste.

„Edgar! Auf, auf! Los, komm´ schon! Auf was wartest du noch? *Gengenbach*! Nimm´ die Hunde mit!"

Da kam auch Edgar in Fahrt.

„Du musst mich daheim absetzen", sagte er in Ritas Auto, das mit Blaulicht und Martinshorn aus *Offenburg* hinausjagte. „Nicht, dass Krause auf einen Kollateralschaden aus ist und mein Haus abfackelt. Und ich will, dass eine Streife das *Aquarelle und Poesie* bewacht. Nicht auszudenken, wenn ..." Er blieb den Rest des Satzes schuldig.

Rita fuhr schnell und sicher und beorderte via Funk einen Streifenwagen zu Melanies Geschäft in der Altstadt. Wo nötig, verschaffte sie sich mit dem Martinshorn Platz.

„Ich komm´ nachher kurz bei dir vorbei, um Bericht zu erstatten. Aber du weißt ja wie das ist. Zuerst muss die Routinearbeit erledigt werden. Zeugenbefragungen und den ganzen Mist. Kann dauern, okay?" Sie lud Edgar zu Hause ab und preschte sofort weiter.

Er betrat sein Grundstück und behielt das Haus im Auge. Haustür, Fenster, alles in Ordnung? An der Haustür war nicht manipuliert worden. Keine Fenster eingeschlagen, eingedrückt oder aufgehebelt. Die Installation der Einbruchsicherung war nicht billig gewesen. Hatte sie sich schon rentiert? Edgar entdeckte keine einschlägigen Werkzeugspuren. Erleichtert atmete er auf und schickte die Hunde ins Haus hinein. Dann umrundete er das Gebäude, kontrollierte die Fenster des Erdgeschosses an den Seiten und der Rückseite, prüfte die Tür zur Kellergalerie – alles wie es sein sollte. Zum Schluss ging er zur Remise, in der die *Harley* stand.

Edgar bemerkte sofort, dass der Riegel gewaltsam aus der Wandverankerung gerissen war und nach unten hing. Das hieß, dass Krause entweder hier gewesen, oder noch da war. Unentschlossen blieb er davor stehen.

Wäre es jetzt besser, die Hunde hier zu haben?, dachte er. *Oder die Polizei? Was passiert, wenn ich mich jetzt umdrehe und Rita anrufe? Aber verdammt, ich bin doch selber die Polizei. Oder?*

Zögernd und mit unterdrücktem Atem zog er mit der linken Hand die Tür auf – und blickte direkt in den Lauf einer Kleinkaliber-Pistole, hinter dem sich langsam, wie ein Foto im Entwicklerbad, ein Gesicht aus dem Dämmerlicht schälte. Hans Krause.

Hans Krause maß ihn schnell von Kopf bis Fuß. „Wusste ich's doch, dass dir das Motorrad heilig ist und du nach ihm schauen würdest. Edgar Schaaf. Hab ich dich! Wo sind die Hunde?"

„Was soll der Scheiß?", fragte Edgar.

„Halt's Maul. Die Hunde, wo sind sie?" Krause zielte mit der Pistole auf Edgars Gesicht.

„Im Haus."

„Los, geh´ voran."

Edgar drehte sich um und ging zum Hauseingang. Der Schlüssel steckte von außen.

„Los, geh´ rein", befahl Krause und stieß Edgar den Lauf in den Rücken.

Edgar öffnete die Tür, zog den Schlüssel ab und hängte ihn ans Schlüsselbrett neben der Tür. In der gleichen Bewegung nahm er den benachbarten Schlüssel zur Kellergalerie vom Haken und steckte ihn unauffällig in die Hosentasche.

Müller und *Lydia* lagen auf ihrer Decke am Fenster. *Müller* sprang sofort auf die Beine, fletschte die Zähne und knurrte Krause an, sobald er ihn sah.

„Sperr´ die Hunde in ein Zimmer. Los, mach´ schon.“

Edgar pfiff den beiden und lockte sie, misstrauisch von Krause verfolgt, in den ersten Stock, wo er sie in sein Büro einschloss.

„Und jetzt wieder nach unten“, winkte Krause mit der Pistole. „Setz´ dich an den Tisch. Und gib´ mir dein Handy.“

Edgar schob ihm das Handy über den Tisch. „Was willst du?“, fragte Edgar.

„Was kann ich wohl schon wollen? Wir warten hier auf Gerti und auf deine Frau.“

„Das kann lange dauern“, sagte Edgar. „Es ist nicht mal fünf Uhr, und vor zehn werden sie kaum hier sein können.“

Krause setzte sich Edgar gegenüber, die Pistole fest in der Hand. „Das lass´ mal meine Sorge sein.“

„Was willst du dann machen? Mit Gerti, meine ich.“

„Sie wird mit mir gehen. Sie ist meine Frau. Sie wird mich nicht verlassen, nur weil ich eine Nutte gevögelt habe.“

Edgar nickte. „Das stimmt. Sie wird dich nicht verlassen, nur weil du eine ganze Nacht eine Nutte gevögelt hast.“

„Das ist überhaupt deine Schuld. Es war unfair, ihr das auf die Nase zu binden“, fauchte Krause.

„Ach, hättest du´s ihr selber gesagt?“, fragte Edgar spöttisch.

„Halt´ dein blödes Maul.“

Edgar stützte die Ellbogen auf die Tischplatte. „Hör´ zu. Gerti wird dich verlassen, weil du Hunde getötet hast. Sie wird dich verlassen, weil du einen Köder in meinem Garten deponiert und auf meinen *Müller* geschossen hast. Sie wird dich verlassen, weil du mich und meine Kollegin beinahe über den Haufen gefahren hast. Sie wird dich verlassen, weil du euer Haus abgefackelt hast, und sie wird dich verlassen, weil du nicht der bist, der du vorgabst zu sein."

„Es ist mein Haus. Mein Haus. Ich kann damit machen, was ich will. Hast du was zu trinken da?"

„Bedien´ dich", sagte Edgar und vollführte eine generöse Armbewegung. „Wein und Bier im Kühlschrank, Kognak in der Küche, wo Essig und Öl stehen. Es ist alles da."

Hans Krause stand auf, holte aus dem Kühlschrank zwei Flaschen Bier, öffnete sie uns stellte die eine vor Edgar hin. „Prost."

Edgar trank einen Schluck, stellte die Flasche wieder ab und schwieg. Krause trank in langen Zügen. Bald hatte er die Flasche geleert und holte sich die nächste. Auch die trank er zur Hälfte aus.

„Gerti wird mich nicht verlassen", sagte er. Dann starrten sich die beiden Männer an und blieben stumm. Eine Minute. Zwei Minuten. Fünf Minuten.

Bin gespannt, wer den längeren Atem hat, dachte Edgar.

Krause trank wieder. „Ich habe Hunde schon immer gehasst", brach er die Stille. „Schon als Kind. Ich hatte immer Angst vor ihnen gehabt. Und dennoch bin ich zur Post gegangen. Weil mein Vater bei der Post war. Weiter als bis zum Briefträger habe ich es aber nicht gebracht. Ich war der mit den Elektroschock-Stöcken."

Edgar antwortete nicht.

„Ein Wunder, dass Gerti mich geheiratet hat."

„Irgendetwas an dir muss ihr imponiert haben", sagte Edgar.

Ein kurzes Lächeln zuckte über Krauses Lippen. „Dann passierte das mit meiner Großnichte. Ein Dobermann zerfleischte ihr hübsches Gesicht. Eine Katastrophe. Da schwor ich mir, die Biester zu erledigen. Ich hatte Gift zu Hause. E 605. Als es aufgebraucht war, bin ich auf Nägel gekommen."

„Und Rasierklingen", ergänzte Edgar.

„Und Rasierklingen. Man muss die Rasierklingen zerkleinern. Findet man alles im Internet. Bauanleitung für Hundeköder", grinste er sardonisch.

„Warum meine Hunde? Habe ich dir etwas getan? Melanie ist die beste Freundin deiner Gerti."

Krause trank die zweite Flasche aus. „Ich – konnte - es nicht - mehr - hören. Gertis ständige Lobhudelei auf euch. Melanie und Edgar, hinten und vorne, blablabla. Für mich klang das immer mehr nach einem Vorwurf, dass ich ihr nicht adäquat das bieten würde, wovon sie so schwärmte, wenn sie über euch redete."

„Du hast eine schöne Frau, du hast ein Haus, du hast dein Auskommen, ihr seid gesund – was willst du mehr?", fragte Edgar.

„Du verstehst nichts. Absolut nichts." Er erhob sich wieder und beschaffte sich das nächste Bier.

„Trink´ nicht so viel", riet ihm Edgar.

„Halt´s Maul."

Es klingelte an der Haustür.

Krause richtete die Pistole auf Edgars Brust. „Wer ist das?"

„Wahrscheinlich die Kollegin von der Kripo. Sie wird ihren Büroschlüssel abholen wollen."

„Wieso ihren Büroschlüssel?"

„Ich war heute in *Offenburg* auf der Polizeidirektion und habe mitgeholfen, nach dir zu fahnden. In ihrem Büro. Ich hab´ ihn nach dem Feueralarm versehentlich eingesteckt."

Krause überlegte einige Sekunden. „Steh´ auf und gib´ in ihr, und dann wimmle sie ab. Sag´, dass du krank bist oder sowas. Lass´ sie auf keinen Fall herein. Wenn du Mist baust, erschieße ich euch beide."

Edgar stand auf und ging zur Haustür. Krause stellte sich seitlich neben ihm auf und bedrohte ihn mit der Pistole.

Edgar öffnete die Tür nur einen Spalt breit. „Hallo, Frau Böhringer", sagte er. „Sie wollen sicher **Ihren** Schlüssel zurück." Er griff in die Hosentasche und reichte ihr **den** Schlüssel.

„Danke für den Schlüssel" sagte sie. „Ohne den komm´ ich nicht rein. Alles okay bei Ihnen, Herr Schaaf?"

„Ich fühle mich nicht so gut. Es war doch ziemlich anstrengend heute. Bis morgen wird es wieder besser sein. Adieu, Frau Böhringer."

Er schloss die Tür und ging zum Tisch zurück.

„Ihr seid per Sie miteinander?", fragte Krause misstrauisch.

Edgar zuckte mit den Schultern. „Die jungen Kollegen sterben beinahe aus Respekt vor so einem alten Dinosaurier, wie ich einer bin. Ich glaub´, jetzt hol´ ich mir auch noch ein Bier." Stand auf, ging zum Kühlschrank und beobachtete, wie Krause seine dritte Flasche ansetzte. *Ja, trink´ nur, trink´ so viel du kannst*, dachte Edgar.

„Warum holst du eine Prostituierte ins Haus?", fragte er.

Krause grunzte. „Mal was anderes, hähä. Ohne Scham und ohne Grenzen. Einfach mal supergeil. Licht an, anstatt Licht aus, wenn du verstehst, was ich meine, hähähä."

„Und das Feuer? Wieso das Feuer?"

Krause senkte den Kopf und glotzte Edgar düster an.

„Gerti. Wenn sie nicht mit mir geht, dann soll sie auch nichts bekommen. Nichts soll übrigbleiben."

Bald ist er soweit, dachte Edgar. „Lust auf einen Kognak, Hans?", fragte er und traf Anstalten, aufzustehen.

„Bleib´ sitzen", befahl Krause. „Ich hol´ ihn selber." Die Pistole auf Edgar gerichtet holte er den Kognak aus der Küche, setzte sich wieder und trank direkt aus der Flasche. Dann rülpste er und verfiel in dumpfes Brüten.

Wenn ich jetzt „LaLeLu" *singe, schläft er auf dem Stuhl ein*, dachte Edgar.

Wenn du jetzt „LaLeLu" singst, erschießt er dich wegen Folter, warnte seine innere Stimme.

„Wenn du dich jetzt der Polizei stellst, kommst du bestimmt mit einer geringen Strafe davon", sagte er stattdessen. „Vielleicht sogar mit einer Bewährungsstrafe. Du bist nicht vorbestraft, hast einen guten Leumund, bist sozial eingebettet, und bis jetzt hast du ja noch niemanden umgebracht. Ich würde sogar auf eine Anzeige wegen Geiselnahme verzichten."

Edgar wartete auf eine Reaktion von ihm. Als sie nicht kam, fuhr er fort:

„Die Feuerwehr hat den Brand in deinem Haus sicher löschen können. Du kannst die Schäden selber reparieren und ganz von vorne anfangen."

Krause richtete sich auf. „Das glaubst du doch alles selber nicht. Hörst du dir eigentlich zu, was du für einen

Mist verzapfst? Von vorne anfangen? Was meinst du, was das für ein Leben wäre? Wenn die Nachbarn mit dem Finger auf dich zeigen? Wenn hinter deinem Rücken getuschelt wird: Das ist der Hundemörder? Das ist der Brandstifter? Seine Frau hat ihn verlassen? Er ist verrückt geworden? Nein danke, kann ich da nur sagen. Darauf ist geschissen."

„Einen Versuch wär´s wert", sagte Edgar und dachte: *Wie lange dauert das denn noch, Rita?*

*

„Wie lange dauert das denn noch?", murmelte Rita, die in Sichtweite von Edgars Haus an der Straße stand und auf das SEK wartete.

Am Brandort im Mistelweg war für sie nicht viel auszurichten gewesen. Die Feuerwehr hatte sie aus Sicherheitsgründen vom Betreten des Hauses abgehalten. Das Feuer war im Keller ausgebrochen, vermutlich Brandstiftung unter Verwendung eines Brandbeschleunigers, und hatte sich durch die Holzbalkendecke bis ins Erdgeschoss ausgebreitet. Einen Übergriff der Flammen auf die höher gelegenen Räume hatte die Feuerwehr unter Einsatz von Löschwasserkanonen verhindern können. Hitze, Rauch und Wasser hatten dennoch erhebliche Schäden angerichtet.

Unter den Gaffern hinter den Absperrbändern wollte natürlich keiner etwas gesehen haben. Genauso ergiebig waren die Auskünfte von Nachbarn, sofern Rita sie überhaupt in ihren Häusern angetroffen hatte. Also hatte sie sich mit dem Feuerwehrkommandanten dahingehend kurzgeschlossen, dass er ihr seinen Bericht zusenden und die

Freigabe des Brandortes zur Besichtigung durch den Feuersachverständigen und der KTU melden solle. Dann war Oberstaatsanwalt Landquart angekommen, um sich ein Bild von der Szenerie zu machen.

Als Edgar sie mit *Frau Böhringer* angeredet, sie nicht ins Haus gebeten und ihr einen ominösen Schlüssel in die Hand gedrückt hatte, war bei Rita der Adrenalinspiegel gestiegen. In der Schule zwar nicht besonders gut im Rechnen, konnte sie doch eins und eins zusammenzählen: Edgar war nicht allein im Haus, und wer sein Gast war, konnte sie sich denken.

Ohne lange zu überlegen hatte sie den Oberstaatsanwalt angerufen. „Herr Landquart, der gesuchte Hans Krause befindet sich bei Edgar Schaaf in dessen Haus. Er hält ihn als Geisel. Ich möchte ein SEK-Team bestellen. Hans Krause ist wahrscheinlich bewaffnet."

Und nun stand sie an der Straße und wartete. Zwanzig Minuten, hatten die SEK-Leute gesagt. Zwanzig Minuten waren um.

„Sind Sie sicher, Frau Böhringer, dass Hans Krause in dem Haus ist?", hatte Landquart gefragt, nachdem er von der Mistelstraße zu Rita geeilt war. „Nicht, dass wir uns hier der Lächerlichkeit preisgeben."

„So sicher, wie man nur sicher sein kann", hatte sie geantwortet. Nun stand der Oberstaatsanwalt einige Meter von ihr entfernt, rauchte, und wartete ebenfalls.

Ein schwarzer *Mercedes-Kombi* mit E-Motor kam völlig ohne jedes Motorgeräusch angeflogen. Sechs bewaffnete Männer in schwarzen Overalls und schwarzen Sturmhauben sprangen heraus. Einer kam auf Rita zugelaufen. „Ich bin Kommissar Ulf Thommen. Wo ist es und wie kommen wir in das Objekt?"

„Das Haus mit dem Türmchen dort vorne rechts. Ich habe einen Kellerschlüssel", sagte Rita.

*

Trinkfest ist er ja, der Herr Krause, dachte Edgar und beobachtete ihn, wie er in kleinen Schlucken aus der Kognakflasche süffelte. *Ich würde schon längst unter dem Tisch liegen. Wenn er auf Gerti wartet, warum trinkt er dann so viel?*

„Wie spät ist es?", fragte Krause.

Edgar guckte auf die *Breitling*. „Halb sechs Uhr. Es dauert mindestens noch vier Stunden, bis Melanie und Gerti eintreffen. Ich müsste mal mit den Hunden raus."

Krause schüttelte den Kopf in Zeitlupe: „Nein, wir warten hier. Kannst ja den Fernseher einschalten."

„Gib´ mir bitte mal mein Handy. Ich will Melanie fragen, wo sie sind", sagte Edgar.

Krause nahm Edgars Handy, hielt es mit der linken Hand hoch, und schoss mit der Pistole ein Loch hinein. Hunderte Splitter schwirrten durch die Luft. Dann warf er ihm das zerstörte Handy hin. „Hier, versuch´s", grinste er bösartig.

*

Rita hatte mit den Leuten vom SEK einen Umweg in Kauf genommen, denn der normale Weg zur Kellergalerie durchs Gartentor führte an den Wohnzimmerfenstern vorbei. Die Gefahr, von innen gesehen zu werden, war zu groß, weshalb sie über benachbarte Grundstücke zuerst an die Rückseite des Hauses, und dann an der geschützten Gebäudeseite vorbei an ihr Ziel kamen.

Wenn Edgars Schlüssel jetzt nicht der Schlüssel zur Kellergalerie ist, hab´ ich die Arschkarte gezogen, dachte sie. Weil sie nervös war, fand sie das Schlüsselloch nicht auf Anhieb. *Blöder Mist*. Dann drehte sich der Schlüssel, und Rita und fünf Männer drangen ins Haus ein. Der sechste SEKler blieb zur Außensicherung vor dem Haus.

Rita, schon einige Male im Haus gewesen, dirigierte die Männer durch das Gewölbe zur Wendeltreppe, über die man bis hinauf ins Türmchenzimmer, aber auch in die Wohnung gelangen konnte. Als sie in Reihe lautlos die Treppe in Angriff nahmen, hörten sie von oben einen Schuss. Abrupt blieben alle stehen. Lauschten. *„Hier, versuch´s"*, hörten sie jemanden sagen.

*

Edgar klingelten die Ohren. Der Knall war total unvorbereitet gekommen, und die Druckwelle hatte ihm spitze Plastiksplitter ins Gesicht geschleudert.

„Bist du krank, oder was?", schrie Edgar und wischte mit einer Hand übers Gesicht.

„Pass´ auf, was du sagst. Nenn´ mich nie wieder **krank**." Krause schlug mit der Pistole in der Hand heftig auf den Tisch. Seine Stimme klang nun wie gewaschen. Der Alkohol hatte ihre Ecken und Kanten weichgespült. Die Aussprache war feucht und glich eher einem Spucken.

„Ich muss mal pissen", sagte er dann und schaute sich suchend um. „Gibt es hier unten ein Klo?"

„Zwischen Küche und Treppe nach hinten durch, rechte Tür."

Krause erhob sich. Er taumelte leicht. „Wenn du abhaust, töte ich deine Hunde", drohte er und fuchtelte mit der Pistole. Rückwärts, ohne Edgar aus den Augen zu lassen, ging er in die angegebene Richtung und verschwand schließlich hinter der Tür zur Toilette.

Jetzt wär´ der Zeitpunkt ideal, dachte Edgar und schielte zu der Tür, die zur Wendeltreppe führte, aber nichts rührte sich dort. Nach zwei Minuten kam Krause wieder an den Tisch zurück und setzte sich.

*

„Ich öffne die Tür einen Spalt und checke die Lage", flüsterte Ulf Thommen den Männern hinter sich zu. „Sobald ich das Kommando gebe, treten alle in einer Sekunde in Aktion. Die ersten drei Mann auf den Geiselnehmer, die anderen sichern. Frau Böhringer, Sie halten sich zurück, bis ich Ihnen die Erlaubnis erteile. Verstanden?" Er streckte dem Mann hinter sich eine Hand entgegen. „Gib mir *das Ding*."

Millimeterweise drückte er die Klinke nach unten und schob die Tür vorsichtig auf. Zwei Zentimeter genügten, um die Situation im Wohnzimmer zu erfassen. „Zwei Männer an einem Tisch in der Mitte des Raumes. Der linke ist bewaffnet, richtet eine Pistole auf den anderen. Alle bereit?"

Alle nickten und waren sprungbereit. Ulf Thommen öffnete die Tür auf Handbreite. Mit der rechten Hand kegelte er *das Ding* über den Fußboden in den Wohnraum hinein.

*

„Wo willst du mit Gerti hin? Die Polizei wird dich im ganzen Land suchen. Du wirst nicht weit kommen. Ich rate dir nochmal: Stell´ dich der Polizei, und du bekommst einen fairen Prozess. Wenn du deine Frau liebst, dann erspare ihr ein unwürdiges Leben auf der Flucht."

Krause lehnte sich zurück. „Wir warten", sagte er stoisch.

Edgar bemerkte eine winzige Bewegung an der Tür zur Wendeltreppe. *Rita ist da. Wie kann ich Hans ablenken?*

„Hast du Hunger? Soll ich dir ein Sandwich machen? Oder Bratkartoffeln mit Spiegelei?", fragte er und richtete sich auf.

„Du gibst wohl nie auf, was? Bleib sitzen", sagte Krause.

Die Treppentür öffnete sich etwas weiter. Ein schwarzer, faustgroßer Gegenstand holperte von dort über den Fußboden. Krause drehte den Kopf nach dem merkwürdigen Geräusch, schaute auf *das Ding*, das ungefähr zwei Meter neben seinem Stuhl zu liegen kam. Mechanisch richtete er den Pistolenlauf auf Edgar.

Dann erfolgte die Detonation, gleichzeitig mit dem Lichtblitz, einer Supernova im Universum gleich, die für Sekundenbruchteile die Welt in gleißende Helligkeit hüllte und die Augen blendete.

Krause drückte den Abzug und feuerte auf Edgar, der sich geistesgegenwärtig vom Stuhl zur Seite warf.

*

„Los!", gab Ulf Thommen das Kommando, rammte die Tür an die Wand und stürmte mit den vier anderen Männern den Raum. Innerhalb von Sekunden überwältigte er mit zwei anderen den Mann mit der Pistole, riss ihn zu Boden, auf den Bauch, entwaffnete ihn, bog die Arme nach hinten und legte die Hände in Fesseln. Der Mann schrie wie am Spieß, bäumte sich auf, trat mit den Beinen um sich, schäumte und geiferte, und schrie, und schrie, und schrie.

Die SEK-Männer hievten ihn auf die Beine, zwei nahmen ihn mit Abführgriff in die Mitte und schleppten ihn mit Gewalt zur Haustür. „Ich hasse dich! Ich hasse dich! Ich hasse dich, Edgar Schaaf!", brüllte er außer sich vor Wut, und brüllte noch, als er zur Haustür hinaus und durch den Garten auf die Straße gebracht wurde.

Edgar lag zusammengekrümmt auf dem Fußboden und umklammerte stöhnend das rechte Handgelenk.

„Rita!", rief er gequält. „Rita!"

Im Nur war sie neben ihm und ging in die Hocke. „Was schreist du so, Edgar? Ich bin doch da."

„Das ist gut. Das ist sehr gut. Das hast du toll ..."

„Du blutest ja an der Schulter", stellte sie erschrocken fest. Fix hatte sie ihr Handy am Ohr.

„Das ist bloß ein Kratzer. Aber meine Hand – ich hab´ versucht, mich beim Sturz abzustützen und - Scheiße, ich hab´ mich auf die falsche Seite geschmissen."

„Sei froh, dass du dich überhaupt geschmissen hast. Sonst wärst du jetzt nämlich tot", sagte Rita, nahm ihr Telefon und orderte eine Ambulanz nach *Gengenbach*.

Edgar wedelte mit der gesunden Hand herum. „Kann mal jemand die Fenster aufreißen und Frischluft hereinlassen? Man erstickt ja in dem Pulverdampf. War das eine dieser Blendgranaten?"

„Ganz genau", antwortete Ulf Thommen, der hinzugetreten war. „Sehr effektiv, die Dinger." Zu Rita sagte er:

„Wir sind dann hier fertig und rücken ab. Gute Zusammenarbeit, Frau Böhringer. Danke."

„Wenn Sie Ihren Bericht persönlich bei mir vorbeibringen, spendiere ich eine Runde Zimtschnecken", antwortete sie.

„Ich nehm' Sie beim Wort, Frau Böhringer."

„Rita."

„Was?"

„Ich heiße Rita."

„Okay, Rita. Ich heiße Ulf. Also auf eine Runde Zimtschnecken", lächelte Thommen und rief seine SEK-Leute zum Abmarsch.

Edgar kam derweil ächzend auf die Beine und setzte den ersten Fuß auf die Treppenstufe zum ersten Stock hinauf.

„Wo willst du hin, Edgar?", fragte Rita.

„Die Hunde. Sie sind oben eingesperrt. Ich hole sie", antwortete er.

„Setz' dich hin", sagte Rita. „Du bist verletzt. Ich hole deine Hunde."

Dann betrat Oberstaatsanwalt Bernd Landquart das Haus.

Ungefähr drei Stunden später war Edgar aus der Klinik zurück. Ein neuer Gipsverband zierte seinen rechten Unterarm, und die Schussverletzung an der Schulter, ein Streifschuss, war fachmännisch versorgt. Er hatte Glück gehabt. Wäre er nicht zur Seite ausgewichen, hätte ihn die Kugel mitten in den Hals getroffen.

Oberstaatsanwalt Landquart hatte angeordnet, dass Hans Krause erst dann vernommen werden sollte, wenn er vollkommen nüchtern sein würde. Frühestens am nächsten Morgen. Bis dahin wurde er in eine Zelle des Polizeireviers verbracht. Das wiederum bedeutete für Rita, dass sie mindestens bis morgen früh vom Dienst befreit war.

Während Edgar also mit der Ambulanz in die Klinik gefahren wurde, hütete Rita seine Hunde und das Haus. Sie absolvierte mit *Müller* und *Lydia* eine Runde über den Kinzigdamm, und sicherte zum Zeitvertreib die zwei Projektile aus der Kleinkaliber-Pistole, die Hans Krause im Haus abgefeuert hatte und die in den Hängeschränken der Küche stecken geblieben waren.

„Was ich vorhin sagen wollte: Du hast die Aktion wirklich toll geleitet, Rita. Dass du das SEK zu Hilfe geholt hast, war sehr klug. Ich kann zum Beispiel bei den Fernsehkrimis nie leiden, wenn die Kommissare einsame Entscheidungen treffen und auf eigene Faust handeln, anstatt auf Hilfe zu warten", sagte Edgar.

„Ach so! Dass du aber die Tür zur Remise in einsamer Entscheidung alleinverantwortlich aufgemacht hast, fällt nicht unter das Kapitel Fernseh-Kommissare? Du hättest mich anrufen müssen, Edgar."

„Oh, schimpf´ mich nicht. Ich weiß es ja. Beim nächsten Mal ruf´ ich dich. Versprochen."

Ab halb elf Uhr abends war Edgar alleine. Der Pulverdampf hatte sich verzogen, und er lag rücklings auf der Couch und wartete. *Müller* und *Lydia* pennten auf ihrer Decke.

Eine halbe Stunde vorher hatte sich Rita verabschiedet.

„Nicht auszudenken, wie peinlich es wäre, wenn uns Melanie hier auf der Couch erwischen würde", flaxte sie.

„Deiner Fantasie nach musst du ein ausschweifendes Lotterleben führen", hatte er geantwortet.

„Erraten. Aber verpetz´ mich nicht. Ich brauch´ meinen guten Ruf noch für meine Karriere. Du erscheinst morgen bei mir im Büro und gibst die Geiselnahme zu Protokoll. In Ordnung?" Dann war sie gegangen.

Ich hasse dich! Ich hasse dich! Ich hasse dich, Edgar Schaaf! Wie ist es möglich, dass sich in einem Menschen so viel Hass ansammelt? Wie kann man damit überhaupt leben? Es müssen schon viele Dämme brechen und viele Hemmschwellen überwunden werden, um zu solchen Eruptionen fähig zu sein. Aber es passt ins Bild. Wer keine Schranken mehr erkennt, wer sich aller Normen entledigt, ist zu allem fähig. Licht an, anstatt Licht aus.

Hans Krause mit seinen zwei Gesichtern würde ihn noch lange Zeit beschäftigen, dessen war sich Edgar bewusst. Ob in Gesprächen mit Melanie, mit Gerti, oder in stillen Stunden – er würde ihm immer wieder erscheinen. Ob er ihn je verstehen würde, stand auf einem anderen Blatt.

Kurz nach Mitternacht kam der ersehnte Anruf. „Hallo, mein Edgar, wir haben soeben die Grenze zwischen

Frankreich und Deutschland passiert. In einer halben Stunde sind wir da. Holst du uns bitte ab?"

Der Elektromotor des Reisebusses summte leise wie ein Bienenstock im Hochsommer. Die beiden Fahrer lehnten an der Vorderfront und pafften erleichtert eine erste Zigarette. Die Ladeluken der Gepäckfächer standen offen, und die Pilger und Betreuer entluden die Koffer, Stöcke, Rollatoren und Rollstühle. Es entstand ein allgemeines Durcheinander. Es wurde gegrüßt, geherzt, gelacht und geweint.

Mitten drin *Müller* und *Lydia*, die vor Aufregung winselten und fiepten und wie Brummkreisel zwischen den Leuten herumsurrten.

Melanie und Edgar standen eng umschlungen und wiegten sich sanft hin und her. „Endlich, endlich bin ich bei dir, mein Edgar. Der gestrige Tag und die letzten Kilometer waren die schlimmsten."

„Ja, aber du hast es überstanden. Du bist wieder hier, und nur das zählt", sagte Edgar und küsste ihr eine Träne von der Wange. Sie lösten sich voneinander. Melanie rief nach den Hunden, und hätte Edgar Melanie nicht gestützt, wäre sie von *Lydia* und *Müller* vor überschwänglicher Begrüßung umgeworfen worden.

Gerti indes stand mutterseelenallein am Rande, ein Häufchen Elend, ihren Koffer neben sich. Zu ihr war niemand gekommen.

Melanie und Edgar bemerkten es, gingen zu ihr hin und schlossen sie in die Arme. So verharrten sie eine Weile. Dann löste sich Edgar aus dem Trio und sagte: „So, Mädels, ich schlage vor, dass wir nach Hause gehen."

„Nach Hause?", fragte Gerti und schluckte.

Edgar nahm ihr den Koffer ab und sagte: „Ja klar, zu uns nach Hause. Wohin sonst?"

Nächster Tag
Dienstag, 23. Mai 2023

Die Nacht war kurz und tränenreich gewesen. Trotz der späten Stunde hatte Gerti darauf bestanden, umgehend von Edgar informiert zu werden. Ohne eine einzige Unterbrechung hatte sie seinen Schilderungen der letzten drei Tage zugehört, war anschließend wortlos aber unter Tränen aufgestanden und hatte sich von Melanie in deren Schlafzimmer führen lassen.

„Das verstehst du doch, Edgar", hatte Melanie danach gesagt, „dass ich sie jetzt nicht alleine lassen kann?"

„Du tust das einzig Richtige, mein Engel. Sie tut mir so leid", hatte er geantwortet und ihr einen Kuss auf die Stirn gegeben, bevor er sich in seinem Single-Schlafzimmer aufs Bett legte.

Zu seiner kompletten Überraschung fand er die beiden Frauen, als er von der Morgenrunde mit *Müller* und *Lydia* zurückkam, beim Frühstück am Esstisch vor. Es duftete nach Kaffee und Toast. Er sah ihnen die schlaflose Nacht an, doch wirkte Gerti gefasster, als er vermutet hatte.

Melanie umarmte ihn. „Guten Morgen, mein Lieber. Wir wollen zu Gertis Haus gehen. Kommst du mit? Sie will es mit eigenen Augen sehen. Und anschließend fahren wir mit dir nach *Offenburg*. Gerti will mit ihrem Mann sprechen."

Edgar nickte.

Wenig später waren sie im Mistelweg vor Gertis Haus angekommen. Es stank nach nasser Asche und kaltem Rauch. Gerti blieb, Hand vor dem Mund, fassungslos davor stehen. Dort, wo Hitze und Flammen aus den Fenstern geschlagen waren, hingen die verkohlten Ranken des wilden Weins an der Fassade herunter. Der Dachvorsprung war rauch- und rußgeschwärzt.

Gerti zog einen Schlüssel aus ihrer Umhängetasche und schaute Edgar fragend an. Schon wollte er ablehnend den Kopf schütteln und nein sagen, entschied sich aber anders.

Pfeif´ drauf. Es ist ihr Haus. Ich bin nicht derjenige, der ihr etwas zu verbieten hat, dachte er.

„Komm´, ich geh´ mit dir", sagte er.

Sie gingen den gepflasterten Gartenweg zur Haustür. Melanie blieb an der Straße zurück. Gerti drehte den Schlüssel, doch die Tür ließ sich nicht bewegen. Die Hitze hatte das Türblatt verbogen. Edgar stemmte die Schulter dagegen und drückte sie gewaltsam auf. Der dahinterliegende Flur schien zwar tragfähig zu sein, doch schon ein Blick durch den nächsten Türrahmen verschlug ihnen den Atem. Der Rahmen war vollständig verkohlt, die Tür schlicht nicht mehr vorhanden, und im dahinterliegenden Zimmer gähnte ein schwarzes Loch bis tief in den Keller. Auch die Decke wies starke Brandspuren auf.

Mehr konnte Edgar nicht verantworten, weshalb er Gerti zur Umkehr drängte. Er registrierte ihren zaghaften Blick die Treppe zum ersten Stock hinauf:

„Gerti, so leid es mir tut, hier können wir ohne Fachleute nicht hinauf. Die Gefahr des Einsturzes ist zu groß. Wir kommen wieder her, wenn der Brandsachverständige mit dabei ist. Versprochen. Vielleicht schon heute Nachmittag."

Wieder auf der Straße, sank Gerti Melanie in die Arme.

„Warum hat er das getan?", fragte sie. „Warum?"

Etwa zwei Stunden später saßen Melanie und Edgar bei Rita im Büro. Edgar gab die Vorfälle um Hans Krause zu Protokoll. Indes befand sich Gerti mit ihrem Mann in einem der Vernehmungsräume. Sie auf der einen, er auf der anderen Seite eines Tisches. Ein uniformierter Beamter war zu Gertis Sicherheit abgestellt.

Gertis Fragen nach dem Warum blieben unbeantwortet. Hans Krause beantwortete keine einzige von ihnen. Er saß stumm auf dem Stuhl und brannte mit seinen Augen ein Loch in die Tischplatte.

„Wieso hast du mich angelogen? Die Schreckschusspistole war eine gefährliche Waffe. Wieso?"

„Warum hast du die vielen Köder ausgelegt? So viele Hunde getötet?"

„Warum hast du auf Edgars Hund geschossen? Warum?"

„Unser Haus? Abgebrannt?"

„Eine Prostituierte gekauft?"

„Unsere Ehe? Zerstört?"

„Warum? Hans? Rede mit mir."

„Warum?"

Konsterniert und wütend, zugleich aber auch zutiefst verletzt, verließ Gerti den Vernehmungsraum.

Am Nachmittag besuchten sie, in Begleitung eines Brandsachverständigen und Allgöwers, ein zweites Mal das Haus im Mistelweg. Gerti erfuhr, welche Räume des Hauses sie gefahrlos betreten durfte, und welche nicht. Im Prinzip betraf es die Hälfte des Hauses, unter der das Feuer nicht gewütet hatte. Die Zimmer der anderen Hälfte jedoch blieben für einen Zutritt gesperrt. Insgesamt bewertete der Sachverständige das Haus in Gänze als unbewohnbar und empfahl einen Abriss.

Allgöwer förderte aus einem Kühlschrank, der im Keller gestanden hatte, ein Dutzend vorpräparierter und in Folie verpackter Hackfleischköder zu Tage. Gerti versicherte, davon nichts gewusst zu haben. Der Kühlschrank gehörte zu Hans Krauses Hobbyraum, in dem das Feuer gelegt worden und ausgebrochen war.

„Eliza Wohlbrecht, Pit Ferman und wir werden dir helfen, die Sachen aus dem Haus zu holen, die du behalten möchtest", sagte Melanie. „Nicht war, Edgar?"

„Auf jeden Fall. Pit Ferman besitzt einen Kombi. Er und Eliza sind unsere Freunde."

„Das ist lieb", antwortete Gerti. „Und wo soll ich die Sachen unterbringen?"

„Na bei uns", sagte Melanie. „Unser Haus ist groß genug. Nicht wahr, Edgar?"

Edgar grinste. „Wo du recht hast, hast du recht, liebste Melanie."

*

Melanie, Gerti und Edgar hockten abends am Gartentisch. *Müller* und *Lydia* lagen an ihrem Lieblingsplatz vor dem Rhododendron. Ein Auto fuhr vor. Rita Böhringer.

Edgar erkannte schon von weitem an ihrem Gesicht, dass etwas geschehen sein musste. Rasch stand er auf, ging ihr entgegen und raunte. „Rita, was ist los?"

Sie atmete schwer ein und aus. „Komm´ mit. Ich will es nur einmal sagen müssen."

Sie ging Edgar zum Tisch voraus und reichte Melanie stumm die Hand. Dann wandte sie sich an Gerti.

„Frau Krause, ich habe leider eine traurige Nachricht für Sie. Ihr Mann hat sich in *Offenburg* in der Zelle des Polizeireviers das Leben genommen. Wir haben ihn vor einer Stunde gefunden. Es tut mir sehr leid."

Gerti nahm die Nachricht völlig regungslos auf. Nur ihre Augenlider flatterten wie die Flügel eines Schmetterlings, doch die Augen selbst blieben trocken. Sie hatte keine Tränen mehr.

„Wie?", fragte Melanie anstelle ihrer Freundin, der sie einen Arm um die Schulter legte.

„Er hat sein Hemd in Streifen gerissen. Er hat sich erhängt."

Der Schock und die folgende Stille lasteten tonnenschwer auf den Schultern der Vier. Entsprechend mühsam fiel ihnen das Atmen. Minutenlang sprach keiner ein Wort, waren nur ihre Atemzüge zu hören, weil sie ja irgendwie leben mussten.

Dann brach Edgar den Bann. „Ich werde morgen mit Gerti zu Dr. Brenneis fahren. Sie wird ihren Mann identifizieren."

Rita nickte. „Gut. Es war mir wichtig, es Ihnen persönlich zu sagen, Frau Krause." Und an Edgar gewandt. „Es passt zwar jetzt nicht hierher, aber ich fahre jetzt wieder, Edgar. Ein gewisser Kommissar Thommen wartet auf mich. Danke für alles." Ein winziges Lächeln huschte über ihre Mundwinkel. Sie drehte sich um und schritt davon.

Edgar schaute ihr hinterher. *Gut*, dachte er. *Sehr gut, Rita.*

Sieht so aus, als hätte sie jemand anderen gefunden, zu dem sie in Zukunft aufschauen kann, sagte der kleine Mann im Ohr.

Ja, so ist nun mal das Leben. Menschen kommen, und Menschen gehen. In jedem Ende liegt auch ein neuer Anfang, antwortete er sibyllinisch, wobei er offenließ, was genau er damit meinte.

****

Anmerkungen des Autors:
Die Handlung des Romans ist frei erfunden.
Die Ortsnamen *St. Paulsberg, Gehlheim, Grünweiler und Rothweiler* sind fiktiv. Es gibt keinen Schützenverein namens *Zentrum* in *Gengenbach*. Real existierende Personen und Hunde gleichen Namens wie in dem Roman genannten haben mit der Handlung nichts gemein.
Orts- und Geländebeschreibungen entsprechen nicht der Wirklichkeit.

Schaafswinter

Edgar Schaafs erster Fall.

Fünfzig Jahre, nachdem in Seekirch eine junge Frau spurlos verschwunden war, werden dort ihre sterblichen Überreste gefunden. Über zwanzig Jahre nach deren Verschwinden war in Konstanz am Bodensee ein schrecklicher Mord an einer Frau begangen worden. In beiden Fällen hatte es ein und denselben Verdächtigen gegeben: Peter Seibelt.

Edgar Schaaf, pensionierter Kriminalkommissar, wird von der Polizei in Konstanz darum gebeten, sich aus drei Gründen mit Peter Seibelt in Verbindung zu setzen. Zum Ersten war Edgar Schaaf damals als Zeuge in beide Fälle involviert, zum Zweiten war eben jener Peter Seibelt ein guter Bekannter von ihm: Sie stammen aus demselben Dorf und sie gingen zusammen zur Schule. Drittens: Die Fälle sind bis heute ungelöst.

Tatsächlich zeigt sich Peter Seibelt bereit, Edgar Schaaf zu treffen, hüllt sich aber, was seine tragische Vergangenheit angeht, in Schweigen. Bald jedoch holt ihn die Vergangenheit ein und er sieht sich gezwungen, das Schweigen zu brechen.

Schaafssturm

Edgar Schaafs zweiter Fall.

In der Schwarzwaldgemeinde Hohenterzen werden kurz
nacheinander zwei Morde verübt. Die Ermittlungen des
jungen Kriminalkommissars Melzer verlaufen bald im
Sande. Erst als sich der pensionierte Kommissar Edgar
Schaaf auf Bitten der Tochter eines der Mordopfer um die
Fälle kümmert, eröffnen sich bald neue Konstellationen.
Ins Visier Edgar Schaafs und der Polizei gerät ein
gewisser *Chato,* dessen Spur die Ermittler schließlich nach
Rovinj an der kroatischen Küste führt. Dort bekommen
Melanie Köninger und Edgar Schaaf die Wucht des adria-
tischen Sturmwindes **Bora** bei einer dramatischen Aktion
hautnah zu spüren.

Schaafshammer

Edgar Schaafs dritter Fall.

Die Geschäftsführerinnen zweier Spielcasinos werden tot aufgefunden. Eine junge Frau wird missbraucht und liegt im Koma. Für Kriminaloberkommissar Kai Schuster kommt es knüppeldick. Angesichts gravierenden Personalmangels bei der Polizeidirektion Offenburg sieht er sich alleinverantwortlich dreier komplexer Fälle gegenüber.

Als sein früherer Hauptkommissar und Mentor Edgar Schaaf von der ehemalige Stiefmutter der jungen Frau gebeten wird, Licht in das Dunkel der Ermittlungen zu bringen, beschließen die beiden einen Deal. Das führt endlich dazu, einen Täter dingfest machen zu können. Doch der kann fliehen und bringt Edgar Schaafs Frau Melanie Köninger in Gefahr. Weil Edgar Schaaf das nicht zulassen kann, fordert er den Gegner ultimativ heraus.

Schaafsgold
und der ungelesene Autor

Edgar Schaafs vierter Fall.

Blitzeinbrüche und Geldautomatenraube. Eine Bande treibt seit drei Jahren ihr Unwesen. Aber letztlich ist es Gold, weswegen die Dinge in Offenburg und Umgebung gefährlich aus dem Ruder laufen. Nicht weil es da ist, sondern weil es nicht mehr da ist.

Pit Ferman, Autor der *Edgar Schaaf-Krimis*, wird unerwartet und äußerst schmerzhaft mit den Auswüchsen der Suche nach dem Gold konfrontiert. In der Not wendet er sich an seinen Freund Edgar Schaaf.

Schaafsinsel

Edgar Schaafs fünfter Fall.

Kritaholm, Insel in der Ostsee. Für Eliza und Pit Ferman wird der Urlaub mit ihrem Wohnmobil zum Trauma, denn während ihres Aufenthalts geschehen drei Morde. Zu ihrem Entsetzen werden sie kurzfristig sogar wie Verdächtige behandelt.

Auch Edgar Schaaf und seiner Frau Melanie, die einen Monat später mit dem von Pit Ferman erworbenen Wohnmobil anreisen, ist die Insel nicht wohlgesonnen. Edgars Versuche, Ermittlungsansätze zu finden, scheitern an gezielten Anschlägen auf das Wohnmobil und auf ihn selbst.

Erst sein zweiter Anlauf, den er im bitterkalten Winter gemeinsam mit Pit Ferman unternimmt, bringt ihn auf die richtige Spur.

Weitere Bücher von Peter Siefermann im Twentysix-Verlag.

„Zwölfeinhalb Bären, oder wie die Bären nach Waldulm kamen."
ISBN: 9783740711917

„Das große Spiel, oder mit Lachdatte, Mängehatte und Poklapier."
ISBN: 9783740727451

„Tierisch-menschliches in Lyrik und Prosa."
ISBN: 9783740714000

„Drei Männer, zwei Boote, ein Fluss und der Blues."
ISBN: 9783740712952

„Teddor."
ISBN: 9783740729400

„Aus der Sicht des Pumas"
ISBN: 9783740731625

„Die Sachenfinderin"
ISBN: 9783740733674

„Der Totensänger."
ISBN: 9783740744281

„Der Bassist."
ISBN: 9783740746940

Der „Zach"
ISBN: 9783740749132

„Handkerchief"
ISBN: 9783740753580

Alle Bücher sind auch als E-Book erhältlich.

Pit Ferman wurde 1953 in Kappelrodeck im Land Baden-Württemberg geboren. Er lebte über dreißig Jahre in Basel in der Schweiz und arbeitete für ein deutsches Transportunternehmen. Nach Versetzung in den Ruhestand zog er mit seiner Ehefrau nach Deutschland zurück.
Pit Ferman ist Vater zweier Kinder, die beide in der Schweiz leben.